THE EXPANSE

칼리반의 전쟁 ❶

THE
EXPANSE

칼리반의 전쟁 ❶

CALIBAN'S
WAR

제임스 S. A. 코리 지음 **박슬라** 옮김

아작

우리를 여기까지 데려와 준
알프레드 베스터와
아서 C. 클라크에게

차례

프롤로그: 메이

"메이?" 캐리 선생님이 말했다. "그림은 그만 그려도 돼. 엄마가 오셨단다."

메이가 선생님의 말을 알아듣기까지는 시간이 조금 걸렸다. 의미를 이해하지 못해서가 아니라(메이는 벌써 네 살이고 더는 갓난아기가 아니었다), 메이가 알고 있는 세상과 일치하지 않았기 때문이었다. 메이의 엄마는 그녀를 데리러 올 수가 없다. 엄마는 가니메데가 아니라 세레스 스테이션에 살고 있다. 아빠의 설명에 따르면, 엄마한테는 혼자 있을 시간이 필요하기 때문이었다. 하지만 이내 가슴이 콩닥콩닥 뛰었다. '엄마가 돌아온 거야!'

"엄마?"

조그마한 이젤 앞에 앉아 있는 메이에게는 낮게 무릎을 꿇고 있는 캐리 선생님의 몸에 기러 외투 보관실 문이 보이지 않았다. 메이의 손가락은 핑거페인팅을 하느라 끈적거렸고 손바닥은 빨강과 파랑, 초록색 범벅이었다. 메이는 몸을 숙여 캐리 선생님의 다리를 붙잡고는 의자에서 끙하고 일어났다.

"메이!" 캐리 선생님이 소리를 질렀다.

메이는 캐리 선생님의 바지에 묻은 페인트 자국과 애써 화난 기색을 감추려는 선생님의 붉어진 얼굴을 올려다보았다.

"죄송해요, 선생님."

"괜찮아." 캐리 선생님의 목소리는 말의 내용과는 달리 딱딱하고 어색했다. 하지만 메이에게 벌을 주지는 않을 터였다. "가서 손부터 씻고 오렴. 그런 다음 그림 도구를 정돈하자. 그림은 선생님이 챙겨놓을 테니까, 그럼 엄마한테 보여드릴 수 있잖니? 우리 메이는 뭘 그린 거니? 강아지일까?"

"우주 괴물이요."

"정말 근사한 우주 괴물이구나. 자, 가서 손을 씻고 오렴."

메이는 고개를 끄덕인 다음 몸을 돌려 화장실을 향해 뛰어나갔다. 옷에 물감이 묻지 말라고 입혀 놓은 덧옷이 환풍구에 걸린 헝겊 조각처럼 나풀거렸다.

"벽을 만지면 안 되지!"

"죄송해요, 캐리 선생님."

"괜찮아. 손을 씻고 와서 네가 깨끗하게 닦으렴."

메이는 수도꼭지를 세차게 틀었다. 알록달록한 색깔들이 순식간에 피부에서 씻겨 나갔다. 메이는 바닥에 물을 뚝뚝 떨어뜨리며 손을 닦았다. 갑자기 중력의 방향이 변하기라도 한 듯 바닥이 아니라 문과 대기실 쪽으로 몸이 끌려가고 있는 느낌이었다. 다른 아이들도 왠지 들떠서 메이를 힐긋거리며 쳐다보았다. 왜냐하면 메이가 신이 나서 들떠 있었기 때문이다. 메이는 벽에 난 손가락 자국을 대충 문질러 지우고 물감 그릇을 상자에 아무렇게나 팽개쳐 넣은 다음 상자를 도구 선반에 올려놓았다. 그리곤 캐리 선생님의 도움을 기다리지도 않고 혼자 머리 위로 덧옷을 뒤집어 벗어 재활용 처리기에 집어넣었다.

대기실에 들어가니 캐리 선생님이 어른 두 명과 같이 서 있었다. 하지만 두 사람 다 엄마는 아니었다. 한 명은 메이가 처음 보는 여자였는데, 메이가 방금까지 그리던 우주 괴물 그림을 손에 들고 예의 바른 미소를 띠고 있었다. 다른 한 명은 스트릭랜드 박사님이었다.

"아니요. 아주 얌전하게 손을 씻으러 갔답니다." 캐리 선생님이 말하고 있었다. "가끔은 이런저런 사고가 일어나기 마련이니까요. 당연한 일이지만."

"당연히 그렇겠죠." 여자가 말했다.

"메이!" 스트릭랜드 박사가 무릎을 굽혀 메이와 눈높이를 맞췄다. "내가 제일 예뻐하는 우리 꼬마 아가씨는 오늘 어떠신가?"

"우리 어…." 메이가 '엄마'라는 단어를 꺼내려는 찰나, 스트릭랜드 박사가 그녀를 팔에 안아 들었다. 스트릭랜드 박사는 아빠보다 더 크고 몸에서 소금 냄새가 났다. 그가 메이를 뒤로 기울이며 옆구리를 간질이자 발작적으로 웃음이 터져 나오는 바람에 더 말을 할 수가 없었다.

"정말 감사해요." 여자가 말했다.

"이렇게 만나 뵙게 되어 정말 기뻐요." 캐리 선생님이 여자의 손을 붙잡고 흔들면서 말했다. "메이는 정말 사랑스러운 아이거든요."

스트릭랜드 박사는 등 뒤에서 몬테소리 어린이집의 문이 닫히고 나서야 간지럼을 태우던 손을 멈췄다. 메이는 비로소 숨을 돌렸다.

"우리 엄만 어디 있어요?"

"우리가 오길 기다리고 계시단다." 스트릭랜드 박사가 말했다. "이제 엄마한테 가자꾸나."

가니메데 신(新) 구역의 복도는 널찍하고 푸르러 공기 재생기도 거의 돌아가지 않았다. 칼날처럼 가느다란 아레카야자 이파리가 수경재배기 밖으로 길게 삐쳐 나와 있었다. 넓적한 잎에 황금빛 줄무늬가 있는 스킨답서스 덩굴이 벽을 타고 흘러내렸고, 짙은 녹색의 고풍스러운 디켄바키아는 그 밑에서 빼꼼 고개를 내밀고 있었다. 인공태양광 LED가 백금색으로 빛났다. 아빠는 그게 지구의 햇빛과 똑같다고 했기 때문에 메이는 늘 지구를 식물들이 빽빽하게 자라는 통로들과 밝은 푸른색 천장 위에 태양이 줄지어 늘어선 모습으로 상상했다. 그리고 벽을 타고 올라가면 어디든 갈 수 있다고 말이다.

메이는 스트릭랜드 박사의 어깨에 머리를 기댄 채 뒤를 바라보며 지나치는 식물들의 이름을 하나씩 중얼거렸다. '산세베리아 트리파스치아타', '에피프렘넘 아우레움'. 메이가 식물의 이름을 정확하게 맞히면 아빠는 기쁜 듯이 방그레 웃었다. 혼자 있을 때 이 놀이를 하면 마음이 차분해진다.

"아직 더 남았어?" 여자가 물었다. 얼굴은 예뻤지만, 메이는 그녀의 목소리가 마음에 들지 않았다.

"아니." 스트릭랜드 박사가 말했다. "메이가 마지막이야."

"크리살리도카르푸스 루텐센스." 메이가 말했다.

"잘 됐군." 여자가 말했다. 그리곤 이번에는 좀 더 부드러운 목소리로 말했다. "잘 됐어."

지상에 가까워질수록 길은 더 좁아졌다. 오래된 복도는 이상하게 실제보다 더 더러운 느낌이 들었다. 실은 별로 더러운 것도 아니었다. 그저 더 자주, 많이 사용되어서 닳았을 따름이다. 지표면 근처에 있는 연구실과 거주 구역은 메이의 조부모가 처음 가니메데에 왔을 때 살았던 곳이다. 당시에는 그게 가장 깊은 구역이었다. 여기 위쪽 레벨에서는 공기에서 이상한 냄새가 나고 공기 재생기도 늘 시끄러운 소리를 내며 돌아갔다.

두 어른은 대화를 하지 않았지만 때때로 메이의 존재를 기억해 낸 스트릭랜드 박사가 질문을 던졌다. 스테이션 피드에서 메이가 제일 좋아하는 만화는 뭐니? 어린이집에서 가장 친한 친구는 누구야? 오늘 점심때는 무엇을 먹었니? 메이는 그가 다른 질문을 하기를 기다렸다. 스트릭랜드 박사가 항상 그다음에 묻던 것. 메이는 대답할 준비가 되어 있었다.

'목이 따끔거리지는 않니?' '아니요.'

'자다가 땀을 흘리지는 않았고?' '아니요.'

'이번 주에는 똥에 피가 섞여 나왔니?' '아니요.'

'약은 날마다 하루 두 번씩 먹고 있지?' '네.'

하지만 스트릭랜드 박사는 그중 무엇도 묻지 않았다. 통로는 점점 더 히름히고 비좁아졌으며 급기야는 빈대편에서 오는 사람들이 지나갈 수 있게 한 줄로 걸어야 했다. 뒤에서 따라오는 여자는 아직도 메이의 그림을 구겨지지 않게 동그랗게 말아 손에 쥐고 있었다.

스트릭랜드 박사가 아무 표식도 없는 문 앞에서 발을 멈추고 메이를 반대쪽 팔로 옮겨 안더니 바지 주머니에서 핸드터미널을 꺼냈다. 메이가 처음 보는 프로그램에 뭔가를 입력하자 문이 빙글 돌아가면서 열렸다. 밀폐된 문이 열리자 옛날 영화에 나오는 것처럼 공기가 펑하고 튀는 소리가 났다. 눈앞에 나타난 복도에는 오래된 금속 상자와 잡동사니가 가득했다.

"여긴 병원이 아니잖아요." 메이가 말했다.

"특별한 병원이라서 그래." 스트릭랜드 박사가 말했다. "메이는 여기 처음 와 보지?"

메이의 눈에는 전혀 병원처럼 보이지 않았다. 아빠가 가끔 말하던 버려진 튜브처럼 보였다. 가니메데가 처음 건설되었을 때 만들어진 남는 공간들, 기껏해야 창고 말고는 어떤 용도로도 사용되지 않는 곳. 복도 끝에 에어록 같은 게 있었는데, 거길 지나자 조금은 병원처럼 생긴 곳이 나타났다. 적어도 아까보다는 더 깨끗해 보였다. 그리고 오염제거실처럼 오존 냄새가 났다.

"안녕, 메이! 안녕!"

메이보다 나이가 많은 남자애 중 한 명이었다. 산드로! 산드로는 벌써 거의 다섯 살이다. 메이는 스트릭랜드 박사에게 안겨 지나가며 산드로에게 손을 흔들었다. 다른 아이들도 있다는 걸 알게 되자 훨씬 안심됐다. 다른 애들도 다 여기 있다면 괜찮을 것이다. 스트릭랜드 박사와 같이 있는 여자가 메이의 엄마가 아니더라도 말이다. 참, 그러고 보니….

"엄마는 어디 있어요?"

"조금만 기다리면 엄마랑 만날 수 있어." 스트릭랜드 박사가 말했다. "하지만 그 전에 몇 가지 해야 할 일이 있단다."

"싫어." 메이가 말했다. "나 하기 싫어요."

스트릭랜드 박사는 메이를 검사실처럼 보이는 작은 방으로 데려
갔다. 다만 이 방에는 벽에 사자 그림도 없고, 진찰대도 웃는 하마
처럼 생기지 않았다. 스트릭랜드 박사는 메이를 금속 검진대 위에
내려놓더니 손으로 머리를 비벼 헝클어뜨렸다. 메이는 팔짱을 끼
고 부루퉁한 표정을 지었다.

"엄마 보고 싶어요." 메이가 아빠 흉내를 내며 툴툴거렸다.

"여기서 잠시만 기다리렴. 조금 이따 가서 엄마가 언제 오시는
지 알아볼게." 스트릭랜드 박사가 웃는 얼굴로 말했다. "우메아,
다 됐어?"

"이제 시작해도 될 것 같아. 관제실과 연락해 보고 애들을 태운
다음에, 내 보내자고."

"내가 연락하지. 당신은 여기 있어."

여자가 고개를 끄덕였다. 스트릭랜드 박사가 문밖으로 나갔다.
여자가 메이를 내려다보았다. 예쁜 얼굴에 웃음기라고는 전혀 없
었다. 메이는 여자가 마음에 들지 않았다.

"내 그림 줘요." 메이가 말했다. "아줌마 거 아니야. 우리 엄마
줄 거야."

여자가 깜박 잊고 있었다는 듯이 손에 들린 그림을 쳐다보았다.
그녀가 종이를 펼쳤다.

"우리 엄마 줄 우주 괴물이란 말이야." 메이가 말했다. 이번에는
여자도 미소를 지었다. 그녀가 그림을 내밀자 메이가 후딱 채어 갔
다. 그 바람에 종이가 좀 구겨졌지만 상관없었다. 메이는 다시 팔

짱을 끼고 뾰로통한 얼굴로 툴툴거렸다.

"우주 괴물 좋아하니, 얘야?"

"우리 엄마 어디 있어요?"

여자가 가까이 다가섰다. 그녀에게서는 가짜 꽃향기가 났고 가느다란 손가락을 갖고 있었다. 여자가 메이를 바닥으로 내려주었다.

"이리 오렴, 아가." 그녀가 말했다. "너한테 보여줄 게 있어."

여자가 걸어가기 시작했다. 메이는 망설였다. 여자가 싫었지만 혼자 남는 것은 더 싫었다. 메이는 여자를 따라가기 시작했다. 여자는 잠시 복도를 걷더니 구식 에어록처럼 생긴 커다란 금속 문에 키 코드를 입력했다. 문이 열리자 안으로 들어갔다. 메이도 그 뒤를 따라갔다. 방은 추웠다. 메이는 그게 싫었다. 진찰대도 없었다. 수족관에서 물고기가 사는 것 같은 커다란 유리 상자뿐이었다. 단지 물이 채워져 있지 않고, 그 안에 있는 것도 물고기가 아니라는 점만 달랐다. 여자가 메이에게 가까이 다가오라고 손짓했다. 메이가 다가서자 그녀가 손가락으로 유리벽을 통통 두드렸다.

상자 안에 있는 것이 시선을 들었다. 남자 사람이었다. 발가벗고 있는데 피부가 사람 피부 같지 않았다. 두 눈이 머릿속에 불이라도 들어 있는 것처럼 새파랗게 빛났다. 그리고 손도 뭔가 이상했다.

그 사람이 유리벽을 향해 팔을 내뻗었다. 메이가 비명을 질렀다.

1

바비

"바비 중사님, 좀 보십시오. 스누피가 또 나왔습니다." 힐먼 이 등병이 말했다. "상관한테 어지간히 밉보인 모양인데요."

화성 해병대 이등중사 로버타 드레이퍼는 전투강화복의 헤드업 디스플레이(HUD, Head Up Display) 배율을 확대해 힐먼이 가리킨 쪽을 내다보았다. 대략 250미터 전방에서 4명의 UN 해병대 분대 가 기지 주변을 순찰 중이었다. 그 뒤에는 그들이 경비 중인 거대 한 반구형 온실이 역광 속에 서 있었다. 현재 바비의 팀이 수호 중 인 돔과 거의 모든 면에서 완벽하게 똑같았다.

한 UN 해병의 헬멧 양쪽 측면에 비글 개의 귀를 닮은 검은 반 점이 그려져 있었다.

"진짜 스누피네." 바비가 말했다. "오늘 온종일 뺑뺑이를 도는 군. 대체 무슨 짓을 한 거지."

가니메데의 온실 경비 임무란 온갖 잡생각으로 시간을 보내야 한다는 것을 의미했다. 그중에는 반대편 해병들의 생활을 상상하는 것도 포함되어 있었다.

반대편이라…. 18개월 전만 해도 '편'은 없었다. 내행성은 아주 크고 행복하면서도 약간의 문제를 지닌 기능장애 가족과 비슷했다. 그러다 에로스 사건이 터졌고, 이제 두 초강대국은 태양계를 두 쪽으로 나눠 가졌지만 어느 쪽도 목성계의 곡창지대인 가니메데만큼은 포기하려 들지 않았다.

태양계 위성 중 유일하게 자체 자기권(磁氣圈)을 지닌 가니메데는 목성의 강력한 복사대 안에서도 작물 재배가 가능한 유일한 곳이었다. 그리고 작물을 재배하기 위해 온실 돔과 거주민은 목성에서 가니메데로 내리쬐는 8렘의 방사선을 차단하는 보호막을 쳐야 했다.

바비의 정찰용 전투강화복은 핵폭탄이 터진 직후에 불구덩이 속을 걸어 다녀도 끄떡없었다. 그러니 목성의 방사선에 까맣게 튀겨지지 않게 보호하는 데에도 안성맞춤이었다.

순찰 중인 지구 병사들 너머로, 거대한 궤도 거울이 집약해 만들어낸 엷은 햇빛 기둥 속에서 지구편 돔이 반짝이고 있었다. 아무리 거울을 활용한들 땅속에 뿌리를 내리는 대부분의 식물은 여기서 살아남지 못했다. 태양광이 부족한 까닭이었다. 가니메데 과학자들이 연구에 연구를 거듭해 창조해낸 극심한 유전자 조작을 거친 식물종 만이 거울이 공급하는 미약한 태양 빛 속에서 그나마 생존할 가능성이 있을 따름이었다.

"일몰이 머지않았네." 바비가 말했다. 그녀의 시선은 작은 감시초소 밖에 있는 지구 해병 분대에 못 박혀 있었다. 그들도 그녀를 지켜보고 있을 것이다. 스누피 말고도 땅딸보라는 별명을 가진 병사도 보였는데, 그는 키가 1미터 25센티미터밖에 되어 보이지 않았다. 바비는 자신의 별명은 무엇일지 궁금했다. '빅 레드'가 아닐까? 그녀의 강화복은 아직도 화성에서 사용하던 위장색을 유지하고 있었다. 가니메데의 흰색과 회색 반점이 착색될 만큼 아직 여기서 충분히 근무하지 않았기 때문이다.

5분쯤 지나자 가니메데가 목성의 뒷면으로 이동하면서 궤도 거울의 빛기둥이 차례대로 꺼지기 시작했다. 희미하게 빛나던 온실이 인공조명의 푸르스름한 색으로 변했다. 전반적인 조도는 별로 떨어지지 않았지만 그림자의 움직임이 미묘하고 어색해졌다. 태양이(가니메데에서 태양은 가장 밝은 별은커녕 둥근 형태로 보이지도 않는다) 목성의 테두리 뒤로 넘어가자 순간적으로 어렴풋한 목성의 고리가 눈에 들어왔다.

"기지로 들어갑니다." 트래비스 상병이 말했다. "스누피가 후미에 섰습니다. 불쌍한 놈. 우리도 복귀합니까?"

바비는 가니메데의 더러운 얼음으로 뒤덮인 황량한 풍경을 휘둘러보았다. 첨단 기술로 도배된 강화복 안에서조차 지독한 추위가 느껴졌다.

"아니."

분대원들은 앓는 소리를 냈지만, 그녀의 지시에 따라 대열을 유지한 채 저중력 속에서 돔 주변을 느릿느릿 순찰했다. 바비 휘하의 순찰대에는 힐먼과 트래비스 외에도 가우랍이라는 이름의 신병이 있었다. 말 그대로 엊그제 입내해서 아직 새파란 수제에 마리너 계곡 특유의 늘어진 말투로 커다랗게 투덜거리는 목소리만큼은 다른 동료들에게 전혀 뒤지지 않았다.

무리도 아니었다. 사서 고생이나 다름없는 짓이었으니까. 가니메데에 주둔 중인 화성군 병사들에게 쉴 틈을 주지 않으려고 일부러 만든 임무였다. 만일 지구가 가니메데를 통째로 혼자 먹겠다고 나선다면 이 온실 돔 주변을 돌고 있는 네 불평꾸러기들로는 막을 길이 없다. 지금처럼 궤도 위에서 지구와 화성 함대가 팽팽한 긴장감을 유지하고 있는 상황에서 지상군은 지상 폭격이 시작된 후에야 비로소 전쟁이 발발했음을 알게 될 것이다.

바비의 왼쪽에 거의 500미터 높이의 돔이 우뚝 서 있었다. 온실 돔은 삼각형의 유리판들 사이를 가르고 있는 구릿빛 버팀목들 때문에 마치 거대한 패러데이 상자처럼 보였다. 바비는 돔 안에 들어가 본 적이 없었다. 그녀는 외행성 전력 증강 정책의 일환으로 화성에서 파견되었고 첫날부터 줄곧 가니메데의 지상 순찰 임무를 맡았다. 바비가 아는 가니메데는 우주항, 소규모 해병 기지, 그리고 그녀가 요즘 집이라고 부르는 코딱지만 한 방어초소가 전부였다.

바비는 돔 주변을 순찰하며 어제와 똑같은 풍경을 감상했다. 가니메데는 대형 재해가 일어나지 않는 한 변화가 거의 없는 곳이다. 지표면은 규산암과 우주 공간보다 고작 몇 도 높은 얼음으로 구성되어 있었다. 대기는 산소가 너무 희박해 실질적으로 진공이나 다름없었다. 기상 변화나 침식이 일어나지도 않았다. 소행성이 떨어지거나 아니면 액체 상태의 핵이 생성한 따뜻한 물이 지표면으로 상승해 수명 짧은 호수가 형성되는 게 고작이었다. 게다가 두 경우 모두 그리 흔히 일어나는 일은 아니었다. 바비의 고향인 화성에서는 바람과 먼지 구름이 시시각각 풍경을 변화시켰다. 하지만 이곳은 전날, 그 전날, 그리고 또 그 전날에 자신이 남긴 발자국을 따라

순찰을 할 수도 있었다. 설사 그녀가 다시는 가니메데로 돌아오지 않는다고 해도 그 발자국들은 그녀보다 더 오래 살아남을 것이다. 어찌 보면 꽤 소름 끼치는 일이라는 생각이 들었다.

평소에는 일정하고 부드러운 강화복의 동작음 중간마다 규칙적으로 끽끽거리는 소리가 섞여 들렸다. 바비는 대체로 슈트의 HUD를 최소화시켜두었다. 너무 많은 정보가 한꺼번에 쏟아지면 실제로 가장 중요한 눈앞에서 벌어지고 있는 일이 다른 정보에 묻혀버리기 때문이다. 그녀는 눈 깜박임과 눈동자 움직임으로 HUD 화면을 불러내 강화복의 상태 분석 화면을 훑어보았다. 노란색 경고등이 왼쪽 무릎 작동기의 유압이 부족하다고 알려왔다. 어디선가 새고 있는 것이 분명했지만, 너무 미세한 모양인지 슈트도 정확한 위치를 짚어내지 못했다.

"어이, 잠깐만 좀 멈춰봐." 바비가 말했다. "힐먼, 유압유 남는 것 좀 있나?"

"예." 힐먼이 이미 군장에서 꺼내면서 대답했다.

"내 왼쪽 무릎에 보충 좀 해 줘."

힐먼이 바비 앞에 쪼그리고 앉아 강화복을 손보는 사이, 가우랍과 트래비스는 열띤 토론을 시작했다. 아마도 스포츠 이야기인 것 같았다. 바비는 둘과 연결된 통신선을 꺼버렸다.

"더럽게 오래된 슈트네요." 힐먼이 말했다. "업그레이드 좀 하십시오. 안 그러면 이런 일이 점점 더 자주 발생할 겁니다."

"그래, 정말 그래야겠어." 바비가 내답했다. 그러나 말은 쉬워도 행동은 어려운 법이다. 바비의 체격은 표준 슈트에 맞지 않았고 새로운 맞춤제작 장비를 요청할 때마다 진절머리가 날 정도로 쓸데없는 고생을 해야 했다. 키가 2미터가 넘는 바비는 화성인 남성의 평균 신장을 약간 초과할 뿐이었지만 폴리네시안 혈통 덕분에 표준 중력에서도 체중이 100킬로그램 넘게 나갔다. 지방 때문이 아니었다. 바비의 근육은 체력 단련실에 한 번 들어갔다 나올 때마다 저절로 붙어나는 것 같았다. 그리고 훌륭한 해병대원인 바비는 체력단련을 절대 게을리하지 않았다.

지금 바비가 입고 있는 강화복은 12년 복무 동안 그녀에게 꼭 맞는 최초이자 유일한 슈트였다. 비록 세월의 흔적이 나타나기 시작했어도 새 슈트를 지급해달라고 애원하는 것보다는 이미 있는 것을 아껴 쓰는 편이 훨씬 쉽고 간편했다.

힐먼이 연장을 챙기는데 바비의 통신 회선이 지직거리며 살아났다.

"4번 초소에서 스틱맨에게. 스틱맨 응답하라."

"듣고 있다, 4번 초소." 바비가 대답했다. "여기는 스틱맨 원, 말하라."

"스틱맨 원, 도대체 어디서 뭘 하는 건가? 복귀가 30분이나 늦지 않았나. 여기 지랄 맞은 일이 일어났다."

"미안하다, 4번 초소. 장비에 문제가 생겼다." 바비는 지랄 맞은 일이 뭔지 궁금했지만, 공개 회선에 대놓고 물어볼 정도로 궁금하지는 않았다.

"지금 즉시 복귀하라. UN 초소에서 총격이 있었다. 출입봉쇄에 들어간다."

통신 내용을 완전히 이해하기까지는 약간의 시간이 걸렸다. 부하들이 그녀를 뚫어지게 쳐다보고 있었다. 두려움과 당혹감이 뒤

섞인 표정이었다.

"음, 지구 놈들이 우리한테 총을 쏘고 있다고?" 마침내 바비가 물었다.

"아직은 아니다. 하지만 뭔가에 총격을 가하고 있다. 지금 당장 똥구멍 빠지게 달려와."

힐먼이 일어났다. 바비는 무릎을 한 번 구부렸다 펴 본 다음 분석 창에 녹색등이 뜬 것을 확인했다. 힐먼에게 고마움의 표시로 고개를 한 번 끄덕이고 지시를 내렸다. "지금부터 초소까지 구보로 뛴다, 실시!"

초소까지 아직 500미터나 남았을 때 전투경보가 울렸다. 슈트의 HUD가 자동으로 전방 화면에 떠올라 전투 모드로 전환됐다. 센서 패키지가 적을 탐색하는 동시에 인공위성 하나를 연결해 조감도 시점으로 지상을 훑었다. 슈트의 오른팔에 내장된 총이 철컥거리며 무제한 사격 모드로 전환되는 것이 느껴졌다.

궤도 폭격이 시작되었다면 수천 개 경보음이 동시에 울렸을 테지만 그래도 바비는 저도 모르게 하늘을 올려다보았다. 번쩍거리는 불빛도, 미사일 연기 하나도 보이지 않았다. 그저 거대하고 육중한 굉음뿐이었다.

바비는 초소를 향해 경중경중 달렸다. 대원들은 묵묵히 그 뒤를 쫓아오고 있었다. 저중력에서 강화복을 사용하도록 훈련받은 이들은 긴 거리를 신속하게 주파힐 수 있다. 마침내 온실 돔의 둥그런 가장자리 너머 초소가 시야에 들어왔고, 잠시 후에는 전투경보의 원인을 볼 수 있었다.

UN 해병대가 화성 초소를 향해 돌진해 오고 있었다. 1년간의 냉전이 끝나고 드디어 불이 붙은 것이다. 훈련과 규율로 단련된 냉정함 속에서도 바비는 내심 깜짝 놀랐다. 실제 이런 날이 오리라고는 한 번도 생각해 본 적이 없던 까닭이었다.

남아 있던 소대원들이 기지 밖으로 뛰쳐나와 연합군 병사들을 향해 사격 태세를 갖췄다. 누군가 대열 밖으로 '요짐보'를 몰고 나왔다. 이 4미터 높이의 전투기계는 마치 강화복을 두른 머리 없는 거인처럼 다른 병사들 위로 우뚝 솟아 있었다. 육중한 기관포가 접근중인 지구 병사들의 움직임을 천천히 추적했다. 연합군은 두 개의 초소 사이 약 2.5킬로미터의 거리를 전력으로 질주해오고 있었다.

'왜 다들 아무 말도 없지?' 바비는 의아했다. 아군 통신 회선의 고요함은 거의 섬뜩할 정도였다.

그러다 다음 순간, 그녀의 분대가 전열에 막 합류한 순간 슈트가 전파방해 경고음을 내뿜기 시작했다. 위성 접속이 끊기고 조감 화면이 사라졌다. 팀원들의 생체반응과 장비 상태 정보 역시 바비와 대원들의 슈트 연결이 끊어지면서 까맣게 죽어버렸다. 공개 회선의 희미한 잡음도 사라져 정적을 더욱 불안하게 만들었다.

바비는 수신호로 팀원들을 우측에 세운 다음, 상관인 기브스 중위를 찾으러 갔다. 그의 강화복은 대열 중앙, 요짐보의 바로 밑에 서 있었다. 바비는 재빨리 달려가 그의 헬멧에 자신의 헬멧을 가져다 댔다.

"도대체 무슨 일입니까, 중위님?"

기브스 중위가 짜증스러운 표정으로 그녀를 노려보며 외쳤다. "나라고 뭐 아는 게 있을 것 같나? 그놈의 전파방해 때문에 놈들에게 물러나라고 경고할 수도 없어. 시각 경고는 깡그리 무시당하고 있고. 통신이 먹통이 되기 전에 적군이 반 클릭 안으로 들어오면 쏴도 좋다는 허가를 받았다."

물어보고 싶은 것이 산더미 같았지만, 고작 몇 초 후면 연합군 병사들이 500미터 경계선에 도착할 터였다. 바비는 분대가 대기 중인 우방으로 돌아갔다. 그 와중에 바비의 슈트는 접근 중인 연합군 병사들의 숫자를 세고 모두 적으로 표시했다. 강화복이 보고한 목표물은 모두 7기였다. 기지에 주둔 중인 UN 병력의 3분의 1에도 못 미치는 숫자다.

'도무지 말이 안 돼.'

바비는 HUD 화면에 500미터 지점에 선을 표시하라고 슈트에 지시했다. 부하들에게는 그것이 자유사격지대라는 사실도 알려주지 않았다. 그럴 필요가 없었다. 일단 바비가 쏘기 시작하면 그들은 이유 따위 묻지 않고 그녀를 따라 사격을 개시할 것이다.

연합군이 1킬로미터 지점을 통과했다. 여전히 아군을 향한 공격은 없었다. 그들은 산개 대형으로 접근하고 있었는데 앞쪽에 있는 여섯은 앞서거니 뒤서거니 산만하게 달렸고, 일곱 번째 표적은 70미터쯤 뒤처져 있었다. 바비의 HUD가 적 대열에서 가장 왼쪽에 있는, 그녀에게 가장 가까이 있는 적을 우선 목표로 설정했다. 하지만 바비는 왠지 뒤통수가 근질거리는 느낌에 슈트의 선택을 무시하고 제일 뒤에 있는 표적을 선택한 뒤 확대할 것을 지시했다.

코그민 인간 형제가 조준선 안에서 돌연 커다랗게 확대됐다. 순간 등골이 오싹해졌다. 바비는 화면을 다시 확대했다.

UN 해병 여섯 명의 뒤를 쫓아오고 있는 것은 우주복을 입고 있지 않았다. 거기다 엄밀히 말하자면 인간도 아닌 것 같았다. 피부는 검고 커다란 비늘 같은 키틴질 각판으로 덮여 있었다. 머리는 흉측함 그 자체였다. 일반적인 사람보다 두 배는 더 컸고 기괴하게 돌출된 종양 덩어리가 그득하게 붙어 있었다.

그러나 가장 충격적인 것은 두 손이었다. 몸에 비해 너무 크고 긴 그것은 어린 시절 악몽에나 나올 법한 괴물의 손이었다. 침대 밑에 몰래 숨어 있는 괴물의 손, 슬금슬금 창문을 통해 기어들어 오는 마녀의 손가락. 그런 무시무시한 손가락이 쉴 새 없이 꿈틀거리며 무지막지한 완력으로 쥐락펴락하고 있었다.

지구군은 화성군을 공격하는 게 아니었다. 그들은 퇴각 중이었다.

"뒤에 쫓아오는 놈을 쏴!" 바비가 막연하게 공중에 대고 외쳤다.

연합군 병사들이 500미터 경계선을 넘기 전에, 그래서 화성군이 사격을 개시하기 전에, 그것이 그들을 따라잡았다.

"아, 씨발." 바비가 중얼거렸다. "씨발!"

그것은 UN 해병 하나를 거대한 손으로 움켜잡고 종잇장처럼 절반으로 찢어 버렸다. 티타늄과 세라믹 장갑(裝甲)이 그 안에 들어 있는 살덩어리처럼 손쉽게 두 쪽으로 갈라지고 첨단 기술의 파편과 아직 신선한 인간의 내장이 얼음 위로 쏟아졌다. 남은 다섯 병사는 아까보다 더욱 사력을 다해 뛰기 시작했지만, 괴물은 살육을 저지르는 와중에도 속도를 늦추지 않았다.

"발사! 발사! 발사!" 바비가 고함을 내지르며 사격을 개시했다. 지금까지 쌓아 올린 고된 훈련과 전투강화복의 기술력이 결합해 그녀는 극도로 효율적인 살상기계로 변신했다. 바비의 손가락이 슈트에 내장된 화기의 방아쇠를 당기자 2밀리 철갑탄이 초속 1천 미터 이상의 속도로 연거푸 쏟아져 나갔다. 1초도 안 되는 사이에 50발이 발사됐다. 괴물은 인간만 한 크기였지만 비교적 속도가 느리고 직선 운동을 하고 있었다. 반면에 강화복의 조준 컴퓨터는 초음속으로 이동하는 소프트볼 크기의 목표물에 맞춰 탄도 수정도 할 수 있다. 바비가 발사한 탄환은 하나도 어김없이 괴물에게 명중했다.

하지만 소용없었다.

총알은 전부 관통했다. 괴물의 속도도 딱히 줄지 않았다. 총알이 빠져나간 사출구에서는 피가 아니라 가느다란 실 같은 것들이 뿜어져 나와 눈 위로 떨어졌다. 마치 물에 대고 총질을 하는 것 같았다. 상처가 생기는 속도보다 아무는 속도가 더 빨랐다. 총알이 명중했다는 유일한 증거는 놈이 지나간 자리에 남은 검은 필라멘트의 흔적뿐이었다.

괴물이 두 번째 UN 해병을 붙잡았다. 이번에는 두 조각으로 찢어발기는 것이 아니라 몸을 비틀어 강화복을 완전히 갖춰 입은 지구인을(500킬로그램은 족히 나갈 것이다) 바비를 향해 집어 던졌다. 고맙게도 슈트의 HUD가 날아오는 연합군 병사의 궤적을 추적해 괴물이 그녀 쪽을 '향해' 집어 던진 것이 아니라 그녀를 '겨냥해' 집어 던졌음을 알려주었다. 그것도 수평궤적으로, 다시 말해 엄청난 속도로 말이다.

바비는 강화복의 묵직한 중량이 허용하는 한 잽싸게 옆으로 몸을 날렸다. 불쌍한 연합군 병사가 그녀의 옆에 있던 힐먼에게 명중했다. 다음 순간 두 사람은 무시무시한 속노로 얼음 위로 뉭겨 시야에서 사라졌다.

바비가 다시 괴물을 찾아 두리번거렸을 때 그것은 벌써 연합군 병사를 둘이나 더 살해한 참이었다.

화성군 전체가 놈에게 포문을 열었다. 요짐보의 거대한 기관포도 예외가 아니었다. 마지막으로 남은 두 연합군 해병이 화성군이 괴물을 조준하기 쉽게 양쪽으로 갈라져 달렸다. 수백, 수천 발의 탄알이 그 생물체에 명중했다. 하지만 놈은 상처가 아무는 와중에도 전속력으로 돌진했다. 요짐보의 기관포 탄환이 바로 몸 측면을 맞혔을 때조차도 속도를 늦추지 않았다.

바비는 벌떡 일어나 엄호사격에 합세했지만, 효과는 별로 없었다. 괴물이 드디어 화성군과 충돌했다. 눈동자가 따라잡지도 못할 속도로 화성군 둘이 순식간에 학살됐다. 요짐보가 재빨리 옆으로 회피했다. 그 크기와 중량을 생각하면 기가 막힌 움직임이었다. 사이드가 조종하고 있는 게 틀림없다. 그는 내키기만 한다면 그 커다란 기계로 탱고도 출 수 있다고 떠벌리곤 했다. 하지만 그래 봤자 역시 소용없었다. 사이드가 기관포를 돌려 방아쇠를 당기기도 전에 놈이 쏜살같은 속도로 측면에 달라붙어 조종석 해치를 맨손으로 움켜쥐어 그대로 경첩에서 뜯어냈다. 사이드는 조종석에서 붙들려 나와 60미터 공중으로 내동댕이쳐졌다.

화성 해병대가 총을 쏘며 퇴각하기 시작했다. 교신이 불가능하니 체계적으로 지시할 방법도 없었다. 바비도 다른 전우들과 함께 돔 쪽으로 뛰었다. 아직 공황에 빠지지 않은 이성(理性)은 유리와 금속으로 만들어진 온실 돔으로는 강화병을 두 쪽으로 찢거나 9톤짜리 전투 기계를 맨손으로 박살 내는 생명체를 저지하지 못하리라는 것을 알고 있었다. 또 공포심을 억누르려고 해 봤자 아무 소용도 없으리라는 것도 알고 있었다.

바비가 돔의 바깥쪽 해치를 발견했을 즈음, 그때까지 살아있는 병사는 그녀 외에 한 명밖에 없었다. 가우랍이었다. 헬멧의 앞유리 너머 그의 얼굴이 보였다. 뭔가 고래고래 소리 지르고 있었지만, 바비는 들을 수가 없었다. 바비가 몸을 기울여 헬멧끼리 접촉하려는 순간 가우랍이 그녀를 거칠게 떠밀어 넘어뜨렸다. 그리곤 금속 주먹으로 문 옆의 제어판을 미친 듯이 두드려 어떻게든 돔 안으로 몸을 구겨 넣으려는 찰나, 괴물이 그를 붙잡았다. 놈은 너무나도 간단하게 그의 슈트에서 헬멧을 뽑아냈다. 가우랍은 잠시 멍청하게 서 있었다. 진공 속에서 두 눈을 깜박이며 입을 벌리고 소리 없는 비명을 질렀다. 괴물은 헬멧을 뽑았을 때처럼 이번에도 너무나도 어이없게 가우랍의 머리를 뽑아버렸다.

놈이 고개를 돌려 바닥에 누워 있는 바비를 쳐다보았다.

가까이서 보니, 놈은 밝은 푸른색 눈을 갖고 있었다. 전자파라도 발산하는 것처럼 새파랗게 이글거리는 눈동자였다. 아름다웠다. 바비는 총을 들어 올리고 방아쇠 위에 손가락을 댔지만 이내 탄약이 한참 전에 떨어졌음을 깨달았다. 괴물이 그녀의 총을 응시했다. 바비는 그 시선에 담긴 것이 호기심이라고 하늘에 맹세라도 할 수 있었다. 놈이 그녀의 눈을 들여다보더니 머리를 갸우뚱 기울였다.

'이젠 끝이야.' 바비는 생각했다. '이렇게 죽는 거야. 저놈의 정체도 모르고, 영문도 모른 채로.' 죽는 건 괜찮았다. 하지만 의문만 가득힐 뿐 대답을 모른 채 죽는 것은 너무 산인했다.

놈이 한 발짝 다가오다가 갑자기 우뚝 멈춰 서서 온몸을 부르르 떨었다. 허리에서 팔이 한 쌍 불쑥 솟아나더니 촉수처럼 허공에서 바르작거렸다. 안 그래도 흉측하고 징그럽게 생긴 머리가 더 크게 부풀어 오르는 것처럼 보였다. 새파란 눈이 돔의 조명처럼 눈부시게 번쩍거렸다.

다음 순간 놈의 몸뚱이가 폭발했다. 바비는 그 충격에 휘말려 얼음 위를 길게 미끄러지다 낮은 이랑에 머리를 퍽 부딪쳤다. 강화복의 충격 흡수 젤이 순식간에 딱딱하게 굳어 그녀의 몸을 고정시켰다.

바비는 바닥에 등을 대고 누운 채로 서서히 의식을 잃어갔다. 머리 위에서 밤하늘이 번득거리기 시작했다. 궤도에 주둔 중이던 함선들이 포문을 연 것이다.

'사격 중지.' 바비는 의식을 잃는 중에도 절박하게 생각을 뱉어냈다. '저들은 퇴각 중이었어. 사격 중지.' 통신은 두절됐고, 슈트는 죽었다. 바비는 연합군이 공격한 것이 아니라는 사실을 누구에게도 알릴 수 없었다.

혹은 진범이 누구인지도.

2
홀던

커피메이커가 또 고장 났다.

'또.'

홀던은 빨간색 '커피' 버튼을 몇 번 더 눌러 보았다. 머리로는 소용없다는 것을 알면서도 어쩔 수가 없었다. 크고 반짝이는 커피메이커, 화성 해군 승무원 전체의 행복과 안녕을 수호하는 커피를 끓이도록 설계된 그 기계는 그를 위해 단 한 잔의 커피도 만들기를 거부했다. 심지어 노력하는 흉내조차 내지 않았다. 녀석은 커피를 내리는 것을 거부하는 것이 아니라 '시도'하기조차 거부했다. 카페인 두통이 밀려와 관자놀이를 위협하자, 홀던은 두 눈을 질끈 감고 가장 가까운 벽 패널을 눌러 선내 전체 채널을 열었다.

"에이모스." 그가 말했다.

통신도 작동하지 않았다.

홀던은 바보가 된 기분을 느끼며 선내 전체 채널을 여는 버튼을 몇 번 더 눌러 보았다. 전혀 반응이 없었다. 홀던은 눈을 떴다. 패널의 불이 전부 꺼져 있었다. 주위를 둘러보니 냉장고와 오븐도 꺼져 있었다. 커피메이커만 고장 난 것이 아니었다. 주방 전체가 반란을 일으킨 것이다. 홀던은 얼마 전에 주방 벽에 새로 찍은 함선의 이름 '로시난테'를 바라보며 중얼거렸다. "예쁜아, 내가 너를 얼마나 사랑하는데 나한테 왜 이러는 거냐."

홀던은 핸드터미널을 꺼내 나오미를 호출했다.

한참 뒤에야 그녀가 응답했다. "음, 네?"

"주방 전체가 먹통이야. 에이모스는 어디 있지?"

잠깐 침묵. "지금 주방에서 연락하는 겁니까? 같은 함선 안인데요? 손만 뻗으면 벽 패널이 있는데?"

"주방의 벽 패널도 작동하지 않아. 내가 '주방 전체가 먹통이야'라고 한 건 전혀 과장이 아니라고. 문자 그대로 주방에 있는 것 중에 작동하는 게 하나도 없어. 내가 널 호출한 건 넌 핸드터미널을 항상 휴대하고 다니지만 에이모스는 그러는 법이 거의 없기 때문이야. 그리고 어디서 뭘 하는지 나한테 절대로 보고하는 법이 없지만 너한테는 늘 얘기하잖아. 그러니까 하는 말인데, 에이모스는 어디 있지?"

나오미가 웃음을 터트렸다. 기분 좋은 소리였다. 나오미의 웃음은 홀던의 얼굴에 미소를 떠오르게 하는 데 실패하는 법이 없다. "무슨 배선을 바꾼다고 한 것 같습니다."

"거긴 다 제대로 돌아가고 있어? 혹시 우리 배가 미쳐서 날뛰고 있는데 나한테 그 소식을 어떻게 전할까 고민하던 중은 아니었고?"

홀던은 통신선 너머로 나오미가 뭔가를 입력하는 소리를 들었다. 그녀는 콧노래를 흥얼거리고 있었다.

"예." 나오미가 말했다. "지금 동력이 나간 곳은 주방뿐인 것 같은데요. 그리고 알렉스 말로는 우주 해적과 한 판 뜰 때까지 한 시간도 안 남았답니다. 관제실로 올라와서 우주 해적이나 상대하시겠어요?"

"커피를 안 마시면 우주 해적과 한 판 뜰 수도 없다고. 됐어, 내가 가서 에이모스를 찾아보지." 홀던은 통신을 끊고 주머니에 핸드터미널을 집어넣었다.

그는 함선의 용골을 관통하는 사다리로 가서 리프트를 불렀다. 우주 해적선은 기껏해야 1g로 비행할 능력밖에 되지 않아 홀던의 조종사인 알렉스 카말은 그들을 따라잡기 위해 1.3g로 비행 중이었다. 1g 이상일 때 사다리를 이용하는 것은 위험하다.

몇 초 후, 갑판 해치가 덜컹 열리더니 리프트가 그의 발치에 멈췄다. 홀던은 리프트 위에 올라 엔진실 갑판 버튼을 눌렀다. 리프트가 수직 통로를 따라 천천히 하강했다. 리프트가 접근하자 해치가 열렸고, 그가 통과하자 다시 텅 소리를 내며 닫혔다.

에이모스는 엔진실에서 한 층 위에 있는 기계제작실에 있었다. 작업대 위에 굉장히 복잡해 보이는 기계를 반쯤 분해해 놓은 채 납땜용 총으로 뭔가를 작업 중이었다. 그가 움직일 때마다 몸집보다 몇 치수는 작아 보이는 회색 점프슈트가 널찍한 어깨 위에서 팽팽하게 당겨졌다. 점프슈트의 등에는 아직도 이 배의 예전 이름인 '다치'라는 글자가 새겨져 있었다.

홀던은 리프트를 멈추고 말을 걸었다. "에이모스, 주방이 먹통이야."

에이모스는 쳐다보지도 않고 우람한 팔을 들어 귀찮다는 듯이 내저었다. 홀던은 기다렸다. 마침내 에이모스가 납땜을 마치고 공구를 내려놓은 다음 몸을 돌렸다.

"예, 주방이 작동하지 않는 건 제가 이 망할 자식을 뽑아냈기 때문이죠." 그가 방금까지 납땜 중이던 부품을 가리켰다.

"다시 집어넣으면 안 돼?"

"안 됩니다. 적어도 지금 당장은 안 됩니다. 아직 볼 일이 덜 끝났거든요."

홀던이 한숨을 푹 내쉬었다. "하필이면 극악무도한 우주 해적과 맞붙기 직전에 이걸 수리하겠다고 주방을 못 쓰게 만드는 게 그렇게 중요한 일이야? 왜냐하면 내 두통이 진짜 심각한 지경에 이르렀거든. 그리고 알다시피, 난 전투를 치르기 전에 꼭 커피를 마시고 싶어."

"예, 중요하고말고요." 에이모스가 말했다. "제가 그 이유까지 설명해야 합니까, 아니면 그냥 제 말을 믿으실 겁니까?"

홀던은 고개를 끄덕였다. 지구 해군에서 복무하던 시절이 그립지는 않지만 때때로 엄격한 명령 체계에 대해서만큼은 향수에 젖을 때가 있다. 로시난테 호에서 '선장'이라는 직함이 가지는 의미는 굉장히 불분명했다. 함선을 손보고 배선을 관리하는 것은 에이모스의 일이었고, 그는 해야 할 일을 할 때마다 홀던에게 알려야 한다는 생각 자체를 좋아하지 않았다.

홀던은 체념했다.

"좋아." 그가 말했다. "하지만 나한테 먼저 알려줬더라면 좋았을 거야. 난 커피를 못 마시면 까칠해지거든."

에이모스가 히죽 웃더니 대머리에 가까운 머리 위에 모자를 깊숙이 눌러 썼다.

"젠장, 선장님. 그 정도는 제가 도와드릴 수 있지요." 그는 팔을 뻗어 작업대 위에 놓여 있던 거대한 금속 보온병을 집었다. "주방을 닫기 전에 비상 물자를 챙겨놨거든요."

"에이모스, 조금 전까지 내가 속으로 자네한테 퍼붓던 온갖 못된 말들에 대해 진심으로 사과하는 바이네."

에이모스는 신경 쓰지 말라는 듯 손사래를 치고는 다시 하던 일로 돌아갔다. "가져가십시오. 전 벌써 한 잔 때렸으니까."

홀던은 보온병이 무슨 구명구라도 되는 것처럼 두 손으로 굳게 움켜쥔 채 리프트를 타고 관제 갑판으로 올라갔다.

나오미가 센서 및 통신 패널 앞에 앉아 우주 해적선 추적의 진행 상황을 살피고 있었다. 한눈에도 홀던이 마지막 보고를 받았을 때보다 두 우주선 사이의 거리가 훨씬 가까워졌음을 알 수 있었다. 홀던은 전투작전 소파에 앉아 안전띠를 맸다. 옆에 있는 캐비닛을 열어 조만간 저중력으로 날거나 자유낙하를 할 경우에 대비해 커피를 담을 튜브를 꺼냈다.

보온병에서 커피를 따르며 홀던이 말했다. "엄청나게 빨리 따라붙고 있군. 어떻게 되고 있어?"

"해적선이 1g에서 속도를 다소 늦췄습니다. 몇 분간 0.5g로 달리다가 1분 전에는 완전히 가속을 중단했어요. 속도를 늦추기 직전에 컴퓨터가 그쪽 드라이브 출력에 변동이 생긴 걸 발견한 거로 보아 제 생각엔 우리가 너무 열심히 쫓아산 것 같습니다."

"배에 문제가 생긴 건가?"

"배가 문제가 생긴 거죠."

홀던은 커피를 한 모금 길게 들이키다 혀를 뎄지만 개의치 않았다.

"놈들과 만날 때까지 얼마나 남았지?"

"최대 5분입니다. 알렉스가 최종 감속을 앞두고 선장님이 올라와 안전띠를 매길 기다리는 중이었습니다."

홀던은 통신 패널에서 선내 전체 버튼을 누른 다음 말했다. "에이모스, 안전하게 뭘 붙드는 게 좋을 거야. 나쁜 놈들과 충돌하기 5분 전이다." 그런 다음 조종실 채널을 열었다. "알렉스, 정답이 뭐지?"

"놈들 배에 문제가 생긴 게 틀림없습니다." 알렉스가 화성 마리너 계곡 특유의 느릿느릿한 말투로 대답했다.

"다들 같은 생각인 것 같군." 홀던이 말했다.

"그래서 도망가기가 더 어려워진 거지요."

화성의 마리너 계곡에 최초로 정착한 사람들은 중국인과 동인도인, 그리고 텍사스인이었다. 알렉스는 동인도인의 어두운 피부색과 새까만 머리칼을 물려받았다. 지구 출신인 홀던은 당연히 펀자브 억양을 쓰리라고 짐작한 사람에게서 과장된 텍사스 사투리가 흘러나올 때마다 묘한 위화감을 느꼈다.

"덕분에 우리 일은 쉬워졌고." 홀던이 전투작전 패널을 준비하며 말했다. "1만 클릭에서 상대적 정지 상태로 들어가. 내가 표적 레이저로 겨냥한 다음 국지방어포를 가동하겠다. 튜브 외부 문도 열어. 최대한 무섭게 보이는 게 좋을 테니까."

"알겠습니다, 보스."

나오미가 의자를 돌려 홀던을 쳐다보며 씩 웃었다. "우주 해적과 전투라니, 엄청 낭만적이네요."

홀던도 같이 웃을 수밖에 없었다. 길고 마른 벨트인(소행성대 사람) 체격에 비해 세 치수는 짧고 다섯 치수는 헐렁한 화성 해군 장교의 점프슈트를 입고 있는데도 나오미는 몹시 아름다웠다. 길고 구불거리는 검은 머리칼이 뒷목에서 아무렇게나 묶여 있었다. 나오미는 인종의 용광로와 같은 벨트인 중에서도 아시아와 남미, 그리고 아프리카인의 특색이 골고루 섞여 있는 흔치 않은 외모였다.

홀던은 자신의 맞은편 어두운 패널 위에 반사된 갈색 머리의 몬태나 농장 소년을 흘깃 쳐다보고는 너무 평범하다고 생각했다.

"네가 '낭만적'이라고 부르는 것들을 내가 무조건 다 좋아한다는 거 알지?" 홀던이 말했다. "한데 난 너 같은 열정이 부족한 모양이야. 외계인의 무서운 음모로부터 태양계와 인류를 지켜냈는데 지금은 고작 이런 일이나 하고 있다니."

홀던이 평생을 통틀어 깊이 알았던 경찰은 단 한 명뿐이었고 그나마 알고 지낸 시간조차 매우 짧았다. 엄청나게 심각하고 거대한 일련의 지랄 같은 일들(지금은 줄여서 '에로스 사건'이라고 불렀다)을 거치던 중에 홀던은 밀러라는 이름의 깡마르고 음울한 망가진 사내와 함께 일하게 되었다. 그를 만났을 당시에 밀러는 실종사건을 해결하는 데 집착한 나머지 직장까지 때려치운 상태였다.

그들은 엄밀히 말해 친구도 아니었고 그랬던 적도 없지만 한 거대기업에서 일하던 소시오패스가 주도한 인류 멸종의 위기를 막아냈고, 그 과정에서 역사상 모두가 토성의 위성이라고 착각했던 외계 무기를 회수했다. 최소한 그 점에서 두 사람의 동업은 성공적이었다고 할 수 있었다.

홀던은 과거에 해군 장교로 6년간 복무했다. 그는 사람들이 죽는 것을 보았다. 단순히 레이더 스크린을 통해 본 것을 말하는 것이 아니다. 그는 에로스에서 수천수만 명이 죽어가는 끔찍한 장면을 직접 목격했다. 몇 명의 목숨을 몸소 빼앗기도 했다. 방사선에 피폭되는 바람에 온몸에 암세포가 피어나는 것을 예방하기 위해 앞으로 평생 약물치료를 해야 한다. 이나마 밀러에 비하면 괜찮은 결과다.

밀러의 활약으로 외계 전염병균은 지구가 아니라 금성에 떨어졌지만 소멸하지는 않았다. 외계인이 만든 강력하고 복잡한 프로그램은 여전히 금성의 두꺼운 구름 밑에 존재하고 있고 과학적으로도 '흠, 신기하군.' 이상의 결론은 끌어내지 못했다.

인류를 구한 대가로 나이 들고 지친 벨트인 형사는 자기 목숨을 희생했다.

인류를 구한 대가로 홀던은 외행성 연합(OPA, Outer Planets Alliance) 밑에서 해적들이나 쫓는 처지로 전락했다. 아무리 일진이 나쁜 날에도 홀던은 그나마 자신의 처지가 낫다고 여겼다.

"접촉 30초 전." 알렉스가 말했다.

상념에서 깨어난 홀던은 엔진실 갑판을 호출했다. "에이모스, 잘 잡고 있나?"

"예, 선장님. 준비됐습니다. 내 귀염둥이가 다치지만 않게 해 주십시오."

"오늘은 아무도 다치지 않을 거야." 홀던이 통신 채널을 끄고 말했다. 나오미가 의아하다는 듯이 한쪽 눈썹을 치켜 올렸다. "나오미, 나한테 통신을 넘겨 줘. 저 친구들에게 말을 걸고 싶으니까."

잠시 후 그의 패널에 통신 제어판이 나타났다. 홀던은 해적선을 향해 좁은광선을 쏘고 상태등이 녹색으로 변하기를 기다렸다. 녹색불이 들어오자 그가 말했다. "신원미상의 경화물선 들어라. 여기는 OPA의 미사일 프리깃함 로시난테 호의 제임스 홀던 선장이다. 응답하라."

헤드셋에서는 배경복사의 희미한 잡음소리만 가득했다.

"이봐 제군들, 게임은 그만하지. 난 너희가 누군지 알고 너희도 내가 누군지 알아. 그리고 나는 너희가 닷새 전에 식량 수송선 솜남뷸리스트 호를 공격해 엔진을 망가뜨린 다음 단백질 6천 킬로그램과 공기를 몽땅 탈취해간 사실도 알고 있다. 내가 너희에 관해 알아야 할 건 그 정도면 충분하지."

여전히 잡음과 정적.

"자, 그러므로 내가 제시하는 조건은 이렇다. 난 너희를 따라다니는 데 신물이 났고, 너희가 배를 수리할 때까지 기다렸다가 또다시 신나는 추격전을 벌일 생각도 없어. 지금부터 60초 안에 무조건 투항 의사를 밝히지 않는다면 고강도 플라스마 탄두가 장착된 어뢰 두 발로 너희 배를 불덩이로 만들어 버리겠다. 그런 다음엔 집에 가서 두 발 다 뻗고 푹 잘 거고."

마침내 침묵을 뚫고 해적의 삶을 선택하기엔 지나치게 어린 소년의 목소리가 들렸다.

"뻥까고 있네. OPA는 진짜 정부도 아니잖아. 어차피 법적으로 아무 짓도 못 할 거면서. 잔소리 말고 빨리 꺼져 버려." 사춘기의 끝자락에 있는 높고 삐악거리는 목소리였다.

"진심이야? 할 말은 그게 다야?" 홀던이 말했다. "이봐, 합법적이니 실질적 정부의 요건이니 어쩌니 하는 것 따위에는 관심 끄라고. 레이더로 지금 우리 배가 뭘 하고 있는지나 확인해보는 게 어때? 네놈들은 집에서 대충 조립한 가우스 포를 땜질해 붙인 경량 화물선이고, 우리 쪽은 작은 위성 하나도 녹여버릴 수 있는 최첨단 화성 뇌격함이라고."

상대방은 대답하지 않았다.

"제군들, 나를 적법한 법 집행자로 인식하진 않더라도 적어도 내가 마음만 내키면 너희를 날려버릴 수 있다는 것 정도는 알아주지?"

통신회선은 여전히 침묵했다.

홀던은 한숨을 내쉬고 손가락으로 콧대를 꼬집었다. 카페인을 투입했는데도 두통은 사라지기를 거부했다. 그는 해적선의 통신 채널을 열어둔 채 조종실 채널을 열었다.

"알렉스, 저놈들에게 선수 국지방어포로 한 방 날려줘. 선체 중앙을 조준하도록."

"잠깐!" 소년이 다급히 외쳤다. "항복할게! 항복한다고! 하느님 맙소사!"

홀던은 며칠간의 가속 끝에 만끽하는 0g에서 기지개를 켜며 혼자 히죽 웃었다. 정말로 '오늘은 아무도 다치지 않았다.'

"나오미, 우리 새 친구들에게 네가 저 배를 원격조종할 수 있는 방법을 알려줘. 녀석들을 타이코 스테이션에 데려가서 OPA 재판소에 회부한다. 알렉스, 일단 저놈들이 엔진을 복구하고 나면 편안하고 기분 좋은 0.5g로 집으로 돌아가지. 난 아스피린을 찾으러 의료실로 간다."

홀던은 충격 흡수 소파의 안전띠를 풀고 갑판 사다리로 향했다. 도중에 핸드터미널이 울렸다. 프레드 존슨, OPA의 명목상 지도자이자 실질적으로 OPA의 본거지인 타이코 사의 제조 스테이션에서 그들을 후원하고 있는 인물이었다.

"안녕하십니까, 프레드. 말썽꾸러기 해적들을 잡았습니다. 이제 재판에 넘기러 타이코로 데려갑니다."

프레드의 크고 검은 얼굴이 미소로 주름졌다. "그것참 참신한 소식이군요. 배를 침몰시키는 게 지겨워졌습니까?"

"아니요. 드디어 내 말을 믿어준 사람이 생긴 겁니다."

프레드의 미소가 찌푸림으로 변했다. "짐, 내가 연락한 건 다른 이유가 있어서요. 당장 타이코로 귀환하십시오. 가니메데에서 사건이 터졌습니다…."

3

프락스

프락시디케 멩은 헛간 문 앞에 서서 거의 검은색에 가까운 짙은 초록색 이파리가 부드럽게 물결치는 들판을 바라보며 충격에 휩싸여 있었다. 그의 머리 위로 둥그렇게 휘어진 돔은 평소보다 훨씬 어두웠다. 식물재배등의 동력이 꺼졌고, 거울은…. 거울에 대해서는 생각도 하고 싶지 않았다.

전함들 사이에서 번득이는 불꽃은 싸구려 스크린의 픽셀 오류처럼 거기에 있어서는 안 되는 색깔과 움직임을 지니고 있었다. 뭔가가 아주 크게 잘못되었다. 프락스는 혀로 입술을 축였다. 반드시 방법이 있을 것이다. 어떻게든 이것들을 살릴 방도가 분명히 있을 것이다.

"프락스." 도리스가 말했다. "이제 우리도 피해야 해. 어서 서둘러."

저자원 농업식물학 분야가 낳은 최상의 결실이자, 대두(大豆)의 일종으로 유전자 조작을 너무 많이 거친 나머지 새로운 종이나 다름없는 '글리신 케논'은 프락스에게 있어 지난 8년간의 삶 전부를 의미했다. 그것은 그의 부모에게 유일한 손녀딸을 아직도 실제로 보여주지 못한 이유이자 그의 결혼 생활을 파경으로 이끈 원인 중 하나였다. 유전자 조작을 통해 서로 미세한 차이를 지니게 된 여덟 개의 엽록체 가닥들이 저 들판에서 광자당 최대한의 단백질을 자아내기 위해 분투하고 있는 모습이 눈앞에 선했다. 손이 달달 떨렸다. 금세라도 토할 것 같았다.

"거울이 추락할 때까지 5분도 안 남았어." 도리스가 말했다. "지금 당장 대피해야 한다고!"

"저는 안 보이는데요…." 프락스가 말했다.

"워낙 빨리 떨어지고 있으니까. 그게 눈에 보일 때쯤이면 아무것도 못 보게 될걸. 다른 사람들은 벌써 다 대피했어. 우리가 마지막이라고. 빨리 리프트에 타!"

거대한 궤도 거울은 항상 믿음직한 동맹이었고 백 개의 백색 태양처럼 그의 들판을 내리쬐어 주었다. 프락스는 거울이 자신을 배신했다는 사실을 믿을 수가 없었다. 사실 그것은 바보 같은 생각이었다. 지금 가니메데를 향해(그의 온실을 향해, 그의 콩밭을 향해, 그가 평생을 바친 작품을 향해) 추락 중인 거울은 실은 아무것도 선택한 적이 없었다. 거울은 다른 모든 것과 마찬가지로 원인과 결과의 희생양일 뿐이다.

"난 지금 갈 거야." 도리스가 말했다. "4분 후면 당신 죽는다고."

"잠깐만요." 프락스가 말했다. 그는 돔 안으로 달려 들어가 들판에 닿자마자 무릎을 꿇고 맨손으로 비옥한 검은 흙을 파기 시작했다. 흙에서 짙은 파촐리 향이 나는 것 같았다. 그는 손가락을 최대한 깊숙이 찔러 넣어 둥그런 뿌리를 들어냈다. 그의 손바닥 위에 작고 연약한 식물 한 포기가 놓여 있었다.

도리스는 벌써 산업용 리프트에 올라타 신호만 떨어지면 당장 가니메데 스테이션의 깊숙한 동굴과 터널 속으로 도주할 준비가 되어 있었다. 프락스는 그녀를 향해 뛰었다. 일단 손에 살려야 할 식물을 들고 있으니 갑자기 돔 전체가 지극히 위험하게 느껴졌다. 프락스가 문으로 몸을 던지자마자 도리스가 제어 화면을 눌렀다. 거대한 금속 리프트가 덜컹 들썩이더니 드디어 하강하기 시작했다. 평소에 이 리프트는 무거운 자재들을 운반하는 용도로 사용됐다. 경운기와 트랙터, 스테이션의 재활용 처리기에서 뽑아 온 수천 톤의 부식토. 하지만 지금 여기에는 고작 셋뿐이었다. 바닥에 양반다리를 하고 앉은 프락스와 그 무릎 위에 놓여 있는 어린 대두 한 포기, 그리고 아랫입술을 잘근거리며 핸드터미널을 뚫어지게 응시하고 있는 도리스. 리프트가 지나치게 휑하게 느껴졌다.

"거울이 돔 위에 안 떨어질 수도 있습니다." 프락스가 말했다.

"그럴 수도 있지. 그렇지만 천삼백 톤짜리 금속과 유리야. 충격파만 해도 어마어마할걸."

"돔이 버틸지도 모르잖습니까."

"그건 아니야." 그녀가 말했다. 프락스는 더 말을 걸지 않았다.

리프트는 웅웅 소리를 내며 가니메데의 얼음 표면을 뒤로하고 스테이션 대부분을 구성하고 있는 복잡한 터널 속으로 더욱 깊숙이 미끄러져 들어갔다. 공기 중에서 전열선과 공업용 윤활유 냄새가 났다. 프락스는 아직도 정말로 이런 일이 일어났다는 사실을 믿을 수가 없었다. 빌어먹을 군인들이 진짜로 서로를 쏘기 시작하다니. 도대체 어디에 있는 누가 이렇게까지 근시안적일 수가 있단 말인가. 물론 정말 그런 인간들이 있을 수도 있다는 점을 빼면 말이다.

지구-화성 연합이 와해한 지 이미 수개월, 그 사이에 프락스는 끊임없는 불안과 두려움에서 신중한 희망을 거쳐 현 상태에 대한 안주로 서서히 옮겨갔다. 지구와 화성이 아무것도 하지 않은 채 조용히 지나가는 나날들은 앞으로도 그들이 아무것도 하지 않으리라는 또 다른 증거나 다름없었다. 프락스는 모든 것이 겉으로 보이는 것보다 안전하다고 믿었다. 심지어 사태가 악화되어 정말로 총탄이 오가는 전쟁이 일어나더라도 이곳만큼은 피해 가리라고 믿었다. 가니메데는 식량 생산지였다. 가니메데는 자기권 덕분에 임산부들이 태교하고 출산을 하기에 가장 안전한 곳이었고, 선천성 기형과 사산율도 외행성 중에서 제일 낮았다. 가니메데는 인류가 더 멀고 깊은 태양계로 진출하고 확산할 수 있게 해준 모든 것들의 중심지였다. 따라서 가니메데는 위태로운 만큼이나 중요한 위성이었고, 윗사람들은 결코 여기서 전쟁이 발발하도록 내버려 두지 않을 것이었다.

도리스가 저급한 욕설을 내뱉었다. 프락스가 고개를 들고 쳐다보자, 손가락으로 가느다란 백발을 훑더니 고개를 돌리고 내뱉었다.

"통신 연결이 전부 끊겼어." 도리스가 핸드터미널을 들어 보이며 말했다. "네트워크 전체가 불통이야."

"누가 그런 짓을 하죠?"

"스테이션 치안대, UN, 화성…. 내가 어떻게 알겠어?"

"하지만 만약 그늘이…."

마치 거대한 주먹이 리프트의 지붕을 내리친 것 같은 엄청난 충격이 몰아쳤다. 뼛속까지 울리는 날카로운 소리와 함께 비상 브레이크가 가동되었다. 조명이 꺼지고 어둠이 그들을 집어삼켰지만, 벌새의 심장이 두 번 뛸 시간이 채 지나기 전에 배터리 네 개로 가동되는 비상용 LED가 반짝 켜졌다. 비상등은 카트의 동력이 돌아오자 다시 꺼졌다. 시스템이 치명적 고장 원인분석을 시작했다. 운동선수가 시합 전에 몸을 풀듯이, 모터가 돌아가고 리프트가 딸깍거리며 추적 인터페이스가 스풀링을 시작했다. 프락스가 바닥에서 일어나 제어판으로 다가갔다. 리프트 통로 센서가 기압이 최저 수준으로 떨어졌고 계속 하강 중임을 알렸다. 그는 머리 위 어디선가 가압문이 닫히는 소리를 들으며 부르르 몸서리쳤다. 외기압이 상승하기 시작했다. 리프트 통로의 공기는 비상시스템이 가동되기전에 우주 공간으로 빨려 나갔다. 그의 돔이 파괴되었다.

이제 프락스의 돔은 없다.

프락스는 손으로 입을 틀어막았다. 뺨이 흙투성이가 되었다는 것도 몰랐다. 머리로는 프로젝트 재개에 필요한 일들(RMD 남부지부에 있는 프로젝트 매니저에게 연락해서 추가지원금 신청서를 작성하고, 또 데이터 백업을 구해 바이러스 삽입 표본도 다시 만들고 등등)을 정신없이 검토하고 있는데 마음 한구석은 기이할 정도로 차분하고 침착했다. 마치 그가 둘로 나뉜 듯한 기분이었다. 한 명은 절박하게 앞날을 구상하고 다른 한 명은 무덤덤하게 이미 일어난 일을 애도하고 있는 듯한 이 느낌은 결혼 생활이 완전히 파탄 나기 직전 마지막 일주일을 연상시켰다.

도리스가 그를 바라보았다. 길게 호선을 그린 입술 양 끝에 허탈한 웃음기가 맺혀 있었다. 그녀가 손을 내밀었다.

"그동안 함께 일할 수 있어 즐거웠어, 프락스 박사."

비상 제동이 해제되면서 리프트가 다시 크게 요동쳤다. 아까보다 한층 먼 곳에서 또 다른 충격파가 터졌다. 궤도 거울이나 함선이 추락한 듯싶었다. 지상에서는 양측 군인들이 총격을 퍼붓고 있다. 어쩌면 스테이션 내부에서도 전투가 일어나고 있을지 모른다. 누가 알겠는가. 프락스는 도리스의 손을 맞잡고 흔들었다.

"저 역시 함께 일할 수 있어 영광이었습니다, 도리스 박사님."

두 사람은 그들의 지난 삶이 묻힌 무덤 옆에서 잠시 애도의 시간을 가졌다. 도리스가 한숨을 내쉬었다.

"이제 됐어." 그녀가 말했다. "여기서 빨리 빠져나가자고."

메이가 다니는 어린이집은 가니메데에서도 아주 깊숙한 곳에 있었지만, 튜브 정거장은 리프트의 적하장에서 겨우 몇백 미터 거리였고 튜브로 메이의 어린이집까지는 10분 남짓밖에 걸리지 않았다. 적어도 튜브가 운행 중일 때에는 그랬다. 가니메데에서 30년이나 살았건만 프락스는 튜브 정거장에 보안용 문이 있다는 사실조차 처음 알았다.

봉쇄된 튜브 정거장 앞에 군인 네 명이 주변 통로와 똑같은 색조의 베이지색과 강철색 위장색이 발현된 두꺼운 장갑복을 입고 서 있었다. 그들은 크고 살벌한 돌격소총을 들고 자신들을 에워싸고 있는 십여 명의 군중에게 으르렁거리고 있었다.

"난 교통위원회 소속이라고!" 짙은 피부색에 키가 크고 호리호리한 여자가 한 군인의 가슴팍을 손가락으로 쿡쿡 씨르며 힘주어 말했다. "우릴 들여보내지 않으면 당신 아주 심각한 문제에 처하게 될 거야. 아주 골치 아프게 될 거라고."

"얼마나 오랫동안 닫아놓을 거죠?" 한 남자가 물었다. "난 집에 가야 해요. 얼마나 오랫동안 닫아놓을 거냐고요?"

"시민 여러분." 왼쪽에 있는 군인이 큰 소리로 외쳤다. 그녀는 무척 크고 묵직한 목소리를 지니고 있었다. 웅성거리던 무리가 교사의 말을 들은 어린 학생들처럼 삽시간에 조용해졌다. "현재 이 구역은 보안 문제로 봉쇄되었습니다. 군사 작전이 종료될 때까지 각 레벨 간의 이동은 공무 수행인 외에는 금지됩니다."

"너희는 누구 편이야?" 누군가 버럭 외쳤다. "너희 화성인이야? 어디 편이냐고!"

"그때까지 모두 침착하게 기다려주십시오." 병사는 그 외침을 못 들은 척 말을 이었다. "안전이 확보되는 즉시 튜브의 운행이 정상 재개될 것입니다. 그때까지는 여러분의 안전을 위해 진정하고 기다려주십시오."

프락스는 목소리가 들리기 전까지 자신이 입을 열었다는 것도 몰랐다. 투정을 부리듯이 징징거리는 목소리였다.

"내 딸이 8레벨에 있습니다. 그 애 어린이집이 거기 있어요."

"전 레벨이 폐쇄되었습니다." 병사가 말했다. "따님은 잘 있을 겁니다. 진정하고 기다리십시오."

교통위원회 소속이라는 어두운 피부의 여자가 팔짱을 끼었다. 남자 둘은 항의를 포기하고 구시렁거리며 좁고 더러운 복도로 물러났다. 이렇게 위쪽 레벨에 있는 오래된 터널에서는 공기 중에서 재활용 처리기의 냄새가 난다. 플라스틱과 열기, 그리고 인공 향들. 지금은 두려움의 냄새가 스멀거리고 있었다.

"시민 여러분." 병사가 다시 큰 소리로 외쳤다. "여러분의 안전을 위해, 군사 상황이 종료될 때까지 부디 침착하게 대기하며 현재 계신 곳에서 벗어나지 마십시오."

"그 군사 상황이라는 게 지금 정확하게 어떤데요?" 프락스의 옆에서 한 여자가 거의 명령에 가까운 투로 물었다.

"급격히 변동 중이라 말씀드리기 어렵습니다." 군인이 대답했다. 프락스는 그녀의 목소리에서 위험한 떨림을 느꼈다. 그 군인도 다른 사람들처럼 겁을 먹고 있었다. 그저 그녀에게는 총이 있을 따름이다. 그러니 튜브는 이용할 수 없다. 그는 다른 방법을 찾아야만 했다. 프락스는 유일하게 살아남은 글리신 케논을 손에 든 채, 튜브 정거장을 뒤로하고 걷기 시작했다.

프락스의 부친이 인구밀집 지대인 유로파에서 가니메데의 연구 시설 건설에 합류하기 위해 이곳으로 이주했을 때 그는 겨우 여덟 살이었다. 건축 프로젝트가 진행되던 10년 사이 프락스는 험난한 사춘기를 겪었다. 부모님이 새로운 계약을 체결하여 해왕성 근처에서 편심궤도를 도는 소행성으로 이주했을 때도 프락스는 여기 남았다. 원래 그가 식물학 인턴십을 신청한 이유는 세금을 낼 필요 없는 불법 마리화나를 재배하고 싶어서였다. 후에 그는 식물학도 세 명 중 한 명은 그와 똑같은 계획을 갖고 있음을 깨달았다. 프락스는 4년 동안이나 아직 불법 수경재배 실험실이 없는 터널이나 버려진 쪽방을 찾아 헤맸지만 결국 그가 얻은 것은 가니메데의 터널 구조에 관한 탁월한 이해와 감각뿐이었다.

프락스는 1세대에 선축된 낡고 비좁은 통로를 따라 길었다. 긱양각색의 남녀들이 벽을 따라, 또는 술집이나 식당에 앉아 있었다. 얼굴은 무표정하거나 열이 받았거나, 아니면 두려움에 젖어 있었다. 디스플레이 화면에서는 평소의 뉴스 피드가 아니라 옛날 음악이나 영화, 추상 미술이 끊임없이 반복해 재생됐다. 누군가의 핸드터미널에서 메시지 알림음이 울리는 법도 없었다.

프락스는 중앙통풍관 옆에서 찾고 있던 것을 발견했다. 시설관리 차량 센터에는 항상 낡은 전기 스쿠터가 몇 대 널브러져 있었다. 이제 아무도 그걸 사용하지 않기 때문이다. 프락스는 수석연구원이므로 그의 핸드터미널을 사용하면 녹슨 철책선을 넘어갈 수 있을 것이다. 그는 배터리 동력이 반쯤 남아 있는 사이드카 스쿠터를 발견했다. 마지막으로 스쿠터를 타본 것도 벌써 7년 전 일이다. 프락스는 사이드카에 글리신 케논을 내려놓고 차체를 점검한 다음, 스쿠터를 출발시켰다.

처음 지나친 진입로 세 곳에는 튜브 정거장에서 본 군인과 똑같은 복장의 군인들이 지키고 서 있었다. 프락스는 굳이 멈춰 서지도 않았다. 그렇지만 네 번째로 마주친, 지상 창고와 반응로를 잇는 보급 터널 진입로에는 아무도 없었다. 그는 스쿠터를 멈췄다. 덜덜거리던 스쿠터가 조용해졌다. 공기 중에 알싸하고 시큼한 냄새가 떠돌았지만, 정확히 무슨 냄새인지는 알 수가 없었다. 프락스의 눈에 서서히 세세한 정보들이 들어오기 시작했다. 까맣게 눌어붙은 벽 패널, 바닥에 길게 나 있는 짙은 색 자국들. 먼 곳에서 뭔가 터지는 소리가 들렸다. 서너 번쯤 길고 깊게 숨을 들고 뱉은 후에야 그것이 총소리라는 것을 깨달았다.

'급격히 변동 중이라 말씀드리기 어렵다'는 말은 터널에서 전투가 벌어지고 있다는 의미였나 보다. 머릿속에 불쑥 총알 자국이 가득하고 어린아이들의 피로 얼룩진 메이의 교실이 떠올랐다. 상상이 아니라 직접 목격한 것처럼 선명하고 생생한 광경이었다. 돔에서 느낀 것과 똑같은 공포심이 강타했다. 이번에는 수백 배나 더 끔찍했다.

"메이는 괜찮을 거야." 프락스는 옆에 놓인 식물에 말을 걸었다. "어린이집에서 총격전을 벌이지는 않을 테니까. 거긴 어린애들뿐인걸."

짙은 초록색 이파리가 벌써 시들시들해졌다. 온통 어린애들뿐인 곳에서는 전투를 벌이지 않을 것이다. 식량 생산지에서는, 너무나도 쉽게 무너지는 농업용 온실 돔 근처에서는…. 손이 다시 떨리기 시작했다. 다행히도 스쿠터를 몰지 못할 정도는 아니었다.

거대한 동굴은 결빙과 해빙이 반복되어 일종의 녹색 공간과 예술작품의 중간처럼 보였다. 프락스가 동굴 옆으로 난 7레벨과 8레벨의 연결로를 따라 내려가던 도중, 첫 번째 폭발이 발생했다. 눈앞이 번쩍하는가 싶더니 다음 순간 진동이 밀려왔고, 스쿠터가 요동치며 지그재그로 미끄러졌다. 별안간 앞에 벽이 불쑥 나타나는 바람에 프락스는 충돌하기 직전에 다급하게 다리를 옆으로 홱 틀었다. 머리 위에서 고함이 들렸다. 전투장갑병이라면 무선으로 대화를 나눌 것이다. 적어도 그의 생각으로는 그랬다. 그러므로 저 위에서 소리를 질러대는 사람들은 평범한 민간인이리라. 두 번째 폭음이 동굴 벽을 뒤흔들었다. 트랙터만큼 커다란 청백색 얼음덩어리가 천정에서 뚝 떨어져 천천히 추락하더니 마침내 바닥에 부닞혀 산산조각이 났다. 프락스는 스쿠터가 넘어지지 않게 안간힘을 썼다. 심장이 갈비뼈를 뚫고 나올 것처럼 격렬하게 두방망이질했다.

둥글게 휘어지는 진입로의 위쪽 가장자리로 강화복이 보였다. 연합군인지 화성군인지는 알 수 없었다. 그중 하나가 소총을 들어 올리며 프락스를 향해 몸을 비트는 것이 보였다. 프락스는 스쿠터의 속도를 최대한 높여 쏜살같이 경사로를 내려갔다. 자동화기의 날카로운 철컥 소리와 연기와 수증기 냄새가 등 뒤를 쫓아왔다.

어린이집은 닫혀 있었다. 걱정해야 할지 아니면 다행으로 여겨야 할지 알 수가 없었다. 프락스는 덜덜거리는 스쿠터를 세우고 뛰어내렸다. 다리가 후들거렸다. 원래는 조심스럽게 두드릴 생각이었지만 일단 철문을 두드리기 시작하자 피부가 찢어지는 줄도 몰랐다.

"문 열어! 문 열어요! 내 딸이 안에 있다고요!" 누가 봐도 정신 나간 사람 같았지만, 안에서 누가 보안 카메라로 그를 봤는지 철문이 올라가기 시작했다. 프락스는 바닥에 내려앉아 허둥지둥 안으로 들어갔다.

프락스는 새로 온 교사인 캐리를 몇 번 밖에 만나본 적이 없었다. 메이를 어린이집에 데려다주거나 데리러 갔을 때의 일이었다. 그녀는 겨우 스무 살 남짓으로 보였는데 벨트인 특유의 길쭉한 체형을 지니고 있었다. 하지만 그의 기억으로는 지금처럼 얼굴이 납빛은 아니었다.

교실은 무사했다. 아이들이 둥그렇게 둘러앉아 소행성 이름의 운율에 맞춰 개미가 태양계를 여행하는 동요를 부르고 있었다. 핏자국도 없고 총구멍도 보이지 않았다. 그저 환풍기에서 플라스틱 타는 냄새가 새어 들어오고 있을 뿐이다. 프락스는 메이를 안전한 곳으로 데려가야 했다. 단지 그게 어디인지 아직 모를 뿐이다. 그는 딸의 얼굴과 머리카락을 찾아 두리번거렸다.

"메이는 여기 없어요." 캐리 선생이 말했다. 긴장으로 꽉 잠긴 목소리에 숨소리가 섞여 있었다. "오늘 아침에 메이의 어머니가 오셔서 데려가셨어요."

"오늘 아침이요?" 프락스가 물었다. '메이의 어머니'라는 말에 가슴이 죄어왔다. 니콜라가 가니메데에서 뭘 하는 거지? 그는 이틀 전 아내에게서 양육비 판결에 관해 들었다. 그런 그녀가 고작 이틀 만에 세레스에서 가니메데까지 올 수 있을 리가 없다….

"간식 시간 직후에요." 교사가 말했다.

"그러니까 메이는 피신했다는 거군요. 누가 와서 메이를 피신 시켰다는 거지요?"

또다시 폭음이 터지면서 얼음 지반이 흔들렸다. 한 아이가 무서운지 새된 소리를 꽥 질렀다. 교사는 아이를 쳐다봤다가 다시 프락스에게 시선을 돌렸다. 그녀가 작게 속닥였다.

"간식 시간이 끝났을 때 메이 어머니가 오셔서 메이를 데려가셨어요. 그 뒤로 돌아오지 않았고요."

프락스는 핸드터미널을 꺼냈다. 네트워크는 여전히 먹통이었지만 그의 바탕화면에는 메이의 돌 사진이 깔려 있었다. 아직 모두가 행복하던 시절에 찍은 사진이었다. 그때가 까마득한 옛날처럼 느껴졌다. 프락스는 교사에게 사진을 보여주며 니콜라를 가리켰다. 말랑말랑하고 행복한 아기였던 메이의 포대기를 안고 흔들며 활짝 웃고 있는 모습이었다.

"이 사람이었습니까?" 프락스가 물었다. "이 여자가 여기 왔다고요?"

교사의 얼굴에 떠오른 당혹감이 대답을 대신했다. 착오가 있었던 게 분명했다. 누군가(새로운 유모나 사회복지사, 아니면 다른 누군가가) 아이를 잘못 데려간 것이다.

"하지만 컴퓨터에 그 사람 사진이 있었어요." 교사가 말했다. "컴퓨터 시스템에 그 사람이 어머니라고 나와 있었다고요. 틀림없이 그 사람 사진이었어요."

조명이 깜박였다. 연기 냄새가 점점 더 짙어지자 공기 재생기가 달달거리며 휘발성 입자들을 열심히 빨아들였다. 프락스가 이름을 알 법도 한 남자아이가 우는 소리를 냈다. 교사가 본능적으로 아이에게 가려고 하자 프락스가 그녀의 팔꿈치를 붙잡고 돌려세웠다.

"아니요. 선생님이 실수하신 겁니다." 그가 말했다. "도대체 메이를 누구한테 맡긴 겁니까?"

"컴퓨터가 그 사람이 메이 엄마라고 했다고요. 신분증도 있었고, 시스템으로 확인도 했단 말이에요!"

복도에서 희미한 총소리가 들렸다. 누군가 밖에서 비명을 지르자 아이들도 덩달아 자지러지기 시작했다. 캐리 선생이 프락스의 손을 뿌리쳤다. 뭔가가 문에 부딪혔다.

"서른 살쯤 되어 보였어요. 검은 머리에 검은 눈이었고요. 의사도 같이 왔어요. 컴퓨터 시스템에 등록도 되어 있었고 메이도 아무 말도 안 했다고요."

"메이의 약도 가져갔습니까?" 프락스가 물었다. "약도 가져갔느냐고요!"

"아니요. 그건 잘 모르겠어요. 아닌 것 같아요."

프락스는 저도 모르게 교사의 어깨를 움켜쥐고 거세게 흔들었다. 딱 한 번뿐이었지만, 아주 세게 흔들었다. 약을 가져가지 않았다면 메이는 벌써 점심 투약을 하지 않은 셈이다. 내일 아침이면 메이의 면역체계가 무너지기 시작할 것이다.

"보여주십시오." 프락스가 말했다. "그 여자 사진을 보여줘요. 내 딸을 데려간 여자 말입니다."

"그럴 수가 없어요! 시스템이 다운되었으니까요!" 캐리 선생이 소리쳤다. "밖에서는 사람들이 죽어가고 있고요!"

아이들의 원이 흩어졌다. 비명이 꼬리에 꼬리를 물고 이어졌다. 교사는 두 손으로 얼굴을 감싸고 흐느꼈다. 그녀의 피부는 이제 거의 파랗게 질려 있었다. 프락스는 머릿속에서 본능적인 공포가 날뛰는 것을 느낄 수 있었다. 그의 냉정한 부분마저도 그것을 떨쳐낼 수가 없었다.

"대피용 터널이 있습니까?" 그가 물었다.

"여기 가만히 있으라고 했어요." 교사가 말했다.

"저는 어서 대피해야 한다고 생각합니다." 프락스가 말했다. 하지만 그의 머릿속은 온통 '메이를 찾아야 한다'는 생각뿐이었다.

4
바비

날카로운 이명(耳鳴), 그리고 통증과 함께 의식이 돌아왔다. 바비는 두 눈을 한 번 끔벅인 다음, 정신을 차리고 여기가 어딘지 알아내려 했다. 시야가 미칠 듯이 흐릿했다. 웅웅거리던 귀울림이 슈트의 시끄러운 경고음으로 바뀌었다. HUD가 색색으로 번쩍이며 읽을 수도 없는 데이터를 마구 쏟아 내고 있었다. 강화복은 한창 재부팅 중이었다. 알람이 하나둘씩 켜지고 있었다. 바비는 팔을 움직여보았다. 힘은 없었지만 적어도 마비되거나 얼어붙은 곳은 없다. 슈트의 충격 흡수 젤이 다시 액체 상태로 돌아가 있었다.

희미한 불빛이 들어오는 구멍(헬멧의 전면 유리였다) 위로 뭔가가 움직였다. 까딱거리는 머리가 나타났다가 다시 사라지기를 반복했다. 누군가 강화복의 외부 포트에 유선을 연결했다. 위생병이 그녀의 부상 데이터를 내려받고 있었다.

젊은 남자의 목소리가 슈트의 내부 스피커를 통해 들려왔다.

"됐습니다, 중사님. 이제 무사합니다. 괜찮을 겁니다. 다 괜찮아질 거예요. 조금만 버티십시오."

그의 말이 끝나기도 전에, 바비는 다시 의식을 잃었다.

바비는 눈을 떴다. 그녀는 들것에 누워 길고 새하얀 터널을 지나가는 중이었다. 전투강화복은 이제 입고 있지 않았다. 부디 야전 의료팀이 시간을 아낀답시고 일반적인 방식으로 슈트를 벗겨내지 않았기만을 빌 뿐이다. 의료팀은 무작정 오버라이드 코드를 입력해 강화복의 이음매와 각각의 부위들을 모조리 해체해 버리곤 했다. 부상병에게서 4백 킬로그램짜리 강화복을 벗겨내는 가장 신속한 방법이긴 하지만 그 대신 슈트는 엉망진창이 되고 만다. 바비는 몸에 익은 믿음직한 슈트를 잃었다는 데 커다란 아쉬움과 회한을 느꼈다.

하지만 잠시 후 그녀는 눈앞에서 자신의 소대 전체가 갈기갈기 찢긴 것을 기억해냈고, 그러자 슈트를 잃은 것 따위는 매우 사소하고 아무것도 아닌 일처럼 느껴졌다.

들것이 들썩거리자 척추에 새하얀 통증이 느껴졌다. 바비는 다시금 어둠 속으로 추락했다.

"드레이퍼 중사." 목소리가 말했다.

바비는 눈을 뜨려 했지만 그럴 수가 없었다. 눈꺼풀이 수백 킬로그램은 되는 것 같았고, 눈을 뜨려고 시도하는 것만으로도 온몸의 진이 다 빠지는 기분이었다. 대답하려 했지만, 주정뱅이처럼 옹알거리는 자신의 목소리에 외려 놀라 무안해지고 말았다.

"의식은 있는데 정신을 못 차리는군." 목소리가 말했다. 그윽하고 중후한 남성의 목소리였다. 다정하고 따스한 염려가 가득 담겨 있었다. 바비는 그 목소리를 들으며 잠들고 싶었다.

여성의 높고 또렷한 목소리가 대답했다. "계속 쉬게 해야 합니다. 지금 억지로 환자를 깨우는 건 매우 위험합니다."

남성의 다정한 목소리가 다시 말했다. "죽든 말든 난 상관없네, 박사. 난 중사와 얘기를 나눠야겠어. 그것도 지금 당장. 무슨 방법을 써도 좋으니 가능하게 만들어."

바비는 그 기분 좋은 목소리가 뭐라고 말하는지 이해하지도 못한 채 그저 친절하고 다정한 어조가 좋아 슬며시 웃었다. 누군가 자신에게 관심을 가져주는 것은 기분 좋은 일이다. 그녀는 다시 잠에 빠져들었다. 어둠은 반가운 친구였다.

새하얀 불꽃이 바비의 척추를 강타했다. 그녀는 번개처럼 벌떡 일어났다. 어느 때보다도 정신이 맑고 또렷했다. 고중력에서 선원들이 몸과 정신을 기민하게 유지할 수 있게 투여하는 약물인 주스라도 맞은 것 같았다. 바비는 눈을 떴다가 다시 퍼뜩 감았다. 밝은 불빛에 안구가 타들어 가는 것 같았다.

"불 좀 꺼줘." 바비가 중얼거렸다. 건조하고 거친 목구멍에서 속삭임에 가까운 소리가 흘러나왔다.

꾹 눌러 감은 눈꺼풀 위로 느껴지는 붉은 빛이 어렴풋해졌지만, 다시 눈을 뜨려고 하자 역시 너무 밝게 느껴졌다. 누군가 그녀의 손을 잡고 컵을 쥐여 주었다.

"잡고 있을 수 있겠나?" 듣기 좋은 목소리가 말했다.

바비는 대답하지 않았다. 그녀는 물컵을 입술에 대고 단 두 모금에 몽땅 들이켰다.

"더." 바비가 말했다. 이제야 그녀의 원래 목소리와 조금 비슷하게 들렸다.

누군가 의자를 밀며 일어나는 소리가 들리더니 타일이 깔린 바닥 위로 발걸음이 멀어져 갔다. 바비는 방금 짧게나마 눈을 떴을 때 주변의 단서를 보고 이곳이 병원임을 눈치챘다. 가까운 곳에서 의료기기의 전자파가 들렸고, 소독제와 오줌 냄새가 우열을 다투고 있었다. 그녀는 난감하게도 오줌 냄새의 근원이 자신임을 깨달았다. 물 흐르는 소리가 나더니 발소리가 돌아왔다. 바비의 손에 다시 컵이 쥐어졌다. 이번에는 조금씩 홀짝이며 입안을 적셨다. 시원하고 맛있었다.

바비가 물을 다 마시자 목소리가 물었다. "더 줄까?"

그녀는 고개를 저었다.

"괜찮습니다." 잠시 머뭇거리다가 물었다. "제 눈이 먼 겁니까?"

"아니, 정신집중 약물과 강한 암페타민을 맞아서 그런 거야. 그 말인즉슨 자네 눈동자가 완전히 확장됐다는 뜻이지. 미안하군. 자네가 깨어나기 전에 조명을 낮출 생각을 못 했어."

그의 목소리는 여전히 따스한 온정으로 가득했다. 바비는 그 목소리 뒤에 있는 얼굴을 보고 싶은 나머지 한쪽 눈을 슬그머니 뜨는 무모한 짓을 저질렀다. 처음에 눈을 떴을 때만큼 아프지는 않았지만 그래도 고통스러웠다. 그 근사한 목소리의 주인공은 키가 아주 크고 호리호리한 사내로, 해군 정보부 제복을 입고 있었다. 얼굴은 좁고 갑갑해서 그 밑에 있는 두개골이 금방이라도 튀어나올 것 같았다. 그는 입술 끝자락을 보일락 말락 들어 올리며 오싹

한 미소를 지었다.

"로버타 W. 드레이퍼 이등중사. 제2 해군원정군 소속." 그가 말했다. 목소리와 외모가 너무도 어울리지 않아 마치 더빙한 외국 영화를 보고 있는 것 같았다.

잠시 정적이 흘렀지만, 그는 더 말을 잇지 않았다. 그래서 바비가 말했다. "네, 그렇습니다." 그녀는 곁눈질로 그의 계급장을 확인하고 덧붙였다. "대령님."

이제는 두 눈을 다 뜨고 있어도 통증이 느껴지지 않았다. 그러나 팔다리에 얼얼하고 따끔거리는 기운이 올라오면서 근육이 저리고 경련이 일었다. 바비는 꼼지락거리고 싶은 마음을 애써 참았다.

"드레이퍼 중사, 나는 토르손 대령이다. 이 자리는 귀관에게서 임무 수행 보고를 듣기 위한 것이다. 우리 군은 자네가 소속되어 있던 소대 전체를 잃었다. 지구의 연합군과 화성의회공화국군이 가니메데에서 이틀간 치열한 전투를 벌였으며, 그 결과 기반 시설 파괴로 인해 지금까지 도합 50억 MCR 달러의 손실이 발생했고 거의 3천 명에 달하는 군인과 민간인이 사망했다."

대령이 입을 다물고 뱀처럼 번득이는 눈을 가늘게 좁히며 그녀를 살펴보았다. 바비는 그가 무엇을 원하는지 알 수 없어 간단히 대답했다. "네, 대령님."

"드레이퍼 중사. 자네 소대는 왜 14번 돔 UN 군사기지를 공격하고 그것을 파괴했나?"

너무나도 황당한 질문이라 바비는 한참 동안 그 진의가 뭔지 고민했다.

"사격 명령을 내린 것은 누구이며, 그 이유는 무엇인가?"

설마 지금 그녀의 전우들이 왜 총을 발포했느냐고 묻는 건 아니겠지. 그 괴물에 대해 모른단 말이야?

"그 괴물에 대해 모르신단 말씀이십니까?"

토르손 대령은 꿈쩍도 하지 않았다. 다만 입술 끄트머리가 못마땅하다는 듯이 처지고 미간이 한데 모여 고랑을 만들었을 뿐이다.

"괴물이라고?" 그가 여전히 온화한 목소리로 말했다.

"대령님, 일종의 괴물이… 돌연변이인지 뭔지는 모르겠지만, 여하튼 그게 UN 기지를 습격했습니다. 연합군 병사들이 그것을 피해 우리 쪽으로 달려왔고요. 우리는 연합군에게 사격한 것이 아닙니다. 그… 그 뭔지 모를 것이 연합군을 학살하고 그런 다음 우리 군도 죽였습니다." 바비는 목구멍으로 넘어오는 시큼한 맛을 억지로 삼켰다. "제 말은, 저만 빼고 말입니다."

토르손은 한참 동안 찌푸린 얼굴로 앉아 있다가 주머니에 손을 넣어 작은 디지털 녹음기를 꺼냈다. 그는 녹음기를 끄고 침대 옆에 놓인 쟁반 위에 놓았다.

"중사, 두 번째 기회를 주겠다. 자네는 지금까지 흠잡을 데 없이 완벽하고 모범적인 경력을 갖고 있어. 매우 우수한 해병일 뿐만 아니라 우리 군의 최고 정예 중 한 명이지. 처음부터 다시 시작하겠나?"

토르손이 녹음기를 집어 들고 삭제 버튼에 손가락을 댄 채 그녀에게 눈짓을 보냈다.

"제가 거짓말을 한다고 생각하시는 겁니까?" 바비가 물었다. 방금까지 사지가 근질거리던 느낌이 저 건방진 자식의 팔을 잡아 뜯고 싶은 충동으로 바뀌었다. "부대 전체가 그놈에게 집중사격을 퍼부었습니다. 놈이 연합군을 학살하고 우리까지 공격하는 모습이 모든 소대원의 총구 카메라에 녹화되어 있을 겁니다, 대령님."

토르손이 길쭉한 머리를 모로 흔들며 눈구멍이 거의 사라지다시피 가늘게 떴다.

"우리는 전투 중에 어떤 데이터도 전송받지 못했다. 업로드된 데이터도 없고⋯."

"전파방해 때문입니다." 바비가 끼어들었다. "저도 괴물에게 접근했을 때 교신이 단절됐습니다."

토르손이 바비의 말을 못 들은 척 말을 이었다. "그리고 궤도 거울이 돔에 떨어졌을 때 해당 지역의 하드웨어가 전부 유실됐다. 자네는 충돌 지점에서 비켜나 있었지만, 충격파 때문에 근 250미터를 날아갔지. 그래서 자네를 발견하는 데 시간이 좀 걸렸다."

'해당 지역의 하드웨어가 전부 유실됐다.' 그것은 매우 건조한 표현이었다. 수천 톤의 거울이 궤도에서 이탈해 지상에 추락한 순간 바비의 소대원 전원이 파편 세례 속에서 증발했다. 모니터에서 경고음이 나지막이 삑삑거렸지만, 아무도 신경 쓰지 않았다. 바비도 마찬가지였다.

"제 슈트가 있습니다, 대령님. 저도 놈에게 사격을 가했으니까요. 제 슈트에 영상이 남아 있을 겁니다."

"그래." 토르손이 말했다. "자네 슈트의 비디오 로그도 살펴봤지. 하지만 아무것도 없었어."

'꼭 형편없는 공포영화 같네.' 바비는 속으로 생각했다. 분명히 괴물을 목격했는데 아무도 주인공의 말을 믿어주지 않는 공포영화. 바비는 2부에서 벌어질 일을 상상했다. 그녀는 불명예 속에서 군법회의에 넘겨질 것이다. 그리고 3부가 되어 괴물이 다시 나타나 주인공의 말을 의심하던 사람들이 죽어 나갈 때야 비로소 그녀의 결백이 밝혀질 것이다.

"잠깐만요!" 바비가 외쳤다. "데이터 압축을 해제할 때 어떤 포맷을 사용하셨습니까? 제 슈트는 구형 모델입니다. 데이터 압축에 5.1버전을 사용하고 있고요. 그 사실을 기술팀에 전달해주십시오. 그리고 다시 한 번 시도해 보라고 하십시오."

토르손은 바비를 한참 동안 쏘아보더니 핸드터미널을 꺼내 누군가를 불러냈다.

"드레이퍼 중사의 전투강화복을 병실로 가져오도록. 영상기술 요원과 장비도 함께."

그는 터미널을 내려놓고 또다시 예의 그 소름 끼치는 미소를 지어 보였다.

"중사, 자네가 보여주고 싶은 게 뭔지 내가 극도의 호기심을 느끼고 있다는 사실은 인정하지. 하지만 이게 무슨 꼼수를 부리려는 수작이라면 자네는 그저 몇 분을 더 번 것에 불과해."

바비는 대답하지 않았다. 토르손에 대한 그녀의 감정은 두려움에서 분노를 거쳐 드디어 짜증으로 옮겨갔다. 바비는 좁다란 병원 침대에서 몸을 일으켜 다리를 옆으로 돌린 다음, 침대 가장자리에 걸터앉아 담요를 홱 들췄다. 그녀의 거대한 신체적 존재감은 가까이 있는 남자들에게 겁을 집어먹게 하거나 아니면 성적으로 흥분하게 만든다. 어느 쪽이든 거북함을 느끼는 것이다. 토르손 쪽으로 몸을 기울인 바비는 그가 둘 사이의 거리가 줄어든 만큼 의자를 뒤로 밀치는 것을 보고 흡족해졌다.

바비는 토르손의 얼굴에 떠오른 분한 표정을 보고 그가 그녀의 의도를 알아챘음을 깨달았다. 대령은 바비가 히죽 웃는 것을 보고는 고개를 돌려버렸다.

병실 문이 열리고 해군 기술병 두 명이 바비의 강화복이 놓여 있는 받침대를 밀고 들어왔다. 슈트는 무사했다. 그녀를 꺼낸답시고 조각조각으로 해체하지 않았다. 순간 바비는 목구멍으로 치미는 뜨거운 덩어리를 꿀꺽 삼켰다. 이 토르손이라는 작자 앞에서 조금이라도 약한 모습을 보일 수는 없었다.

그 멍청한 자식이 두 기술병 중 상관을 가리키며 말했다.

"이름이 뭔가?"

젊은 기술병이 잽싸게 손을 올려 경례를 붙이며 말했다. "전자전기 기술하사 싱입니다, 대령님."

"싱 하사, 여기 있는 드레이퍼 중사는 본인의 슈트가 새 슈트와 다른 종류의 비디오 압축 프로그램을 사용한다고 주장하고 있다. 그리고 그것이 자네가 슈트의 비디오 데이터를 읽지 못한 이유라고 말하는군. 그게 사실인가?"

싱이 손바닥으로 이마를 탁 쳤다.

"젠장. 맞습니다." 그가 말했다. "그 생각을 못 했…. 이건 구형 마크 III 골리앗입니다. 마크 IV부터는 완전히 새로운 펌웨어를 사용하고 있어서 비디오 저장 시스템이 완전히 다릅니다. 와, 제가 진짜 바보 같은 짓을…."

"그렇군." 토르손이 그의 말을 가로챘다. "어떤 짓을 해서든 그 슈트에 저장된 영상을 추출하게. 자네가 임무를 빨리 완수할수록 내가 누구의 무능력 때문에 쓸데없이 시간을 낭비했는지 생각할 시간이 줄겠지."

대견하게도 싱은 말대답을 하지 않았다. 그는 그 자리에서 즉시 강화복을 모니터에 연결해 작업을 시작했다. 바비는 자신의 슈트를 꼼꼼히 살펴보았다. 표면에 흠집이나 찍힌 자국은 많았지만 심각한 손상은 없는 것 같았다. 지금 당장 슈트를 입은 다음 토르손에게 어디 그렇게 계속 고압적으로 굴어 보라고 말해주고 싶었다.

바비의 사지에 또다시 경련이 일어났다. 작은 동물의 심장이 뛰는 것처럼 뭔가가 목에서 팔딱였다. 바비는 손을 내밀어 목을 만져 보았다. 그것은 자신의 맥박이었다. 그녀가 막 뭔가를 말하려는 순간 갑자기 기술병이 공중으로 두 주먹을 번쩍 쳐들더니 옆에 있던 조수와 하이파이브를 했다.

"됐습니다, 대령님." 싱이 영상을 재생하기 시작했다.

바비도 보고 싶었지만, 이상하게도 화면이 계속 흐릿하게 보였다. 토르손의 팔을 잡아 주의를 끌려 했지만 계속 헛손질만 하면서 몸이 앞으로 쏟아졌다.

'또 시작이군.' 바비는 생각했다. 몸이 자유낙하를 하는가 싶더니 다시 어둠이 엄습했다.

"젠장." 높고 앙칼진 목소리가 말했다. "제가 이렇게 될 거라고 말씀드렸잖습니까. 이 병사는 심각한 뇌진탕과 내상을 입었단 말입니다. 무작정 각성제를 쏟아부어서 심문하는 게 능사가 아니라고요. 이건 무책임한 짓입니다. 빌어먹을 범죄 행위나 다름없어요!"

바비는 눈을 떴다. 그녀는 침대에 누워 있었다. 토르손은 침대 옆 의자에 앉아 있었다. 침대 발치에는 수술복을 입은 다부진 체격의 금발 여인이 서 있었는데, 화를 내느라 얼굴이 벌겋게 달아올라 있었다. 바비가 깨어난 것을 보자 그녀가 옆으로 다가와 바비의 손을 꼭 쥐었다.

"드레이퍼 중사, 움직이지 마. 침대에서 떨어지는 바람에 부상이 더 심해졌어. 상태가 안정되긴 했지만, 중사는 휴식이 필요하니까."

의사가 말하며 토르손을 노려보았다. 문장 하나가 끝날 때마다 그녀의 얼굴에 강조의 느낌표가 찍혔다. 의사에게 고개를 끄덕이자 머리가 중력 이동 중에 출렁이는 물그릇 같이 느껴졌다. 그런데도 통증이 느껴지지 않는다는 것은 그녀의 육체에 병원에 있는 진통제란 진통제는 모조리 투여했다는 의미이리라.

"드레이퍼 중사의 도움이 절실하게 필요했네." 토르손의 듣기 좋은 목소리에는 미안한 기색이라곤 눈곱만큼도 없었다. "중사 덕분에 지구와의 전면전을 피할 수 있을지도 모르겠군. 한 사람이 생명의 위험을 무릅쓰고 다른 모두의 생명을 구하는 것이야말로 로버타의 직업에 대한 정확한 정의가 아닌가."

"절 '로버타'라고 부르지 마십시오." 바비가 중얼거렸다.

"중사." 토르손이 말했다. "자네 팀이 그렇게 된 것은 정말 안타까운 일이야. 하지만 무엇보다 자네 말을 믿지 않아 미안하군. 군인답게 냉정히 처신해 준 데 대해 감사하게 생각한다. 덕분에 심각한 실수를 피할 수 있게 됐어."

"전 그저 대령님이 개자식이라고 생각했을 뿐입니다." 바비가 말했다.

"내 일이 원래 그렇지."

66

토르손이 의자에서 일어났다. "그만 쉬어. 이동이 가능할 정도로 회복되면 이송될 테니까."

"어디로 말입니까? 화성으로 후송됩니까?"

토르손은 대답하지 않았다. 그는 의사에게 고개를 까딱해 보이고는 병실을 떠났다. 의사는 바비의 침대 옆에 있는 기기의 버튼을 눌렀고, 그러자 그녀의 팔에 뭔가 시원한 것이 주입되었다. 순식간에 눈앞이 어두워졌다.

'젤리. 왜 병원에는 항상 젤리가 나오지?'

바비는 접시 위에서 가볍게 흔들리고 있는 초록색 언덕을 심드렁하게 포크로 쿡쿡 찌르며 생각했다. 마침내 음식을 섭취할 수 있을 만큼 회복되긴 했지만, 병원에서 제공하는 묽고 부드러운 음식에 대한 불만이 쌓여가고 있었다. 심지어 해군함에서 배식하는 질 나쁜 고단백 고탄수화물 덩어리가 그리울 지경이었다. 아니면 그레이비 소스를 잔뜩 끼얹은 두툼한 버섯 스테이크와 쿠스쿠스라든가….

병실 문이 스르르 열리더니 바비의 담당의가 들어왔다. 원래 이름은 트리샤 피숑이지만 박사는 자신을 트리시 박사라고 불러 달라고 고집했다. 그 옆에는 토르손 대령과 바비가 모르는 낯선 얼굴이 같이 있었다. 토르손이 특유의 소름 끼치는 미소를 지어 보였지만, 이제 바비는 그것이 단순히 그의 얼굴이 움직이는 방식이라는 것을 알았다. 토르손은 평범한 미소를 짓는 데 필요한 얼굴 근육이 부족한 듯했다. 처음 보는 사내는 딱히 어떤 종교인지 가늠할 수 없는 해군 군목 제복을 입고 있었다.

트리시 박사가 먼저 입을 열었다.

"좋은 소식이야, 바비. 내일이면 퇴원할 수 있을 것 같아. 기분은 좀 어때?"

"괜찮습니다. 배는 고프지만요." 바비가 대답했다. 그리곤 젤리 덩어리를 다시 포크로 쑤셨다.

"그럼 진짜 음식을 줄 수 있는지 알아보도록 하지." 트리시 박사는 그렇게 말하며 빙그레 웃고는 병실에서 나갔다.

토르손이 군목을 가리켰다. "이쪽은 마르텐스 대령이다. 우리와 함께 항해에 동행할 예정이야. 두 사람이 친해질 수 있게 자리를 비켜주지."

토르손은 바비가 대답하기도 전에 방을 빠져나갔고, 마르텐스는 침대 옆에 놓여 있는 의자에 털썩 주저앉았다. 바비는 그가 내민 손을 붙잡고 악수했다.

"만나서 반가워, 중사. 나는…."

"제가 2790 서류에 '종교 없음'이라고 적은 건 거짓말이 아니었습니다." 바비가 차갑게 그의 말을 잘랐다.

마르텐스는 싱긋 웃었다. 그녀의 무례함에도 불가지론에도 별로 상처 입지 않은 얼굴이었다.

"난 종교 때문에 자네를 만나러 온 게 아니야, 중사. 난 전문 슬픔 상담사거든. 자네는 같은 분대원들이 몰살당하는 광경을 목격한 것은 물론 하마터면 본인도 목숨을 잃을 뻔했어. 그래서 토르손 대령과 자네 담당의는 자네에게 내가 필요할지도 모른다고 생각했지."

필요 없다고 대답하려는 찰나, 뭔가 가슴 깊은 곳에서 울컥 치

밀어 올라 말문이 막히고 말았다. 그녀는 당혹스러운 심기를 숨기려 물을 길게 들이켠 다음 말했다. "전 괜찮습니다. 신경 써 주셔서 감사합니다."

마르텐스가 의자 등받이에 몸을 기댔다. 얼굴에는 여전히 미소가 감돌고 있었다.

"자네가 그런 일을 겪고도 진정으로 아무렇지도 않다면, 그게 오히려 뭔가 잘못되었다는 신호야. 자네는 앞으로 엄청난 정신적, 감정적 압력을 받을 상황에 직면할 참이거든. 일단 지구에 도착하고 나면 정신적 붕괴나 외상 후 스트레스 같은 사치는 누릴 새가 없을걸. 우린 할 일이 아주 많…."

"지구요?" 깜짝 놀란 바비가 말했다. "자, 자, 잠깐만. 왜 제가 '지구'로 가는 겁니까?"

5
아바사랄라

UN 행정부의 사무차장보 크리스젠 아바사랄라는 테이블 끝자락에 앉아 있었다. 그녀의 화사한 주황색 사리는 푸른색과 회색 군복 일색인 회의실에서 유일하게 도드라지는 색깔이었다. 회의 탁자 주위에 둘러앉은 나머지 일곱 명은 연합군에서 주요 병과를 책임지고 있는 장성들로 한 사람도 빠짐없이 남자들이었다. 아바사랄라는 그들 모두의 이름과 경력, 심리 프로파일과 급료 수준, 정치적 동맹과 더불어 심지어 누구와 잠자리를 함께하고 있는지까지도 훤히 꿰고 있었다. 회의실 뒤쪽 벽에는 개인 비서와 수행원들이 댄스파티에 참석한 수줍은 십 대들마냥 어색한 자세로 빳빳하게 서 있었다. 아바사랄라는 핸드백에서 몰래 피스타치오 하나를 꺼내 조심스럽게 속껍질을 벗긴 다음 짭짤한 알맹이를 입안에 털어 넣었다.

"화성군 사령부와의 회담은 가니메데의 상황이 안정될 때까지 기다려야 합니다. 그 전에 공식 외교 회담을 한다면 새로 변화한 현 상태를 우리가 인정하는 것처럼 보일 겁니다." 응우옌 제독은 참석자 가운데 가장 젊었다. 호전적인 매파로, 성공 가도를 달리는 젊은이들이 으레 그렇듯이 자기 자신에게 감동하는 부류였다.

아디키-산도발 장군이 황소처럼 넙데데한 머리를 끄덕였다.

"동감입니다. 우리가 고려해야 할 상대는 화성뿐만이 아니니까. 외행성 연합에 나약하게 비쳤다간 테러가 급증할 수 있어요."

외교단의 미켈 에이지가 의자에 깊숙이 기대앉으며 초조하게 입술을 핥았다. 번드르르한 검은 머리칼과 파리한 얼굴이 쥐새끼를 형상화한 것 같았다.

"여러분, 제 생각은 다르…."

"당연히 그렇겠지." 네틀포드 장군이 냉담하게 끼어들었다. 에이지는 그를 무시하고 말을 이었다.

"지금 이 시점에서는 외교 회담이야말로 가장 필수적인 첫걸음입니다. 전제조건 같은 장애물을 제시하기 시작하면 시간을 잡아먹는 건 물론이요, 새로운 적개심까지 일으킬 수 있습니다. 긴장감을 어느 정도 해소할 수만 있다면, 일단 김을 빼고 열기를 식혀서…."

응우옌 제독이 무표정한 얼굴로 고개를 끄덕였다. 그가 다시 입을 열었을 때는 말투에 격식이 사라져 있었다.

"어째 외교 쪽 친구들은 최신식 비유라고 드는 게 고작 증기 엔진이랍니까?"

아바사랄라도 다른 사람들과 함께 키득거렸다. 그녀도 에이지를 그다지 좋아하지 않았다.

"화성은 벌써 뜨겁게 달아오르고 있습니다." 네틀포드 장군이 말했다. "내가 보기에 지금 최선은 세레스 스테이션에서 7사단을 빼 오는 겁니다. 전속력으로 달려오라고 해요. 시간을 재면서 화성군이 가니메데에서 물러나는지 지켜봅시다."

"7사단을 목성계로 보내자는 겁니까? 아니면 화성으로 보내자는 얘기입니까?" 응우옌 제독이 물었다.

"지구 쪽으로 이동하면 화성으로 가는 것처럼 보이지." 네틀포드 장군이 말했다.

아바사랄라가 목청을 가다듬었다.

"최초의 공격자에 대한 새로운 소식은 없습니까?" 그녀가 물었다.

"기술팀이 최선을 다하고 있습니다." 네틀포드 장군이 말했다. "하지만 그게 바로 내가 말하고 싶은 요지입니다. 만약에 화성이 가니메데에서 신기술을 테스트한 거라면 그쪽에 주도권을 넘겨 줘선 안 됩니다. 우리한테도 위협이 될 만한 게 있다는 걸 보여줘야죠."

"하지만 그건 프로토분자였지요?" 에이지가 물었다. "제 말은, 그러니까 에로스를 전멸시킨 것 말입니다."

"확인하고 있습니다." 네틀포드 장군이 단어를 씹듯이 내뱉었다. "등골이 섬뜩할 정도로 비슷하지만, 그만큼 또 다른 점도 있어요. 일단 이건 에로스에서 그랬던 것처럼 무차별적으로 확산하지 않았습니다. 사람들의 신체가 변형되지도 않았어요. 우리 위성사진으로 짐작건대, 그것은 화성군 구역으로 넘어간 뒤에 자폭했거나 화성군에 의해 처리된 것으로 보입니다. 그게 에로스와 관련된 거라면 한층 더 세심하게 개량된 물건이 분명해요."

"그렇다면 화성이 샘플을 갖고 있고, 그걸 무기화시킨 거로군." 사우더 제독이 말했다. 그는 말이 많은 편이 아니었다. 아바사랄라는 그의 목소리가 얼마나 높은지 항상 깜박 잊곤 했다.

"그게 한 가지 가능성입니다." 네틀포드 장군이 말했다. "맞을 확률이 아주 높은 가능성이죠."

"여러분." 응우옌 제독이 흡사 원하는 것을 얻어낼 방법을 알아낸 어린아이처럼 회심의 미소를 지으며 말했다. "우리가 선제공격이라는 선택지를 제외한 건 압니다만, 그래도 어느 정도 선까지 즉각 대응을 허용할지 논의해봐야 하지 않겠습니까. 만에 하나 이번 사건이 거대한 음모의 연습게임이라면 가만히 앉아서 기다리는 건 맨몸으로 에어록 밖에 나가는 것이나 마찬가지입니다."

"우리는 화성과 공식 회담을 가질 겁니다." 아바사랄라가 말했다.

회의실 안이 고요해졌다. 응우옌 제독의 얼굴이 어두워졌다.

"그건…." 그는 입을 열었지만, 문장을 끝마치지는 못했다. 아바사랄라는 남자들이 당황한 표정으로 서로 얼굴을 쳐다보는 모습을 지켜보았다. 또다시 핸드백에서 피스타치오 한 알을 꺼내 까먹은 다음, 껍질을 옆으로 치웠다. 에이지는 기쁜 표정을 감추려고 애쓰고 있었다. 아바사랄라는 도대체 누가 연줄을 동원해 에이지 저 인간을 외교단 대표로 임명했는지 밝혀내고야 말겠다고 결심했다. 정말이지 형편없는 작자였다.

"보안이 가장 큰 문제가 될 겁니다. 화성 함선을 우리 군사방위선 안으로 들일 수는 없으니까요." 네틀포드 장군이 말했다.

"하지만 그렇다고 화성이 하자는 대로 맞춰 줄 수도 없지요. 이왕 회담할 거라면 그쪽을 여기에 데려오는 게 낫지 않습니까? 우리가 조건을 통제할 수 있는 장소에 말입니다."

"함선을 안전한 곳에 정박시킨 다음에 우리 수송선으로 사절단을 데려오는 건 어떻겠습니까?"

"그들이 동의하지 않을 겁니다."

"그럼 그들이 어떤 제안에 동의할 것인지부터 알아봅시다."

아바사랄라는 남자들이 떠드는 동안 조용히 의자에서 일어나 문으로 향했다. 그녀의 개인 비서인 소렌 코트왈드라는 이름의 유럽 출신 젊은이가 방 뒤쪽에서 몸을 세워 그녀의 뒤를 따랐다. 장군들은 아바사랄라가 나가는 것을 모르는 척했다. 아니면 그녀가 던진 새로운 과제에 정신이 팔린 나머지 정말로 눈치채지 못한 것일 수도 있었다. 어쨌든 아바사랄라는 그들이 그녀 자신만큼이나 그녀가 이 자리를 뜨는 것에 반색하고 있다고 확신했다.

헤이그에 있는 국제연합 종합청사 건물의 복도는 넓고 깨끗했다. 아늑한 스타일의 실내장식은 이곳을 박물관에 있는 1940년대 포르투갈 식민지 모형처럼 보이게 했다. 아바사랄라는 유기체 재활용 쓰레기통 앞에서 발을 멈추고 가방을 뒤집어 피스타치오 껍질을 털었다.

"다음 일정은 뭐지?" 그녀가 물었다.

"에린라이트 씨에게 보고를 올리는 겁니다."

"그다음은?"

"미에스톤 그래비스와 아프가니스탄 문제로 미팅이 있습니다."

"취소해."

"뭐라고 할까요?"

아바사랄라는 쓰레기통에 손을 턴 다음, 몸을 돌려 씩씩한 걸음걸이로 중앙 식당과 엘리베이터가 있는 쪽으로 걸어가기 시작했다.

"씨발, 아프간 사람들은 내 조상들이 영국놈들을 쫓아내기 전부터 외부 세력이 만든 규칙에 저항했어. 그걸 바꿀 방법을 알아내면 말해주겠다고 해."

"네, 알겠습니다."

"그리고 금성에 관한 요약 보고서가 필요해. 가장 최신 걸로. 그리고 그걸 읽겠다고 박사 학위를 하나 더 딸 시간은 없으니까 간결명확한 언어로 작성하지 않으면 그 개자식은 쏴 죽여 버리고 제대로 쓸 줄 아는 다른 놈을 고용해."

"네, 사무차장보님."

공용 로비와 회의실에서 집무실까지 올라가는 엘리베이터는 강철에 박힌 다이아몬드 세트처럼 반짝거렸고, 네 사람이 앉아 저녁 만찬을 즐겨도 될 만큼 넓었다. 두 사람이 올라타자마자 승객의 신원을 인식한 엘리베이터가 매끄럽게 상승하기 시작했다. 창밖으로 비넨호프가 밑으로 가라앉는 것처럼 보였다. 완벽한 푸른 하늘 아래에는 웅장한 건물들로 구성된 헤이그가 펼쳐져 있었다. 때는 봄이었고 12월부터 도시를 덮고 있던 눈더미가 드디어 사라진 참이었다. 까마득히 아래 있는 거리에서 비둘기 떼가 날아올랐다. 지구상에는 이미 300억의 인구가 살고 있지만, 인간은 머릿수로는 결코 비둘기를 이기지 못할 것이다.

"모조리 씹할 새끼들."

"네?" 소렌이 물었다.

"장군들 말이야. 모조리 씹할 사내새끼들이라고."

"전 사우더 제독 장군님만 그러는⋯."

"그 인간들이 남자랑 씹한다는 소리가 아니라, 전부 씹새끼들이라고. 여자가 군부에서 높은 자리에 앉았던 게 도대체 언제지? 적어도 내가 여기서 일하는 동안은 한 번도 못 봤어. 그래서 방 안에 테스토스테론이 너무 많으면 어떻게 삽질을 하게 되는지 또다시 뻔한 꼴이나 보는 거지. 그러고 보니 생각났는데 시설관리과의 아네트 라비르를 연결해줘. 난 응우옌 제독을 믿지 않아. 누가 됐든 그 작자와 통신량이 급증한 총회 의원이 있으면 내가 알아야겠어."

소렌이 큼큼거리며 목청을 가다듬었다.

"죄송합니다만, 사무차장보님. 방금 저한테 응우옌 제독의 통신 내역을 감청하라고 지시하신 겁니까?"

"아니, 난 그저 모든 네트워크 트래픽을 포괄적으로 감시하라고 요청한 거지. 다만 응우옌 제독의 집무실 외에 다른 곳에서 수집된 결과는 눈깔 하나 주지 않겠단 소리야."

"알겠습니다. 제 실수군요."

엘리베이터는 빠른 속도로 창가를 지나고 도시 경관을 지나, 개인 사무실 층의 어두침침한 통로로 들어섰다. 아바사랄라가 손마디를 우두둑 꺾었다.

"하지만 신중을 기해서 자네가 자발적으로 알아서 하는 게 좋겠군." 그녀가 말했다.

"알겠습니다. 그것도 제 생각이었죠."

아바사랄라를 명성으로만 알고 있는 사람들에게 그녀의 집무실은 놀라울 정도로 얌전하고 소박했다. 아바사랄라의 집무실은 건물의 동편에 있었는데 그곳은 대개 낮은 직책의 관리들이 경력을 시작하는 자리였다. 창밖으로 도시 전경이 내다보였지만 그다지 좋은 각도는 아니었다. 남쪽 벽의 대부분을 차지하고 있는 비디오 스크린은 보통 때에는 꺼져 있어 밋밋한 검은색이었다. 나머지 벽면은 대나무 패널로 둘렀는데 흠집이 많았다. 카펫은 뻣뻣하고 얼룩을 쉽게 감출 수 있는 패턴이 그려져 있었다. 방 안의 유일한 장식품은 책상 옆에 놓여 있는 작은 석가모니 불상과 제단이었다. 그리고 크리스털 세공 꽃병에는 그녀의 남편인 아르준이 매주 목요일마다 보내오는 꽃다발이 꽂혀 있었다. 방에서는 향긋한 꽃냄새와 오래된 파이프 담배 냄새가 났다. 아바사랄라는 집무실에서 담배를 피운 적이 없고 그럴 사람도 없는데 말이다. 그녀는 창가로 걸어갔다. 아래쪽에 방대한 콘크리트와 오래 묵은 돌들의 도시가 펼쳐져 있었다.

그리고 해가 저물고 있는 하늘에서는 금성이 이글거리고 있었다.

아바사랄라가 이 방, 이 책상에 앉아 있던 12년 사이에 모든 것이 변했다. 한때 지구와 건방진 형제 행성 사이의 동맹은 영원히 지속할 듯이 견고했었다. 소행성대는 골칫거리였고, 선박 고장이라도 나서 죽는다면 정의의 심판이라고 불러 마땅할 범법자와 말썽꾼들의 도피처였다. 그래도 우주에는 오로지 인류만이 존재하고 있었다.

그러다가 토성의 유별난 위성인 포에베가 사실은 지구를 향해 발사된 외계인의 무기라는 비밀이 밝혀졌다. 여기 지구에서는 아직 생명체라는 것이 지질이중층막에 둘러싸여 있는 흥미로운 발상에 불과했던 23억 년 전에 말이다. 그런 사실을 알게 되었는데 어찌 예전과 같을 수가 있겠는가?

그런데도, 세상은 늘 변함이 없었다. 그렇다, 지구와 화성은 아직도 서로가 영구적 동맹인지 아니면 철천지원수인지 알 수가 없었다. 그렇다, 우주의 헤즈볼라 OPA는 외행성의 진정한 정치세력으로 성장 중이었다. 그렇다, 애초에 지구의 원시 생명의 유전자를 재구성하도록 설계된 그것은 대신에 떠돌이 소행성을 타고 금성의 짙은 구름 속으로 추락했고, 그곳에서 아무도 뭔지 모르는 활동을 시작했다.

그래도 봄은 온다. 그래도 선거철은 돌아올 것이다. 샛별은 여전히 짙푸른 하늘 위에서 반짝이며 지구상에서 가장 밝고 위대한 도시들보다 더 밝은 빛을 발했다.

가끔은 그러한 사실에서 위안을 얻었다.

"에린라이트 씨가 연결되었습니다." 소렌이 말했다.

아바사랄라가 한쪽 벽면을 차지한 검은 화면을 향해 고개를 돌리자 화면이 반짝 살아났다. 사다비르 에린라이트는 그녀보다 더 피부색이 짙고 얼굴은 둥글고 온화했다. 펀자브 지방에서 흔히 볼 수 있는 외양이었지만, 목소리만큼은 서늘하고 분석적인 농담을 좋아하는 영국식 억양을 띠고 있었다. 검은 양복에 폭이 좁고 세련된 넥타이를 맸다. 지금 어디에 있는지는 모르겠지만, 등 뒤에서 밝은 대낮의 햇빛이 비치고 있었다. 연결이 불안한지 화면이 깜박거리며 끊임없이 명암을 조절하는 바람에 집무실에 앉은 그림자 머리 뒤로 후광이 비치는 것처럼 보였다.

"회의는 잘 끝났나?"

"나쁘지 않았어요." 아바사랄라가 대답했다. "화성과 정상회담을 추진하고 있습니다. 지금 보안 문제를 논의 중이에요."

"그렇게 하기로 합의한 건가?"

"제가 그러자고 했으니 그렇게 되겠죠. 화성은 국제연합과의 공식 회담에 최고위급 관계자를 보내 직접 사과를 전달하고, 양측의 관계를 정상화하고, 가니메데를 복구할 방법을 논의하고 기타 등등 어쩌고저쩌고 실컷 떠들게 되겠지요. 안 그래요?"

에린라이트가 턱을 긁적였다.

"화성에서도 그렇게 생각할지는 의문이군." 그가 말했다.

"마음에 안 들면 항의하라고 해요. 그럼 우린 또 거기 대응하는 성명서를 들이밀면서 정상회담이 열리기 바로 직전에 취소해버리겠다고 협박하면 되니까. 이런 긴박감 넘치는 사건이 벌어진다는 건 좋은 거예요. 아니, 좋은 것 이상이죠. 이목을 집중시키니까요. 얼굴마담이 금성이나 에로스에 대해 함부로 입이나 놀리지 않게 주의나 시켜 주시죠."

에린라이트는 거의 무의식중에 흠칫 놀랐다.

"제발, 사무총장을 '얼굴마담'이라고 부르는 것 좀 자제해주지 않겠나?"

"왜요? 어차피 그쪽도 다 알고 있는데. 전 그 인간 앞에서도 그렇게 부르는데요. 그 사람도 별로 개의치 않고."

"사무총장은 그게 농담이라고 생각하니까."

"그러니까 좆같은 얼굴마담이죠. 어쨌든 금성 얘기는 입도 뻥긋하지 못하게 하세요."

"영상은?"

적절한 질문이었다. 가니메데에서 해병대를 공격한 것의 정체가 무엇이든, 그것은 UN 점령구역에서 나타났다. 비공식 채널에서 들리는 얘기들을 신뢰할 수 있다면(물론 그럴 순 없었시만) 화성 측은 생존한 해병의 강화복 카메라에서 뽑아낸 영상을 가지고 있다고 한다. 한편 아바사랄라는 40대의 카메라에서 추출한, 그 괴물이 지구군 최정예 군인들을 학살하는 광경이 담긴 7분 길이의 고화질 영상을 보유하고 있었다. 화성이 입을 다물도록 설득할 수는 있더라도 사건 자체를 조용히 묻기는 힘들 것이었다.

"회담 때까지 시간을 좀 주세요." 아바사랄라가 말했다. "그쪽에서 뭐라고 하는지, 어떻게 말하는지 한 번 들어보지요. 그러고 나면 어떻게 해야 할지 알 수 있을 겁니다. 만일 그게 화성이 개발한 무기라면 협상 테이블에 올려놓는 걸 보면 파악할 수 있겠지요."

"알겠네." 에린라이트가 느릿하게 대답했다. 다시 말해 모르겠다는 소리다.

"외람된 말씀이지만, 사무차장님." 아바사랄라가 말했다. "당분간은 화성과 지구 사이에 뭔가 있는 게 낫습니다."

"태양계에서 가장 강력한 군사력을 지닌 두 국가가 팽팽하게 대립하는 게 지금 우리가 원하는 일이라는 건가? 어떻게 그럴 수가 있지?"

"가니메데에서 총격이 시작된 때와 같은 시각에 금성의 활동이 증가했다는 경고를 마이클 우투르베에게서 받았습니다. 두드러질 정도로 급격히 상승한 건 아니지만 뭔가 있어요. 그리고 금성의 활동이 급증한 정확한 시점에 그 염병할 프로토분자와 기가 막힐 정도로 똑같은 게 가니메데에 등장했다? 이건 심각한 문제입니다."

아바사랄라는 잠시 상대방이 자신의 말을 이해할 시간을 주었다. 에린라이트의 눈동자가 허공에서 글자를 읽는 것처럼 도르륵 굴렀다. 그것은 그가 골똘히 생각할 때 나오는 버릇이었다.

"무력 과시는 전에도 해 봤잖습니까." 아바사랄라가 말했다. "그래도 아무 문제 없었어요. 우리한테 익숙한 방법이기도 하고요. 제가 가진 화성과 대립 상황 발생 시 분석 및 비상대응책 바인더만 해도 900페이지나 됩니다. 그들이 우리가 예상치 못한 신기술을 개발했을 경우의 대응 시나리오만 열네 개나 되고요. 그렇지만 금성에서 뭔가 나타났을 경우의 대책 바인더요? 그건 세 페이지밖에 안 되고 제일 첫 문장은 이겁니다. '1단계: 신을 찾아라.'"

에린라이트는 차분해 보였다. 아바사랄라는 등 뒤에서 소렌의 존재감을 느꼈다. 그는 평소와 약간 다르면서도 한층 더 초조한 침묵을 지키고 있었다. 아바사랄라는 방금 그녀의 두려움을 적나라하게 드러낸 차였다.

"세 가지 가능성이 있습니다." 아바사랄라가 조용히 말했다. "하나, 화성이 개발한 무기다. 그건 전쟁을 의미하지요. 거기엔 대응할 수 있습니다. 둘, 다른 누군가가 만들었다. 대단히 위험하고 불쾌하지만, 이것 역시 해결 방도는 있습니다. 셋. 스스로 자생했다. 이 경우엔 대책이 없죠."

"빈약한 바인더에 몇 장을 더 보탤 계획인가?" 에린라이트가 물었다. 약간 빈정거리는 말투였지만 그런 의도는 아니었다.

"아니요. 일단 그 셋 중에 뭔지를 알아내야지요. 첫 번째와 두 번째라면 문제를 해결하고요."

"세 번째라면?"

"은퇴해야죠." 아바사랄라가 말했다. "저 대신 다른 멍청이한테 떠넘기고 물러나야죠." 에린라이트는 그녀의 목소리에서 장난기를 느낄 수 있을 정도로 그녀와 오래 알고 지냈다. 그는 빙그레 웃으며 무심결에 넥타이를 잡아당겼다. 그것은 또 다른 신호였다. 그도 그녀만큼이나 불안해하고 있었다. 그를 아는 사람만이 눈치

챌 수 있을 정도로.

"아슬아슬한 줄타기를 하는 것 같군. 가니메데에서의 물리적 충돌이 너무 과열되면 곤란한데."

"그건 여흥 거리로 남겨둘 겁니다." 아바사랄라가 말했다. "제가 허락하기 전까진 누구도 전쟁을 시작할 수 없어요."

"자네 말은 사무총장이 결정을 내리고 총회에서 가결되지 않으면 그럴 수 없다는 뜻이겠지?"

"그리고 그게 언제인지는 제가 결정하고요." 아바사랄라가 말했다. "하지만 그 사람한테 진행 상황을 전해 주는 건 괜찮아요. 저같은 호호 할머니한테 보고를 받았다간 불알이 쪼그라들 테니까."

"그런 일이 생겨선 안 되겠지. 새로운 걸 알게 되면 알려주게. 연설문 팀과 말해보고 총장님의 연설 내용이 선을 넘지 않도록 조절해 보지."

"그리고 누구든 습격 영상을 누출한다면 저를 상대해야 할 겁니다." 아바사랄라가 말했다.

"혹시나 누가 그걸 누출한다면 반역죄를 저지른 셈이고, 그러니 재판에 넘겨지지도 않고 루나의 유형지에서 평생을 보내게 되겠군."

"비슷해요."

"연락 좀 하고 살게, 크리스젠. 힘든 시절이잖나. 놀랄 일은 적을수록 좋아."

"알겠습니다, 사무차장님." 아바사랄라가 대답했다. 통신이 끊겼다. 화면이 어두워졌다. 아바사랄라는 검은 화면 위에서 주황색 덩어리 위에 회색 머리가 얹혀 있는 제 모습을 발견했다. 소렌은 카키색과 흰색의 흐릿한 덩어리였다.

"아직 할 일이 남았나?"

"아니요."

"그럼 당장 꺼져."

"네, 사무차장보님."

소렌의 발소리가 등 뒤로 멀어져갔다.

"소렌!"

"네, 사무차장보님."

"에로스 청문회 때 증언한 사람들의 명단을 빠짐없이 전부 작성해 와. 그리고 신경정신분석을 통과한 증인들이 청문회에서 뭐라고 했는지도 찾아오고."

"회의록도 구해 올까요?"

"그래, 그것도."

"최대한 빨리 갖다 드리겠습니다."

문이 닫혔다. 아바사랄라는 의자에 풀썩 주저앉았다. 발은 욱신거리고, 아침부터 그녀를 괴롭히던 두통의 전조가 슬슬 본체를 드러내며 문 앞에서 우물쭈물하고 있었다. 불상의 온화한 미소가 눈에 들어오자 둘이서만 아는 우스갯소리를 들은 마냥 피식 웃음이 터졌다. 집에 가고 싶었다. 현관 포치에 앉아 아르준의 피아노 소리를 듣고 싶었다.

하지만 그 대신에….

아바사랄라는 이르준에게 전화를 길 때면 업무용 회선보다 주로 개인용 핸드터미널을 사용했다. 아무리 사소한 일이라도 일과 사생활을 분리하고 싶다는 미신적인 믿음의 발로였다. 아르준은 신호가 울리자마자 응답했다. 각진 얼굴에 짧게 깎은 턱수염이 거의 하얗게 세어 있다. 그러나 그의 눈에는 항상 쾌활함이 담겨 있었다. 심지어 눈물을 흘릴 때조차도 그랬다. 아바사랄라는 남편을 보는 것만으로도 마음이 평온해졌다.

"오늘 늦을 거야." 아바사랄라가 말했다. 문장이 입에서 떠나자마자 너무 사무적으로 말한 것 같아 겸연쩍었다. 아르준이 고개를 끄덕였다.

"말문이 막힐 정도로 충격적인 소식이군." 그가 말했다. 아르준은 심지어 비꼬는 말을 할 때조차도 다정했다. "오늘은 가면이 꽤 무거웠나 봐?"

가면. 그는 그것을 가면이라고 불렀다. 마치 세상을 대면할 때의 그녀는 가짜이고 그와 이야기하거나 손녀딸들과 그리기 놀이를 할 때의 그녀만이 진짜인 것처럼. 아바사랄라는 그가 잘못 생각하고 있다고 여겼지만, 남편이 그런 환상을 갖고 있다는 사실은 왠지 위안이 되어서 항상 장단을 맞춰 주었다.

"오늘은 정말 무거웠지. 지금 뭐 해?"

"쿠쿠리의 논문 초안을 읽고 있어. 좀 다듬어야 할 것 같아."

"지금 사무실이야?"

"응."

"정원에도 좀 나가 봐."

"지금 당신이 그러고 싶은 거지? 집에 와서 둘이 같이 둘러보면 되지."

아바사랄라가 한숨을 내쉬었다.

"아주, 아주 많이 늦을지도 몰라." 그녀가 말했다.

"들어오면 깨워. 같이 산책하게."

아바사랄라가 화면을 살짝 어루만지자 아르준이 그 손길을 느낀 듯이 빙그레 웃었다. 아바사랄라는 연결을 끊었다. 잘 있으라는 인사를 하지 않는 것은 두 사람의 오랜 습관이었다. 수십 년의 결혼 생활을 통해 개발한 그들 둘만의 수많은 사소한 언어 중 하나였다.

아바사랄라는 데스크터미널을 켜고 가니메데 전투의 전술 분석과 화성 내 주요 군부 인사들의 정보 파일, 그리고 그녀가 회의장을 나선 후 장군들이 반쯤 채워놓은 회담 일정을 불러냈다. 핸드백에서 피스타치오 하나를 꺼내 손가락으로 으스러뜨리면서 아직 정돈되지 않은 정보를 머릿속으로 빠르게 흘려 읽었다. 등 뒤에 있는 창문 밖에서는 밤하늘의 별들이 헤이그의 빛 오염 속에서 살아남으려고 발버둥 치고 있었다. 그중에서 가장 밝은 별은 금성이었다.

6
홀던

시끄러운 삑삑 소리가 홀던을 깨웠을 때, 그는 길고 구불거리는 복도에 더 이상 인간이 아닌 것들이 우글거리는 악몽을 꾸고 있었다. 눈을 뜨자 칠흑처럼 깜깜한 선실이 보였다. 잠시 애를 먹으며 익숙지 않은 침상의 고정띠를 풀자 무중력 속에 몸이 두둥실 떠올랐다. 벽 패널이 다시 울렸다. 홀던은 침대를 밀어 그 반동으로 패널에 접근한 다음 버튼을 눌러 조명을 켰다. 선실은 아주 비좁았다. 한쪽 격벽에 밀쳐놓은 개인용 사물함과 그 위에 놓여 있는 70년은 족히 묵은 충격 흡수 소파, 구석에는 변기와 세면대, 그리고 침상 맞은편에는 '솜남뷸리스트'라고 새겨진 벽 패널이 있었다.

패널이 세 번째로 울렸다. 이번에는 응답 버튼을 누르고 말했다. "나오미, 지금 우리 상태는?"

"고궤도에서 마지막 제동 중입니다. 좀 기가 막힌 게, 우리한테 차례를 지키라는데요."

"차례를 지키라니, 줄을 서라고?"

"예." 나오미가 말했다. "제 생각엔 가니메데에 착륙하는 모든 선박에 승선 검문을 하는 것 같습니다."

'빌어먹을.'

"빌어먹을. 어디 애들인데?"

"그게 중요합니까?"

"지구는 나를 자기네 핵미사일 수천 대를 훔쳐서 OPA에 넘겨준 죄목으로 수배 중이지. 화성은 우주선 한 대를 훔친 죄목으로 수배 중이고. 그러니 처벌에도 차이가 있지 않겠어?"

나오미가 웃었다. "어느 쪽이든 종신형을 때릴걸요."

"내가 워낙 세세한 것까지 따지는 걸 좋아하잖아."

"지금 우리가 대기 중인 줄을 담당하고 있는 건 UN 함선 같습니다. 하지만 바로 옆에서 화성 프리깃함이 감시 중입니다."

홀던은 프레드 존슨이 로시난테 호가 아니라 갓 수리를 마친 솜남뷸리스트 호를 몰고 가니메데에 가도록 자신을 설득한 데 대해 감사 기도를 올렸다. 솜남뷸리스트 호는 현재 OPA 함대에서 가장 의심을 피해갈 수 있는 배였다. 도둑맞은 화성 전투선에 비하면 원치 않는 관심을 끌 확률이 현저하게 낮았다. 로시난테 호는 목성에서 백만 킬로미터쯤 떨어진, 아무도 모를 으슥한 곳에 숨어 있었다. 지금쯤 알렉스는 공기 재생기와 수동 센서를 제외한 모든 기능을 끄고 선실에서 난방기와 엄청난 양의 담요로 무장한 채 그들의 연락을 기다리고 있을 것이다.

"알았어. 시금 갈세. 알렉스에 좁은광선을 쏴서 시금 상황을 알려줘. 만약에 우리가 체포되면 로시난테 호를 몰고 타이코로 돌아가라고 해."

홀던은 침대 아래 있는 사물함을 열어 보기 흉한 초록색 점프슈트를 꺼냈다. 등에는 '솜남뷸리스트'라는 글자가 찍혀 있고, 앞주머니에는 필립스라는 이름이 적혀 있다. 타이코의 최정예 기술요원의 솜씨로 조작한 이 배의 기록에 따르면 그는 월터 필립스라는 이름의 1등 승무원으로 식량 수송선 솜남뷸리스트 호의 기관사 겸 굴착감독관이었다. 또 그는 승무원 세 명 중 세 번째 서열이었다. 홀던의 명성이 태양계 전역에 자자하다는 점을 고려할 때, 높은 권한이나 직책을 가진 사람과는 아예 말을 섞을 기회를 주지 않는 것이 최선으로 보였기 때문이다.

홀던은 작은 세면대에서(흐르는 물이 아니라 젖은 수건과 비누 패드로) 얼굴을 씻고 변장용으로 기른 빈약한 턱수염을 못마땅한 듯 긁적였다. 턱수염을 길러본 건 이번이 처음이었는데 실망스럽게도 그는 수염이 잘 자라지도 않고 고르게 나지도 않는 체질이었다. 연대감을 다진답시고 같이 수염을 기르기 시작한 에이모스는 지금 수사자 갈기처럼 풍성한 수염을 달고 있는 데다 꽤 잘 어울려서 계속 기를까 생각 중이었다.

홀던은 사용한 수건을 순환기에 집어넣고 격실 해치를 통해 승무원용 사다리를 타고 관제 갑판으로 올라갔다.

관제 갑판이라고 부르기에는 많이 미흡했다. 솜남뷸리스트 호는 근 100년이 다 된 낡은 배였고 수명이 거의 다해 가고 있었다. 이번 임무를 위해 가차 없이 버려도 되는 배가 필요하지 않았다면, 프레드 쪽 사람들은 일말의 망설임도 없이 이 낡은 배를 폐기처분 했을 것이다. 더구나 얼마 전 우주 해적의 습격은 이 우주선을 반죽음으로 만들어 놓았다. 하지만 솜남뷸리스트 호는 이번 생애의 20년을 가니메데에서 세레스로 식량을 나르며 보냈고 가니메데에 정기 방문선으로 등록되어 있으니 구호 식량을 싣고 달려온 것이 그럴싸해 보일 것이다. 프레드는 솜낭블리스트 호가 가니메데에 정기적으로 출입하고 있었기 때문에 세관 조사나 검문도 쉽게 통과할 수 있다고 여겼다.

하지만 지나치게 낙관적인 전망이었던 것 같다.

나오미는 관제 스테이션 중 하나에 안전띠를 매고 앉아 있었다. 입고 있는 녹색 점프슈트는 홀던의 것과 비슷했지만, 앞주머니에 적힌 이름이 에스탄치아라는 점만 달랐다. 나오미가 그를 보고 반가운 얼굴을 하더니 와서 화면을 보라고 손짓했다.

"가니메데에 들어가기 전에 모든 선박을 점검하고 있습니다."

"망할." 홀던이 망원 이미지를 확대해 검문 중인 함선에 그려진 식별 표식을 보고는 투덜거렸다. "하필 연합군이야." 화면 속에서 UN 함선 한 척에서 출발한 자그마한 형체가 대기 행렬의 선두에 서 있는 중량급 화물선을 향해 움직이고 있었다. "그리고 저건 접현용 보트고."

"한 달간 털을 안 깎은 보람이 있군요." 나오미가 홀던의 머리카락을 잡아당기며 말했다. "머리 위에 얹혀 있는 그 부스스한 덤불과 보기 흉한 턱수염만 있으면 친어머니라도 선장님을 알아보지 못할 겁니다."

"저들이 내 어머니들을 고용한 게 아니라면 좋겠는데." 홀던도 나오미의 명랑한 말두에 넝날아 농을 던졌다. "에이모스에게 놈들이 오고 있다고 말해둘게."

＊

홀던과 나오미, 그리고 에이모스는 내부 에어록 앞에 있는 로커가 늘어선 짧은 복도에서 검문 부대를 기다리고 있었다. 새로 세탁한 선장복과 자석 부츠를 걸친 나오미는 당당하고 위엄 있어 보였다. 실제 에스탄치아 선장은 해적들에게 목숨을 잃기 전까지 솜남뷸리스트 호를 거의 10년간이나 지휘했었다. 홀던은 나오미가 그 역할에 안성맞춤이라고 생각했다.

나오미의 뒤에서는 기관장 패치가 달린 점프슈트를 입은 에이모스가 따분하다는 듯이 못마땅한 표정을 하고 있었다. 에이모스는 심지어 무중력 상태에서조차 삐딱하고 불량한 자세를 할 수 있었다. 홀던은 에이모스의 불만스러운 자세와 반쯤 화가 난 표정을 열심히 흉내 내 보려 했다.

에어록이 회전을 멈추고 안쪽 문이 열렸다. 전투강화복을 입은 해병 여섯 명, 그리고 자석 부츠와 우주복을 입은 중위 한 명이 들어왔다. 중위가 잽싸게 선원들을 훑어보며 손에 든 핸드터미널 화면과 비교했다. 에이모스만큼이나 지겹다는 표정이었다. 홀던은 이 가엾은 장교가 온종일 배와 승무원을 검문하는 따분한 임무에 지쳐 있고, 그들만큼이나 이 일을 일찍 끝내고 싶어 한다는 느낌을 받았다.

"로웨나 에스탄치아, 세레스에 등록된 수송선 '위핑 솜남뷸리스트(Weeping Somnambulist) 호'의 제1 선주 겸 선장."

질문은 아니었지만, 나오미가 대답했다. "네, 맞습니다."

"이름이 마음에 드는군." 중위가 고개도 쳐들지 않고 말했다.

"네?"

"이 배 이름 말입니다. '흐느끼는 몽유병자'라니 특이하군요. 누구누구의 자식 이름이나 타이탄에서 끝내주는 주말을 같이 보낸 여자 이름을 붙인 배를 하나라도 더 봤다간 창의성이 부족하다는 이유로 몽땅 쏴버릴 겁니다."

홀던은 등골이 오싹해지는 것을 느꼈다. 이 중위는 따분한 임무를 수행 중일지는 몰라도 똑똑하고 예리했으며, 그 점을 대놓고 과시하고 있었다.

"사실 이것도 그이가 절 차버리는 바람에 석 달간 타이탄에서 눈물바다로 지새다 붙인 이름이랍니다." 나오미가 활짝 웃으면서 대답했다. "장기적인 관점으로 보면 바람직한 선택이었습니다. 처음엔 제가 키우던 금붕어 이름을 붙이려고 했거든요."

장교가 놀랐는지 퍼뜩 고개를 들더니 갑자기 큰 소리로 웃음을 터트렸다. "고맙습니다, 선장. 오늘 처음으로 나한테 웃음을 선사해줘서. 다른 선원들은 벌벌 떨기만 하던데. 그리고 이 덩치들은…." 중위가 뒤에 서 있는 해병들을 가리켰다. "유머 감각을 거세하는 화학처리를 받았거든요."

홀던은 에이모스에게 눈짓을 보냈다. '지금 저 작자가 나오미한테 수작을 걸고 있는 거야? 지금 수작 걸고 있는 거 맞지?' 에이모스의 불퉁한 표정은 어떤 의미로든 해석될 수 있었다.

중위가 터미널에 뭔가를 입력하고 말했다. "프로틴, 보충제, 정수기, 그리고 항생제. 잠시 살펴봐도 되겠습니까?"

"네, 그러시죠." 나오미가 해치를 손짓하며 말했다. "이쪽입니다."

나오미가 앞장서고 UN 장교와 해병 두 명이 그 뒤를 따라갔다. 나머지 넷은 에어록 옆에 감시 자세로 대기했다. 에이모스가 홀던을 팔꿈치로 쿡 찌르더니 군인들에게 말을 걸었다. "오늘 좀 어떠쇼들?"

그들은 에이모스를 무시했다.

"내가 여기 이 친구한테 뭐라고 했는지 아쇼? 뭐라고 했냐면, 저 화려한 깡통을 입고 있으면 가랑이가 꽉 조여서 엄청 아플 거라고 했지."

홀던은 두 눈을 질끈 감고 에이모스에게 제발 좀 닥치라는 텔레파시를 보냈지만 통하지 않았다.

"내 말은, 그런 복잡한 첨단장비들은 온몸을 꽁꽁 덮어 버리잖소. 게다가 불알이 가려워도 긁을 수도 없고. 아니면 그 뭐냐, 어쩌다 삐뚤어져도 예쁘게 세워둘 자리도 없을 거고 말이야."

홀던은 눈을 떴다. 이제 해병들은 전부 에이모스를 주시하고 있었지만 아무도 움직이거나 입을 열지는 않았다. 홀던은 찔끔찔끔 구석으로 물러나 벽에 붙었다. 병사들은 그에게는 눈길 하나 주지 않았다.

"그래서 내가 세운 이론이 하나 있는데." 에이모스가 명랑하고 활기찬 목소리로 말했다. "당신네가 확인해줄 수 있을 것 같단 말이지."

제일 가까이 있는 해병 하나가 반 발짝 앞으로 나섰다. 하지만 그게 전부였다.

"내 지론은 군대에서 이 문제를 해결하려고 문제를 일으킬 소지가 되는 걸 아예 싹둑 잘라버린다는 거요. 그럼 춥고 긴긴밤에도 서로 문대면서 위로하고 싶다는 유혹에도 빠질 일이 없잖아?"

해병대원이 다시 한 발짝 앞으로 나오자 에이모스가 즉시 한 걸음 다가가 간격을 바짝 좁혔다. 어찌나 가까운지 에이모스가 헬멧의 보호유리 위에 부연 입김 자국을 남기며 말했다. "어디 솔직하게 털어놔 보쇼. 당신네 사타구니도 이 슈트 가랑이랑 똑같이 생겼지? 응? 안 그래?"

긴장감 넘치는 정적을 깨트리고, 해치 쪽에서 누군가의 헛기침 소리가 들렸다. 중위가 복도로 들어왔다. "무슨 문제라도 있나?"

에이모스가 싱긋 웃으면서 뒤로 물러났다.

"아닙니다. 그저 내 세금이 어떤 훌륭한 군인들한테 쓰이고 있는지 알고 싶어서 말입니다."

"하사?" 중위가 말했다.

해병이 뒤로 물러섰다. "아닙니다. 아무 문제 없습니다."

중위가 몸을 돌려 나오미와 악수를 했다.

"에스탄치아 선장, 만나서 반가웠습니다. 조만간 상륙 허가 신호를 받을 수 있을 겁니다. 가니메데 시민들은 여러분이 싣고 온 구호 물자를 진심으로 반길 겁니다."

"도움이 될 수 있다니 기쁘네요." 나오미가 젊은 장교에게 눈부신 미소를 지어 보였다.

연합군 병사들이 에어록을 통해 보트를 타고 떠나자 나오미가 길게 한숨을 내쉬며 뺨을 문질렀다.

"1초만 더 웃는 표정으로 있었다간 얼굴 근육이 마비됐을 겁니다."

홀던이 에이모스의 소맷자락을 붙들었다.

"방금. 그거. 뭐야." 그는 꽉 다문 잇새로 말했다. "씨발, 아까 그게 뭔 짓이냐고!"

"뭐가요?" 나오미가 물었다.

"여기 계신 이 에이모스 님께서 네가 자리를 비운 사이에 해병들을 열 받게 하려고 별별 짓을 다 하셨거든. 그 자식들이 널 쏘고 나까지 쏘지 않은 걸 천만다행인 줄 알아."

에이모스는 천천히 시선을 내려 자신의 팔을 붙잡고 있는 홀던의 손을 응시했다. 하지만 손을 뿌리치지는 않았다.

"선장님. 선장님은 진짜 좋은 사람이긴 한데, 밀수업자로서는 완전히 꽝입니다."

"뭐가?" 나오미가 다시 물었다.

"여기 계신 이 선장님께서 사시나무 떨듯 떨고 있어서 뭔 일이라도 저지를까 봐 걱정되더라고요. 그래서 보스가 돌아올 때까지 일부러 해병들 관심을 끌었죠." 에이모스가 말했다. "그리고 저놈들은 우리가 손을 대거나 무기를 빼 들지 않는 이상 쏘지 않습니다. 선장님도 UN 해군이었잖습니까. 그 정도는 기억하고 있어야죠."

"그래서…." 홀던이 입을 열었다.

"그래서…." 에이모스가 말을 가로챘다. "나중에 중위가 우리에 관해 묻더라도 빌어먹을 기관사 새끼가 자기들 성미를 살살 긁었다고만 하지 이상하게 생긴 턱수염을 단 놈이 수상쩍게도 계속 구석에 숨으려고 했단 소리 같은 건 안 하겠죠."

"젠장." 홀던이 말했다.

"선장님은 훌륭한 선장입니다. 싸울 때도 안심하고 등을 맡길 수도 있고요. 한데 범죄자로서는 빵점이라니까요. 딴 사람인 척하는 법을 전혀 모르니."

"선장 자리 돌려드릴까요?" 나오미가 물었다. "이거 진짜 거지 같거든요."

"가니메데 관제탑, 여기는 솜남뷸리스트 호. 착륙 허가를 다시 요청한다." 나오미가 말했다. "UN 검문을 완료했음에도 아직 세 시간 째 궤도에 떠 있는 중이다."

나오미가 마이크를 끄고 내뱉었다. "머저리들."

그 말에 응답한 것은 지난 몇 시간 동안 그들이 착륙 허가를 구 걸한 상대와는 다른 목소리였다. 나이도 더 많고 신경질도 적었다.

"미안하다. 솜남뷸리스트 호. 가능한 한 빨리 선착장을 배정해 주겠다. 하지만 벌써 열 시간 째 선박들이 쉴 새 없이 이륙 중인 데 다 착륙에 앞서 아직 이쪽에서 이륙할 배가 열 대가 넘게 대기 중 이다."

홀던이 마이크를 켜고 말했다. "혹시 지금 말하고 있는 사람이 책임자인가?"

"그렇다. 선임관제사 샘 스넬링이다. 불만사항을 접수할 때 그 렇게 적도록. L이 두 개 들어간 스넬링이다."

"아니, 불평을 하려는 게 아니다." 홀던이 말했다. "지금 가니메 데를 떠나는 선박들이 많이 보이는데 이게 다 피난선인가? 지금 우 리가 본 것만도 인구의 절반은 될 것 같은데."

"아니다. 일부 민간선과 상업선이 사람들을 실어 나르고 있긴 하지만 현재 위성을 떠나는 배 대부분은 식량 수송선이다."

"식량 수송선?"

"여기선 원래 하루에 거의 수십만 킬로그램의 식량을 수송하는 데, 전투 때문에 그동안 지상에 묶여 있었다. 봉쇄조치가 끝났으니 예정대로 식량을 배달하러 가는 것뿐이다."

"잠깐만." 홀던이 말했다. "난 지금 가니메데 사람들에게 구호 식량을 전해 주려고 대기하는 중인데 당신네는 지금 식량 수십만 킬로그램을 행성 밖으로 내보내고 있다고?”

“거의 오십 만에 가깝지. 예비용까지 합치면.” 샘이 말했다. “하지만 그 식량은 우리 것이 아니다. 가니메데에서 생산하는 식량은 대부분 기업 소유고, 그것도 우리 행성에 있는 기업이 아니다. 엄청난 돈이 걸려 있다 보니 식량이 여기 붙들려 있는 동안 회사 측에서는 매일 어마어마한 액수를 날렸지.”

“난….” 홀던은 뭔가를 말하려는 듯 입을 달싹거리다가 마침내 단념하고 말았다. “솜남뷸리스트 호 통신 끝.”

홀던이 의자를 돌려 나오미를 쳐다보았다. 그녀도 홀던만큼 화가 났는지 표정이 딱딱하게 굳어 있었다.

수리 콘솔 옆에서 빈둥거리며 구호물자 상자에서 슬쩍 해 온 사과를 우걱우걱 씹던 에이모스가 말했다. “이런 거로 놀라다니요, 선장님.”

한 시간 뒤에 솜남뷸리스트 호는 착륙 허가를 받았다.

낮은 궤도상에서 하강하며 내려다본 가니메데의 지표면은 예전과 크게 다르지 않았다. 이 목성의 위성은 최상의 상태일 때조차도 회색의 규산염 바위와 그보다 약간 덜 회색인 물얼음으로 뒤덮인 황무지였고, 크레이터와 살점을 얼어붙게 하는 호수들로 곰보처럼 패여 있었다. 인류의 조상이 첫발을 내딛기 훨씬 전부터 이 황량한 땅은 격전을 치른 전쟁터처럼 보였다.

그러나 인류는 위대한 창의력과 파괴적 영역에서 발휘되는 근면함을 동원해 그들의 흔적을 남기는 법을 배웠다. 홀던은 드넓은 풍광을 길게 가로지른 검은 상흔의 끄트머리에서 뼈대만 남은 파괴자의 잔해를 바라보았다. 궤도 거울이 지상에 충돌했을 때 발생한 충격파로 거의 10킬로미터나 떨어져 있던 작은 돔들까지 가루가 되었다. 작은 구조선들이 그 유해 위를 바삐 날아다니며 생존자보다는 추락 현장에서 살아남은 정보나 기기가 적의 손에 들어가지 않도록 샅샅이 수색하고 있었다.

일단 눈으로 확인 가능한 최악의 참혹한 피해는 거대한 온실 돔하나가 완전히 사라졌다는 것이었다. 농업재배 돔은 거의 몇 헥타르에 걸친 크고 웅장한 강철과 유리구조물로, 그 천장 아래에는 신중하게 육성된 토양과 철저하고 꼼꼼한 관리하에 재배되는 작물들이 살고 있었다. 그런 농업재배 돔이 추락한 궤도 거울로 보이는 비틀린 고철덩이 아래 짜부라져 있는 광경은 그저 보는 것만으로도 경악스럽고 착잡했다. 온실 돔에서 재배된 작물은 외행성을 먹여 살렸다. 인류 역사상 최고의 정점에 이른 작물재배 기술이 그 안에서 실현되고 있었고, 궤도 거울은 그것을 가능케 하는 현대 공학의 경이로운 결정체였다. 하나가 다른 하나를 강타하여 한데 붕괴된 광경은 홀던에게 흡사 적군을 방해하기 위해 자기 마을의 수자원에 똥을 싸는 행위처럼 비합리적이고 근시안적으로 보였다.

솜냠뷸리스트 호가 늙고 삐걱거리는 몸뚱이를 끌고 그들에게 배정된 선착장에 내려앉았을 무렵, 홀던은 인간의 어리석음에 대한 인내심을 거의 잃은 상태였다.

그래서 당연하게도, 그것이 그를 찾아왔다.

에어록 밖으로 나오자 세관검사원이 기다리고 있었다. 막내기처럼 삐삐 말랐고, 얼굴은 꽤 잘 생겼지만 달걀처럼 민둥한 대머리였다. 검사원 옆에는 평범한 제복을 입고 허리춤에 테이저를 찬 치안요원 두 명이 붙어 있었다.

"안녕하십니까. 제 이름은 베다스입니다. 11번 항 A14부터 A22 선착장을 책임지고 있지요. 적하목록을 주시죠."

선장 역할을 맡은 나오미가 앞으로 나서며 말했다. "적하목록은 착륙 전에 이미 세관에 전송했는데요. 이해할 수가 없⋯."

홀던은 베다스가 공식 화물검역 터미널을 들고 있지도 않고, 동행한 치안요원들이 가니메데 항만관리청 제복을 입고 있지 않다는 사실을 알아차렸다. 조잡한 사기극에 말려들기 직전이라는 예감이 들었다. 홀던이 그들에게 다가가며 손짓으로 나오미를 물렸다.

"선장님, 이건 제가 맡지요."

세관검사원 베다스가 그를 아래위로 쓱 훑어보고 말했다. "당신은 누구요?"

"'네놈 자식 개소리를 못 참아주겠다 씨'라고 불러줘."

베다스가 얼굴을 찌푸렸다. 두 치안대원이 슬금슬금 다가오기 시작했다. 홀던은 그들에게 씩 웃어 보인 다음 등 뒤로 손을 돌려 코트 밑에서 커다란 권총을 꺼냈다. 허벅지 근처에서 총구를 바닥으로 향한 채 손을 늘어뜨리고 있을 뿐이었지만, 그들이 놀라 뒤로 물러났다. 베다스의 얼굴이 하얗게 질렸다.

"뻔한 수법이지." 홀던이 말했다. "적하목록을 보여 달라고 하곤 '잘못' 들어간 물건이 있다고 하는 거야. 그래서 우리가 세관사무실에 적하목록을 새로 송신하면 너희는 그 꼼수로 얻은 물건을 챙겨서 식량과 의약품이 북적대는 암시장에 갖다 파는 거지."

"난 가니메데 스테이션에 합법적으로 고용된 행정관리요." 베다스가 우는 소리를 냈다. "그따위 총으로 날 협박하려는 거요? 항만치안대를 불러서 당신들을 체포하고 이 배를 전부 압수할 수도 있어!"

"아니, 난 당신을 협박하는 게 아니야." 홀던이 말했다. "하지만 이런 비극적인 사건을 틈타 자기 배나 불리는 멍청이들한텐 진절머리가 나거든. 그래서 여기 이 몸 좋은 에이모스가 난민들에게서 음식과 의약품을 훔치려고 한 대가로 네놈을 흠씬 두들겨 패면 기분이 훨씬 좋아질 것 같아."

"협박이라기보단 스트레스 해소지." 에이모스가 친절하게 설명했다.

홀던이 에이모스에게 고개를 끄덕여 보였다.

"이놈들이 가엾은 난민들한테 돌아갈 몫을 강탈하려고 하는데 자네 얼마만큼 열 받았나, 에이모스?"

"지랄발광하고 싶을 만큼요, 선장님."

홀던이 권총으로 허벅지를 탁탁 두드렸다.

"총은 에이모스가 분노조절문제를 해결할 때까지 '항만치안대'가 끼어들지 못하게 하려는 것뿐이야."

11번 항 A14부터 A22 선착장을 담당하고 있는 세관검사원 베다스가 몸을 휙 돌리더니 걸음아 나 살려라 뛰기 시작했다. 그가 빌려온 용병들 역시 뒤질세라 그 뒤를 쫓았다.

"재밌는 모양이죠?" 나오미가 말했다. 그녀는 뭔가를 가늠하듯이 오묘한 표정을 짓고 있었다. 그녀의 어조는 비난과 그렇지 않은 것 사이에 모호하게 걸쳐져 있었다.

홀넌은 권총을 총집에 꽂았다.

"자, 그럼 뭐가 어떻게 돌아가고 있는지 알아보러 갈까."

7
프락스

치안 센터는 지상에서 세 층 아래에 있었다. 매끈하게 마무리된 벽과 독립적인 동력공급장치는 스테이션의 다른 얼음투성이 공간들에 비하면 거의 호화스러워 보였지만 실은 굉장히 중요한 의미를 담고 있었다. 일부 식물들이 화려한 색깔로 독을 품고 있음을 알리는 것처럼 치안 센터는 그곳이 난공불락임을 과시하고 있었다. 얼음에 구멍을 뚫어 친구나 연인을 탈출시키는 것이 불가능하다는 사실을 선전하는 것만으로는 부족했다. 그저 보는 것만으로도 그런 일이 불가능하다는 것을 모두가 '알아야' 했다. 그렇지 않다면 언젠가 누군가는 시도하려 들 것이기 때문이다.

프락스는 이제껏 가니메데에 살면서 치안 센터에 딱 한 번 밖에 와 본 적이 없었고, 그나마 그때도 증인 신분이었다. 법의 집행을 도우러 갔지 도움을 요청하러 간 것이 아니었다. 하지만 지금 그는 지난주에만 열두 번이나 이곳을 들락거렸고, 절박한 사람들로 가득한 기나긴 줄에 서 있으면서도 지금 다른 곳에서 다른 일을 하고 있어야 한다는(그게 뭔지도 모르면서) 걷잡을 수 없는 불안감과 싸우며 몸을 비비 꼬고 있었다.

"죄송합니다, 프락스 박사님." 공영 정보 창구에 앉아 있는 여자가 굵은 철망 뒤에서 말했다. 몹시 고단해 보이는 얼굴이었다. 피곤을 넘어 쓰러지기 일보 직전으로 보였다. 정신적인 충격에 시달리고 있는 것처럼, 흡사 죽어버린 것처럼 말이다. "오늘도 아무 소식도 없네요."

"제 사정을 들어줄 수 있는 사람이 없을까요? 틀림없이 무슨 방법이…."

"죄송합니다." 그녀가 말했다. 여자의 시선은 벌써 그를 지나 뒤에서 순번을 기다리고 있는 다른 사람에게 향해 있었다. 그녀가 아무 도움도 줄 수 없는 그다음 사람 역시 프락스처럼 지저분하고 절박하고 겁에 질려 있었다. 프락스는 울분을 삼키며 줄에서 걸어나갔다. 그는 줄에서 두 시간이나 기다렸었다. 통로에는 남자와 여자와 아이들이 서 있거나 벽에 기대 있거나 앉아 있었고, 어떤 이들은 흐느끼고 있었다. 눈가가 벌게진 한 젊은 여자는 마리화나를 피우고 있었다. 마리화나 잎이 타는 냄새가 좁은 곳에서 부대끼는 몸들에서 풍기는 악취를 덮고, 벽에 걸린 '금연' 경고문 위로 회색 연기가 하늘거렸다. 하지만 항의하는 사람은 없었다. 사람들은 전부 난민 특유의 넋 나간 표정을 하고 있었다. 심지어 이곳에서 태어난 토박이들조차도 그랬다.

화성과 지구의 무력충돌이 공식적으로 중단된 지 며칠이 지났다. 화성군과 지구군은 각자의 영역권 안으로 물러났다. 외행성의 곡창지대는 두 세력 사이의 황무지로 변했고 스테이션의 집단 지성은 오로지 한 가지 목표를 향해 움직였다. 도망쳐!

대립 중인 두 개의 무장 세력은 항구를 봉쇄했으나 얼마 지나지 않아 그들 역시 함대의 안전을 확보하기 위해 지상을 떠나갔다. 공포와 공황이 스테이션 전체를 휩쓸었다. 이륙 허가를 받은 몇 안 되는 여객선은 어디라도 좋으니 여기만 아니면 된다는 피난민들로 넘쳐 났다. 선박료는 근래 지구 밖 재료과학 분야에서 최고 연봉을 받던 이들마저 파산할 지경으로 급등했다. 돈이 없는 이들은 무인 수송선에 밀항하거나 소형 요트에 타거나 아니면 심지어 비행틀을 개조해 우주복만 입고 몸을 묶은 다음 누군가 구조해줄 거라는 막막한 희망을 품고 유로파로 자신을 쏘아 올렸다. 공포심은 사람들을 이곳이 아닌 어딘가로, 혹은 결국 자신의 무덤에 도달할 때까지 위험에서 또 다른 위험으로 몰아갔다. 항구와 치안 센터 인근, 심지어 화성과 UN의 버려진 군 저지선까지도 안전한 쉼터를 찾아 모여든 사람들로 바글거렸다.

프락스도 그러고 싶었다.

그러나 이제 그는 일정한 리듬에 따라 사는 데 익숙해져 있었다. 프락스는 늘 자기 방에서 눈을 떴다. 그는 밤이 되면 무조건 집으로 돌아갔다. 메이가 돌아올지도 모르기 때문이다. 손에 넣을 수 있는 것은 가리지 않고 먹었다. 모아놓은 식량이 이틀 전에 바닥났지만, 공원 도로에 있는 관상용 식물 중 몇 가지는 먹을 수 있는 종류였다. 어쨌든 배가 크게 고픈 것도 아니었다.

그런 다음에는 사망자 명단을 확인하러 갔다.

첫 1주일 동안에는 병원에서 시신의 신원 확인을 돕는 영상 피드를 제공했지만, 그 후부터는 본인이 직접 시신을 확인해야 했다. 프락스는 어린아이를 찾고 있었기 때문에 대대수는 확인할 필요가 없었지만, 그가 봐야 했던 것들은 그를 망연자실하게 만들었다. 메이인지 아닌지 알 수도 없을 만큼 심하게 훼손된 사체도 두 번이나 봤다. 첫 번째는 목덜미에 화염상모반이 있었고 두 번째는 발톱 모양이 메이와 달랐다. 그 아이들은 프락스가 아니라 다른 누군가의 비극이었다.

메이가 사망자 명단에 없다는 확신이 들면 딸을 찾아 나섰다. 메이가 실종된 날 밤에 프락스는 핸드터미널을 꺼내 목록을 작성했다.

만나볼 공무원들: 경찰과 메이의 담당 의사, 대립 중인 군인들.

다른 정보를 갖고 있을지도 모르는 사람들: 메이와 같은 보육원에 다니는 아이들의 부모, 메이와 같은 상담 그룹에 있는 아이들의 부모, 메이의 엄마.

뒤져볼 장소: 메이의 단짝 친구 집, 메이가 제일 좋아하던 공원, 메이가 먹고 싶다고 늘 졸라대던 라임 셔벗 가게.

납치된 어린아이가 성 노리개로 팔려갈 수 있는 장소들: 스테이션 안내서 캐시 데이터에 저장된 사창가와 술집 목록.

갱신된 스테이션 안내서가 시스템 안에 있을 테지만 시스템은 아직 꺼진 채였다. 그는 날마다 목록에서 최대한 많은 것을 지웠고, 목록에 적힌 이름들이 전부 지워지면 처음부터 나시 시삭했다.

그 목록은 이제 프락스의 생활이 되었다. 그는 이틀마다 치안 센터에 들렀고 치안 센터에 가지 않은 날은 화성군이든 연합군이

든 그의 말에 귀를 기울일 사람이라면 누구든 찾아다녔다. 시체 안치소를 확인한 다음에는 오전 중에 공원을 둘러 봤다. 메이의 단짝 친구와 그 가족은 무사했는데 그래서 건질 것이 없었다. 셔벗 가게는 폭동 때 불타 없어졌다. 가장 어려운 일은 메이의 담당 의사를 찾는 일이었다. 메이의 소아과 의사인 애스트리건 박사는 같이 걱정하면서 뭐든 알게 되면 연락해주겠다고 약속했지만, 사흘 뒤에 다시 찾아갔을 때는 프락스를 만난 것도 기억하지 못했다. 메이가 처음 지병을 진단받았을 때 척추에서 농양을 뽑아 준 외과 의사는 메이를 본 적이 없다고 했다. 치료 및 관리 그룹의 스트릭랜드 박사는 실종 상태였고, 아부아카르 간호사는 죽었다.

메이와 같은 치료를 받던 아이들의 가족들도 그들 각자의 비극에 침몰해 있었다. 메이는 실종된 유일한 아이가 아니었다. 카토아 머튼, 개비 솔유즈, 산드로 벤티시에트. 프락스는 그의 머릿속에서 날카롭게 절규하는 두려움과 절망을 다른 부모들의 얼굴에서 보았다. 실종된 아이들의 부모를 만나는 일은 시체 안치소를 뒤지는 것보다도 더 고되고 힘든 일이었다. 그럴 때마다 두려움을 떨치기가 더욱 어려워졌다.

그런데도 그는 계속해서 그들을 찾아갔다.

바샤 머튼(메이는 그를 '카토아 아빠'를 줄여 '카토아빠'라고 부르곤 했다)은 목이 굵고 항상 페퍼민트 향을 풍겼다. 그의 부인은 연필처럼 깡마르고 신경질적으로 실룩이는 미소를 지녔다. 그들은 지상에서 5레벨 아래에 있는 수질관리 단지 근처에서 방적견사와 대나무로 장식된 방 여섯 개짜리 집에 살고 있었다. 문을 열고 프락스를 본 바샤는 반가운 표정을 짓지도, 인사를 건네지도 않았다.

그저 문을 열어놓은 채 몸을 돌려 집 안으로 들어갔을 뿐이다. 프락스는 그 뒤를 따랐다.

바샤가 식탁에 앉더니 프락스에게 기적처럼 아직 상하지 않은 우유를 따라 주었다. 메이가 실종된 후로 프락스의 다섯 번째 방문이었다.

"아직 아무 소식도 없군요?" 바샤가 말했다. 그것은 질문이 아니었다.

"아무것도요." 프락스가 말했다. "어떻게 보면 그게 더 나은 것일지도 모릅니다."

집 안쪽에서 어린 여자아이가 화를 내며 소리를 빽 지르자 어린 남자아이가 뒤질세라 목소리를 높였다. 바샤는 고개를 돌리지도 않았다.

"여기도 그렇습니다. 미안합니다."

우유는 굉장히 맛있었다. 부드럽고 고소하고 목구멍 뒤로 매끄럽게 넘어갔다. 입안의 점막을 통해 칼로리와 영양분이 흡수되는 것이 온몸으로 느껴질 정도였다. 프락스는 자신이 얼마나 굶주려 있는지 깨달았다.

"그래도 아직은 희망이 있어요." 프락스가 말했다.

바샤는 프락스의 말에 배를 호되게 맞기라도 한 듯 숨을 훅 뱉었다. 입술을 꼭 다물고 물끄러미 탁자를 응시했다. 집 안쪽에서 나던 고함이 남자아이의 나지막한 울음소리로 바뀌었다.

"우린 떠나기로 했습니다." 바샤가 말했다. "내 사촌이 두나에 있는 마젤란 바이오테크에서 일하는데 거기서 구호선을 보낸답니다. 싣고 온 의료품을 내려놓고 나면 우리 집 식구가 탈 공간이 생겨요. 얘기도 벌써 다 끝냈고요."

프락스는 우유 잔을 내려놓았다. 갑자기 사방이 쥐죽은 듯 고요해진 것 같았다. 하지만 그는 그것이 자신의 착각임을 알고 있었다. 목구멍에서 이상한 느낌의 기운이 솟구쳤다가 가슴 밑으로 뚝 떨어졌다. 얼굴 근육이 어색하게 느껴졌다. 돌연 아내가 이혼 신청을 했다고 선언했던 때의 기억이 떠올랐다. 배신감. 그는 배신감을 느꼈다.

"…며칠만 더 기다리면 돼요." 바샤가 말하고 있었다. 바샤가 아까부터 계속 말을 하고 있었지만, 프락스의 귀에는 한마디도 들어오지 않았다.

"하지만 카토아는 어쩌고요?" 프락스가 낮게 잠긴 목소리로 가까스로 말했다. "그러면 여기 그 애 혼자 남게 되는데요." 바샤는 그를 힐끗 올려다봤다가 새의 날갯짓보다도 더 빠르게 시선을 돌렸다.

"아니요. 아닐 겁니다. 그 애는 죽었어요, 형제. 카토아는 면역 체계가 있어야 할 자리에 아무것도 없었지요. 당신도 잘 아시잖습니까. 약이 없으면 그 애는 사흘쯤 있다가 엄청나게 앓았을 거예요. 어쩌면 나흘은 버텼을지도 모르지요. 하지만 우리에겐 아직 돌봐야 할 두 아이가 있어요."

프락스는 고개를 끄덕였다. 머리 뒤에서 누가 무거운 바퀴 손잡이를 돌리고 있는 것처럼 몸이 제멋대로 반응하고 있었다. 갑자기 대나무 탁자의 나뭇결이 비정상적으로 삐죽삐죽해 보였다. 얼음 녹는 냄새가 났다. 혀끝에 남은 우유 맛이 시큼했다.

"그건 모를 일이잖습니까." 프락스가 말했다. 목소리를 누그러뜨리려고 해봤지만, 결과는 형편없었다.

"아니, 꽤 잘 알고 있다고 생각합니다."

"누가 됐든…, 메이와 카토아를 데려간 게 누구든 간에 애들이 죽으면 아무 소용도 없을 겁니다. 그 사람들도 알았어요. 우리 애들한테는 약이 있어야 한다는 걸 알았다고요. 그러니까 애들을 약이 있는 곳에 데려갔을 거예요."

"그 애들은 누가 데려간 게 아닙니다, 형제. 우리 애들은 실종됐어요. 사고가 난 거라고요."

"어린이집 교사가 말하길…."

"그 여잔 무서워서 제정신이 아니었어요. 조금 전까지 아는 거라곤 애들끼리 서로 껴안고 비비지 않게 말리는 것뿐이었는데 갑자기 전쟁이 터졌잖아요. 그 여자가 진짜로 뭘 봤는지 누가 어떻게 압니까?"

"메이의 엄마와 '의사'가 왔다고 했어요. 의사가 같이 왔다고 했다고요…."

"그리고 아까 뭐라고 했죠? 애들이 죽으면 아무 소용도 없다고요? 스테이션 전부가 시체투성이입니다. '소용 있는' 사람 따윈 아무도 없어요. 이건 전쟁이에요. 그 빌어먹을 새끼들이 전쟁을 일으켰다는 말입니다." 바샤의 크고 검은 눈에는 눈물이 고였고 목소리에는 애절함이 그득했다. 그러나 갈등의 기미는 없었다. "전쟁을 하면 사람들이 죽습니다. 애들도 죽고요. 당신도…. 오, 젠장, 산 사람은 살아야 하지 않겠습니까."

"그건 모를 일이에요." 프락스가 말했다. "애들이 죽었는지 안 죽었는지는 아무도 모른다고요. 그러니까 그걸 확실히 알 때까지는 애를 버리는 거랑 똑같은 겁니다."

바샤가 바닥을 내려다보았다. 목덜미가 붉게 달아올랐다. 그는 고개를 가로저었다. 입가가 처지며 경련했다.

"떠나면 안 됩니다!" 프락스가 말했다. "남아서 카토아를 찾아봐야죠!"

"그러지 마십시오." 바샤가 말했다. "내 집에서 나한테 소리 지르지 '말라는' 말입니다."

"우리 자식들이에요. 우리 자식들을 버리고 갈 순 없다고요! 그게 아버지란 사람이 할 짓입니까? 내 말은, 빌어먹을⋯."

바샤는 이제 탁자 위로 몸을 둥글게 말고 있었다. 그의 뒤로 이제 막 여자 티가 나기 시작한 소녀가 눈을 동그랗게 뜬 채 복도에 서 있는 것이 보였다. 프락스는 확신이 피어오르는 것을 느꼈다.

"당신은 안 갈 겁니다." 프락스가 말했다.

정적이 흘렀다. 심장이 파드득 세 번 뛰었다. 네 번, 다섯 번.

"벌써 얘기도 다 됐어요." 바샤가 말했다.

프락스는 그를 때렸다. 그럴 생각이 아니었다. 그럴 의도가 있었던 것도 아니었다. 자신도 모르게 팔이 어깨 뒤로 젖혀지더니 굳게 쥔 주먹이 앞으로 날아갔다. 뾰족한 관절 부위가 바샤의 뺨에 꽂히자 머리가 홱 돌아가며 몸이 휘청였다. 몸집이 큰 바샤가 그에게 돌진해왔다. 첫 번째 주먹은 프락스의 쇄골 바로 아래 명중했다. 프락스의 몸이 뒤로 밀렸고, 두 번째 주먹은 그의 갈비뼈를 강타했다. 그리곤 세 번째, 네 번째 주먹이 연거푸 날아왔다. 프락스는 엉덩이 밑에서 의자가 빠져나가는 것을 느꼈다. 몸이 천천히 바닥으로 떨어지고 있었지만, 발을 디딜 수가 없었다. 프락스가 악에 받쳐 발길질을 날렸다. 발끝에 뭔가 걸리는가 싶었으나 식탁인지 바샤인지 알 수가 없었다.

프락스가 바닥에 쓰러지자 바샤의 발이 명치를 가격했다. 갑자기 눈앞에 하얗게 불꽃이 터지면서 통증이 밀려왔다. 저 멀리 어디선가 여자가 소리를 지르고 있었다. 무슨 말을 하는지 알아들을 수가 없다. 그러다 서서히, 문장이 귀에 들어오기 시작했다.

"이 아저씨도 제정신이 아니에요. 자식을 잃었잖아요! 제정신이 아니라고요!"

프락스는 몸을 굴려 무릎으로 바닥을 받치며 일어나려 했다. 뺨 위로 자신의 것임이 분명한 피가 주르르 흘렀다. 프락스를 빼면 다친 사람은 없었다. 바샤가 식탁 옆에서 주먹을 불끈 말아 쥔 채 콧구멍을 벌름거리며 씩씩거렸다. 그 앞에서 바샤의 딸이 프락스와 격분한 아버지 사이를 가로막고 서 있었다. 소녀의 엉덩이와 뒤로 당겨 묶은 머리채, 그리고 세계 어디서든 '멈추라'는 의미로 통용되는 넓게 벌린 두 팔이 보였다. 그 아이가 프락스의 목숨을 구해주고 있었다.

"그만 가 보는 게 좋겠소, 형제." 바샤가 말했다.

"그럴 겁니다." 프락스가 말했다.

프락스는 천천히 일어나 비틀거리는 걸음걸이로 문으로 향했다. 아직도 숨을 쉬기가 어려웠다. 그는 바샤의 집에서 나왔다.

닫힌 식물계가 붕괴하는 이유는 다음 문장으로 설명될 수 있다. '잘못된 지점 그 자체가 아니라 그로 인한 연쇄효과를 조심하라.' 프락스가 연구하던 글리신 케논이 초기에 전부 죽은 적이 있다. 대두에는 아무 영향도 끼치지 않는 특정한 균류 때문이었다. 무당벌레를 들여올 때 같이 붙어온 게 틀림없었는데, 수경재배 시스템에 침투해 다른 데 쓰여야 할 영양분을 가로채 흡수하고 pH 레벨을 바꿔 버렸다. 그 결과 프락스가 질소를 안정화하려고 사용 중이던 박테리아가 평소라면 아무 문제도 없을 박테리오파지에 취약한 수준으로 떨어졌고, 그로 인해 닫힌계의 질소 균형이 무너졌던 것이다. 박테리아가 원래의 수치를 회복했을 즈음 콩 줄기는 이미 누렇고 흐늘거려서 회복이 가능한 단계를 지나 있었다.

프락스는 메이와 메이의 면역체계를 그것에 비유하곤 했다. 실제로 문제는 아주 작고 단순했다. 돌연변이 대립유전자가 정상적인 오른쪽이 아니라 왼쪽으로 접힌 단백질을 생산했고 그래서 염기쌍 몇 개에 차이가 생겼다. 그런데 하필 문제의 단백질은 T세포의 신호전달에 있어 매우 중대한 단계의 촉매작용을 맡고 있었다. 메이는 병원체와 맞서 싸울 면역체계를 생성하는 데 필요한 요소를 모두 갖추고 있었지만, 하루 두 번 인공촉매 약제를 맞지 않으면 면역체계의 신호를 활성화하지 못했다. 의사들은 그것을 '마이어스-스켈튼 조기면역노화증'이라고 불렀다. 기초 연구로는 이 질병이 아직 밝혀지지 않은 저중력의 영향 때문에 지구의 중력 우물 밖에서 더 흔히 나타나는 것인지 아니면 그저 높은 방사선량 때문에 세포 변이가 흔해진 것인지 알아내지 못했다. 어쨌든 그런 것은 상관없었다. 메이는 그렇게 태어났고 생후 4개월 때 심각한 척추 감염을 일으켰다. 만일 그들이 다른 외행성에 살고 있었다면 메이는 그때 죽었을 것이다. 그러나 가니메데는 잉태와 출산을 하러 온 사람들이 모이는 위성이었고 소아의학 역시 탁월한 수준으로 발전해 있었다. 스트릭랜드 박사는 메이를 진찰하자마자 원인을 파악하고 연쇄효과를 중단시켰다.

프락스는 집으로 가는 통로를 걷고 있었다. 턱이 부어오르고 있었다. 딱히 턱을 맞은 기억은 없지만 어쨌든 퉁퉁 붓고 아팠다. 왼쪽 갈비뼈는 숨을 조금만 크게 쉬어도 욱신거려서 최대한 밭게 호흡하는 수밖에 없었다. 공원에 들러 저녁 식사용으로 풀잎을 몇 개 따기로 했다. 프락스는 흐드러지게 퍼져 있는 에피프렘늄 아우레움 앞에서 발을 멈췄다. 넓적한 삽 모양 이파리의 상태가 마음에 걸렸다. 아직 녹색이긴 하지만 평소보다 짙고, 기저에 노란 기미가 섞여 있다. 누군가 수경재배 시스템에 장기 수경재배에 필요한 미네랄 용액이 아니라 정수한 물을 부은 모양이었다. 앞으로 한 일주일 정도나 버틸 수 있을까. 길면 2주일까지도 가능할지 모른다. 그러고 나면 공기 재생용 식물들이 먼저 죽기 시작할 테고 그 무렵이면 연쇄효과는 더 이상 손도 쓸 수 없는 단계에 이를 것이다. 식물에 재배 용수를 공급하지 못하고 있다면 그 수많은 공기 재생기의 상태는 어떨지 상상하고 싶지도 않았다. 누군가 어서 빨리 조처를 해야 한다.

그가 아닌 다른 누군가가.

프락스의 방에는 마지막 한 포기인 작은 글리신 케논이 광원을 향해 잎을 뻗고 있었다. 프락스는 무심결에 손가락으로 흙을 찔러 보았다. 골고루 균형 잡힌 영양소를 함유한 비옥한 흙냄새가 향처럼 피어올랐다. 여러 조건을 고려할 때 콩은 생각보다 잘 자라고 있었다. 프락스는 핸드터미널로 시간을 확인했다. 집에 온 시 세 시간이 지났다. 턱의 욱신거림은 이제 끊임없는 통증으로 변해가고 있었다.

정해진 시간에 맞춰 약을 투여하지 않으면 메이의 소화기에 있는 정상세균총이 과다 성장하기 시작한다. 평소에는 메이의 입과 목구멍에서 평화롭게 살던 박테리아가 반란을 일으키는 것이다. 2주일 동안 죽지 않고 버틸 수도 있겠지만, 최선의 상황이라 해봤자 등에 이상이 생겨 심하게 앓아누울 것이다.

지금은 전쟁 중이었다. 전쟁 중에는 아이들이 죽는다. 그것이 연쇄효과다. 기침을 하자 가슴에 어마어마한 통증이 밀려왔다. 그래도 통증을 느끼는 것이 생각을 하는 것보다는 나았다. 프락스는 떠나야 했다. 여기서 탈출해야 했다. 가니메데는 죽어가고 있었다. 그가 메이를 위해 할 수 있는 일은 아무것도 없다. 메이는 죽었다. 그의 사랑스러운 어린 딸은 이제 이 세상에 없다.

흐느끼는 것은 기침보다도 더 아팠다.

프락스는 잠들지 않았다. 그는 까무룩 의식을 잃었다. 눈을 떴을 때는 입을 벌리면 딱 소리가 날 정도로 턱이 부어올라 있었다. 갈비뼈는 그보다 약간 더 나은 정도였다. 그는 침대 가장자리에 앉아 손바닥에 얼굴을 묻었다.

프락스는 항구로 가야 했다. 바샤를 찾아 주먹다짐을 사과하고 그도 데려가 달라고 부탁할 것이다. 목성계에서 멀리 벗어나야 한다. 머나먼 곳에서 과거를 잊고 새로운 삶을 시작해야 한다. 실패한 결혼 생활과 끝장난 경력을 뒤로하고. 메이를 뒤로하고.

프락스는 조금이나마 덜 지저분한 셔츠로 갈아입었다. 축축한 천 쪼가리로 겨드랑이를 닦았다. 머리를 빗어 넘겼다. 그의 삶은 붕괴했다. 이제는 아무 의미도 남지 않았다. 프락스는 자신이 무엇을 잃었는지 인정하고 새롭게 전진해야 한다. 어쩌면 언젠가는 그렇게 할 수 있을지도 모른다.

프락스는 핸드터미널을 확인했다. 그날은 화성군 시체 안치소를 확인하고, 공원을 둘러보고, 애스트리건 박사를 만난 다음, 아직 그가 가 보지 못한 매춘업소 다섯 곳에 들러 아동성애에서 얻을 수 있는 부적절한 쾌락에 대해 캐물어야 했다. 부디 올바른 윤리관을 지닌 깡패나 범죄자를 만나 맞아 죽지 않기를. 깡패들도 자식이 있을 테고, 그중에는 자기 자식을 사랑하는 이들도 있을 것이다. 프락스는 한숨을 내쉬며 새로운 항목을 추가했다. '공원 용수에 미네랄 첨가하기.' 그러기 위해서는 시설관리 접속코드를 가진 사람을 찾아야 한다. 적어도 이 점에서는 치안 센터가 도움될지도 모른다.

그리고 어쩌면, 그러다 메이를 찾을 수 있을지도 모른다.

아직 희망은 있다.

8
바비

하먼 김대중호는 도나저급 드래드노트함으로 길이는 500미터, 건조중량은 250만 톤이었다. 내부 도킹 베이는 프리깃급 호위함 네 대와 다양한 경량급 셔틀과 수리함이 정박할 수 있을 만큼 널찍했다. 하지만 지금 그 공간을 차지하고 있는 것은 두 대뿐이었다. 화성 대사가 타고 온 거의 초호화 유람선에 가까운 커다란 셔틀과 바비가 가니메데에서부터 타고 온 보다 작고 기능적인 해군 셔틀이었다.

바비는 도킹 베이의 남는 공간을 조깅용으로 사용하고 있었다.

김대중호의 함장은 외교관들을 최대한 빨리 지구에 도착하게 해야 한다는 압박감 때문에 거의 쉼 없이 1g로 날고 있었다. 대다수 화성인은 그런 중력에서 불편함을 느낄 테지만 바비는 그럭저럭 견딜 만했다. 해병대는 고중력에서 버티는 훈련을 받을 뿐만 아니라 최소한 한 달에 한 번은 1g에서 지구력 훈련을 하기 때문이다. 누구도 그것이 지구에서의 지상전에 대비하는 훈련이라고는 말하지 않았다. 그럴 필요가 없었다.

바비는 가니메데에서 한동안 고중력 상에서의 운동이나 훈련을 하지 못했기 때문에 지구까지의 기나긴 여행을 체력과 근력을 회복할 절호의 기회로 여겼다. 그녀가 죽어도 피하고 싶은 게 있다면 바로 지구인들에게 나약하게 보이는 것이었다.

"네가 무슨 일을 하든 나는 더 잘할 수 있어." 바비는 숨을 헐떡거리며 군가를 불렀다. "난 뭐든 너보다 더 잘할 수 있어."

바비는 손목시계를 흘깃 쳐다보았다. 두 시간이 지났다. 이렇게 느긋한 속도면 20킬로미터쯤 뛰었다는 얘기다. 한 30킬로미터까지 달려 볼까? 지구에 정기적으로 30킬로미터를 뛰는 인간이 몇이나 있을까? 화성의 교육과 선전 속에서 자란 바비는 지구의 절반 인구가 직업도 없는 실업자라고 믿고 있었다. 그들은 정부의 보조금을 타서 살면서 얼마 안 되는 수당마저 마약과 흥분제에 탕진한다고 했다. 하지만 그래도 '몇 명'은 30킬로미터 정도는 뛸 수 있겠지. 그녀는 스누피와 UN 해병들이라면 30킬로미터를 뛸 수 있을 것이라고 생각했다. 그때 그들이 도망가던 모습을 생각하…

"네가 무슨 일을 하든 나는 더 잘할 수 있어." 바비는 목소리를 한층 더 크게 높이며 금속 바닥에 자신의 신발이 부딪치는 소리에 정신을 집중했다.

바비는 행정 부사관이 도킹 베이에 들어오는 것을 보지 못했다. 그래서 그가 그녀의 이름을 부르자 화들짝 놀라 몸을 돌리다가 다리가 꼬이는 바람에 고꾸라져 버렸다. 아슬아슬하게 왼쪽 손으로 몸을 받친 덕분에 바닥에 머리를 박지는 않았지만 손목에서 뚝하는 소리가 들린 것 같았고, 충격을 흡수하려고 바닥을 구를 때 오른쪽 무릎을 세게 부딪쳤다.

바비는 바닥에 드러누워 발목과 무릎을 돌려 보며 심각한 상처를 입지는 않았는지 가늠해보았다. 둘 다 아프긴 했지만 부자연스럽게 걸리거나 땅기는 느낌은 없었다. 적어도 부러지지는 않았군. 병원에서 퇴원한 지 얼마 되지도 않았는데 벌써 이렇게 칠칠찮다니. 부사관이 달려와 옆에 쪼그려 앉았다.

"맙소사, 중사님. 방금 그거 엄청 아프겠는데요." 어린 하사가 말했다. "진짜 고약하게 넘어졌다고요!"

그는 바비의 반바지 아래 벌써 멍이 들어 검붉게 변한 오른쪽 무릎을 만지려다 무슨 짓을 하고 있는지 깨닫고는 화들짝 손을 거뒀다.

"드레이퍼 중사님, 14시 50분에 G회의실에서 열리는 회의에 참석하라는 명령입니다." 하사가 지시받은 내용을 읊으며 투덜거렸다. "어떻게 터미널을 안 가지고 다니실 수가 있습니까? 중사님 위치를 파악하는 데 애를 먹었단 말입니다."

바비는 몸을 일으켜 세운 다음, 일어서도 괜찮은지 무릎을 조심스레 점검했다.

"방금 자네가 그 질문에 대답한 것 같은데."

바비는 회의실에 5분 일찍 도착했다. 빳빳하게 각을 잡아 다림질한 붉은색과 카키색 군복 차림은 가벼운 염좌임이 밝혀져 의무병이 둘러준 흰색 손목 지지대 외에는 흠잡을 데가 없었다. 전투복 차림에 돌격소총으로 무장한 해군이 문을 열어주며 그녀가 지나가자 미소를 지어 보였다. 눈이 즐거운 미소였다. 하얗고 고른

치아가 돋보였고 아몬드 모양의 눈은 워낙 짙어서 거의 검은색으로 보였다.

바비도 미소로 답하고는 군복에 적힌 그의 이름을 훔쳐보았다. 마츠케 상병. 식당이나 체육관에서 누구와 마주치게 될지 모른다. 그러니 한두 명쯤은 친구를 사귀어 두는 것도 좋을 것이다.

회의실 안으로 들어가는데 누군가 그녀의 이름을 불렀다.

"드레이퍼 중사." 토르손 대령이 다시 한 번 그녀를 부르며 길쭉한 회의 탁자 앞에 놓인 의자를 손짓했다.

"대령님." 바비는 거수경례를 하고 의자에 앉았다. 놀랍게도 회의에 참석한 사람들은 몇 명 되지 않았다. 정보부의 토르손 대령과 그녀가 모르는 민간인 두 명이었다.

"중사, 자네 보고서의 세부 사항을 검토하는 중이야. 그래서 자네에게서 도움을 좀 받았으면 하는데."

바비는 민간인들을 소개받길 기다렸지만, 토르손이 그들을 소개하지 않으리라는 것이 확실해지자 순순히 대답했다. "알겠습니다, 대령님. 제가 할 수 있는 일이라면 무엇이든 도와드리겠습니다."

값비싼 정장 차림에 엄격해 보이는 붉은 머리 여성이 입을 열었다. "그날 사건이 발생하기까지의 시간 경과 순서를 더 정확하게 정리하려고 합니다. 이 지도를 보면서 중사와 중사의 팀이 기지로 돌아오라는 무선을 받았을 때 정확히 어디 있었는지 알려주시겠습니까?"

바비는 해당 위치를 짚어 주었다. 그런 다음 그날 발생한 사건들을 차례대로 설명했다. 바비는 그들이 내민 지도를 보고서야 궤도 거울 추락의 충격파로 자신이 얼마나 날아갔는지 처음으로 알았다.

그녀와 잔해에 깔려 먼지로 화한 다른 소대원들의 차이는 지도에서 겨우 몇 센티미터처럼 보였다….

"중사." 토르손이 말했다. 그의 어조로 보아 벌써 몇 번이나 거듭 그녀를 부르고 있었던 것 같았다.

"죄송합니다. 사진을 보니 그때 생각이 나서요. 다시는 이런 일이 없을 겁니다."

토르손은 바비가 해석할 수 없는 오묘한 표정으로 고개를 끄덕였다.

"우리가 알고 싶은 건 공격이 있기 전에 그 이상 생물체가 투입된 정확한 장소입니다." 두 번째 민간인이 말했다. 갈색 머리가 슬슬 벗겨지고 있는 통통한 남자였다.

'이상 생물체.' 그들은 그것을 그렇게 불렀다. 그 단어는 그놈을 의미했다. '이상 생물체'? 마치 우연히 일어난 일처럼, 평소에도 때때로 발생하는 일처럼. 그들은 그것의 진짜 정체를 입 밖으로 내길 두려워하고 있었다. '무기.'

"그래서 중사님이 정상적으로 교신하던 시간과 해당 지역 내 다른 통신 시설의 무선 신호가 사라진 정보를 바탕으로 통신 장애의 원인이 바로 그 이상 생물체라는 사실을 알아낼 수 있었지요." 통통한 남자가 말했다.

"잠깐만요." 바비가 고개를 저으며 말했다. "뭐라고요? 그 괴물이 우리 통신전파를 방해했을 리가 없습니다. 무슨 장비 같은 걸 갖고 있지도 않았는데요. 심지어 호흡에 필요한 빌어먹을 우주복도 입고 있지 않았단 말입니다. 그런 놈이 어떻게 교란 장치를 갖고 있을 수 있습니까?"

토르손이 바비의 손을 다정하게 토닥였다. 마음이 진정되기는커 녕 오히려 짜증이 치솟았다.

"데이터는 거짓말을 하지 않아, 중사. 통신두절 구역이 계속해 서 이동했어. 그리고 그 중심에는 항상…, 그것이 있었지. 그 이상 생물체 말이야." 토르손이 고개를 돌려 통통한 사내와 붉은 머리 여자를 바라보았다.

바비는 뒤로 기대앉아, 방 안의 에너지가 자신에게서 점점 멀어 지는 것을 느꼈다. 댄스파티에서 혼자만 파트너 없이 앉아 있는 사 람이 된 것 같았다. 하지만 상사인 토르손이 아직 해산 명령을 내리 지 않았으니 회의실에서 나갈 수도 없었다.

붉은 머리가 말했다. "통신두절 데이터에 따르면, 이상 생물체 가 처음 투입된 지점은 이곳입니다." 그녀가 지도의 한 점을 가리 켰다. "그리고 이 능선을 따라 UN 기지로 이어지는 길이 있고요."

"거기에는 뭐가 있습니까?" 토르손이 이맛살을 찌푸리며 물었다.

통통한 남자가 다른 지도를 꺼내 한참 동안 들여다보았다.

"돔에서 재배하는 수경식물을 위한 오래된 공급 터널 같은 게 있 습니다. 수십 년간 사용하지 않았다고 나와 있고요."

"다시 말해 위험한 것을 은밀하게 운반할 때 사용할 만한 터널이 군요." 토르손이 말했다.

"네." 붉은 머리가 말했다. "원래는 연합군 기지로 수송하려다 실수로 풀려난 것일 수도 있어요. 통제 불능 상황이 되자 UN 해병 대가 도주한 거죠."

바비는 저도 모르게 픽 웃고 말았다.

"하고 싶은 말이 있나, 드레이퍼 중사?" 토르손이 물었다.

토르손은 예의 그 속내를 알 수 없는 그 모호한 미소를 띤 채 바비를 응시하고 있었지만, 이제 그녀는 토르손이 허튼소리를 가장 질색한다는 것을 알 만큼 그에게 익숙해져 있었다. 토르손은 상대가 이왕 입을 열 때면 뭔가 유용하고 쓸모 있는 말을 하길 바랐다. 두 민간인은 바비가 두 발로 걷고 사람 말을 할 줄 아는 바퀴벌레라도 되는 것처럼 벙벙한 얼굴로 그녀를 보고 있었다.

바비는 고개를 저었다.

"제가 신병 시절에 제 훈련교관님이 태양계에서 화성 해병대 다음으로 위험한 것이 뭐라고 했는지 아십니까?"

민간인들은 여전히 바비를 멍청하게 쳐다보고 있었지만, 토르손은 고개를 끄덕였다. 그는 바비와 동시에 대답을 내뱉었다.

"UN 해병대입니다."

"UN 해병대지."

두 민간인은 얼굴을 마주 보며 눈빛을 교환했다. 붉은 머리가 눈동자를 굴렸다. 토르손이 말했다. "다시 말해 자네는 연합군이 자기네 물건을 통제할 수 없게 되었다는 이유로 도망친 게 아니라고 생각한다는 뜻이군."

"씨발, 턱도 없는 소립니다, 대령님."

"그럼 자네 의견을 말해보지."

"UN 기지에는 해병대 1개 소대가 근무하고 있었습니다. 우리 쪽 초소와 같은 병력입니다. 그런데 우리 진영으로 도망쳐오기 시작했을 때는 겨우 여섯 명이었습니다. 여섯 명이요. 그 지경이 될 때까지 싸웠던 겁니다. 연합군은 도망치려고 우리 쪽으로 접근한 게 아닙니다. 우리가 '싸우는 걸' 도와주길 바랐던 거죠."

통통이가 바닥에서 커다란 가방을 들어 올려 뒤적거리기 시작했다. 붉은 머리는 그가 하는 일이 바비의 말보다 훨씬 흥미롭다는 듯이 빤히 쳐다보고 있었다.

"UN의 무슨 비밀 해병대가 그것을 운반하든 보호하든 임무를 맡고 있었다면 그들은 우리 진영으로 오지 않았을 겁니다. 임무를 져버리느니 임무 수행을 하다 죽을 병사들이죠. 우리라도 그랬을 거고요."

"고맙네, 중사." 토르손이 말했다.

"제 말은, '우리' 대원들은 그럴 필요가 없었는데도 마지막 한 사람까지 그것과 싸우다 죽었다는 겁니다. UN 해병대라고 달랐을 것 같습니까?"

"고맙네, 중사." 토르손이 이번에는 더 큰 소리로 말했다. "나도 그 점에선 동감이지만 우린 모든 가능성을 고려해 봐야 해. 어쨌든 자네 의견은 확실히 들었어."

통통이가 마침내 찾고 있던 것을 발견했다. 민트캔디가 들어 있는 작은 플라스틱 용기였다. 그는 민트를 하나 꺼낸 다음 붉은 머리에게 상자를 내밀었다. 역겨울 정도로 달착지근한 스피아민트 냄새가 공기 중에 퍼졌다. 통통이가 민트를 입에 문 채 중얼거렸다. "그래요, 감사합니다, 중사. 여기서부터는 중사의 시간을 빼앗지 않고도 우리끼리 할 수 있을 것 같군요."

바비는 의자에서 일어나, 토르손에게 경례를 붙인 다음, 회의실을 벗어났다. 심장이 세밋내로 뛰었다. 하도 이를 꽉 물어서 딕이 아릴 지경이었다.

민간인들은 이해하지 못한다. 아무도 이해하지 못한다.

✳

마르텐스 대령이 화물실에 들어왔을 때, 바비는 방금 강화복의 오른쪽 팔에 내장된 총기를 해체한 참이었다. 그녀는 3총열 개틀링건을 받침대에서 들어내 바닥에 내려놓았다. 옆에는 미리 해체해 놓은 스무 개 정도의 다른 부품들이 늘어서 있었다. 그리고 그 옆에는 총기소제용 기름 한 캔과 윤활유 병, 그리고 부품을 청소할 때 사용하는 다양한 꽂을대와 솔이 놓여 있었다.

마르텐스는 바비가 총을 청소용 깔개 위에 내려놓을 때까지 기다렸다가 옆에 앉았다. 바비는 꽂을대 끝에 와이어브러시를 연결해 세정유에 담근 다음 총열을 하나씩 문질러 닦기 시작했다. 마르텐스는 조용히 그 모습을 지켜보았다.

몇 분 뒤에 바비는 와이어브러시를 빼고 그 자리에 작은 천 조각을 감은 다음 남은 세정유를 닦아 냈다. 그다음에는 깨끗한 천에 윤활유를 묻혀 기름칠을 했다. 바비가 회전총열과 급탄 시스템을 구성하는 복잡한 기관부에 윤활유를 바르기 시작했을 즈음 마침내 마르텐스가 말을 걸었다.

"알다시피 중사, 토르손은 정보부에서 군 생활을 시작했어. 처음부터 간부 훈련생이었는데 사관학교를 수석으로 졸업하고 곧바로 함대 사령부에 배속됐지. 정보부 말고 다른 일은 해본 적이 없는 사람이야. 6개월 신병 훈련을 받았을 때 이후론 총을 쏴본 적도 없을 거고. 그게 20년 전이야. 그는 공격대를 지휘해본 적이 없어. 전투부대에서 복무한 적도 없고."

"그것참 흥미로운 이야기군요." 바비가 윤활유 병을 내려놓고 총을 조립하려 일어나며 말했다. "알려주셔서 감사합니다."

"그래서." 마르텐스가 한 박자도 쉬지 않고 곧장 대꾸했다. "자네가 포탄충격증에 시달리는 건 아닌지 토르손이 나한테 물어보기 전에 얼마나 더 망가질 생각인가?"

바비가 손에 들고 있던 렌치가 떨어졌지만, 반대쪽 손으로 잽싸게 바닥에 닿기 전에 받아 냈다.

"지금 이거 공식적인 대화입니까? 그런 게 아니라면 당장 나가 뒈…."

"하지만 나는 그 친구와 달라." 마르텐스가 말했다. "난 해병대 출신이야. 학사장교를 제안받기 전에 10년간 복무했지. 심리학과 신학 학위를 받았고."

코끝이 간질거렸다. 바비는 무심코 긁었다. 갑자기 기름 냄새가 훅 끼쳐서 방금 자신의 얼굴이 윤활유투성이가 되고 말았다는 것을 깨달았다. 마르텐스는 바비의 그런 우스꽝스러운 모습을 보고도 말을 멈추지 않았다. 바비는 부품을 달그락거리며 시끄러운 소리를 내서 그를 쫓아내려 했다.

"나는 전투훈련을 해 봤어. 근접전투 훈련도 했고 모의 전쟁에도 참여해 봤지." 마르텐스가 소음을 이기려 목소리를 높였다. "내가 신병 시절에 자네 부친이 선임하사로 계셨다는 거 아나? 드레이퍼 원사님은 정말 훌륭한 분이었지. 우리 신병들한테는 신이나 다름없었어."

바비가 머리를 번쩍 들고 두 눈을 가늘게 좁혔다. 이 정신과 의사 나부랭이가 아버지를 아는 척하는 것이 영 기분 나빴다.

"사실이야. 그리고 지금 그분이 여기 있다면 자네에게 내 말을 들으라고 했을걸."

"엿이나 처드십시오." 바비가 말했다. 그녀가 겁을 먹은 것을 숨기려고 욕을 했다는 것을 안다면 아버지는 필시 이맛살을 찌푸릴 것이다. "개뿔도 모르면서."

"자네 정도로 철저한 훈련과 실력을 갖춘 해병대 중사가 아직 얼굴에 여드름도 안 가신 어린 행정병한테 놀라 넘어질 정도면 뭔가 아주 심각하게 잘못되었다는 건 알지."

바비가 렌치를 바닥에 내동댕이쳤다. 기름 깡통이 넘어져 핏자국처럼 깔개 위로 번졌다.

"단순히 넘어진 것뿐입니다! 지금 중력이 1g지 않습니까! 그래서 전 그냥… 그냥 넘어졌다고요."

"오늘 있었던 회의는 또 어떻고? 민간인 정보분석가에게 해병이라면 임무에 실패하느니 차라리 죽겠다고 소리 지른 거 말일세."

"전 소리 지르지 않았습니다." 하지만 확신할 수는 없었다. 회의실을 나오자마자 기억이 뒤죽박죽되었으니까.

"어제 그 총을 소제하고 몇 번이나 사용했지?"

"네?" 바비가 멍청하게 되물었다. 딱히 이유도 없는데 속이 메슥거렸다.

"그 전날은? 또 그 전날에는?"

"그만하십시오." 바비가 한쪽 손을 힘없이 저으며 말했다. 그녀는 두리번거리며 앉을 자리를 찾았다.

"김대중호에 탄 후에 한 번이라도 그 총을 사용한 적이 있긴 한가? 왜냐하면 자네는 이 배에 탄 후로 날마다 그걸 소제하고 있거든. 심지어 하루에 두 번씩 한 적도 있지."

"아니요, 전…." 바비는 입을 열었다가, 탄약통 위에 털썩 주저앉았다. 그녀는 어제 총을 청소한 기억이 없었다. "그건 몰랐습니다."

"그게 바로 외상후 스트레스 장애라고 하는 거야, 바비. 그건 나약하다는 증거도 아니고 도덕적인 패배도 아니야. 그건 끔찍한 일을 겪었을 때 일어나는 일이지. 지금 자네는 가니메데에서 자네와 자네 전우들에게 일어난 일을 정신적으로 받아들이지 못하고 있어. 그래서 비이성적으로 행동하고 있는 거고." 마르텐스가 바비 앞에 몸을 쪼그리고 앉았다. 바비는 그가 그녀의 손을 잡을까 봐 두려웠다. 만약에 그랬다간 대령에게 주먹을 날릴 것 같았기 때문이다.

하지만 마르텐스는 손을 내밀지 않았다.

"자네는 수치스러운 거야." 그가 말했다. "하지만 그러지 않아도 돼. 그럴 이유가 없으니까. 자네는 강하고 유능하며, 무엇이든 할 수 있도록 훈련을 받았지. 주어진 역할을 다하고 그동안 받은 훈련만 숙지하면 어떤 위협도 처리할 수 있다고 말이야. 무엇보다 군대에서는 자네에게 가장 중요한 사람은 전장에서 함께 하는 동료들이라고 가르쳤지."

바비의 눈 밑에 있는 근육이 실룩거렸다. 그녀는 시신경이 폭발할 정도로 그곳을 힘주어 꼭 눌렀다.

"그런데 훈련만으로는 대응할 수 없는 것을 맞닥뜨리게 된 거야. 뭘 해도 막아낼 도리가 없는 적 말이야. 그렇게 자네는 동료와 친구들을 잃었지."

바비는 그 말에 대꾸하려 했다가 자신이 숨을 멈추고 있음을 깨달았다. 그래서 그녀는 말을 하는 대신에 숨을 크게 늘이켰다. 마르텐스는 멈추지 않았다.

"우리에겐 자네가 필요해, 로버타. 다시 예전의 자네로 돌아와

줘야 해. 나는 자네 같은 경험을 한 적은 없지만, 자네와 비슷한 사람들을 수없이 알고 있네. 자네를 도울 방법도 알아. 내가 도울 수 있게 자네가 허락해주기만 한다면 말이지. 나한테 자네 심경을 솔직히 털어놓는다면 말이야. 나는 그걸 사라지게 할 수는 없어. 자네를 치료할 수도 없고. 하지만 기분이 나아지게 해 줄 수는 있어."

"절 로버타라고 부르지 마십시오." 목소리가 너무 작아 그렇게 말하는 자신의 귀에도 거의 들리지 않았다.

바비는 과호흡에 빠지지 않으려고 숨을 얕게 헐떡였다. 머릿속을 정리하려고 했다. 화물실의 갖가지 냄새가 거세게 밀려왔다. 강화복에서 나는 고무와 금속 냄새. 너무 오래 묵어 애송이 해군들이 아무리 열심히 닦아 내도 소용없이 바닥에 찌든 유압유와 총기손질용 기름 냄새. 수천 명의 해군과 해병들이 이곳에서 장비를 손질하고 격벽을 청소했다고 생각하자 왠지 안도감이 드는 것 같았다.

바비는 재조립해 놓은 총 쪽으로 걸어가 엎질러진 기름이 묻기 전에 바닥에서 집어 들었다.

"아닙니다, 대령님. 대령님과 얘기를 한다고 해서 제 기분이 나아지지는 않을 겁니다."

"그럼 어떻게 해야 할까, 중사?"

"제 친구들을 죽인 것, 이 전쟁의 발단이 된 것 말입니다. 누군가 그걸 가니메데에 의도적으로 풀어놨습니다." 바비가 개틀링건을 원래 있던 자리에 앉히자 날카로운 철컥 소리가 났다. 총열 세 개를 손으로 빙글 돌려 보았다. 고급 베어링이 부드러운 소리를 내며 매끄럽게 돌아갔다. "그게 누군지 찾아낼 겁니다. 그런 다음에 죽여 버릴 겁니다."

9
아바사랄라

보고서는 세 페이지가 넘었지만, 소렌은 자기가 모든 정답을 아는 것은 아니라고 시인할 배짱이 있는 작자를 구해 오는 데 성공했다. 금성에서 뭔가 수상쩍은 일이 일어나고 있었다. 아바사랄라가 생각했던 것보다 훨씬 더 수상하고 기이했다. 50킬로미터 너비의 6각형 패턴으로 구성된 필라멘트 망이 행성을 거의 완전히 에워싸고 있었고, 그것이 초고온의 물과 전류를 머금고 있다는 사실 외에는 아무도 그 정체를 알지 못했다. 금성의 중력은 3퍼센트나 증가했다. 벤젠과 복합 탄화수소의 폭풍이 흡사 싱크로나이즈드 선수들처럼 둘씩 짝지어 움직이며 에로스 스테이션이 추락한 지표면의 크레이터들을 집어삼키고 있었다. 지구 최고의 과학자들이 입을 떡 벌리고 데이터를 노려보면서도 아직 공황에 빠지지 않은 유일한 이유는 도무지 어떤 부분에서 낭황해야 하는지 의견일치를 보지 못했기 때문이다.

한편으로 보면 금성의 이런 변이야말로 가장 강력한 과학적 증거였다. 뭔지는 몰라도 무슨 일인가 분명히 일어나고 있다는 것이 누구에게나 명백해 보였기 때문이다. 비밀유지 계약서도, 독점규제 조약도 걱정할 필요가 없었다. 황산 구름 너머를 볼 수 있는 고성능 스캐너를 가진 사람이라면 누구나 지금 금성에서 무슨 일이 일어나고 있는지 볼 수 있었다. 연구 분석은 기밀에, 후속연구는 사유물에 속했지만, 미가공 데이터 그 자체는 대중에게 공개된 상태로 태양의 주위를 돌고 있었다.

다만 지금은 도마뱀 한 무리가 월드컵 경기를 구경하고 있는 것이나 마찬가지였다. 좀 더 예의 바르게 표현하자면, 그들은 지금 자신들이 보고 있는 것이 뭔지 짐작조차 하지 못하고 있었다.

그러나 데이터 그 자체는 명료했다. 가니메데에서 습격 사건이 발생한 것과 정확히 동시에 금성의 에너지 레벨이 급증했다. 그리고 아무도 그 이유를 알지 못했다.

"염병, 어쨌든 확인한 보람은 있었으니까." 아바사랄라가 말했다.

그녀는 핸드터미널을 닫고 창밖을 내다보았다. 아바사랄라가 앉아 있는 UN 구내식당은 흡사 고급 레스토랑처럼(그저 돈을 내는 꼴사나운 짓을 할 필요가 없다는 점만 다를 뿐이다) 곳곳에서 나지막한 이야기 소리가 들려오고 있었다. 테이블은 진짜 나무였고 신중한 배치 덕분에 모든 손님이 근사한 전망을 즐길 수 있을 뿐만 아니라 원치 않는 대화 내용이 새어갈 걱정도 할 필요가 없었다. 비가 오고 있었다. 빗방울이 창문에 빗발쳐 하늘과 도시 전경을 흐릿하게 만들지 않았더라도 그녀는 냄새로 그 사실을 알아차렸을 것이다. 아바사랄라의 점심(차가운 사갈루 카레와 탄두리 치킨이어야 하는 무언가)은 테이블 위에 손도 대지 않은 채 놓여 있었다. 맞은편에 앉은 소렌은 래브라도 리트리버처럼 점잖지만, 잔뜩 긴장한 표정을 짓고 있었다.

"뭔가 발사된 흔적은 없습니다." 소렌이 말했다. "금성에 뭐가 있었든 가니메데로 발사해야 했는데 그런 흔적은 전혀 없어요."

"금성에 있는 것은 관성은 선택사항이고 중력도 제멋대로 바꿀 수 있다고 생각하는 존재들이야. 우린 놈들이 외부로 뭘 보낼 때 어떤 방법을 사용하는지 전혀 몰라. 아는 게 있다면 그놈들이 실제로 목성까지 갔다는 것뿐이지."

젊은이가 고개를 주억거렸다.

"화성하고는 어떻게 되고 있지?"

"지구에서 회담하기로 동의했습니다. 지금 외교사절단이 탄 배가 오는 중입니다. 증인도 같이 오고 있답니다."

"그 해병 말인가? 드레이퍼라고 했던가?"

"네. 응우옌 제독이 호위를 맡고 있습니다."

"말썽은 안 부리고 있고?"

"아직까지는요."

"좋아, 다음 일정은 어떻게 되지?" 아바사랄라가 물었다.

"줄스-피에르 마오가 집무실에서 기다리고 있습니다."

"그 인간에 대해 간단히 설명해봐. 자네가 중요하다고 생각하는 걸 중심으로."

소렌이 눈을 깜박였다. 먹구름 속에서 번개가 번쩍였다.

"세가 사선 설명을 보내 드렸…."

반쯤 무안함에 가까운 짜증이 확 치솟았다. 아바사랄라는 줄스-피에르의 배경 정보를 미리 확인하는 것을 깜박했다. 그 외에 봐야 할 서류만 서른 개가 넘었고 어젯밤에는 아르준이 죽는 꿈을 꾸는 바람에 잠을 설쳤다. 아바사랄라는 아들이 스키 사고로 목숨을 잃은 뒤로 무의식중에 그녀가 유일하게 사랑하는 두 남자를 하나로 묶어 과부가 되는 악몽에 시달리곤 했다.

"내가 그 내용을 모를 것 같아? 난 모르는 게 없다고!" 아바사랄라가 의자에서 일어나며 말했다. "난 염병할 테스트도 못 하나? 그 사람에 대해 '자네'가 중요하다고 생각하는 걸 말해보라는 거였어."

아바사랄라는 소렌이 허둥지둥 뒤따라오도록 신중하게 계산한 속도로 오크 목재로 조각된 문을 향해 걷기 시작했다.

"줄스-피에르 마오는 마오-크비코프스키 무역의 지배 지분을 보유하고 있습니다." 소렌이 그녀에게만 겨우 들릴 만큼 작은 소리로 속삭였다. "그 사고가 있기 전에 마오크비크는 프로토젠의 주요 공급업체였습니다. 의료장비, 방사선실, 감시 및 암호 인프라 등등, 프로토젠이 에로스에 투자한 거의 모든 자원과 비밀 기지를 건설하는 데 사용된 물자가 전부 마오크비크 화물선으로 운송되었지요."

"그런데도 그 인간이 아직 자유롭게 돌아다닐 수 있는 건⋯." 아바사랄라는 문을 밀고 복도로 나갔다.

"그 장비가 어떤 목적으로 사용될지 알고 있었다는 증거가 발견되지 않았기 때문입니다." 소렌이 대답했다. "프로토젠이 한 짓이 밝혀진 뒤에 마오크비크는 조사위원회에 가장 먼저 관련 자료를 넘긴 곳 중 하나였습니다. 만약에 그들이, 여기서 '그들'이란 실질적으로 마오를 말하는 겁니다만, 테라바이트에 달하는 기밀 정보를 넘기지 않았다면 구트만스도티르와 콜프는 빠져나갈 수 있었을 겁니다."

복도 반대쪽에서 은발에 넓적한 안데스 혈통의 코를 가진 남자가 걸어오다 핸드터미널에서 시선을 들고 아바사랄라에게 고개를 까딱이며 아는 체를 했다.

"빅터." 아바사랄라가 말했다. "아네트 이야기는 들었어."

"의사 말로는 괜찮을 거랍니다." 안데스인이 말했다. "사무차장님께서 안부를 물었다고 전하지요."

"남편이 못된 생각을 하기 전에 하루빨리 침대에서 일어나라고 말해 줘." 아바사랄라의 말에 안데스인이 웃음을 터트리며 지나갔다. 아바사랄라가 소렌에게 말했다. "형량 거래를 한 건가? 사면을 받는 대신 협조하겠다고?"

"그렇게도 해석할 수 있지만, 대부분의 사람은 딸에 대한 개인적인 보복이라고 생각합니다."

"딸이 에로스에 있었군." 아바사랄라가 말했다.

"딸이 에로스에 있었죠." 소렌이 말했다. 그들은 엘리베이터에 올라탔다. "마오의 딸이 최초 감염자였습니다. 과학자들은 프로토분자가 성장의 기본 원형으로 삼은 게 마오 딸의 몸과 뇌라고 추측하고 있습니다."

엘리베이터 문이 닫혔다. 기계는 이미 그녀가 누구이고 어디로 가는지 파악하고 있었다. 엘리베이터가 부드럽게 내려가는 것과 동시에 그녀의 눈썹이 치켜 올라갔다.

"그렇다면 그때 그들과 대화를 했던 게…"

"그때까지 남아 있던 줄스-피에르 마오의 딸의 일부분이었던 거지요." 소렌이 말했다. "제 말은, 어쨌든 그들은 그렇게 생각했다는 겁니다."

아바사랄라가 낮게 휘파람을 불었다.

"제가 테스트에 통과했나요?" 소렌이 무표정한 얼굴로, 그러나 눈가에 작은 잔주름을 만들며 물었다. 아바사랄라가 거짓말을 했다는 것을 안다는 신호였다. 그녀는 결국 피식 웃고 말았다.

"잘난척쟁이는 아무도 좋아하지 않아." 아바사랄라가 말했다. 엘리베이터가 멈추고 문이 열렸다.

줄스-피에르 마오는 아바사랄라의 책상 앞에 앉아 평온한 기색으로 약간의 호기심을 내뿜고 있었다. 아바사랄라는 그를 훑어보며 삽시간에 세세한 정보를 수집했다. 베이지색과 회색의 중간색 줄무늬가 들어간 몸에 꼭 맞는 실크 정장, 현대 기술의 도움을 거절하고 점점 뒤로 물러나고 있는 이마선, 그리고 그가 태어났을 때부터 갖고 있었을 시리도록 푸른 눈동자. 마오는 시간이나 죽음과 맞서 싸우는 일은 안중에도 없다는 듯이 세월의 여파를 고스란히 받아 내고 있었다. 20년 전에는 기가 막힐 정도로 수려한 용모를 뽐냈을 것이다. 지금은 보기 좋은 외양에 나이에 걸맞은 위엄마저 갖추고 있었다. 아바사랄라가 거의 동물적인 감각으로 느낀 첫인상은 그를 좋아하고 싶다는 것이었다.

"마오 씨." 아바사랄라가 고개를 끄덕이며 말했다. "기다리게 해서 죄송합니다."

"전에도 정부 각료들과 일한 경험이 있지요." 마오가 버터처럼 매끈한 유럽 억양으로 말했다. "그래서 피치 못할 사정이 있다는 것쯤은 알고 있습니다. 제가 무엇을 도와드릴까요, 사무차장보님?"

아바사랄라는 의자에 앉았다. 벽 옆에 붙은 불상이 행복하게 웃고 있었다. 창밖에서는 빗방울이 유리창을 난타하고 있었고, 어두운 음영은 마오가 울고 있다는 묘한 인상을 주었다. 그녀는 양쪽 손가락 끝을 맞대고 세웠다.

"차 한 잔 드시겠습니까?"

"아니요, 괜찮습니다."

"소렌! 차를 가져오게."

"네, 사무차장보님." 젊은 비서가 대답했다.

"소렌."

"네?"

"서두르지 말고."

"그러겠습니다, 사무차장보님."

문이 닫혔다. 마오가 지친 듯한 미소를 지었다.

"제 변호사를 데려올 걸 그랬나요?"

"그 쥐새끼 같은 놈들 말입니까? 아니요, 그럴 필요 없습니다." 아바사랄라가 말했다. "재판은 끝났어요. 법적 공방을 재개하려는 게 아닙니다. 그보다 훨씬 중요한 일이 있으니까요."

"이해합니다." 마오가 말했다.

"골치 아픈 문젯거리가 있습니다. 그런데 그게 뭔지 당최 알 수가 없군요." 아바사랄라가 말했다.

"저는 알 거라고 생각하십니까?"

"그럴 수도 있지요. 난 청문회라면 신물이 나도록 겪었어요. 그중 대부분은 은폐 공작에 불과하죠. 만약에 정문회에서 꾸밈없는 진실이 밝혀진다면, 그건 누군가 일 처리를 엉망으로 했다는 뜻일 겁니다."

마오의 새파란 눈이 가늘어졌다. 미소의 온기가 다소 날아갔다.

"저와 우리 경영진이 적극적으로 협조하지 않았다고 말씀하시는 겁니까? 난 당신들을 위해 거물들을 감옥에 집어넣어 줬어요. 나도 내 모든 걸 걸었단 말입니다."

먼 곳에서 천둥이 우르릉 푸념했다. 갑자기 폭우가 몰아치며 유리창을 성마르게 두들겼다. 아바사랄라는 팔짱을 끼었다.

"그래요, 그랬지요. 하지만 당신은 바보가 아니에요. 선서했을 때는 이런저런 말을 해도 살그머니 덮어두고 있는 게 있겠지요. 이 방은 도청되고 있지 않아요. 비공식적으로 묻는 겁니다. 만약에 당신이 프로토분자에 관해 알면서도 청문회에서 언급하지 않은 것이 있다면 내가 전부 알아야겠어요."

정적은 한참 동안 이어졌다. 아바사랄라는 마오의 얼굴과 몸짓 언어를 유심히 살폈지만, 도무지 속내를 읽을 수가 없었다. 그는 아주 오랫동안 이 일을 해 왔고, 실력이 너무 좋았다. 그는 프로였다.

"어디서나 중간에 사라지는 게 있기 마련이지요." 아바사랄라가 말했다. "한 번은 재정 위기 때 이제까지 존재하는 줄도 몰랐던 감사 분과가 발견되기도 했어요. 일을 처리하는 방식이라는 게 항상 그렇지 않나요. 문제가 생기면 일부를 들어내서 각각의 직원들에게 따로 맡기는 겁니다. 다른 부분은 또 다른 사람한테 맡기고요. 그러다 보면 일곱 개, 여덟 개, 백 개가 넘는 작은 상자들이 생기는데 그걸 전부 각자 다른 사람들이 처리하면서 서로 대화도 하지 않지요. 보안 규정을 위반하는 셈이니까요."

"차장보님 생각은⋯."

"우리는 프로토젠을 끝장냈어요. 당신이 우릴 도왔고요. 나는 지금 당신에게 어딘가 묻혀 있는 작은 상자들에 대해 알고 있는지 묻는 겁니다. 그리고 난 당신이 그렇다고 말하길 바라고 있고요."

"사무총장님이나 에린라이트 씨가 지시한 겁니까?"

"아니요, 전적으로 내 생각입니다."

"내가 아는 것은 이미 전부 털어놨습니다." 마오가 말했다.

"난 그 말을 믿지 않습니다."

마오가 쓰고 있던 가면이 흘러내렸다. 아주 짧은 찰나의 순간, 그의 등이 살짝 틀어지면서 턱에 힘이 들어갔다가 눈 깜짝할 사이에 다시 사라졌다. 그것은 분노였다. 아주 흥미로웠다.

"내 딸이 죽었습니다." 마오가 조용히 말했다. "설령 숨길 게 있더라도 다 털어놨을 겁니다."

"당신 딸이 어쩌다 그 일에 휘말리게 됐죠?" 아바사랄라가 물었다. "그들이 일부러 그녀를 노린 건가요? 당신 때문에 그녀를 이용한 건가요?"

"순전히 운이 나빴던 겁니다. 딸아이는 집을 나가서 태양계 외곽으로 갔어요. 뭔가를 증명하고 싶어 했죠. 아직 어리고 반항적이고 어리석었으니까요. 우린 그 애를 집으로 데려오고 싶었습니다. 그렇지만…, 그 애는 잘못된 시간에 잘못된 장소에 있었던 겁니다."

아바사랄라의 마음속 한구석에서 뭔가가 동요했다. 예감이었다. 충동이었다. 그녀는 밀어붙이기로 했다.

"그 사건 이후로 딸에게서 소식을 들은 적이 있나요?"

"무슨 소린지 모르겠군요."

"에로스 스테이션이 금성에 추락한 후에 딸아이에게서 연락이 온 적이 있습니까?"

화가 난 척하는 마오를 관찰하는 것은 정말이지 흥미로웠다. 그는 거의 진짜로 화가 난 것처럼 보였다. 어느 부분이 가짜인지는 딱히 설명할 수 없다. 그의 눈에서 번득이는 지성? 자신이 무엇을 하고 있는지 뚜렷하게 알고 있다는 자각이 거기 있었다. 진실한 분노는 사람의 이성을 흐트러뜨린다. 마오의 분노는 계획된 수에 불과했다.

"줄리는 죽었습니다." 마오의 목소리가 과장되게 떨리고 있었다. "내 딸은 그 빌어먹을 것이 금성에 추락했을 때 죽었어요. 그 애는 지구를 구하고 죽었습니다."

아바사랄라는 다정하게 대꾸했다. 목소리를 낮게 깔고, 얼굴에는 성정이 온화하고 염려가 많은 할머니의 표정을 담았다. 마오가 상처 입은 아버지를 연기한다면 그녀는 어머니를 연기하리라.

"하지만 뭔가가 살아남았습니다. 그 엄청난 추락의 충격 속에서도 뭔가가 살아남았고, 모두가 그 사실을 알고 있어요. 그게 뭔지는 몰라도 나한테는 그것이 금성에만 계속 머물러 있지 않았다고 생각할 만한 충분한 근거가 있고요. 만약에 당신 딸의 일부가 그 변이 과정에서 살아남았다면 당신과 접촉하려 했을 겁니다. 어떻게든 연락을 취하려 했을 거예요. 아니면 모친에게 그랬을 수도 있고."

"줄리가 살아 돌아오는 것만큼 내가 간절히 바라는 것도 없을 겁니다." 마오가 말했다. "하지만 그 아이는 죽었어요."

아바사랄라는 고개를 끄덕였다.

"알겠습니다."

"그게 답니까?"

또다시 거짓 분노. 아바사랄라는 윗니 안쪽을 혀끝으로 문지르며 생각에 잠겼다. 뭔가 있다. 겉으로 보이는 저 표면 아래 뭔가가 숨어 있다. 하지만 그게 무엇인지는 정확히 알 수가 없었다.

"가니메데에서 무슨 일이 있었는지는 알고 있겠지요?" 아바사랄라가 물었다.

"전투가 터졌죠." 마오가 대답했다.

"그게 전부가 아닐지도 모릅니다." 아바사랄라가 말했다. "당신 딸을 죽인 것이 아직 저 밖에 있어요. 가니메데에 나타났죠. 나는 왜, 그리고 어떻게 그런 일이 일어난 건지 알아내고야 말 겁니다."

마오가 몸을 뒤로 젖혔다. 이번엔 정말로 충격을 받은 걸까?

"제 능력껏 도와드리겠습니다." 그가 힘없이 속삭였다.

"그럼 지금부터 시작해 볼까요. 당신이 청문회에서 말하지 않은 것이 있나요? 말하는 것을 잊어버린 사업 동업자라든가, 깜박 빠트린 보조 직원이나 백업 프로그램이라든가. 합법적인 것이 아니더라도 괜찮습니다. 난 그런 것에 연연하지 않으니까. 뭐든 알려주기만 하면 법적 책임 같은 건 묻지 않겠어요. 다만 지금 이 자리에서 털어놔야 합니다. 지금 당장이요."

"법적 책임을 묻지 않겠다고요?" 마오가 우스운 말을 들었다는 듯이 반문했다.

"지금 말해준다면, 그래요."

"아는 게 있으면 다 털어놨을 겁니다." 마오가 말했다. "제가 아는 건 전부 말했어요."

"그럼 어쩔 수 없군요. 시간을 빼앗아서 미안합니다. 그리고…, 오래된 상처를 헤집어서 미안해요. 나도 아들을 잃었어요. 차란팔은 그때 겨우 열다섯 살이었죠. 스키 사고였어요."

"유감입니다." 마오가 말했다.

"뭔가 알게 되면 연락 주십시오." 아바사랄라가 말했다.

"그러지요." 마오가 의자에서 일어났다. 아바사랄라는 그가 문 앞에 다다를 때까지 기다렸다.

"마오 씨?"

그가 마치 영화의 한 장면처럼 고개를 돌렸다.

"나중에 당신이 아는 게 있으면서 나한테 말하지 않았다는 게 밝혀지면 각오하는 게 좋을 겁니다." 아바사랄라가 말했다. "날 잘못 건드렸다간 좆되는 수가 있으니까."

"아까까진 몰랐어도 지금은 확실히 알겠군요." 마오가 말했다. 썩 괜찮은 작별인사였다. 문이 닫혔다. 아바사랄라는 한숨을 내쉬며 등받이에 몸을 기댔다. 고개를 돌려 불상을 쳐다보았다.

"도와줘서 고맙구나, 잘난 개자식아." 아바사랄라가 중얼거렸다. 불상은 그저 불상일 따름이고, 아무런 대꾸도 돌아오지 않았다. 그녀는 조명을 끄고 폭풍우가 몰고 온 어두침침함으로 방을 가득 채웠다. 마오에게는 뭔가 석연치 않은 구석이 있었다.

거대 기업체에서 일하는 최고위 협상가의 능수능란한 자제력일 수도 있지만, 아바사랄라는 자신이 정보로부터 차단되고 배제되어 있다는 느낌을 받았다. 이 또한 몹시 흥미로운 사실이었다. 마오가 반격하거나 그녀의 머리 꼭대기에 서려고 하지는 않을까? 에린라이트에게 마오가 씨근거리며 전화를 할지도 모른다고 말해두는 것이 좋을 것 같았다.

금성에 인간적인 특성이 남아 있다고 믿는 것은 지나친 비약이었다. 이제껏 알려진 바에 따르면 프로토분자는 원시 생명체를 장악하여 새로운 생물로 재구축하는 것을 목적으로 한다. 하지만 만약에…, '만일' 인간의 정신세계가 너무 복잡해 프로토분자도 완전히 지배할 수 없었고, 그래서 그 여자아이가 어떤 의미로든 추락에서 살아남아 부친과 접촉하려 했다면….

아바사랄라는 핸드터미널을 꺼내 소렌을 호출했다.

"네?"

"서두르지 말라고 하긴 했지만, 그렇다고 씨발 온종일 게으름을 피우란 소리는 아니었어. 내 차는 어떻게 된 거야?"

"지금 갑니다. 잠깐 다른 일이 생겨서요. 보고서를 하나 찾았는데, 아주 흥미로우실 겁니다."

"차가 식었다면 별로 흥미롭지 않을걸." 아바사랄라는 이렇게 말하고 통신을 끊었다.

마오를 감청하는 것은 불가능할 것이다. 마오-크비코프스키 무역은 독특한 통신 시스템과 암호 체계를 갖추고 있고, UN만큼 풍부한 자금을 가진 다른 경쟁사들이 이미 산업 기밀을 탈취하기 위해 온갖 수작을 부리고 있을 터였다. 하지만 다른 방법이 있을지도 모른다. 금성에서 마오크비크 시설로 전송되는 전파를 추적한다거나, 아니면 반대로 금성으로 송신되는 메시지를 감시한다거나.

소렌이 주철 주전자와 손잡이가 없는 컵을 쟁반에 받쳐 들고 들어왔다. 방 안이 어둡다는 지적도 없이 조심스레 책상까지 걸어와 쟁반을 놓고 김이 풀풀 날리는 진한 차를 한 잔 가득 따른 다음, 그 옆에 그의 핸드터미널을 내려놓았다.

"지랄염병, 전송 버튼은 뒀다 뭐해." 아바사랄라가 말했다.

"이쪽이 더 극적이잖습니까." 소렌이 말했다. "자고로 겉으로 보이는 게 중요한 거니까요."

아바사랄라는 코웃음을 치고는 찻잔을 집어 들고 진한 찻물을 후후 불며 핸드터미널을 들여다보았다. 화면 우측 하단에 적힌 날짜에 따르면 이 보고서는 7시간 전에 가니메데 밖에서 전송되었다. 옆에는 연관 보고서의 식별 코드가 같이 찍혀 있었다. 사진 속의 사내는 지구인 특유의 땅딸막한 체격에, 짙은 색 머리카락은 지저분하게 헝클어졌고 소년처럼 매력적인 얼굴을 하고 있었다. 아바사랄라는 차를 마시며 못마땅한 듯 이맛살을 찌푸렸다.

"이 친구 얼굴이 왜 이래?" 그녀가 물었다.

"이 정보를 보고한 장교에 따르면 변장용 턱수염인 것 같다고 하더군요."

아바사랄라는 다시 코웃음을 쳤다.

"안경을 안 쓴 걸 다행으로 여겨야겠네. 그랬었다면 못 알아봤을 테니까. 얼어 죽을 제임스 홀던이 가니메데에서 뭘 하는 거야?"

"구호물자를 가져 왔답니다. 로시난테 호는 아니고요."

"제대로 확인은 했고? OPA 개자식들이 가짜 등록 코드를 입력했을지도 모르잖아."

"보고 장교에 따르면 내부 구조도 직접 점검했고, 나중에 선박 기록도 확인해 봤답니다. 그리고 홀던과 같이 다니던 조종사가 보이지 않았다는군요. 그러니 로시난테 호는 좁은광선이 닿는 거리에 숨어 있을 확률이 높습니다." 소렌은 잠시 뜸을 들였다. "홀던

에게는 발견 즉시 신병을 확보하라는 수배령이 내려져 있습니다
만….."

아바사랄라는 불을 켰다. 창문이 다시 검은 거울이 되었다. 창
밖에서는 폭풍우가 몰아쳤다.

"제발 그 명령을 아직 실행하지 않았다고 말해 줘." 아바사랄라
가 말했다.

"아직 실행하지 않았습니다." 소렌이 대답했다. "현재 홀던과
그의 팀을 감시 중입니다만, 가니메데의 상황이 상황인 만큼 밀착
감시가 어렵습니다. 화성에서는 아직 홀던이 가니메데에 있다는
걸 모르는 것 같고요. 그래서 지금은 정보가 새어나가지 않게 최대
한 노력 중입니다."

"첩보 작전을 제대로 굴릴 줄 아는 사람이 있어 다행이군. 이 자
식이 여기서 뭘 하고 있는지 짐작 가는 데는 있고?"

"아직까지는 단순히 구호활동을 하는 거로 보입니다." 소렌이
어깨를 으쓱하며 대답했다. "요주의 인물과 접선하지도 않았고요.
이런저런 질문을 하고 다니긴 합니다만. 구호선을 등쳐먹으려는
기회주의자들과 한판 싸움이 붙을 뻔하긴 했는데 다행히도 상대방
이 물러났습니다. 하지만 아직 판단하기는 이르니까요."

아바사랄라가 다시 차를 홀짝였다. 이 점만큼은 소렌을 인정할
수밖에 없다. 이 젊은이는 차를 우리는 법을 정말 제대로 알고 있
었다. 아니면 그런 능력이 있는 사람을 알든가. 어느 쪽이든 마음
에 들었다. 홀던이 가니메데에 있다면 그건 OPA가 가니메데의 상
황에 관심을 두고 있다는 의미다. 그리고 그것은 이제까지는 OPA
에 현황을 보고할 세력이 없었다는 뜻이기도 하다.

정보가 필요하다는 사실 자체는 별로 큰 의미가 못 된다. 설령 멍청한 보병들이 홧김에 총질해댄 것에 불과하다 해도, 가니메데는 목성계와 소행성대에 매우 중요한 스테이션이었다. OPA는 그저 현장에 그들의 눈을 심고 싶은 거겠지. 하지만 에로스 스테이션의 유일한 생존자를 파견하다니, 이건 우연의 일치로 보기 어려웠다.

"모르는 거군." 아바사랄라가 중얼거렸다.

"네?"

"프로토분자를 경험해본 사람을 침투시킨 데에는 이유가 있어. 뭐가 어떻게 돌아가는지 알고 싶다는 거지. 그건 OPA도 아무것도 모른다는 뜻이야. 다시 말해…." 아바사랄라는 한숨을 푹 내쉬었다. "다시 말해 그쪽도 범인이 아니라는 거야. 씨발, 더럽게 아쉽네. 우리가 아는 한 프로토분자의 유일한 샘플을 가진 게 OPA였는데."

"감시팀에게 뭐라고 지시할까요?"

"감시 말고 더 있어?" 아바사랄라가 쏘아붙였다. "누구를 만나고, 무엇을 하는지 계속 지켜보라고 해. 별일 없으면 일일 단위로 보고하고 뭔가 화끈한 게 터지면 실시간으로 보고하도록."

"알겠습니다. 홀던을 연행하고 싶으신 겁니까?"

"가니메데를 떠나려고 하면 전부 잡아 와. 그것만 아니면 뭔 짓을 하고 다니든 끼어들지 말고 들키지만 않게 조심해. 홀던은 바보 천치 같은 자식이지만 멍청하진 않아. 우리가 감시하고 있다는 걸 알면 우리한테 있는 가니메데 영상을 온 태양계에 뿌려버릴걸. 뭐든 개판으로 만드는 그 새끼 능력을 과소평가했다간 큰코다칠 거야."

"그 외에 달리 지시하실 사항은 없으십니까?"

또다시 번개가 번쩍였다. 천둥이 연달아 포효했다. 지구가 처음 눈을 뜬 이래, 이 대지를 무수히 할퀴고 습격했던 폭풍우가 또다시 활동을 재개한 것이다. 지구는 우리가 모르는 미지의 무언가가 이 행성의 모든 생명체를 몰살하려고 처음 시도했을 때부터 지금까지 쭉 그래 왔다. 그리고 그 미지의 무언가는 지금 금성에 있고, 점점 성장하고 있다.

"응우옌 제독이나 화성에 들키지 않고 프레드 존슨에게 전언을 보낼 방법을 찾아봐." 아바사랄라가 말했다. "뒷구멍으로 교섭해야 할지도 모르겠어."

10
프락스

"빠 키럽 에스(난 멍청이가 아니라고), 내가 이거 할 수 있어요." 간이침대에 앉아 있는 소년이 말했다. "뻰체 샐러드 싸아싸아?(그까짓 샐러드 쪼가리나 던져주고?) 옛날엔 1만이었는데."

소년은 스무 살도 안 되어 보였다. 어찌 보면 프락스의 아들이 될 수도 있는 나이였다. 메이가 이 소년의 딸이 될 수도 있는 것처럼. 막 사춘기를 벗어난 몸은 뼈가 덜 여물었고 낮은 중력에서 자란 탓에 비현실적으로 가늘었다. 제다가 지금은 한동안 먹지도 못했다.

"원한다면 약속어음이라도 써 주마." 프락스가 말했다.

소년이 씩 웃더니 무례한 몸짓을 해 보였다.

프락스는 직업 덕분에 내행성인들이 소행성대의 은어를 출신 지역에 관한 자기주장이라고 생각한다는 것을 알고 있었다. 그리고 그는 가니메데에서 식물학자로 살아온 덕분에 그것이 또한 계급과 관련되어 있다는 것도 알고 있었다. 프락스는 가정교사에게서 표준 중국어와 영어를 배웠다. 태양계 곳곳에서 온 사람들과도 많이 만나보았다. 'Allpolyploidy(이질배수성)'를 발음하는 방식만으로도 그 사람이 베이징 근방에 있는 대학을 나왔는지 아니면 브라질 대학을 나왔는지, 또는 로키 산맥에서 자랐는지 화성의 올림퍼스 산 출신인지 아니면 세레스의 인구밀집 지역에서 왔는지 구분할 수 있었다. 프락스 역시 무중력 지대에서 자라긴 했지만, 중력 우물 출신과 마찬가지로 소행성대 방언은 많이 낯설었다. 사실 소년은 그를 무시하고 편한 대로 지껄일 수도 있었다. 하지만 프락스는 돈을 내는 고객이었고, 그는 소년이 나름 그의 편의를 봐준다고 애쓰고 있다는 것을 알았다.

프로그램용 키보드는 일반 핸드터미널보다 두 배는 크고 세월과 손때에 절어 닳아 있었다. 상태진행 바가 한쪽 끝으로 천천히 움직이고 있었는데 그때마다 중국어 간자체 알림이 표시되었다.

지표면에 가까운 곳에 있는 싸구려 구멍이었다. 너비가 3미터도 되지 않을 작고 조잡한 방 네 개가 그보다 별로 넓지도, 밝지도 않은 공용 복도에서 얼음벽 안쪽으로 파여 있었다. 오래되어 반질거리는 플라스틱 벽에는 물방울이 맺혔다. 두 사람은 복도에서 가장 먼 안쪽 방에 있었다. 소년은 간이침대에 앉았고 프락스는 문간에 구부정하게 섰다.

"전부 다 있을 거라곤 장담 못 해요." 소년이 말했다. "있으면 있는 거죠, 싸베(알죠)?"

"뭐든 빼낼 수만 있으면 돼."

소년이 고개를 끄덕였다. 프락스는 그의 이름을 몰랐다. 그런 것은 원래 묻는 것이 아니다. 프락스는 보안 시스템을 뚫을 배짱이 있는 사람을 찾기 위해 스테이션의 회색 경제에 대한 그의 무지와 가장 비도덕적인 구역에서마저 심화하고 있는 절망과 굶주림 사이에서 오랫동안 배회해야 했다. 한 달 전만 해도 이 소년은 상업 데이터를 훔쳐 되팔거나 세탁이 쉬운 개인 신용정보를 요구했다. 하지만 이제 그는 한 끼 식사도 안 될 푸성귀를 얻기 위해 시스템에서 메이를 찾고 있다. 물물교환, 인류역사에서 가장 오래된 경제 체제가 가니메데를 움직이고 있었다.

"원본은 없어요." 소년이 말했다. "그건 서버 안쪽 너무 깊숙한 곳에 있거든요."

"그렇다면 보안 서버를 깨지 못하면…."

"그럴 필요 없어요. 카메라에는 메모리가 있고, 메모리에는 캐시가 있으니까. 시스템이 잠긴 뒤에도 거기 계속 데이터가 채워지고 있죠. 확인하는 사람은 없지만요."

"농담이겠지." 프락스가 말했다. "태양계 최고의 군사 세력이 서로 대치 중인데 보안 카메라를 확인하지도 않는다고?"

"상대방만 노려보고 있는 거죠. 우리한텐 눈곱만치도 관심이 없어요."

상태진행 바가 끝까지 채워지자 알람이 울렸다. 소년이 식별 코드 목록을 불러내 입속으로 뭐라 중얼거리며 훑기 시작했다. 앞쪽에 있는 거실에서 갓난아이가 칭얼대는 소리가 들렸다. 배가 고픈 것 같았다. 물론 그렇겠지.

"네 애니?"

소년은 고개를 저었다.

"담보물이에요." 그가 코드 하나를 가볍게 두 번 두드렸다. 새창이 열렸다. 널찍한 공간이 보였다. 문이 반쯤 녹아 있는 걸 보니 억지로 연 게 틀림없었다. 벽에는 검게 그을린 자국이 있고, 최악은 바닥에 물웅덩이가 있다는 것이었다. 물이 있어서는 안 된다. 환경제어 수준이 안전 레벨 이하로 계속해서 떨어지고 있다는 증거다. 소년이 프락스를 올려다보았다. "세 라?(이거예요?)"

"그래." 프락스가 말했다. "이거야."

소년이 고개를 끄덕이고 콘솔 위로 몸을 숙였다.

"전투가 일어나기 전의 영상이 필요해. 거울이 추락하기 전의 것으로 말이야." 프락스가 말했다.

"초아요, 보스. 뒤로. 토드 어 프레임 꼰 널 델타.(뭔가 일어나는 장면만 볼 거예요.) 꿰 시?(괜찮죠?)"

"그래, 괜찮아."

프락스는 몸을 끌어당겨 소년의 어깨너머로 화면을 주시했다. 화면 속 이미지에는 아무 변화도 일어나지 않았다. 그저 물웅덩이만 조금씩 줄어들고 있을 따름이었다. 그들은 시간을 거슬러 올라가고 있었다. 며칠, 몇 주일 전, 모든 것이 엉망이 된 시점으로 말이다.

화면에 의사들이 나타났다. 거꾸로 돌아가는 세상에서 뒷걸음질로 나타나 문가에 시체 하나를 뉘었다. 그러더니 그 위로 또 다른 시체가 나타났다. 두 구의 시신은 꼼짝도 하지 않고 누워 있었다. 그러다 하나가 움직였다. 맥없이 벽을 긁더니, 점점 더 힘 있는 동작으로 움직이다가 눈 깜짝할 사이에 벌떡 일어나 화면 밖으로 사라졌다.

"여자애가 있을 거야. 난 네 살짜리 여자아이를 데려간 사람을 찾고 있어."

"걔 어린이집을 말하는 거죠? 어린이집이 수천 개는 될 텐데."

"내가 관심이 있는 건 그중 하나뿐이야."

두 번째 시신이 일어나 앉더니 일어서서 배를 움켜쥐었다. 화면 안으로 한 남자가 손에 총을 쥐고 걸어 들어와 그녀의 배에서 총알을 빨아들여 치료해주었다. 두 사람이 말다툼하다가 조용해지더니 평화롭게 헤어졌다. 프락스는 사건을 역순으로 보고 있다는 것을 알고 있었지만, 수면과 열량에 굶주린 뇌는 눈앞에 펼쳐지는 것들을 순차적인 이야기로 엮으려 했다. 한 무리의 군인들이 천천히 뒷걸음질로 부서진 문으로 나왔다. 마치 거꾸로 태어나는 갓난아기 같았다. 군인들은 한군데 웅성거리며 모여 있다가 서둘러 다시 줄지어 거꾸로 사라졌다. 불빛이 번쩍이고 문이 갑자기 새것이 되더니 용접기에서 나온 불씨가 과일처럼 문에서 대롱거리자 화성 군복을 입은 병사가 달려들어 그것들을 안전하게 그러모았다. 수확을 마치자 군인들은 다시 재빨리 뒤로 물러났고, 이제 남은 것은 벽에 기대 서 있는 스쿠터뿐이었다.

그리곤 문이 열렸다. 프락스는 자신이 나가는 것을 보았다. 지금보다 젊어 보였다. 그는 문을 두드렸다. 짧고 강하게 맨손으로 마구 두드리더니 어색한 동작으로 스쿠터 위로 뛰어올라 뒤로 사라졌다.

문은 조용해졌다. 아무런 움직임도 없었다. 프락스는 숨을 죽였다. 한 여자가 다섯 살 난 아들을 안아 들고 뒷걸음질로 문으로 향했고, 그 안으로 사라졌다가 다시 나타났다. 프락스는 그녀가 아들을 버린 것이 아니라 데려오는 것임을 다시금 상기해야 했다. 두 개의 형체가 복도 끝에 나타났다.

아니, 셋이었다.

"멈춰, 거기!" 프락스가 말했다. 심장이 미친 듯이 뛰었다. "내 딸이야."

소년은 세 사람의 모습이 카메라에 포착될 때까지 기다렸다. 그들이 복도로 나왔다. 메이는 심통 난 얼굴을 하고 있었다. 보안 카메라의 흐릿한 화면 속에서도 프락스는 그 표정을 알아볼 수 있었다. 그리고 메이를 안고 있는 남자는….

가슴 속에서 분노와 안도감이 다툼을 벌였고, 드디어 안도감이 승리를 거두었다. 그 사람은 스트릭랜드 박사였다. 메이는 스트릭랜드 박사와 함께 있었다. 메이의 병에 대해, 치료 방법에 대해, 메이가 살아있으려면 어떤 조처를 해야 하는지 속속들이 알고 있는 사람이었다. 후들거리던 무릎이 꺾이고 질끈 감은 눈꺼풀 아래로 눈물이 흘러내렸다. 스트릭랜드 박사가 메이를 데려간 것이라면 메이는 죽지 않았다. 그의 딸은 살아있었다.

만약에…, 머릿속에서 가느다란 목소리가 사악하게 속삭였다. 스트릭랜드도 죽지 않았다면 말이지.

여자는 처음 보는 사람이었다. 머리카락 색은 짙고, 옛날에 같이 일한 적이 있는 러시아 식물학자를 조금 닮았다. 그녀는 손에 동그랗게 만 종이를 들고 있었다. 얼굴에 떠오른 미소는 즐거움일 수도 있고 초조함일 수도 있었지만, 프락스로서는 알 수 없었다.

"저들을 따라갈 수 있어?" 그가 물었다. "어디로 갔는지 알 수 있어?"

소년이 입술을 말아 올리며 그를 쳐다봤다.

"겨우 샐러드 갖고? 닭고기 한 상자랑 아치 소스라면 모를까."

"닭고기는 없는데."

"그럼 당신이 얻을 수 있는 건 여기까지." 소년이 어깨를 으쓱하며 대꾸했다. 녀석의 눈은 유리 구슬처럼 텅 비어 있었다. 프락스는 주먹을 날리고 목을 졸라서라도 소년이 다 죽은 컴퓨터에서 영상을 살려내게 하고 싶었다. 하지만 놈은 총이나 그보다 더 무서운 것을 갖고 있을 확률이 높았고, 프락스와 달리 그것을 사용하는 방법도 잘 알고 있을 터였다.

"제발 부탁이야." 프락스가 애원했다.

"할 수 있는 건 다 해줬어요. 노 에프레싸 메, 시?(강요하지 마요, 네?)"

목구멍으로 수치심이 올라왔지만 애써 꿀꺽 삼켰다.

"닭고기란 말이지." 프락스가 말했다.

"시(그래요)."

프락스는 가방을 열어 이파리 두 줌과 주황색 피망, 그리고 양파를 꺼내 침대 위에 내려놓았다. 소년이 재빨리 그중 반을 낚아채 입안에 쑤셔 넣으며 만족스러운 듯이 눈을 가늘게 떴다.

"최선을 다해 보마." 프락스가 말했다.

프락스가 할 수 있는 일은 아무것도 없었다.

이제 가니메데에서 먹을 수 있는 단백질 음식이라고는 쥐똥만큼 떨어지는 구호물자 아니면 두 다리로 걸어 다니는 생물뿐이었다. 사람들은 프락스를 본받아 공원이나 수경재배원에 있는 식물들을 긁어모으기 시작했다. 그러나 해야 할 공부에는 무관심했다. 그들은 먹을 수 없는 식물까지 죄다 뜯어 먹었고, 그로 인해 스테이션의 공기청정 기능이 하락해 생태계가 한층 더 나빠졌다. 하나의 문제는 계속해서 다른 문제로 이어졌고, 닭고기를 구하는 것은 불가능했으며 그것을 대체할 만한 어떤 것도 손에 넣을 수가 없었다. 설령 좋은 수가 있다손 쳐도 프락스가 그것을 해결할 시간이 없었다.

집은 어두컴컴했고 그 이상은 밝아지지 않았다. 콩은 성장을 멈췄지만 그렇다고 아직 시들지는 않았다. 흥미로운 데이터였다. 적어도 예전이라면 그랬을 것이다.

때로는 낮에 전력을 절약하기 위해 시스템이 자동으로 절전상태에 들어가기도 했다. 전체적으로 보면 좋은 신호였다. 아니면 총체적인 난국이 닥치기 전에 마지막 발악인지도 모른다. 하지만 이것도 그가 해야 하는 일에는 아무 영향도 주지 않았다.

프락스는 어린 나이에 학업을 시작했고, 가족들과 함께 일자리와 번영을 좇아 태양 빛이 닿지 않는 우주 공간을 질러 왔다. 그는 변화를 잘 받아들이지 못했다. 교사에게 좋은 인상을 주고 전도유망한 학생으로 자리매김해야 할 첫 1년간 프락스는 두통과 불안증, 그리고 뼛속까지 스며든 피로감에 시달렸다. 하지만 아버지는 프락스가 쉴 수 있게 허락해주지 않았다. 아버지는 '창문은 닫힐 때까지만 열려 있는 거다'라고 말하며 프락스가 너무 피곤하거나 아프거나 지쳤을 때도 머리를 쓰라고 닦달하고 채찍질했다. 프락스는 목록을 만들고, 노트를 쓰고, 요점을 정리하는 법을 배웠다.

프락스는 산꼭대기를 향해 조금씩 전진하는 등신가처럼 머릿속에 산만하게 떠도는 생각들을 정리해 하나의 명료한 목표를 향해 나아갈 줄 알았다. 그는 인공적인 어스름 속에서 명단을 작성했다.

메이의 치료 그룹에 있던 아이들의 이름을 기억나는 대로 다 적었다. 스무 명이라는 건 알지만 아무리 머리를 쥐어짜도 열여섯을 기억해내는 데 그쳤다. 집중이 되지 않았다. 프락스는 핸드터미널에 스트릭랜드 박사와 이름 모를 여자의 사진을 띄우고 가만히 응시했다. 희망과 분노가 어지러이 소용돌이치다 점차 잦아들었다. 머리는 졸리듯이 멍했지만, 심장은 가쁘게 팔딱거렸다. 혹시 부정맥도 굶주림의 증상 중 하나인지 궁금했다.

잠시나마 예전의 자신으로 돌아온 것 같았다. 며칠 동안 처음으로 정신이 맑고 또렷했다. 사실 그는 그동안 무너지고 있었다. 이미 연쇄효과가 시시각각 진행 중이라 휴식을 취하지 않으면 메이를 찾으러 돌아다닐 체력도 곧 바닥날 것이다. 단백질을 섭취해야 했다. 그는 벌써 반쯤 좀비나 다름없었다.

프락스에게는 도움이 필요했다. 그의 시선이 아이들의 이름 위를 맴돌았다. 프락스는 도움을 받아야 했다. 하지만 그 전에 가서 확인을 해 봐야 한다. 그는…, 가서…, 가서….

프락스는 얼굴을 일그러뜨리며 눈을 질끈 감았다. 그는 대답을 알고 있었다. 자신이 대답을 안다는 것을 알고 있었다. 치안 센터. 그곳에 가서 아이들에 관해 물어봐야 한다. 프락스는 눈을 뜨고 명단 밑에 '치안 센터'라고 적은 다음 다시 생각에 잠겼다. 그리곤 그 아래 'UN 봉사활동 본부'와 '화성 봉사활동 본부'를 덧붙였다. 둘다 그가 지금도 매일같이 들리고 있는 곳이었다. 그저 이제는 새로운 질문이 생겼을 뿐이다. 그러니 별로 어려울 일도 없다. 그리고 정보를 수집하고 나면 해야 할 일이 하나 더 있었다. 그것이 무엇인지 깨닫는 데에는 1분도 채 걸리지 않았고, 그는 화면 하단에 그것을 적어 넣었다.

'도움을 구할 것.'

"전부 사라졌어요." 프락스가 말했다. 추위 때문에 하얀 입김이 뿜어나왔다. "모조리 그 사람 환자예요. 애들이 전부 실종됐다고요. 열여섯 명 몽땅 다요. 그럴 확률이 얼마나 되는지 압니까? 이건 절대로 우연의 일치가 아니에요."

치안요원은 지난 며칠간 면도를 하지 못했다. 뺨과 목에 보이는 기다란 붉은 동상 자국은 생긴 지 얼마 되지 않았지만 치료하지 않았다. 단열처리가 안 된 벽과 접촉한 게 틀림없었다. 아직 피부가 남아 있는 것만도 다행이다. 치안요원은 두꺼운 코트와 장갑을 걸쳤고, 책상에는 성에가 끼어 있었다.

"알려주셔서 감사합니다. 구호 본부에 알려서…."

"아니, 이해를 못 하는군요. 그 사람이 아이들을 데려갔단 말입니다. 그 애들은 전부 병이 있어요. 그런데 그 사람이 데려갔다고요!"

"어쩌면 애들을 안전한 곳으로 대피시켰을지도 모르죠." 치안요원이 말했다. 그의 목소리는 갈라지고, 힘이 없고, 지쳐 있었다. 하지만 뭔가 이상한 부분이 있었다. 프락스는 뭔가 꺼림칙한 점이 있다는 걸 알고 있었지만 그게 정확히 뭔지 기억할 수가 없었다. 치안요원이 손을 뻗어 그를 부드럽게 옆으로 밀치고는 뒤에 서 있는 여자에게 고갯짓했다. 프락스는 자신이 술 취한 사람처럼 그녀를 쳐다보고 있음을 깨달았다.

"살인사건을 신고하러 왔어요." 여자의 목소리가 떨리고 있었다.

치안요원이 고개를 끄덕였다. 그의 눈빛에는 불신도, 충격의 기미도 없었다. 프락스는 기억해냈다.

"그 전에 데려갔어요." 프락스가 외쳤다. "충격이 일어나기 전에 아이들을 데려갔다고요."

"아파트에 남자 셋이 쳐들어왔어요." 여자가 말했다. "그 사람들이… 그때 동생이랑 같이 있었는데 동생이 그 사람들을 막으려고 했거든요."

"언제 일어난 일입니까?"

"전투가 일어나기 전에요." 프락스가 말했다.

"몇 시간 전에요." 여자가 말했다. "4레벨이에요. 블루 섹터. 아파트 1453호요."

"알겠습니다. 이쪽으로 오시죠. 여기 신고서를 작성해 주세요."

"내 동생이 죽었어요. 놈들이 그 애를 쐈어요."

"진심으로 안타까운 일입니다. 여기 이 서류를 작성해 주셔야 그런 짓을 한 놈들을 잡을 수 있습니다."

프락스는 그들의 멀어져가는 뒷모습을 바라보았다. 이번에는 고개를 돌려 또 다른 정신적 충격을 받은 사람들이 절박한 마음으로 도움을, 정의를, 법의 판단을 구하러 길게 늘어서 있는 줄을 보았다. 날카로운 분노가 솟구쳤다가 힘없이 꺼졌다. 프락스에게는 도움이 필요하건만, 그것을 줄 수 있는 사람은 아무도 없었다. 그와 메이는 이 넓고 넓은 우주에서 아무렇게나 발에 차이는 돌멩이나 다름없었다. 두 사람은 전혀 중요한 존재가 아니었다.

치안요원이 돌아왔다. 키가 크고 예쁜 여자와 뭔가 끔찍한 사건에 관해 이야기하고 있었다. 프락스는 그가 돌아오는 것을 보지 못했고, 이야기의 첫머리도 놓쳤다. 깜박깜박 시간의 공백이 생기고 있다. 좋지 않은 징조였다.

그나마 아직 이성을 유지 중인 뇌의 아주 작은 부분이 만일 프락스가 죽는다면 아무도 메이를 찾지 않을 것이라고 속삭였다. 그의 딸은 그렇게 잊힐 것이다. 머릿속 목소리가 프락스에게 음식이 필요하다고, 벌써 며칠간 아무것도 먹지 못했다고 속삭였다. 그에게 남은 시간이 얼마 없다는 것도.

"구호 본부에 가야 해." 프락스는 소리 내어 말했다. 여자와 치안요원은 그의 말을 못 들은 것 같았다. "어쨌든 고맙습니다."

이제야 자신의 몸 상태가 얼마나 나빠졌는지 실감한 프락스는 덜컥 겁이 났다. 발이 제대로 들리지 않았다. 팔은 힘이 없고 지독하게 욱신거렸는데 왜 이렇게 아픈지 이유를 알 수가 없었다. 무거운 것을 든 적도 없고 높은 곳에 올라간 적도 없는데 말이다. 언제 운동을 했는지도 기억나지 않는다. 마지막으로 음식을 먹은 게 언제인지도 기억나지 않았다. 궤도 거울이 추락했을 때 지축이 요동치던 충격과 그의 돔이 죽은 마지막 순간도 마치 전생에 있었던 일처럼 아득했다. 그는 죽어가고 있었다.

구호 본부 옆 통로는 도살장을 방불케 했다. 남자와 여자, 대부분 프락스보다 건강하고 쌩쌩해 보이는 사람들이 서로를 밀고 당기며 가장 넓은 길목조차 비좁게 채우고 있었다. 항구가 가까워질수록 머리가 몽롱해졌다. 항구의 공기는 따뜻했고, 후끈거리는 몸뚱이들이 부딪쳐왔다. 입에서 풍기는 케톤 특유의 악취, 어머니는 그것을 성인의 숨결이라고 불렀다. 인간의 신체가 어떻게든 살아남기 위해 근육을 좀먹으며 단백질을 연소시킬 때 나는 냄새. 프락스는 이 중에서 그 입 냄새의 의미를 알고 있는 사람이 얼마나 될지 궁금했다.

사람들은 고함을 지르며 사납게 떠밀었다. 프락스를 에워싼 인파가 앞뒤로 거세게 밀려왔다 쓸려갔다. 해안가의 파도가 이런 식으로 움직이는 걸까 하는 생각이 들었다.

"그럼 문을 열고 우리한테 보여줘!" 프락스의 앞에서 한 여자가 일갈했다.

'아.' 프락스는 생각했다. '식량 폭동이로군.'

그는 힘겹게 인파를 헤치며 그곳에서 빠져나가려 했다. 벗어나려 했다. 앞쪽에서는 군중이 고함을 지르고 있다. 뒤에서는 앞으로 밀치고 있다. 천장에서는 LED가 흰색과 금색으로 빛나고 있다. 벽은 밋밋한 회색이었다. 한 손을 내밀자 벽에 닿았다. 어디선가 댐이 터졌고, 삽시간에 군중들이 앞으로 돌진하기 시작했다. 프락스도 그 거대한 혼란에 휩쓸릴 것 같았다. 그는 벽에 손을 짚고 힘주어 버텼다. 그러다 군중의 벽이 얇아지자 휘청거리며 조금씩 헤치고 나가기 시작했다. 하역장 문이 열려 있었다. 프락스는 그 옆에서 익숙하지만, 누군지 딱히 꼬집어 말할 수 없는 얼굴을 발견했다. 연구소에서 알던 사람인가? 굵직한 체격에 근육질로 보아 지구인이다. 어쩌면 죽어가는 스테이션 안을 돌아다니다 만난 사람인지도 모른다. 먹을 것을 찾고 있었던가? 아니, 그러기에는 건강상태가 너무 좋았다. 뺨이 수척하지도 않았다. 친한 친구 같으면서도 묘하게 낯설었다. 프락스가 알지만 동시에 모르는 사람이었다. 마치 장관이나 유명한 배우처럼.

프락스는 그를 뚫어져라 쳐다보았다. 눈을 뗄 수가 없었다. 그는 그 얼굴을 안다. 정말로 '알았다.' 전쟁과 관련이 있는 사람이었다.

불현듯 기억의 전구에 불이 들어왔다. 그는 아파트에서 메이를 품에 안고 달래고 있었다. 메이가 아직 한 살도 안 돼 걸음마도 못했을 때다. 의사들은 메이의 목숨을 구하려고 약물의 적절한 조합을 찾고 있었다. 복통에 시달리는 딸아이의 울음소리 위로 뉴스 피드가 쉴 새 없이 떠들고 있었다. 한 남자의 얼굴이 끊임없이 돌아가고 또 돌아갔다.

"제 이름은 제임스 홀던입니다. 그리고 제가 탔던 우주선인 캔터베리 호는 방금 스텔스 기술을 갖춘 전함과 화성 해군의 일련번호가 찍힌 부품으로 보이는 것에 의해 파괴되었습니다."

그 사람이다. 그래서 그의 얼굴이 익숙하면서도 낯설게 느껴졌던 것이다. 프락스는 가슴 속에서 뭔가가 붙들려 끌려가는 느낌과 함께 발이 앞으로 걸어가고 있음을 깨달았다. 걸음을 멈췄다. 하역장 문 건너에서 누군가 함성을 질렀다. 프락스는 핸드터미널을 꺼내 그가 적은 명단을 바라보았다. 열여섯 개의 이름. 열여섯 명의 아이들이 사라졌다. 명단의 하단에는 굵은 글씨로 간단한 지시가 쓰여 있었다. '도움을 구할 것.'

프락스는 전쟁의 발단이자 태양계를 구한 장본인을 바라보았다. 갑자기 겁이 나고 망설여졌다.

"도움을 구할 것." 그는 중얼거렸고, 다시 앞으로 걷기 시작했다.

11
홀던

산티차이와 멜리사 수피타야폰은 지구 출신의 80대 부부로 인류승화교의 선교사들이었다. 인류승화교는 모든 형태의 초자연주의를 거부하는 종교인데, 교리를 요약하자면 이렇다. "인류는 지금보다 더 나아질 수 있다. 그러니 그렇게 하자." 또한 그들은 독재자 특유의 무자비한 효율성을 발휘해 구호품 창고 본부를 운영하고 있었다. 홀던은 여기 도착하자마자 산티차이에게서 호된 꾸지람을 들었다. 머리가 벗겨지고 있는 이 가냘픈 백발노인은 선착장에서 세관원과 있었던 일을 듣고는 홀던을 가차 없이 나무랐다. 처음에는 해명을 늘어놓던 홀던도 이 조그만 선교사에게서 몇 번 호통을 듣고 나자 체념하고 사과를 할 수밖에 없었다.

"여기서 우리 상황을 더 위태롭게 만들지 마시오." 홀던의 사과에 화가 조금 누그러진 산티차이가 홀던에게 거듭 주의를 주었다. 그는 앙상한 갈색 손가락을 홀던의 얼굴 앞에 내밀고는 좌우로 흔들었다.

"알겠습니다." 홀던은 항복하듯 두 손을 들어 올리며 대답했다. 나머지 승무원들은 산티차이가 처음 발끈하자마자 홀던이 혼자 뭇매를 맞게 남겨두고는 홀연히 사라져 버렸다. 홀던은 구호 본부의 널따란 창고 반대쪽에서 나오미와 멜리사가 대화를 나누고 있는 것을 발견했다. 부디 아내는 남편보다 온화한 성격이기를 바랄 뿐이다. 두 사람 모두 악을 쓰고 있는 것 같지는 않았지만 이미 주변은 수십 개의 목소리와 끊임없이 덜컹거리는 기계 소리, 엔진이 씨근대는 소리와 리프트 트럭 세 대의 후진 경고음으로 가득했다. 멜리사가 나오미에게 수류탄을 던진대도 아무 소리도 들리지 않을 것이다.

탈출할 기회를 엿보던 홀던이 건너편에 있는 나오미를 가리키며 말했다. "죄송합니다. 저⋯."

산티차이가 퉁명스럽게 손을 휘두르며 홀던의 입을 다물게 했다. 산티차이의 주황색 로브 자락이 휘날렸다. 이유는 모르겠지만, 홀던은 이 왜소한 노인을 거역할 수가 없었다.

"이걸로는 부족해." 산티차이가 솜남뷸리스트 호에서 하적되는 궤짝들을 가리키며 말했다.

"전⋯."

"OPA는 지난주까지 단백질 음식과 보조 식품 2만2천 킬로그램을 보내 주기로 약속했단 말이오. 이건 약속한 양의 절반도 안 되잖아." 산티차이가 홀던의 이두박근을 꾹꾹 찌르며 말했다.

"전 책임자가 아니⋯."

"진짜로 원조해 줄 게 아니면 왜 말로는 그렇게 약속한 거지? 1만2천 킬로그램밖에 없으면 그렇게 말하면 되는 거 아닌가. 1만

2천 킬로그램만 보낼 거면 애초에 2만2천 킬로그램을 보내겠다고 하지를 말아야지!" 단어 하나하나마다 손가락이 아프게 찔러왔다.

"저도 그렇게 생각합니다." 홀던이 두 손을 들어 올리고 산티차이의 집게손가락을 피해 뒷걸음질 치며 말했다. "전적으로 동감합니다. 지금 즉시 타이코 스테이션에 연락해서 나머지는 어떻게 된 건지 물어보도록 하지요. 틀림없이 지금 오는 길일 겁니다."

산티차이가 주황색 천을 펄럭이며 어깨를 들썩였다.

"할 수 있는 데까지 해 보시오." 그는 이렇게 말하고 리프트 트럭 쪽으로 성큼성큼 걸어갔다. "당신! 거기 당신! 저기 적혀 있는 '의약품'이라는 글자 안 보여? 왜 의약품이 아닌 걸 의약품 자리에다 내려놓는 거야?"

홀던은 기회를 놓치지 않고 재빨리 나오미와 멜리사 쪽으로 피신했다. 나오미가 핸드터미널에 문서를 불러내 멜리사가 지켜보는 앞에서 서류작업을 하고 있었다.

홀던은 나오미가 일하는 동안 구호물품 창고를 찬찬히 둘러보았다. 지난 24시간 동안 솜남뷸리스트 호를 비롯해 대략 스무 대의 구호물자선이 도착했고, 광활한 창고는 금세 구호품 상자로 가득 찼다. 차가운 공기에서는 먼지와 오존, 그리고 리프트 트럭의 뜨거운 기름 냄새가 났다. 그리고 그 기저에는 희미하게 썩은 내가 감돌고 있었다. 꼭 채소가 썩는 것 같은 냄새였다. 홀던이 주위를 둘러보는 사이 산티차이가 창고 저편으로 달려가 무거워 보이는 상자를 나르는 일꾼 두 명에게 고함을 질러댔다.

"대단한 남편분을 두셨습니다." 홀던이 멜리사에게 말했다.

멜리사는 작은 몸집의 남편에 비해 키도 크고 체구도 더 컸지만, 그와 똑같이 머리 위에 숱이 줄고 있는 흰색 구름을 두르고 있었다. 밝은 파란 눈은 웃음을 지을 때면 거의 사라지다시피 했는데, 지금이 딱 그랬다.

"내 평생 사람들의 안녕과 복지에 저렇게 열심이면서도 감정에는 무지한 사람을 본 적이 없지요." 그녀가 말했다. "하지만 적어도 잘잘못을 따지며 설교를 늘어놓기 전에 배부터 채워준다오."

"전 그거면 된다고 봐요." 나오미가 전송 버튼을 눌러 완성된 서류를 멜리사의 터미널로 보냈다. 메시지 수신 알림 소리에 멜리사가 로브 주머니에서 꺼낸 핸드터미널은 근사할 정도로 구형이었다.

"수피타야폰 부인." 홀던이 말했다.

"멜리사라고 불러요."

"멜리사. 부인과 남편분이 가니메데에서 일하신 지 얼마나 됐나요?"

"한…." 멜리사가 먼 곳을 바라보며 손가락으로 턱을 토닥였다. "10년쯤 됐으려나? 벌써 그렇게 오래됐다니. 아마 그쯤 될 거요. 드루가 막 애를 낳았었고, 그이는…."

"가니메데 밖에서는 이 모든 게…." 홀던이 주위를 둥글게 손짓했다. "어떻게 시작된 건지 다들 궁금해하고 있거든요."

"스테이션 말인가요?"

"작금의 사태 말입니다."

"흠. 연합군과 화성군이 서로 총을 쏘기 시작했지. 그리곤 시스템이 무너지기 시작했고…."

"네, 그렇죠." 홀던이 끼어들며 말했다. "그건 저도 이해합니다.

하지만 '왜'요? 지구군과 화성군은 벌써 1년 동안이나 여기 같이 주 둔했지만, 그동안은 아무 일도 없었지 않습니까. 에로스 사태 때도 전쟁이 일어나긴 했지만 여기까지는 번지지 않았고요. 그런데 갑자 기 동시에 총을 갈기기 시작해요? 그 계기가 뭡니까?"

멜리사는 당혹스러워 보였다. 그녀의 푸른 눈이 주름 속에 묻 혔다.

"그건 나도 모르겠네." 멜리사가 말했다. "난 그냥 태양계 전체 에서 전투가 시작된 줄 알았는데. 지금은 뉴스를 거의 들을 수가 없거든요."

"아닙니다." 홀던이 말했다. "전투는 여기서만 일어났어요. 그것 도 겨우 며칠 동안이요. 그러다 아무 설명도 없이 뚝 그쳤습니다."

"그것참 이상하네." 멜리사가 말했다. "하지만 그게 중요한가 요? 무슨 일이 있었던지 지금 우리가 해야 할 일이 바뀌는 건 아니 잖아요."

"그렇긴 하지요." 홀던이 고개를 끄덕였다.

멜리사는 빙긋 웃으며 그를 정답게 포옹한 후 다른 선박의 서류 를 검토하러 가 버렸다.

나오미가 홀던의 팔에 팔짱을 끼었다. 두 사람은 바닥에 놓인 상자들과 활동가들을 피해 창고 입구 쪽으로 걸어가기 시작했다.

"그런 요란한 전투가 벌어졌는데, 어떻게 이유를 아는 사람이 한 명도 없을 수가 있죠?" 나오미가 말했다.

"있어." 홀던이 말했다. "'누군가'는 알고 있을 거야."

가니메데 스테이션은 우주에서 내려다봤을 때보다 훨씬 상태가 지독했다. 벽을 따라 늘어선 산소배출 식물들은 시들시들한 노란색을 띠었다. 많은 통로에 조명이 꺼졌고 자동 가압문은 수동으로 비틀려 열려 고정되어 있었다. 이런 상태에서 한 구역의 기압이 떨어지면 인접한 구역들 역시 공기를 잃게 된다. 홀던과 나오미가 중간에 마주친 몇 안 되는 거주민들은 시선이 마주치는 것을 피하거나 아니면 노골적으로 적대감을 드러내며 그들을 빤히 응시했다. 홀던은 권총을 등 뒤에 숨기지 않고 눈에 띄는 곳에 찰 걸 그랬다고 후회했다.

"우리 연락책은 누굽니까?" 나오미가 소곤거렸다.

"으응?"

"프레드가 여기에도 사람을 심어놨을 텐데요." 나오미가 옆을 지나는 행인들 한 무리를 고갯짓하며 미소 띤 얼굴로 작게 속닥였다. 모두 무기를 갖고 있었는데, 대부분 칼이나 몽둥이였다. 그들이 나오미를 평가하듯이 째려보았다. 홀던은 총을 뽑으려 코트 아래로 손을 집어넣었지만, 패거리는 두 사람을 지나쳐 몇 번 뒤를 힐끔거리다가 모퉁이를 돌아 시야에서 사라졌다.

"연락책을 만나라는 지시가 없었나요?" 나오미가 평소의 목소리로 돌아와 말했다.

"이름만 몇 개 줬어. 하지만 위성 전체의 통신 상태가 안 좋다 보니 연락을…."

그때 항구 반대쪽에서 뭔가가 폭발했다. 폭발음에 이어 함성이 일더니 군중의 성난 고함으로 변했다. 통로를 걷던 사람들이 뛰기 시작했다. 몇 명은 소리의 근원을 향해서, 그리고 대부분은 그것을 피해서 반대쪽으로 달려갔다.

"우리도…." 나오미가 소란이 발생한 쪽으로 향해 뛰어가는 사람들을 보며 말했다.

"무슨 일이 일어나고 있는지 보고 오라는 임무를 받았지." 홀던이 말했다. "그러니 가서 보는 게 좋겠어."

두 사람은 복잡하게 꼬인 복도에서 길을 잃었지만, 점점 불어나는 인파를 따라가는 한 문제가 되지 않았다. 키가 크고 빨강 머리를 뾰족하게 세운 다부진 사나이가 한동안 그들의 옆에서 함께 뛰었다. 그는 양손에 기다란 검은 금속 파이프를 들고 있었는데 나오미를 보고 씩 웃더니 하나를 건네주려 했다. 그녀는 거절했다.

"요럴 때가 됐다 했쟈!" 남자가 홀던이 잘 모르는 억양으로 외쳤다. 그러더니 나오미가 거절한 쇠파이프를 홀던에게 내밀었다.

"대체 무슨 일이지?" 홀던이 파이프를 받아들며 물었다.

"우라질 쉐리들이 먹을 것을 쟌부 올랴 보내는데 갱찰들은 우리먄 막아뿔고, 어? 씨뱔 다 죽었어, 얨병할 씨발쉐리들!"

뾰족 머리가 짐승처럼 길게 울부짖으며 공중에 파이프를 휘두르더니 속도를 높여 인파 속으로 사라졌다. 나오미가 웃음을 터트리며 그의 뒷모습에 대고 똑같은 톤으로 울부짖는 소리를 냈다. 홀던이 쳐다보자 나오미가 히죽 웃으면서 말했다. "전염되는 걸 어떡합니까."

휘어진 통로를 돌자 널찍한 창고 공간이 나타났다. 수피타야폰 부부가 관리하던 창고와 거의 똑같았지만 다만 이곳은 하역장을 향해 치고받으며 돌진하는 성난 인파와 폭도들로 메워져 있었다. 하역장 문은 닫혀 있고 몇 안 되는 항만치안대가 폭도들을 막으려 발버둥 치고 있었다. 홀던이 도착했을 즈음 군중은 치안대의 테이저와 전기 충격봉에 막혀 주춤거리고 있었지만, 점점 더 고조되는 긴장감과 열기로 볼 때 그리 오래 지속되지는 않을 것 같았다.

비살상 무기로 무장한 경찰들 뒤에 짙은 색 양복과 실용적인 신발을 신은 무리가 서 있었다. 그들은 산탄총을 든 채 언제든 허락이 떨어지기만을 기다리는 이들 특유의 분위기를 풍기고 있었다.

사설 보안대였다.

주위를 둘러본 홀던은 사태의 본질을 이해했다. 닫혀 있는 하역장 문 뒤에는 가니메데에서 거둬들인 마지막 식량을 가득 실은 민간 기업 수송선이 있었다.

그리고 이들은 굶주려 있었다.

홀던은 에로스 스테이션의 카지노 레벨에서 탈출하려고 했던 때를 떠올렸다. 분노한 군중과 무장 세력이 충돌했던 장면을 기억했다. 비명과 피 냄새, 그리고 화약 냄새를 떠올렸다. 홀던은 미처 깨닫기도 전에 결정을 내렸다. 그는 인파를 헤치고 앞으로 나가기 시작했다. 나오미가 사과의 말을 중얼거리며 서둘러 그 뒤를 따라갔다. 그녀가 홀던의 팔을 잡아 세웠다.

"지금 무슨 멍청한 짓을 하려는 겁니까?"

"이 사람들이 배가 고프다는 죄 때문에 사살당하지 않게 도와주려는 것뿐이야." 홀던은 자신의 목소리에 담긴 독선적인 어조에 놀라 얼굴을 찌푸렸다.

"그럼." 나오미가 그의 팔을 놓아주었다. "총만 꺼내지 마십시오."

"저들은 총이 있는데?"

"저들한테는 '총들'이 있지요. 선장님은 한 정밖에 없고요. 그러니 총을 꺼내 들 생각이랑 하지 마십시오. 아니면 이번 일은 혼자 하셔야 할 겁니다."

'무슨 일이든 해치우는 방법은 딱 하나뿐이지. 혼자서 하는 거야.' 그것은 밀러 형사가 할 법한 말이었다. 밀러에게 그 말은 진실이었다. 그것만으로도 그렇게 해서는 안 된다는 충분한 근거가 된다.

"알았어." 홀던은 고개를 끄덕이고 다시 앞쪽으로 밀치고 나아가기 시작했다. 갈등의 최전선에서 중심에 서 있는 것은 두 사람이었다. '주임'이라고 쓰인 흰색 패치를 달고 있는 잿빛 머리의 항만 치안대원과 나오미의 어머니라고 해도 어울릴 법한 키가 크고 호리호리한 검은 피부의 여자가 양 진영의 고함과 욕설이 난무하는 가운데 악을 질러대고 있었다.

"저 좆같은 문을 열고 보여 달라고!" 여자가 빽 소리를 질렀다. 어조로 보건대 이제까지 똑같은 말을 거듭 외치고 있었던 것 같았다.

"나한테 발악해봤자 소용없어." 잿빛 머리의 감독관이 똑같이 고함으로 받아쳤다. 옆에서는 동료 치안대원들이 손가락에 핏기가 가시도록 전기 충격봉을 굳게 움켜쥐고 있는 반면에 사설 보안대는 여유로운 자세로 산탄총을 들고 있었다. 홀던의 눈에는 후자가 훨씬 위협적으로 보였다.

홀던이 치안 주임에게 다가가자 여자가 입을 다물고 그를 쳐다봤다.

"당신은 누구…?" 여자가 말했다.

홀던은 치안 주임 옆에 있는 화물 적재 플랫폼 위로 올라갔다. 치안대원들이 충격봉을 약간 흔들긴 했지만, 누구도 그를 진짜 찌르지는 않았다. 사설 보안요원들은 눈을 가늘게 뜨고 자세를 고쳐 잡았다. 그들이 홀던의 등장에 어리둥절해 하는 짧은 단계가 지나고 나면, 홀던은 충격봉을 쥔 몰이꾼들과 몹시 적대적이고 불쾌한 접촉을 하게 되거나 아니면 자칫 얼굴에 산탄총을 맞을 수도 있었다. 그는 그런 불미스러운 일이 발생하기 전에 주임에게 손을 내밀며 군중에게 잘 들리도록 큰 소리로 외쳤다. "안녕하십니까. 저는 타이코 스테이션에서 OPA 대표로 파견된 월터 필립스라고 합니다. 프레드릭 존슨 대령의 개인적인 대리인 자격으로 왔습니다."

주임이 얼빠진 표정으로 그의 손을 잡고 흔들었다. 사설 보안요원들이 흠칫 놀라며 총을 고쳐 쥐었다.

"필립스 씨." 남자가 말했다. "OPA는 여기서 아무 권한도…."

홀던은 그를 모른 척하고 고함을 지르던 여성에게 말했다.

"부인, 이게 다 무슨 일입니까?"

"저 배요!" 여자가 문 뒤를 가리키며 말했다. "저 배에 콩과 쌀이 1만 킬로그램이나 실려 있다고요. 그 정도면 스테이션에 있는 사람들 전부 일주일은 먹을 수 있는 양인데!"

뒤쪽에 서 있는 군중들이 수군거리며 한 발짝씩 밀고 들어오기 시작했다.

"그게 사실입니까?" 홀던이 치안 주임에게 물었다.

"아까도 말했지만." 사내가 두 손을 쳐들어 순전히 의지의 힘으로도 폭도들을 막을 수 있다는 듯 떠미는 시늉을 해 보였다. "우리는 민간 소유 선박의 화물 목록에 대해서는 밝힐 수 없…."

"그럼 문을 열고 보여 달라고!" 여자가 다시 악을 썼다. 그녀의 선창에 군중들이 입을 모아 "열어라! 열어라!" 하고 구호를 외치는 사이, 홀던은 치안 주임의 팔꿈치를 잡고 얼굴을 가까이 가져다 댔다.

"몇 초만 있으면 저 폭도들이 문 안으로 들어가려고 당신과 당신 부하들을 너덜너덜하게 만들 겁니다." 홀던이 말했다. "내 생각엔 폭력 사태로 발전하기 전에 원하는 걸 내주는 게 좋을 것 같은데요."

"폭력 사태!" 치안 주임이 삐딱하게 웃었다. "그런 건 진즉에 시작됐습니다. 수송선이 아직 이륙하지 못한 것도 누군가 폭탄을 터트려서 도킹 시스템이 망가졌기 때문이라고요. 만일 저들이 배를 탈취하려 든다면 우린…."

"저들은 배를 탈취하지 않을 거요." 걸걸한 목소리가 말했다. 커다란 손이 홀던의 어깨 위에 놓였다. 몸을 돌리자 사설 보안요원 하나가 그의 뒤에 서 있었다. "이 수송선은 마오-크비코프스키 무역의 소유니까."

홀던은 그의 손을 어깨에서 밀쳐 냈다.

"열 명의 테이저와 산탄총 갖고는 저들을 막지 못할 텐데요." 홀던이 우렁차게 구호를 외치고 있는 군중을 가리키며 말했다.

"필립스 씨." 사내가 홀던을 머리 꼭대기에서 발끝까지 천천히 훑으며 말했다. "난 당신이나 OPA 머릿속에 뭐가 들었는지 좆도 관심이 없소. 특히 내 일에 끼어드는 건 용납할 수 없지. 그러니 총격이 시작되기 전에 구석에 얌전히 짜져있는 게 어떻겠소?"

흠, 뭐 시도는 해 봤으니까. 홀던은 보안요원에게 씩 웃어 보이고는 등 뒤에 꽂아 놓은 총집으로 손을 뻗었다. 에이모스가 옆에 있었다면 좋았을 테지만 배에서 내린 뒤로는 코빼기도 보지 못했다. 막 총의 손잡이를 쥐려는데 길고 가느다란 손가락이 그의 손을 감싸며 힘주어 잡았다.

"이런 건 어떨까요." 나오미가 불쑥 홀던의 옆에 나타났다. "가식은 그만 떨고 이제 앞으로 어떻게 될지 내가 말해주죠."

홀던과 보안요원이 놀라 나오미를 돌아보았다. 그녀가 '잠깐만'이라고 말하는 듯이 손가락 하나를 치켜세우더니 핸드터미널을 꺼냈다. 누군가에게 전화를 건 다음 외부 스피커를 켰다.

"에이모스." 여전히 손가락 하나를 세운 채였다.

"예." 대답이 들렸다.

"지금 수송선 한 대가 11번 항 B9 선착장에서 이륙하려는데, 가니메데에서 아주 유용하게 쓰일 수 있는 식량이 그득하게 실려 있거든. 그 배가 이륙할 경우 그걸 탈취할 수 있는 OPA 무장선이 근방에 있나?"

긴 침묵이 이어졌다. 그러더니 에이모스가 낄낄거리면서 대답했다. "뻔히 알면서 왜 그래요, 보스. 진짜로 이 이야기를 들려주고 싶은 게 누군데요?"

"그 배를 불러서 수송선을 무력화시켜. 그리곤 거기 실려 있는 화물을 전부 압수한 다음 멀리 쫓아버려."

에이모스가 군말 없이 대답했다. "알겠습니다."

나오미가 핸드터미널을 닫고 주머니에 집어넣었다.

"끼불지 않는 게 좋을 거야." 나오미가 사설 보안요원에게 말했다. 강철처럼 단호한 목소리였다. "난 허세 같은 건 모르는 인간이니까. 저들에게 식량을 넘기든가, 아니면 우리한테 넘기든가, 당신 선택에 달렸어."

사설 보안요원은 한참 동안 나오미를 노려보다가 동료들에게 가자는 손짓을 보내며 자리를 떴다. 항만치안대가 그 뒤를 따랐고, 홀던과 나오미는 하역장을 향해 물밀듯 돌진하는 군중들을 피해 옆으로 물러 나왔다.

굶주린 폭도들의 발에 밟혀 죽을 위험에서 벗어나자 홀던이 말했다. "방금 멋지던데."

"선장님은 정의를 구현한답시고 나섰다가 총에 맞아 죽는 게 멋있어 보일지 몰라도, 전 선장님이 살아있는 게 더 좋단 말입니다." 칼날 같은 단호함은 전혀 누그러지지 않았다. "그러니 제발 바보 같은 짓 좀 그만하십시오."

"대단히 현명한 판단이었어. 선박을 빼앗겠다고 협박한 거 말이야." 홀던이 말했다.

"아까 선장님은 그 멍청이 밀러 형사 같았습니다. 그래서 제가 선장님처럼 군 것뿐입니다. 제가 한 말도 선장님 머릿속이 총을 휘두를 생각으로 꽉 차 있지만 않았다면 원래 선장님이 할 만한 얘기였고요."

"난 밀러처럼 굴지 않았어." 홀던이 말했다. 사실이었기 때문에 더욱 뼈저린 지적이었다.

"적어도 선장님답게 굴고 있진 않습니다."

홀던은 어깨를 으쓱했지만 이내 그것이 밀러의 또 다른 버릇임을 깨달았다. 나오미가 그녀의 솜낭뷸리스트 호 점프슈트 어깨에 붙어 있는 선장 견장을 힐끔 내려다보았다. "어쩌면 제가 이걸 계속 가지고 있는 게 나을지도…."

자그만 체구에 흰머리가 듬성듬성 섞인, 한 일주일은 면도도 하지 않은 너저분한 중국계 남자가 갑자기 두 사람 사이에 끼어들더니 쭈뼛거리며 고개를 위아래로 끄덕였다. 그는 오래된 고전 영화 속에서 나이 든 부인네들이 그러는 것처럼 두 손을 맞잡고 배배 쥐어짜고 있었다.

남자가 다시 고개를 작게 끄덕이며 물었다. "제임스 홀던 맞지요? 제임스 홀던 선장? OPA의?"

홀던과 나오미가 눈빛을 교환했다. 홀던이 턱수염을 잡아당기며 말했다. "이거 효과가 있긴 한 거야? 솔직히 말해 봐."

"홀던 선장님, 제 이름은 프락스입니다. 프락시디케 멩이라고 하지요. 전 식물학자입니다."

홀던은 그의 손을 붙잡고 악수했다.

"만나서 반갑습니다, 프락스. 그런데 우리…."

"절 좀 도와주셔야겠습니다." 프락스가 말했다. 홀던은 이 사내가 지난 몇 달간 얼마나 힘들게 살았는지 알 수 있었다. 뼈만 앙상하게 남은 몸에 옷은 헐렁해졌고, 얼굴은 생긴 지 얼마 안 된 누르스름한 멍으로 얼룩덜룩했다.

"그럼요. 구호 본부에 있는 수피타야폰 부부한테 가서 제가…."

"아니요!" 프락스가 갑자기 버럭 소리를 질렀다. "그런 건 필요 없습니다. 전 '당신'의 도움이 필요해요!"

홀던이 나오미를 쳐다보았다. 그녀는 어깨를 으쓱했다. '선장님 마음대로 하시죠.'

"좋습니다." 홀던이 말했다. "문제가 뭡니까?"

12

아바사랄라

"작은 집에 산다는 건 심오한 사치야." 아바사랄라의 남편이 말했다. "오롯이 우리만의 공간에 살면서 먹을 빵을 굽고 접시를 설거지하는 단순한 즐거움을 기억한다는 것, 그게 바로 높은 자리에 앉아 있는 당신 친구들이 잊고 있는 거야. 그래서 인간미가 떨어지는 거고."

아르준은 부엌 식탁 앞에서, 얼룩진 호두나무처럼 보이게 만든 대나무 합판 의자에 등을 기대고 앉아 있었다. 그의 가무잡잡한 목에는 암 수술이 남긴 두 줄의 희미한 흉터가 있었지만 까칠한 그루터기 수염에 가려 거의 보이지 않았다. 이마는 그녀와 결혼했을 때보다 더 넓어졌고 머리숱은 줄었다. 일요일 아침 햇살이 반짝이며 식탁 위로 쏟아졌다.

"그건 헛소리야." 아바사랄라가 말했다. "당신이 가난한 촌부처럼 산다고 에린라이트나 러스 같은 인간이 더 비인간적이 되는 건 아니니까. 이것보다 더 작은 집에서 여섯 식구가 복작복작 사는 집도 있는데, 그런 사람들이 내가 같이 일하는 사람들보다 더 짐승에 가까울걸."

"정말 그렇게 생각해?"

"당연하지. 그게 아니라면 내가 왜 아침마다 일하러 가겠어? 누군가 그 야생생활을 하는 사람들을 빈민가에서 구제하지 않으면 당신 같은 대학교수들은 누굴 가르칠 건데?"

"그건 일리 있는 지적이군." 아르준이 말했다.

"그 인간들이 비인간적인 이유는 염병할 명상을 하지 않기 때문이야. 작은 집은 사치가 아니라고." 그녀는 잠시 뜸을 들였다. "작은 집과 많은 돈이라면 몰라도."

아르준이 빙긋 웃었다. 그는 항상 세상에서 가장 아름다운 미소를 지었다. 아바사랄라는 약간 울컥한 기분이 들었지만 마주 보며 웃어 주었다. 밖에서 키키와 수리가 꺄꺅거리며 소리를 질렀다. 반쯤 발가벗은 어린아이들의 몸뚱이가 풀밭 위를 쏜살같이 가로질렀다. 보모가 옆구리가 결리기라도 하는지 한 손으로 허리를 받치며 그 뒤를 쫓아갔다.

"넓은 정원은 확실히 사치지." 아바사랄라가 말했다.

"그건 그래."

수리가 뒷문으로 뛰어 들어왔다. 손은 검은 흙투성이에 얼굴은 싱글벙글 웃고 있다. 수리가 발을 딛는 곳마다 카펫 위에 검은 흙자국이 남았다.

"할머니! 할머니! 이거 봐요!"

아바사랄라가 의자에서 몸을 들썩였다. 지렁이 한 마리가 손녀딸의 손바닥 위에서 손가락에서 떨어지는 축축한 모래흙을 맞으며 분홍색과 갈색 몸뚱이를 꿈틀거리고 있었다. 아바사랄라는 신기하고 놀랍다는 표정의 가면을 뒤집어썼다.

"어머나, 굉장한 걸 발견했구나! 어디서 찾았는지 할미한테 보여주련?"

정원에서는 신선한 흙과 갓 깎은 풀 냄새가 났다. 아바사랄라의 아들이 살아있다면 비슷한 나이일 호리호리한 정원사가 무릎을 꿇고 손으로 잡초를 뽑고 있었다. 수리가 그를 향해 달려갔고 아바사랄라는 그 뒤를 느긋하게 따라갔다. 그녀가 다가가자 정원사가 고개를 끄덕였지만 말을 걸 여유는 없었다. 수리가 흙 속에서 흔해 빠진 벌레를 발견한 장대한 모험에 대해 서사시라도 되는 것 마냥 온갖 화려한 손짓 발짓을 곁들여 신나게 떠들어댔기 때문이다. 키키가 조용히 아바사랄라의 옆에 나타나 그녀의 손을 잡았다. 아바사랄라는 수리를 사랑했지만 내심(적어도 아르준에게는 비밀이었다) 키키가 더 똑똑하다고 생각했다. 키키의 차분한 검은 눈은 영롱하게 빛났고, 또 누구의 말투든 똑같이 흉내 낼 수 있었다. 그만큼 그 아이는 관찰력이 뛰어났다.

"여보." 뒷문 옆에서 아르준이 아바사랄라를 불렀다. "당신과 얘기를 하고 싶다는 사람이 있는데."

"어디?"

"가정 시스템에." 아르준이 대답했다. "당신이 핸드터미널을 받지 않는다는군."

"그럴 이유가 있으니까." 아바사랄라가 말했다.

"글로리아 테넌바움이야."

아바사랄라는 마지못해 키키의 손을 보모한테 넘겨주고 수리의 이마에 입을 맞춘 다음 집 안으로 들어갔다. 아르준이 문을 잡아주었다. 그는 미안한 표정을 짓고 있었다.

"이 씨발 새끼들이 내 '할머니 시간'을 방해하고 있어." 그녀가 말했다.

"권력의 대가지." 아르준이 진지하면서도 우스꽝스러운 말투로 대답했다.

아바사랄라는 개인 사무실에 연결된 시스템을 켰다. 딸각 소리와 함께 잠시 혼선이 일어나더니 화면이 켜지며 글로리아 테넌바움의 갸름하고 눈썹 없는 얼굴이 나타났다.

"글로리아, 미안해. 애들이 와서 터미널을 꺼놨어."

"괜찮습니다." 글로리아가 깔끔하고 똑 부러지는 미소를 지었다. 그녀가 지을 수 있는 가장 솔직한 표정이었다. "어쨌든 이쪽이 더 안전하기도 하고요. 우리가 사용하는 건 항상 민간용 회선보다 더 철저하게 감시받고 있다고 가정해야 하니까요."

아바사랄라는 의자에 몸을 앉혔다. 체중이 실리자 의자 가죽이 부드럽게 신음했다.

"에스테반과는 잘 지내고 있지?"

"네." 글로리아가 대답했다.

"다행이군. 그럼 씨발, 대체 뭣 때문에 연락한 거지?"

"친구 하나와 얘기를 하고 있었는데 말이죠. 그 친구 아내가 미하일로프 호에서 근무하는데, 군이 병력을 이동시키고 있답니다. 아주 멀리요."

아바사랄라는 이맛살을 찌푸렸다. 미하일로프 호는 소행성대 끝자락에 있는 심우주 스테이션들 사이의 왕래를 감시하는 작은 호송선단에 속해 있었다.

"멀리 어디?"

"주변에 좀 찔러봤어요." 글로리아가 말했다. "가니메데라는군요."

"응우옌 제독인가?"

"네."

"당신 친구는 입이 가볍군." 아바사랄라가 말했다.

"그래서 저도 그 친구한테는 진실을 말해주지 않는답니다." 글로리아가 말했다. "하지만 당신은 아셔야 할 것 같아서요."

"내가 빚을 하나 졌네." 아바사랄라가 말했다. 글로리아가 까마귀처럼 예민하게 고개를 까딱이더니 연결을 끊었다. 아바사랄라는 손가락을 입술에 댄 채 조용히 조약돌 위로 흘러가는 시냇물처럼 생각의 사슬을 더듬었다. 응우옌 제독이 가니메데로 함대를 더 보냈는데, 그것도 매우 조용히 일을 처리하고 있었다.

'어째서 조용히 움직이고 있는가'는 금세 이해할 수 있었다. 공개적으로 행동한다면 그녀가 저지했을 테니까. 응우옌 제독은 젊고 야심만만했지만, 바보는 아니었다. 그는 나름대로 결론을 내렸고 왜인지는 몰라도 아직 상처가 아물지 않은 가니메데 스테이션에 병력을 증원하는 것이 상황을 낫게 만들 거라고 생각했다.

"할머니!" 문밖에서 키키가 불렀다. 목소리로 짐작건대, 짓궂은 음모를 꾸미고 있는 게 틀림없었다. 아바사랄라는 의자에서 일어나 문 쪽으로 다가갔다.

"여기 있단다, 키키." 아바사랄라가 부엌으로 들어서며 말했다.

그녀의 어깨에 물풍선이 날아왔다. 풍선은 그녀의 어깨를 맞히고 튕겨 나가 바닥으로 굴러떨어지더니 아바사랄라의 발밑에서 퍽

하고 터졌다. 부엌의 석조타일에 어두운 색의 얼룩이 퍼져나갔다. 아바사랄라는 성난 얼굴로 고개를 들었다. 키키가 정원으로 나가는 문 앞에서 웃음과 두려움이 반씩 섞인 표정으로 서 있었다.

"키키, 너 방금 우리 집을 어지른 거냐?" 아바사랄라가 물었다. 소녀가 창백한 얼굴로 고개를 끄덕였다.

"할미 집을 어지른 나쁜 애들이 어떻게 되는지 아니?"

"간지럼 벌을 받나요?"

"간지럼 벌을 받지!"

아바사랄라가 말하며 키키에게 달려들었다. 당연히 키키는 잡히지 않고 도망쳤다. 그 애는 여덟 살이니까. 키키의 관절이 쑤시게 된다면 성장통을 겪을 때뿐일 것이다. 그리고 물론 키키는 나중에는 기꺼이 할머니에게 붙들려 간지럼을 타며 웃음 섞인 비명을 실컷 들려주었다. 아샨티와 그 애의 남편이 노브고로드에서 돌아와 아이들을 데리러 왔을 즈음 아바사랄라의 사리는 풀물이 들었고, 머리는 벼락에 맞은 만화 주인공처럼 하늘로 삐쭉 솟아 있었다.

아바사랄라는 손녀들이 떠나기 전에 두 번씩 안아주고, 그때마다 몰래 초콜릿을 건네주고, 딸에게 입을 맞추고, 사위에게는 고개를 끄덕여 보인 다음, 문 앞에서 손을 흔들며 배웅했다. 경호팀이 그들의 차를 뒤따르고 있었다. 아바사랄라와 가까운 친인척은 납치의 위험에서 안심할 수 없다. 그녀의 삶이 지닌 또 다른 면모였다.

아바사랄라는 거의 델 정도로 뜨거운 물을 아낌없이 낭비하며 길고 느긋한 샤워를 즐겼다. 그녀는 어렸을 때부터 피부가 벗겨질 정도로 뜨거운 물에 목욕하는 것을 좋아했다. 물기를 닦을 때 피부가 화끈거리지 않는다면 샤워를 잘 못했다는 의미다.

아르준은 침대에 누워 심각한 표정으로 핸드터미널을 들여다보고 있었다. 아바사랄라는 옷장으로 다가가 젖은 수건을 빨래바구니에 던져 넣고 면으로 짠 로브를 걸쳤다.

"그 인간은 저쪽 짓이라고 생각해." 아바사랄라가 말했다.

"누가 뭘?" 아르준이 물었다.

"응우옌 제독 말이야. 그는 이게 다 화성의 음모라고 생각해. 그리고 가니메데에서 두 번째 공격이 일어날 것이라고 예상하고 있지. 화성 함대가 움직이지 않고 있다는 걸 알면서도 병력을 증강하고 있어. 평화회담이 박살 나든 말든 말이지. 왜냐하면 그게 다 쓸데없는 짓이라고 생각하거든. 그러니 잃을 게 없는 거야. 내 말 듣고 있어?"

"그래. 응우옌 제독은 화성이 전쟁을 일으켰다고 믿는단 말이지. 그래서 대응하려고 함대를 구축 중이고. 맞아?"

"내가 무슨 말을 하는지 알고나 있어?"

"대략? 아니, 모르겠어. 하지만 멕스웰 아시니안-코흐가 방금 포스트 리리시즘에 관한 논문을 올렸어. 이걸로 평생 악담 메일을 받을 게 눈에 선한걸."

아바사랄라는 웃음을 터트렸다.

"당신은 정말 당신만의 세계에 사는구나."

"그래." 아르준은 엄지손가락으로 핸드터미널의 화면을 넘기며 시인했다. 그가 고개를 들었다. "하지만 싫진 않지?"

"그래서 당신을 사랑하는걸. 절대 변하지 말아줘. 포스트 리리시즘 글이나 읽어."

"당신은 뭘 할 건데?"

"항상 하던 대로 해야지. 아이들이 살아있는 한 세상이 멸망하지 않게 막는 거."

아바사랄라가 어렸을 때, 모친은 그녀에게 뜨개질을 가르치려 했다. 뜨개질을 잘하게 되는 데에는 결국 실패했지만, 대신 그녀는 다른 교훈을 배웠다. 털실 타래가 엉켰을 때 신경질을 내며 세게 잡아당기면 잡아당길수록 매듭은 더 엉망이 된다. 아바사랄라에게서 도저히 구제불능으로 보이는 엉킨 실 뭉치를 받아든 어머니는 실을 풀어 문제를 해결해주는 대신 옆에 양반다리를 하고 앉아 딸에게 어떻게 해야 매듭을 풀 수 있는지 말로 설명해 주었다. 얼기설기 엉킨 매듭을 들여다보며 차분하고 세심하고 참을성 있게 어디를 풀어야 할지 궁리하다 보면 어느새 털실은 술술 풀어지곤 했다.

함대는 고철 덩어리가 되기 직전의 낡은 수송선에서부터 그녀가 아는 이름들이 함장으로 기재된 프리깃함 두 대에 이르기까지 도합 열 대의 함선으로 이뤄져 있었다. 큰 규모는 아니지만, 도발적으로 보이기에는 충분했다. 아바사랄라는 차분하고 세심하고 참을성 있게 문제를 하나씩 차례대로 풀기 시작했다.

수송선이 첫 번째였다. 가장 간단해 보였기 때문이다. 아바사랄라는 각고의 세월을 들여 유지보수 및 안전관리 분야에 심복들을 심어 놓았다. 네 시간 후 누군가 운항일지와 회로도를 뒤져 도저히 운항 일정에 맞게 교체할 수 없는 볼트를 발견했고, 그 뒤 30분도 되지 않아 수송선은 강제로 소환되었다. 두 대의 프리깃함 중에서 더 강한 화력을 보유한 우차오 호의 함장은 이시가와 마르크스였다. 그의 복무기록은 흠잡을 데 없이 완벽했다. 유능하고 충성스럽고 상상력이 부족했다. 세 번의 대화가 오간 후, 그는 건설감독 관리위원회 위원장으로 승진했다. 그러면 거기서 해가 될 만한 말썽을 부리지도 않을 것이다. 우차오 호의 지휘 장교들은 지구로 귀환하여 이시가와 마르크스의 임명식에 참석하라는 지시를 받았다. 두 번째 프리깃함은 그보다는 조금 까다로웠지만 그래도 방법을 찾아내는 데 성공했다. 이쯤 되자 함대는 의료 및 보급 정비함이 지휘권을 갖게 될 정도로 초라해졌다.

아바사랄라의 손가락 사이로 슬금슬금 매듭이 풀려나갔다. 그녀가 손댈 수 없는 세 대의 함선은 낡고 화력도 미약했다. 전투 상황이 된다 해도 이들은 별로 큰 영향력을 끼치지 못할 것이다. 그리고 그런 이유로, 만일 화성이 트집거리를 찾고 있더라도 모욕감을 느끼는 데 그칠 것이다.

하지만 아바사랄라는 화성이 그럴 것이라고는 생각하지 않았다. 만약 그녀의 판단이 틀렸다면 그 또한 상당히 흥미로운 점이 되리라.

"응우옌 제독이 이걸 간파하지 못할 거라고 생각하나?" 에린라이트가 물었다. 그는 지구 반대편에 있는 호텔방에 있었다. 화면 속 배경은 밤이었고, 와이셔츠는 제일 윗단추가 하나 풀려 있었다.

"마음대로 하라지요." 아바사랄라가 말했다. "그래 봤자 어쩔 건데요? 엄마한테 달려가 내가 장난감을 다 치워버렸다고 징징거리기라도 할 건가? 다 큰 애처럼 놀지 못할 거라면 애초에 염병할 제독이 되질 말았어야지."

에린라이트가 빙그레 웃더니 손마디를 두둑 꺾었다. 그는 피곤해 보였다.

"그래서 남은 함선들은?"

"버나데트 코에 호, 아리스토파네스 호, 그리고 표도로브나 호입니다."

"아, 그래. 화성에는 뭐라고 할 건가?"

"그쪽에서 먼저 말을 꺼내지 않는 이상 아무 말도 말아야죠." 아바사랄라가 말했다. "혹시 뭐라고 하더라도 무시해버리면 됩니다. 작은 의료지원선, 수송선, 그리고 해적들한테서 지켜줄 꼬마 무장함뿐인데요. 우리가 무슨 순양함을 보내는 것도 아니고. 그러니 지랄 말라죠."

"물론 그거보단 순화된 표현을 사용하겠지?"

"당연하죠. 전 바보가 아닙니다."

"금성은 어때?"

아바사랄라는 숨을 길게 들이마시고 잇새로 내뱉었다.

"빌어먹을 유령 같습니다." 그녀가 대답했다. "매일 보고서를 받고 있긴 한데, 도무지 정체를 알 수가 없어요. 행성 표면에 형성되던 구조물이 완성됐다가 지금은 다시 사라졌습니다. 이번에는 복잡한 방사성 대칭 구조물이 새로 올라오고 있고요. 자전축과 일치하는 게 아니라 황도면을 따라 생겨나고 있습니다. 그러니 그 밑에 있는 게 뭐든 금성뿐만이 아니라 태양계 전체를 의식하고 있다는 의미인 겁니다. 그리고 분광분석에 따르면 란타늄과 금 성분이 소량 증가했답니다."

"그게 무슨 의미지?"

"아무도 몰라요. 학자들은 그 아래 고온의 초전도체가 있는 게 아닌가 추측하더군요. 지금은 실험실에서 그 크리스털 구조물을 복제하려고 시도 중인데, 우리로선 이해할 수 없는 점이 많답니다. 글쎄, 저것들이 우리보다 물리화학에 훨씬 더 능통하지 뭡니까. 놀랄 일도 아니지만요."

"가니메데와 연관성은 없고?"

"딱 하나요." 아바사랄라가 대답했다. "그 외에는 없어요. 적어도 직접적인 연관성이 있는 건 없습니다."

"직접적인 연관성이라니, 그게 무슨 뜻이야?"

아바사랄라가 눈살을 찌푸리며 고개를 돌렸다. 불상이 그녀를 마주 보았다.

"에로스 사건 이후로 자살숭배 종교집단이 두 배로 늘었다는 거 아십니까?" 그녀가 말했다. "보고서를 받아 보기 전에는 저도 몰랐어요. 작년에는 카이로에 물 재생 센터를 재건축하려고 채권발행 계획을 세웠다가 실패했습니다. 천년왕국이라는 종교가 더 이상 우리한테는 그런 게 필요 없다고 주장했기 때문이었죠."

에린라이트가 몸을 앞으로 기울였다. 그가 눈시울을 좁혔다.

"연관이 있다고 생각하나?"

"금성에서 비행체 같은 걸 몰래 발사하고 있다고 생각하진 않아요." 아바사랄라가 말했다. "하지만… 전 그 사건이 우리에게 미친 영향에 대해 생각하지 않을 수 없더군요. 태양계 전체, 화성과 우리, 벨트인들까지 전부요. 모두가 볼 수 있는 곳에 신이 잠들어 있다는 건 별로 좋은 일이 아니에요. 실은 오줌을 지릴 정도로 무시무시한 일이죠. 적어도 저한테는 그래요. 그래서 우린 사실을 외면하고 세상이 우리가 젊었을 적과 똑같은 척을 하고 있지만, 그렇지만 우린 멍청이가 아니지요. 겉으로는 아무렇지도 않은 것처럼 굴어도….”

아바사랄라가 고개를 흔들었다.

“인류는 늘 불가해한 것들과 함께 살아왔지.” 에린라이트가 말했다. 딱딱한 목소리였다. 그녀가 그의 심기를 불편하게 만들고 있었다. 또한 그녀 자신도 불편하게 만들고 있었다.

“하지만 그게 행성을 먹어치우진 않았잖아요.” 아바사랄라가 말했다. “가니메데에서 목격된 것이 금성에서 발생한 게 아닐지라도 금성과 관련이 있다는 건 명백합니다. 그리고 만일 이 짓을 한 게 ‘우리’라면….”

“만약에 우리가 그것을 만들었다면 그건 우리가 신기술을 개발하고 필요할 때 활용하기 때문이야.” 에린라이트가 말했다. “석기시대의 창과 화약, 핵탄두도 예외가 아니지. 그게 우리가 하는 일이잖나, 크리스젠. 그런 걱정은 나한테 맡겨 둬. 자네는 금성을 감시하고 화성 문제나 잘 처리해 주게.”

“알겠습니다.”

“다 잘 될 거야.”

아바사랄라는 상관이 자취를 감춘 검은 화면을 바라보며 에린라이트가 정말로 그 말을 굳게 믿고 있다고 결론지었다. 하지만 아바사랄라는 확신할 수 없었다. 뭔가 꺼림칙하게 마음에 걸리는 게 있었는데, 그게 정확히 뭔지 알 수가 없었다. 그것은 손가락에 박힌 작은 가시처럼 그녀의 의식 깊숙한 곳에 작게 웅크려 있었다. 아바사랄라는 가니메데 UN 기지에서 촬영된 영상을 불러내 평소처럼 보안 점검을 거친 다음, 해병대가 죽어가는 모습을 다시금 꼼꼼히 살펴보았다.

키키와 수리는 이 모든 일이 일어난 이후의 세상에서 성장하게 될 것이다. 그 아이들에게 금성은 언제나 낯설고 이질적이며 무자비하고 의사소통을 할 수 없는 정체 모를 존재의 식민지일 것이며, 그것에 대한 공포는 너무나도 일상적이라 숨을 쉬는 것만큼이나 자연스럽게 받아들여질 것이다. 화면 속에서는 소렌의 또래일 듯한 청년이 괴물에게 돌격소총의 탄약을 쏟아붓고 있었다. 선명도를 높이자 총알이 놈의 몸통을 관통했을 때 등 뒤로 가느다란 필라멘트가 핏줄기처럼 뿜어 나오는 것을 볼 수 있었다. 군인이 또 한 명 죽었다. 적어도 이번에는 신속한 죽음이었다. 아바사랄라는 영상을 멈췄다. 손가락 끝으로 놈의 윤곽을 따라 더듬었다.

"넌 누구지?" 아바사랄라는 화면에 대고 물었다. "원하는 게 뭐야?"

뭔가 놓치고 있는 것이 있다. 워낙 자주 겪은 일이라 그녀는 그 느낌을 안다. 하지만 안다고 한들 도움이 되지는 않는다. 때가 되면 그 정체를 알게 되겠지만, 그때까지 할 수 있는 일은 간지러운 곳을 계속 긁는 것뿐이다. 아바사랄라는 파일을 닫고, 보안 프로토콜이 복사된 정보가 없음을 확인할 때까지 기다렸다가 시스템을 종료하고 창가로 몸을 돌렸다.

아바사랄라는 다음번에 대해 생각하고 있었다. 다음번에는 어떤 정보를 얻을 수 있을까. 다음번 공격, 다음번 대량학살이 일어날 때는. 그녀는 가니메데에서 발생한 것과 같은 일이 조만간 또 일어나리라 확신했다. 호리병 밖으로 빠져나온 지니는 다시 가둘 수 없다. 프로토분자가 에로스에 퍼지고 그것이 무슨 짓을 할 수 있는지 모두가 목격한 순간, 천지가 경동했다. 온 세상이 너무나도 빨리, 너무나도 극적으로 변해 그들은 아직도 그 변화를 따라잡으려고 버둥거리는 중이었다.

'따라잡으려고 버둥거리는 중'이었다.

분명히 뭔가가 있다. 생각이 날듯 말듯 하는 노래 가사처럼, 그 말 속에 뭔가가 있었다. 아바사랄라는 이를 뿌드득 갈며 의자에서 일어나 창문 옆을 서성였다. 이런 건 질색이었다. 정말이지 질색이다.

집무실 문이 열렸다. 몸을 홱 돌려 노려보자 소렌이 흠칫 놀랐다. 아바사랄라는 눈빛을 누그러뜨렸다. 가엾은 토끼에게 괜스레 겁을 줄 필요는 없다. 그저 제비뽑기에 져서 심술궂은 노친네를 억지로 떠맡은 인턴에 불과할 뿐이지 않은가. 그리고 그녀는 나름대로 소렌을 좋아했다.

"뭐지?" 아바사랄라가 물었다.

"응우옌 제독이 에린라이트 씨에게 항의 메일을 보냈다는 걸 알려드려야 할 것 같아서요. 자신의 지휘권에 간섭했다고 분통을 터트리고 있습니다. 참조 명단에 사무총장님은 포함하지 않았고요."

아바사랄라는 빙그레 웃었다. 우주의 모든 미스터리를 해결하지는 못해도 최소한 사내자식들의 고삐를 쥐고 흔들 수는 있다. 응우옌 제독이 얼굴마담에게 아무 말도 하지 않았다면 이건 그저 투정을 부리는 것에 불과하다. 그는 아무 짓도 하지 않을 것이다.

"잘 됐군. 화성 대표단은?"

"도착했습니다."

아바사랄라는 한숨을 내쉬고 손바닥으로 옷매무새를 다듬은 다음, 턱을 치켜들었다.

"그럼 가서 전쟁을 막아 볼까?" 그녀가 말했다.

13
홀던

폭동이 끝나고 몇 시간 뒤에 '정찰'을 하고 왔다며 맥주 상자 하나를 들고 나타났던 에이모스는 지금 작은 통조림 상자를 들고 있었다. 깡통에 붙은 라벨에는 '닭고기 식품'이라고 적혔다. 부디 프락스가 말한 해커가 이 통조림이 그가 요구한 보상에 적합하다고 여기기를 바랄 뿐이다.

프락스는 죽기 전에 마지막으로 할 일을 해치우는 사람처럼, 죽음이 발뒤꿈치에 바투 따라붙은 사람처럼 무지막지한 속도로 길을 안내했다. 홀던은 후자가 아마 틀린 말은 아닐 거라고 생각했다. 자그마한 몸집의 식물학자는 이미 기력이 다한 사람 같았다.

그들은 필요한 장비를 챙기는 김에 프락스를 솜남뷸리스트 호에 데려가 배도 채우고 샤워도 하라고 채근했다. 프락스는 홀던이 '변소'를 사용하는 법을 알려주기도 전에 귀한 시간을 낭비하고 싶지 않다는 듯이 홀랑 옷을 벗었다. 피골이 상접한 프락스의 몸을 본 홀던은 할 말을 잃었지만, 그 와중에도 식물학자는 오직 딸을 찾아야 한다는 말만 되풀이했다. 홀던은 자신이 이 사내가 딸을 되찾길 바라는 만큼 평생 뭔가를 간절히 소망해 본 적이 없음을 깨달았다.

그리고 놀랍게도, 그는 그 사실에 씁쓸함을 느꼈다.

프락스는 모든 것을 잃었다. 몸의 지방은 열량으로 모두 소모해 버렸고 남은 것은 최소한의 인간성뿐이었다. 이제 그에게 있는 것은 소중한 딸아이를 찾아야 한다는 집념뿐인데도, 홀던은 그런 그가 부러웠다.

에로스 스테이션에서 죽어갈 때, 홀던은 나오미의 얼굴을 마지막으로 한 번만 보고 싶다고 생각했었다. 적어도 그녀가 안전한지 알고 싶었다. 그것이 바로 그가 그곳에서 죽지 않은 유일한 이유였다. 그리고 물론 총을 가진 밀러가 같이 있었다는 사실도 빠트릴 수는 없지만 말이다. 나오미와 연인이 된 지금도 두 사람의 관계는 프락스의 목숨을 지탱해주고 있는 것에 비하면 흐릿한 환영이나 다름없었다. 홀던은 자신도 모르는 사이에 몹시 소중한 것을 잃어버린 듯한 기분이 들었다.

프락스가 샤워하는 사이에 홀던은 관제실로 올라갔다. 가니메데의 절름발이 보안 시스템에 침투하려고 분투 중인 나오미를 일으켜 세워 힘껏 끌어안았다. 깜짝 놀란 나오미가 순간 몸을 흠칫 굳혔지만 이내 긴장을 풀고 힘을 뺐다. 그리곤 그의 귀에 속삭였다. "안녕." 흐릿한 환영일지는 몰라도 이것이 지금 그가 가진 것이었고, 더럽게 기분이 좋았다.

프락스는 갈림길에서 발을 멈추고 양쪽 손가락으로 초조하게 허벅지를 두드렸다. 나오미는 배에 남아 그들의 위치발신기와 아직 작동 중인 보안 카메라로 그들의 행로를 지켜보고 있었다.

뒤에서 에이모스가 헛기침을 하더니 프락스에게 들리지 않게 작은 목소리로 말했다. "저 친구를 잃어버리기라도 하면 웬만한 시간 내에는 여기서 빠져나갈 방법이 없을 것 같은데요."

홀던은 고개를 끄덕였다. 에이모스의 말이 옳았다.

한창 잘나가던 시절에도 가니메데는 모두 똑같이 생긴 회색 통로와 간간이 붙어 있는 공원 비슷한 동굴로 구성된 미로였다. 그리고 지금 이 스테이션은 최상의 상태라고 하기는 힘들었다. 대부분의 공중 정보 단말기는 꺼졌거나 고장 났거나 부서졌다. 공공네트워크 '퍼브넷'은 신뢰할 수가 없다. 현지인들은 하이에나 무리처럼 몰려다니며 한때는 위대했던 고향 위성의 시체를 뒤지거나 겁에 질려 서로를 위협했다. 홀던과 에이모스는 일부러 눈에 잘 보이는 곳에 무기를 소지하고 있었다. 특히 에이모스는 누구나 한눈에 알아볼 수 있는 '건드리지 말 것'이라는 분위기를 발산하는 데 이골이 난 친구였다. 홀던은 에이모스가 예전에 일하던 물 수송선 캔터베리 호에 타기 전에 어떤 삶을 살았는지 새삼 궁금해졌다.

프락스가 이제까지 지나온 수백 개의 통로와 똑같이 생긴 회색 통로에 있는, 역시 수백 개의 다른 문들과 똑같이 생긴 문 앞에서 멈춰 섰다.

"여깁니다. 여기 있어요."

홀던이 뭐라 답하기도 전에 프락스가 문을 두드리기 시작했다. 홀던은 한 발짝 뒤로, 그리고 다시 한 발짝 옆으로 물러나 프락스와 문이 한눈에 들어오는 곳에 섰다. 에이모스는 왼쪽 겨드랑이에 통조림 상자를 끼고 오른쪽 엄지손가락을 권총집 앞 허리춤에 찔러 넣은 채 홀던의 반대쪽에 자리를 잡았다. 소행성대를 돌아다니며 권력의 공백이 탄생시킨 약탈자 무리를 청소하던 근 1년 사이에 그들은 거의 반사적으로 이런 식의 준비 자세를 갖출 수 있게 되었다. 홀던은 이렇게 몸에 붙은 습관을 다행으로 여기면서도 한편으로는 자신이 과연 이것을 좋아하는지 확신하지 못했다. 경찰이라는 직업은 밀러의 삶을 개선해주지 못했었다.

웃통을 드러낸 깡마른 십 대 소년이 문을 벌컥 열어젖혔다. 반대쪽 손에 커다란 나이프가 들려 있었다.

"뭔 병신이….." 녀석은 프락스의 양옆을 지키듯이 선 홀던과 에이모스를 발견하고 두 사람의 총에 힐끗 눈길을 던지더니 입을 닫았다. "아."

"닭고기를 가져왔어." 프락스가 에이모스가 들고 있는 상자를 가리키며 말했다. "나머지 카메라 영상을 보여줘."

"제가 대령해드릴 수도 있는데요." 홀던의 귓전에서 나오미가 말했다. "시간만 충분하다면 말입니다."

"그 '충분한 시간'이라는 게 문제지." 홀던이 속닥이듯이 말했다. "어쨌든 당신이 우리 대비책이긴 해."

소년이 비쩍 여윈 어깨를 으쓱하더니 문을 활짝 열고 프락스에게 들어오라고 몸짓했다. 홀던이 그 뒤를 따랐고, 에이모스는 끄트머리였다.

"그래서….." 소년이 말했다 "먼저 닭고기를 보여줘야죠. 사베? (알죠?)"

에이모스가 지저분한 탁자에 상자를 내려놓고 통조림 하나를 꺼내 소년이 볼 수 있게 높이 쳐들었다.

"소스는요?" 소년이 물었다.

"대신에 통조림 두 개를 받는 건 어때?" 홀던이 가까이 다가서며 서글서글하게 웃어 보였다. "남은 영상을 다 보여주면 더 이상 귀찮게 하지 않을게, 어때?"

소년이 턱을 치켜들며 팔을 뻗어 홀던을 밀어냈다.

"함부로 붙지 마요, 마초 양반아."

"미안." 홀던은 얼굴에서 미소를 지우지 않았다. "자, 여기 있는 우리 친구에게 약속한 대로 빨리 그 빌어먹을 영상을 보여줘."

"싫다면?" 소년이 홀던에게 한쪽 손바닥을 내밀었다. "아디네라도, 씨, 노(돈 많죠, 맞죠? 아니야)? 끼사스(어쩌면) 닭고기 말고 더 좋은 것도 줄 수 있겠네. 어쩌면 아주 많이."

"아가야, 귀때기 씻고 잘 들어라." 홀던이 말했다. "지금 우리를 벗겨 먹겠다는 거냐? 그래 봤자…."

홀던의 어깨에 우람한 손이 내려앉았다.

"여긴 제가 맡지요." 에이모스가 홀던과 소년 사이에 끼어들었다. 그는 한 손으로 닭고기 깡통을 공중으로 던졌다가 다시 가볍게 받았다.

"이 사람이 말이야." 에이모스가 왼손으로 프락스를 가리켰다. 오른손은 여전히 깡통을 공중으로 던지거니 받거니 하고 있었다. "어린 딸자식이 납치당했어. 그래서 그 애가 어디 있는지 알고 싶은 것뿐이야. 정보만 얻을 수 있으면 적당하다 싶은 가격을 치를 의사도 있고."

소년이 어깨를 으쓱하며 막 입을 열려는 순간 에이모스가 손가락 하나를 곧추세워 닥치게 만들었다.

"그래서 지금 그 가격을 치르러 왔는데 말이야." 가볍고 친근한 말투였다. "우리가 얼마나 절박한지 알고는 이때다 싶어 바가지를 씌우겠다고? 딸을 위해선 뭐든 할 사람이니까 짭짤하게 긁어내 보자, 이거야?"

소년은 다시 어깨를 들썩였다. "꿰 노⋯. (뭐 안 될 것도⋯.)"

에이모스가 번개 같은 손놀림으로 소년의 얼굴에 깡통을 쑤셔 박았다. 어찌나 눈 깜짝할 사이에 일어났는지 홀던은 왜 해커가 갑자기 코피를 흘리며 바닥에서 나뒹굴고 있는지 몰라 당혹스러웠다. 에이모스가 소년이 꼼짝 못 하게 한쪽 무릎으로 가슴을 짓눌렀다. 어디선가 다시 나타난 깡통이 소년의 얼굴을 강타하자 뭔가 둔탁하게 깨지는 소리가 났다. 해커가 헐떡이며 울부짖었지만, 에이모스가 왼손으로 입을 틀어막았다.

"씨발 놈의 새끼." 에이모스가 으르렁거렸다. 유쾌한 목소리는 자취를 감추고 홀던이 처음 보는 짐승 같은 흉포함이 튀어나왔다. "어린애 목숨이 왔다 갔다 하는데 우라질 놈의 '닭고기' 타령을 해?"

에이모스가 해커의 귀에 통조림을 휘두르자 붉은 선혈이 터져 나왔다. 입을 막고 있던 손이 떨어지자마자 소년이 살려달라고 애원하기 시작했다. 에이모스가 다시 깡통을 치켜들었지만, 홀던이 그의 팔을 붙들고 되지도 않는 발음으로 뭐라 울먹이는 소년의 몸 위에서 일으켜 세웠다.

"그만." 홀던이 에이모스에게 말했다. 부디 이 덩치가 그의 얼굴마저 곤죽으로 만들지 않기를 바랄 뿐이다. 에이모스는 언제나 술집에서 일부러 시비를 걸고 주먹다짐을 즐기는 부류의 인간이었다.

하지만 이건 달랐다.

"이 정도면 충분해." 홀던이 말했다. 그는 에이모스가 몸부림을 멈출 때까지 놓아주지 않았다. "저 녀석 뇌가 결판나면 우리를 도울 수도 없어."

해커가 엉금엉금 뒤로 물러나 벽에 어깨를 붙이고 앉더니 고개를 끄덕였다. 손가락으로 틀어쥐고 있는 코에서 피가 줄줄 흘렀다.

"그럴 거야?" 에이모스가 말했다. "우릴 도와줄 거냐고!"

소년이 고개를 주억거리며 윗몸을 벽에 기댄 채 힘겹게 몸을 일으켜 세웠다.

"내가 가지." 홀던은 에이모스의 어깨를 토닥였다. "넌 여기서 숨이나 돌려."

에이모스가 입을 열기도 전에 홀던이 겁에 질린 해커에게 삿대질을 했다.

"빨리 시작하는 게 좋을 거야."

"저기예요." 프락스가 말했다. 메이가 납치당하는 순간이었다. "저게 메이입니다. 남자는 메이의 주치의인 스트릭랜드 박사고요. 저 여자는…, 저 여자는 누군지 모르겠어요. 하지만 메이의 어린이집 교사가 그러는데 시스템 기록에는 메이의 어머니라고 되어 있었답니다. 사진도 그 여자 사진이었고, 메이를 데려갈 권한도 있다고 나왔다는 거예요. 메이가 다니는 어린이집은 보안이 아주 철저합니다. 사전에 등록된 사람이 아니면 아이를 데려갈 수가 없어요."

"저들이 어디로 갔는지 찾아봐." 홀던이 해커에게 말했다. 그런 다음 프락스에게 물었다. "왜 주치의가 필요하죠?"

"메이는…." 프락스가 잠시 망설이다가 대답했다. "메이는 아주 희귀한 유전병을 앓고 있어요. 정기적으로 치료를 받지 않으면 면역체계가 제 기능을 하지 못하죠. 스트릭랜드 박사는 그걸 알아요. 메이와 같은 병을 앓고 있는 아이들이 열여섯 명이나 실종됐어요. 스트릭랜드 박사라면 그 아이들을 돌볼 수 있을 겁니다…. 메이도 살아있을지 몰라요."

"듣고 있어, 나오미?"

"네. 해커가 만든 길을 타고 보안망을 뚫는 중입니다. 이제 그 녀석은 더 이상 필요 없을 겁니다."

"잘 됐군." 홀던이 말했다. "저놈도 다시는 우릴 보고 싶지 않을 테니까."

"뭐, 닭고기야 많으니까요." 나오미가 쿡쿡 웃었다.

"에이모스가 다음번 요구 조건은 성형수술이 되게 만들어 놨거든."

"저런." 나오미가 말했다. "그 녀석 괜찮아요?"

홀던은 나오미가 에이모스에 관해 묻고 있다는 걸 알았다. "그래. 하지만 이걸 이렇게 심각하게 받아들일 정도로 내가 모르는 뭔가가 있는 거야? 왜냐하면 에이모스는 정말로…."

"아퀴(여기)." 해커가 화면을 가리키며 말했다.

스트릭랜드 박사가 메이를 안고 오래된 통로를 따라 걸어가고 있었다. 검은 머리의 여인이 그 뒤를 따르고 있었다. 그들이 낡은 가압 해치처럼 보이는 문 앞에 섰다. 스트릭랜드가 문 옆에 있는 패널을 조작하자 세 사람은 안으로 들어갔다.

"이다음엔 아무것도 없어요." 해커가 가니메데의 보안 시스템이 고장 났다는 이유로 또다시 두들겨 맞을까 봐 무서운지 눈치를 보며 말했다.

"나오미, 저 사람들 어디로 간 거지?" 홀던은 손바닥을 저으며 해커를 안심시켰다.

"아주 옛날에 만들어진 구멍 같은데요." 나오미가 대답했다. 콘솔로 작업 중인지 간간이 대답이 끊겼다. "저장시설이라고 기록되어 있군요. 먼지와 얼음 말고는 아무것도 없어야 합니다."

"들어갈 수 있을까?" 홀던이 물었다.

나오미와 프락스가 거의 동시에 대답했다. "네."

"그럼 저기에 가 보지."

홀던은 프락스와 해커에게 앞장서라고 몸짓했다. 앞방으로 가니 에이모스가 닭고기 통조림이 두꺼운 동전이라도 되는 듯이 식탁 위에서 손가락으로 빙글빙글 돌리고 있었다. 가니메데의 저중력에서는 영원토록 돌아갈 수도 있을 것 같았다. 얼굴은 싸늘한 무표정이었다.

"넌 할 일을 다 했어." 홀던이 해커에게 말했다. 에이모스를 노려보는 소년의 얼굴에는 분함과 두려움이 번갈아 떠오르고 있었다. "그러니 약속은 지키마. 우린 사기꾼이 아니거든."

소년이 입을 열기도 전에 에이모스가 벌떡 일어나 닭고기 통조림 상자를 집어 들었다. 상자를 거꾸로 뒤집자 안에 들어 있던 깡통들이 바닥으로 우르르 쏟아져 사방으로 굴러갔다.

"거스름돈도 챙겨가라, 씨발 새끼야." 에이모스가 빈 상자를 작은 부엌 구석으로 패대기쳤다.

에이모스와 프락스가 문밖으로 나간 후에도 홀던은 안에서 늑장을 부리며 혹시 해커가 에이모스에게 보복을 할 기미는 없는지 지켜보았다. 하지만 기우였다. 에이모스의 모습이 사라지자마자 소년은 허겁지겁 깡통들을 주워 모아 식탁에 쌓아 올리기 시작했다.

홀던의 등 뒤에서 문이 닫히자 나오미가 말했다. "그게 무슨 뜻인지 아시죠?"

"뭐 말이야?" 나오미에게 반문한 다음, 에이모스에게 말했다. "배로 돌아간다."

"프락스가 메이와 똑같은 병을 앓고 있는 아이들이 전부 실종됐다고 했잖습니까." 나오미가 말했다. "그리고 메이를 데려간 사람은 담당 의사였고요."

"다시 말해 그 의사나 그와 같이 일하는 사람들이 다른 애들도 데려갔다고 가정할 수 있지." 홀던이 말했다.

에이모스와 프락스가 앞에서 나란히 걷고 있었다. 에이모스의 얼굴에는 아무 감정도 실려 있지 않았다. 프락스가 그의 팔에 가볍게 손을 대며 말했다. "고맙습니다." 에이모스는 아무 말 없이 어깨를 슬쩍 올렸다 내렸다.

"왜 애들을 데려갔을까요?" 나오미가 물었다.

"그보다 더 좋은 질문은 어떻게 전투가 시작하기 전에 그걸 알고 애들을 데려갔느냐야."

"정말 그렇군요." 나오미가 착 가라앉은 목소리로 말했다. "그래요. 도대체 그걸 어떻게 알았을까요?"

"왜냐하면, 그 사람이야말로 모든 일의 원흉이거든." 홀던이 둘이서 똑같이 생각하고 있던 것을 소리 내어 말했다.

"그 의사가 아이들을 납치한 거라면, 그리고 그의 공범들이 사실을 숨기려고 지구와 화성 사이에 전쟁을 일으켰다면….”

“아주 익숙한 이야기 같지 않아? 아까 그 문 뒤에 뭐가 있는지 알아봐야겠어.”

“둘 중에 하나죠. 첫 번째 가능성은 비어 있다는 겁니다. 애들을 모아 벌써 한참 전에 여길 떴겠죠.”

“그게 아니면.” 홀던이 그 뒤를 받았다. “총을 든 패거리들이 기다리고 있거나.”

“그렇습니다.”

솜남뷸리스트 호의 주방은 고요했다. 프락스와 홀던 일행은 오늘 얻은 영상을 다시 돌려보고 있었다. 나오미는 메이가 납치되는 장면이 담긴 보안 카메라 영상을 죄다 모아 붙여 한 편의 긴 영상으로 만들었다. 그들은 메이의 주치의가 메이를 데리고 여러 개의 복도와 통로를 지나, 리프트를 타고, 마침내 황폐하고 버려진 구역의 문 너머로 사라지는 모습을 지켜보았다. 세 번을 연달아 돌려본 후 홀던이 나오미에게 영상을 끄라고 손짓했다.

“이걸로 알 수 있는 게 뭐지?” 홀던이 테이블 위를 손가락으로 가볍게 두드리며 말했다.

“아이가 전혀 겁을 먹지 않았습니다. 도망치려고 하지도 않고.” 에이모스가 말했다.

“태어나서 줄곧 스트릭랜드 박사를 알고 지냈거든요.” 프락스가 대답했다. “메이한테는 가족이나 다름없습니다.”

“그렇다면 의사가 포섭됐다는 얘기네요.” 나오미가 말했다. “아니면 이걸 계획한 게 아주 오래되었거나….”

"4년이요." 프락스가 끼어들었다.

"4년이나 됐거나요." 나오미가 말했다. "어지간히 큰 걸 노리고 있지 않은 이상 이렇게 오래 공을 들이긴 힘들 텐데요."

"아동납치일까요? 그들이 원하는 게 몸값이라면….'

"그건 아닐 거야." 홀던이 멈춰 있는 영상을 가리키며 말했다. "메이가 저 해치 안으로 사라지고 몇 시간 뒤에 지구와 화성이 서로 총질을 시작했으니까. 열여섯 명이나 되는 아픈 아이들을 몰래 데려갔다는 걸 숨기려고 누군가 엄청난 수고를 들였어."

"프로토젠이 망하지만 않았어도 딱 그 새끼들이 할 짓인데 말입니다." 에이모스가 말했다.

"그리고 누군지 몰라도 꽤 훌륭한 기술력을 갖고 있습니다." 나오미가 말했다. "가니메데의 정보보안망이 폐쇄되기 한참 전에 학교 시스템을 해킹해 메이의 신상기록에 그 여자의 정보를 몰래 끼워 넣었습니다. 흔적을 전혀 남기지 않고요."

"같은 어린이집에 다니는 애들 부모 중에는 갑부나 정치가들도 있어요." 프락스가 설명했다. "그러니 보안 수준도 최고였을 겁니다."

홀던이 테이블 위를 초조하게 두드리던 손가락을 멈추고 말했다. "그렇다면 역시 제일 중요한 질문으로 돌아가는군. 저 해치 너머에는 무엇이 있는가?"

"사설 보안대요." 에이모스가 말했디.

"아무것도 없어요." 나오미가 말했다.

"메이요." 프락스가 조용히 말했다. "메이가 있을지도 몰라요."

"세 가지 가능성에 전부 대비해야겠군. 폭력, 증거와 단서 수집,

그리고 아이 구하기. 그럼 계획을 짜 볼까. 나오미, 저 안에 네트워크가 살아있으면 연결할 수 있게 무선 링크가 내장된 터미널을 마련해 줘. 그래야 네가 침투할 수 있겠지."

"예, 알겠습니다." 나오미는 벌써 자리에서 일어나 용골 사다리로 향하고 있었다.

"프락스, 당신은 거기 메이가 있으면 아이가 우리를 믿고 따라오게 할 방법을 생각해 보십시오. 메이가 앓고 있을지 모를 합병증 같은 게 있으면 자세히 설명해 주시고요. 그 애에게 투약해야 하면 우리한테 시간 여유가 얼마나 있는지도 계산해 주십시오."

"알겠습니다." 프락스가 터미널을 꺼내 열심히 입력하기 시작했다.

"에이모스?"

"예, 선장님."

"우리는 폭력 담당이야. 장비를 챙기러 가자고."

에이모스의 얼굴 위로 천천히 피어난 미소가 눈꼬리까지 번졌다.

"씨발, 그거 좋죠."

14
프락스

프락스는 음식이 입에 들어가기 전까지 자신이 얼마나 피폐한 상태인지 모르고 있었다. 매운 처트니 소스를 뿌린 닭고기 통조림과 무중력에서 먹는 부드러운 크래커, 그리고 푸짐한 맥주 한 잔. 갑자기 탐욕스러워진 몸을 느끼며, 그는 허겁지겁 음식을 먹어치웠다.

그런 다음 먹은 것을 몽땅 게워내고 나자, 배에서 잡다하고 실용적인 문제들을 처리하는 여자 대원이(프락스는 그녀의 이름이 나오미라는 것을 알고 있었지만, 항상 무심코 '카산드라'라고 부르려 했다. 3년 전에 같이 일했던 카산드라라는 이름의 인턴과 몹시 닮았기 때문이다) 그의 허약한 위장이 감당할 수 있을 묽은 단백질 육수를 가져다주었다. 몇 시간이 지나자 정신적인 능력이 조금씩 회복되기 시작했다. 그것은 마치 잠을 자지 않은 상태에서 계속해서 잠에서 깨어나는 것과 비슷했다. 프락스는 홀던의 구호선에 앉아 인지력이 점차 깨어나는 것을 느끼며 생각을 또렷하게 할 수 있고 평소의 자기 자신으로 돌아간다는 것이 얼마나 기분 좋은 일인지 만끽했다. 그리고 몇 분 뒤에 포도낭이 신경절을 자극하면 똑같은 과정이 다시 반복되었다.

정신이 점점 명료해질수록, 프락스는 스트릭랜드와 메이가 자취를 감춘 문을 향해 온몸이 끌려가는 것을 느꼈다.

"박사님이라고요, 허?" 커다란 체구의 사내, 에이모스가 말했다.

"가니메데에서 학위를 땄지요. 정말 좋은 대학이었어요. 연구비도 많이 줬고요. 음, 어쨌든 예전에는요."

"난 정식 교육을 받은 적이 없거든요."

구호선의 식당은 작고 세월의 때가 타서 허름했다. 탄소섬유로 짠 벽은 금이 가서 에나멜 도료로 덧칠을 했고 테이블은 너무 오래 사용해 움푹 파였다. 조명도 약해 거의 분홍색에 가까웠는데 어떤 식물이든 여기서 사흘만 있으면 죽어 버릴 것이다. 에이모스는 다양한 크기의 플라스틱 상자가 들어 있는 천 가방을 들고 있었다. 상자에는 각양각색의 무기가 들어 있는 것 같았다. 에이모스가 네모난 붉은 펠트 천 위에 크고 시커먼 권총을 분해해 늘어놓았다. 섬세한 금속 부품은 흡사 예술작품처럼 보였다. 에이모스가 밝은 파란색 세척액에 담갔다 뺀 면봉으로 검은 금속튜브와 연결된 은빛 기계를 문질러 닦으며 이미 거울처럼 반짝이고 있는 금속판에 광을 내기 시작했다.

분해된 부품들을 하나로 완성하고 싶은 마음에 프락스는 자신도 모르게 손이 꿈틀대며 그쪽으로 움직였다. 먼지 하나 없이 반짝이는 부품들이 거기 누워 어서 빨리 조립되길 기다리고 있었다. 에이모스는 그런 프락스의 조바심을 눈치채지 못한 척하고 있었는데 그것이야말로 그가 프락스를 의식하고 있다는 증거였다.

"왜 제 딸을 데려갔는지 모르겠어요." 프락스가 말했다. "스트릭랜드 박사는 항상 메이한테 잘 해줬거든요. 그 사람은 절대로…. 제 말은 메이를 해치지 않을 거란 말입니다. 메이를 해치진 않을 거예요."

"어, 그렇겠죠." 에이모스가 말했다. 그는 면봉을 다시 세척액에 담갔다 뺀 다음 이번에는 스프링이 감겨 있는 금속봉을 문지르기 시작했다.

"저도 같이 가야 해요." 프락스가 말했다. 그는 '여기서 이러는 동안 놈들이 메이를 해칠지도 몰라요. 메이가 지금 죽어가고 있거나 다른 행성에 끌려가고 있을지도 몰라요'라고는 말하지 않았다. 그는 생떼를 쓰거나 명령조로 들리지 않게 하려고 애썼지만, 이상하게도 그의 말은 항상 양쪽 모두에 해당하는 것 같았다.

"원래 준비단계가 제일 힘든 겁니다." 에이모스가 맞장구를 치듯이 대꾸했다. "젠장, 차라리 당장 뛰쳐나가서 끝장을 보는 게 낫지. 빨리 해치워버렸으면 싶죠."

"그래요, 정말 그래요." 프락스가 말했다.

"나도 압니다." 에이모스가 말했다. "하지만 재미는 없어도 이 단계를 건너뛰면 안 됩니다. 장비도 제대로 안 갖추고 무작정 뛰어드는 건 안 가는 것만도 못해요. 딸이 실종된 지 얼마나 됐다고 했습니까?"

"전투가 일어난 뒤로 못 봤어요. 거울이 추락했을 때부터요."

"그러면 몇 시간 정도는 더 참아도 되지 않겠습니까, 예?"

"하지만…."

"알아요, 알아." 에이모스가 한숨을 내쉬며 말했다. "나도 알아요. 이게 제일 힘든 부분이라는 거. 그렇지만 우리가 갔다 돌아오는 걸 기다리는 건 더할걸요. 지금보다 더 참기 힘들 겁니다."

에이모스가 면봉을 내려놓고 밝은 금속봉 위에 검고 긴 스프링을 끼웠다. 세척액에서 올라오는 알코올 냄새 때문에 눈이 시큰거렸다.

"전 지금도 기다리고 있어요." 프락스가 말했다.

"알아요, 알아." 에이모스가 말했다. "그러니까 최대한 빨리 돌아올게요. 우리 선장님은 사람은 참 좋은데 가끔 정신을 딴 데 파는 버릇이 있거든요. 내가 선장님이 한눈을 팔지 않게 잘 감시하겠수다. 별로 힘든 일도 아니니까."

"그게 아니라 제 말은, 당신들이 돌아오는 걸 기다리는 게 아니라 지금 당신들이 준비를 마치길 기다리고 있다고요. 당신들이랑 같이 가려고 기다리는 중이라고요."

에이모스가 스프링과 굴대를 손끝으로 부드럽게 돌리며 권총 몸체 안에 밀어 넣었다. 프락스는 자신이 언제 바닥에서 일어섰는지 기억나지 않았다.

"박사 양반, 총싸움 몇 번이나 해 봤습니까?" 에이모스가 물었다. 낮고 그윽하고 부드러운 목소리였다. "왜냐하면 나는…, 젠장, 열한 번이나 되는군. 쓰러진 놈이 다시 일어나서 쏜 것까지 세면 열두 번이고. 그러니까 내가 하고 싶은 말은 이겁니다. 당신 딸이 무사히 돌아오길 바란다면 뭣도 모르고 총을 휘두르는 사람이랑은 같은 터널 안에 두면 안 된다고요."

에이모스가 할 말을 다 했다는 듯이 총신을 짜 맞추는 데 열중했다. 찰칵하고 금속끼리 맞물리는 소리가 났다.

"전 괜찮아요." 프락스가 말했다. 하지만 그의 다리는 서 있는 것만으로도 벌써 후들거리고 있었다. 에이모스가 총을 들어 올렸다.

"이거 쏠 수 있을 것 같아요?" 에이모스가 물었다.

"뭐라고요?"

"지금 이 총을 받아서, 나쁜 놈들한테 겨누고, 방아쇠를 당기면 총알이 나갈 것 같냐고요. 방금 내가 조립하는 거 봤잖습니까. 안전할 것 같습니까, 아니면 위험할 것 같습니까?"

프락스가 입을 열었다가 닫았다. 복장뼈 뒤에서 저리던 통증이 한층 더 심해졌다. 에이모스가 총을 내렸다.

"안전합니다." 프락스가 말했다.

"확실합니까, 박사 양반?"

"총알을 안 넣었잖아요. 그러니 안전합니다."

"정말로 '확실'합니까?"

"네."

에이모스가 찌푸린 얼굴로 총을 노려보았다.

"흠, 정말 그러네." 그가 말했다. "하지만 그래도 당신은 안 데려갑니다."

에어록에서부터 좁은 통로를 타고 목소리가 들려왔다. 홀던의 목소리는 프락스가 상상했던 것과 많이 달랐다. 그는 홀던이 진중히고 엄숙한 사람일 줄만 알았다. 하지만 지금처럼 스트레스 때문에 목소리가 잠기고 모음이 짧아질 때도 그에게는 여전히 쾌활한 데가 있었다. 카산드라가 아니라 '나오미'인 여성의 목소리는 낮지는 않지만 어두웠다.

"수치상으로는 그렇습니다." 나오미가 말했다.

"잘못된 거야." 홀던이 몸을 굽혀 식당으로 들어오며 말했다. "잘못된 게 틀림없어. 말이 안 된다고."

"뭐가요?" 에이모스가 물었다.

"치안대는 아무 도움도 안 될 거야. 스테이션이 무법천지가 되는 걸 막으려고 너무 얇고 넓게 퍼져 있거든."

"그래서 총을 빼 들고 들어가면 안 된다는 겁니다." 나오미가 말했다.

"그 얘기를 꼭 지금 해야 하는 거야?"

나오미가 입을 꾹 닫았다. 에이모스는 의도적으로 총에서 시선을 떼지 않은 채, 안 그래도 이미 광이 나는 부품을 뽀득뽀득 힘주어 닦기 시작했다. 프락스는 잠자코 대화를 더 들어볼 정도의 판단력을 갖고 있었다.

"말로 해결하기보다 총부터 들이대는 사람은…." 나오미가 말했다. "그런 건 선장님이 아닙니다. 선장님은 '그런 사람'이 아니라는 말입니다."

"하지만 오늘은 그런 사람이 되어야 해." 홀던이 대화에 종지부를 찍듯이 왈칵 내뱉었다. 뒤이은 정적은 굉장히 거북했다.

"뭐가 잘못됐는데요?" 프락스가 물었다. 홀던이 무슨 소리냐는 듯이 그를 쳐다보았다. "아까 무슨 수치가 잘못되었다면서요."

"사망률이 증가하고 있답니다. 하지만 계산이 잘못된 게 틀림없어요. 전투는 기껏해야…, 얼마나 됐지? 하루? 하루 반? 그 정도밖에 지속되지 않았으니까요. 지금 와서 사태가 더 악화될 이유가 뭐가 있습니까."

"아니에요." 프락스가 말했다. "그게 맞는 수치입니다. 연쇄효과예요. 앞으로 계속해서 나빠질 겁니다."

"연쇄효과가 뭔데요?" 나오미가 물었다. 에이모스가 권총을 상자에 집어넣고 이번에는 더 길쭉한 케이스를 꺼냈다. 아마 산탄총일 것이다. 그러나 그의 시선은 프락스에게 못 박혀 있었다.

"인공 생태계의 가장 커다란 장애물이랄까요. 원래 자연환경에서는 대이변이 발생하더라도 다양성 덕분에 생태계를 계속 유지할 수 있습니다. 그게 자연이니까요. 끊임없이 그런 이변이 발생하죠. 하지만 인간은 그렇게 복잡하고 섬세한 시스템을 만들 수가 없어요. 하나가 잘못되면 그걸 보정할 방법이 한두 개밖에 없는 겁니다. 그러니 문제가 생기면 그 한두 개가 지나친 압박을 받게 되죠. 그러다 보면 균형이 무너질 수밖에 없고, 그러다 그중 하나가 무너지면 남은 해결책은 더 줄고, 그러면 전보다 더 심한 부담이 가해지죠. 우리는 아주 단순한 복잡계에 살고 있습니다. 모순 같지만 실제 사용하는 전문 용어가 그래요. 왜냐하면 정말로 단순해서 연쇄효과가 발생하기 쉬운데 또 동시에 너무 복잡해서 어디서 뭐가 무너질지 예측하기가 힘들거든요. 통계적으로 불가능하지요."

홀던이 벽에 기대 팔짱을 꼈다. 프락스는 홀던이 실제로 눈앞에 있다는 게 아직도 어색하고 신기했다. 화면과 똑같이 생겼는데도 묘하게 다른 면이 있었기 때문이다.

홀던이 말했다. "가니메데 스테이션은 지구와 화성을 빼면 태양계에서 제일 중요한 농업지이자 식량공급 스테이션입니다. 이렇게 간단히 붕괴될 리가 없어요. 정부들이 그렇게 되게 내버려 두지 않을 겁니다. 젠장, 여긴 사람들이 애를 낳으러 오는 곳이란 말입니다."

프락스는 고개를 가우뚱 기울였다. 며칠 전이라면 그는 실명하지 못했을 것이다. 우선은 뇌를 작동시킬 혈당이 부족했고, 둘째로는 이런 내용을 설명할 상대가 없었다. 다시 생각을 하고 논리적으로 설명할 수 있다는 것은 정말이지 기분 좋은 일이었다. 설령 앞으로 얼마나 상황이 악화될지 우울한 얘기를 해야 한다고 해도 말이다.

"가니메데는 죽었어요." 프락스가 말했다. "터널은 살아남겠죠. 하지만 사회 구조와 환경은 이미 무너진 지 오랩니다. 웬만한 노력 으로는 불가능하겠지만, 환경 시스템을 어떻게 살려낸다 해도 거 기 계속 살 사람이 얼마나 되겠습니까? 감옥에 가야 할 사람들은 또 얼마나 많고요? 틈새를 메울 수 있어도 옛날처럼 돌아갈 수 없 을 겁니다."

"연쇄효과 때문이겠죠." 홀던이 말을 받았다.

"네. 제가 말하려고 했던 게 바로 그겁니다. 에이모스한테 설명 하려고 했던 거요. 결국엔 전부 무너질 겁니다. 구호품으로는 그 과 정을 조금 품위 있게 만드는 게 고작일 거예요. 하지만 그것도 벌써 늦었죠. 너무 늦었다고요. 그런데 메이는 아직도 저 밖에 있고 우린 무슨 일이 생길지 전혀 몰라요. 저도 같이 갈 겁니다."

"프락스." 카산드라가 말했다. 아니, 나오미다. 그의 뇌가 아직 완전히 되돌아온 건 아닌가 보다.

"스트릭랜드 박사와 그 여자가 자기들이라면 메이를 잘 돌볼 수 있다고 생각했다고 해도 그런 건 불가능합니다. 제 말이 무슨 뜻인 지 알겠어요? 그 사람들이 메이를 해치지 않았더라도 주변 환경이 무너졌을 테니까요. 만약에 공기가 바닥났으면요? 바깥 사정을 전혀 모르고 있으면요?"

"당신 심정은 이해합니다." 홀던이 말했다. "하지만 그렇게 고집을 부린다고 뭐가 되는 건 아니에요."

"전 고집을 부리는 게 아닙니다. 고집을 부리는 게 아니에요. 그 사람들이 제 딸을 훔쳐갔다고 말하는 겁니다. 그러니까 제가 가서 찾아와야 해요. 당신들이 그 문을 열 때 제가 거기 있어야 한다고요. 만약에 메이가 거기 없더라도, 그 애가 벌써 죽었더라도, 그 애를 발견하는 건 저여야 합니다."

탄창이 장전되는 소리는 선명하고, 능숙하고, 그리고 이상하게 아름답게 들리기까지 했다. 프락스는 에이모스가 상자에서 권총을 꺼내는 것을 보지 못했지만, 그의 큼지막한 손에는 검은색 금속 뭉치가 들려 있었다. 에이모스의 손가락에 묻혀 있으니 권총이 유독 작아 보였다. 에이모스가 약실에 총알을 장전했다. 총을 거꾸로 돌려 총신을 잡고 총구가 벽을 향하도록 조심하면서 프락스에게 내밀었다.

"하지만 아까는⋯." 프락스가 말했다. "절 데려가지 않을 거라면서요⋯."

에이모스가 팔을 조금 더 내밀었다. 착각할 수 없는 동작이었다. '이거 받으쇼.' 프락스는 총을 받아 들었다. 보기보다 무거웠다.

"어, 에이모스?" 홀던이 물었다. "지금 프락스한테 장전된 총을 맡긴 거야?"

"박사 양반이 우리랑 같이 가야 한대잖습니까, 선장님." 에이모스가 어깨를 으쓱하며 대답했다. "그러니까 제 생각엔, 같이 가게 될 것 같아서요."

홀던과 나오미가 잽싸게 시선을 교환했다.

"아무래도 우리 나중에 의사결정 과정이라는 주제로 얘기를 좀 나눠야 할 것 같아, 에이모스." 나오미가 단어를 주의 깊게 고르며 말했다.

"그러죠." 에이모스가 대답했다. "갔다 온 다음에요."

프락스는 지난 수 주일 동안 이곳에 사는 토박이로서 가니메데 스테이션을 누볐다. 그는 도망칠 곳도 없는 난민이었다. 프락스는 가니메데의 복잡한 지리에 익숙해졌고, 그가 언제 짐 덩어리가 될지 몰라 힐끔거리는 사람들의 눈길에도 익숙해졌다. 하지만 배를 두둑이 채우고 무기를 들고 옆에 함께 할 동료들까지 있으니 스테이션은 전과는 완전히 다른 곳이 되었다. 사람들은 여전히 그를 위아래로 훑었지만 거기 담긴 것은 굶주림과 싸우고 있는 전혀 다른 종류의 두려움이었다. 홀던과 에이모스는 영양부족 때문에 다 죽어가는 안색을 하고 있지도, 늘 당연하다 여겼던 세상이 붕괴하는 것을 목격한 이들 특유의 텅 빈 눈빛을 하고 있지도 않았다. 나오미는 가니메데의 보안망을 해킹하고 세 사람이 실수를 저지를 경우에 대비하기 위해 배에 남았다.

프락스는 생전 처음으로 외지인이 된 기분을 느꼈다. 그는 자신이 자란 고향 스테이션을 둘러보며 홀던과 똑같은 것을 보았다. 페인트와 염료가 덧칠된 넓은 복도와 드높은 벽과 그 위를 덮고 있는 얼음 같은 것들. 실수로 손을 대기 쉬운 벽 아래쪽은 두꺼운 단열재로 감싸져 있다. 가니메데의 얼음은 찰나의 접촉만으로도 뼈에서 살을 분리한다. 복도는 이제 완전히 컴컴했다. 조명등이 드디

208

어 고장 난 것이다. 프락스가 날마다 통학길로 사용하던 널찍한 통로는 기온제어 기능이 고장 나 똑똑 떨어지는 물방울 소리로 가득한 어둑한 공간으로 변했다. 식물들은 죽었거나 죽어가고 있었고 공기 중에서는 퀴퀴한 냄새와 맛이 났는데, 그것은 비상 재생기의 가동이 머지않았다는 의미였다. 그래야 할 것이다. 그래야 한다.

그러나 홀던의 말도 옳았다. 그들이 지나치는 초췌하고 절박한 얼굴들은 한때 식량과학자였고 토양 기술자였으며 가스 교환 전문가와 농업지원 직원들이었다. 가니메데가 진짜 죽은 것이라면 연쇄효과는 여기서 끝이 아니다. 마지막 식량 수송선이 떠나고 나면 소행성대와 목성계, 그리고 태양의 주위를 도는 많은 장기 스테이션들이 자녀들에게 먹일 비타민과 미량영양소를 구할 다른 방법을 개발해야 할 것이다. 프락스는 외행성 스테이션들이 과연 자력으로 생존할 수 있을지 궁금해졌다. 자급자족 수경재배 시스템과 효모 농장을 갖추고 있다면 괜찮을지도….

딴생각을 하는 것은 좋았다. 문 반대편에 뭐가 있을지 불안해하기보다 다른 생각으로 머리를 채우는 것은 바람직한 일이었다. 그는 기꺼이 거기에 매달렸다.

"거기 정지! 당신들 전부!"

낮고 거칠고 험상궂은 목소리였다. 성대가 목구멍에서 탈출해 진흙탕을 뒹굴고 오기라도 한 것 같았다. 두 갈래로 갈라지는 얼음 터널 한복판에, 자기 몸에 비해 두 치수는 작을 치안대 장갑복을 입은 남자가 우뚝 서 있었다. 억양과 풍채로 보아 화성인 같았다.

에이모스과 홀던은 걸음을 멈추고 앞길을 가로막은 당사자를 제외한 다른 모든 곳을 신중하게 살피기 시작했다. 프락스도 그들의 시선을 좇았다. 어둠 속에서 한 무리의 사람들이 몸을 반쯤 숨긴 채 그들을 포위하고 있었다. 갑작스레 찾아온 당혹감은 구리 맛이 났다.

"여섯이군." 홀던이 말했다.

"회색 바지를 입은 놈은요?" 에이모스가 물었다.

"그럼 일곱. 하지만 그놈은 배에서부터 따라왔는걸. 다른 패거리일 가능성이 커."

"어쨌든 여섯도 셋보다는 많잖습니까." 귀에 꽂힌 통신장비에서 나오미가 말했다. "백업을 보낼까요?"

"우와 씨발, 우리한테 백업도 있었습니까?" 에이모스가 물었다. "산티차이 씨한테 연락해서 저놈들을 말로 죽여 달라고 하려고요?"

"우리끼리 처치할 수 있어요." 프락스가 총을 넣어둔 주머니로 손을 뻗으며 말했다. "한 놈도 살려 보내서는 안…."

에이모스의 솥뚜껑 같은 손이 권총을 꺼내지 못하게 프락스의 손을 움켜쥐었다.

"이 사람들한텐 총을 쏠 필요가 없습니다." 에이모스가 말했다. "대화를 해야지."

홀던이 화성인에게 다가갔다. 소총을 어깨에 걸치는 동작이 너무나도 태연해서 거의 순진해 보이기까지 했다. 넉살 좋은 미소는 그가 입고 있는 값비싼 장갑복과 전혀 어울리지 않았다.

"이봐." 홀던이 말했다. "무슨 문제라도 있나?"

"그럴 수도 있고 아닐 수도 있지." 화성인이 으르렁거렸다. "당신 선택에 달렸어."

"그럼 난 '아닌' 쪽으로 하지." 홀던이 말했다. "양해해 주신다면 우린 이만….”

“잠깐만.” 화성인이 쭈뼛거리며 다가왔다. 프락스가 튜브에서 몇 번 마주친 듯하지만, 딱히 누군지는 모르는 사람과 비슷해 뵈는 얼굴이었다. “당신 여기 거주민이 아니군.”

“난 여기 삽니다.” 프락스가 말했다. “내 이름은 프락시디케 멩 박사요. RMD-남부 대두 프로젝트의 수석 식물학자죠. 당신은 누굽니까?”

“선장님한테 맡겨 둬요.” 에이모스가 속삭였다.

“하지만….”

“이런 건 선수거든요.”

“구호활동을 하러 온 사람 같은데.” 화성인이 말했다. “선착장에서 너무 멀리 온 거 아니요? 길을 잃은 것 같군. 안전한 곳으로 돌아갈 때까지 호위가 필요하지 않나?”

홀던이 서 있던 무게중심을 옮겼다. 소총이 앞으로 살짝 쏠렸지만, 도발적으로 느껴지지는 않았다.

“글쎄올시다.” 홀던이 말했다. “별로 위험할 것 같진 않은데. 우리 몸 정도는 지킬 수 있을 것 같거든. 그래서 당신이 말하는 호위의 대가가… 음, 얼마나 되지?”

“세 명이면 화성 통화로 100. 현지 통화로는 5.”

“당신들이 우릴 따라오면, 이 얼음공에서 떠날 수 있게 해 주는 건 어떨까?”

화성인의 입이 떡 벌어졌다.

“웃기지 마.” 그러나 이미 권위와 자신감으로 똘똘 뭉쳐 있던 가면은 벗겨졌다. 프락스는 그 뒤에서 갈망과 절실함을 보았다.

"우린 옛날 터널로 가는 중이요." 홀던이 말했다. "난리가 벌어지기 전에 누가 어린애들을 무더기로 납치했어. 그 애들을 이쪽으로 데리고 왔는데 그중 하나가 여기 있는 박사의 딸이요. 우린 아이들을 찾은 다음에 놈들한테 어떻게 이런 사태가 일어날지 사전에 알았냐고 정중하게 물어볼 생각이지. 그런데 놈들이 저항할지도 모른단 말이야. 그래서 총을 제대로 겨눌 줄 아는 사람이 몇 명 더 있으면 도움이 될 것 같아."

"지랄, 지금 날 놀리는 건가?" 화성인이 말했다. 프락스의 시야 가장자리로 누군가 조금씩 접근하는 것이 보였다. 싸구려 장갑복을 입은 가느다란 여자였다.

"우린 OPA야." 에이모스가 말하며 홀던을 고갯짓으로 가리켰다. "이 사람은 로시난테 호 선장 제임스 홀던이고."

"이런 씨발." 화성인이 말했다. "진짜잖아. 진짜 홀던이야."

"턱수염을 길렀지." 홀던이 말했다.

"내 이름은 웬델이요. 핑크워터 치안대에서 일했는데, 그 빌어먹을 새끼들이 우리를 버리고 도망갔지 뭐야. 그 꼴을 생각하면 우리 계약은 파기됐다고 봐야겠지. 전투전문가가 필요하다고 했나? 우리보다 더 전문가는 못 찾을걸."

"몇 명이지?"

"여섯. 나까지."

홀던이 에이모스를 힐끔 쳐다보았다. 에이모스가 어깨를 슬쩍 들썩이는 것 같기도 했다. 그들이 말하던 회색 바지는 정말로 이들과는 아무 관련도 없었다.

"잘 됐군." 홀던이 말했다. "여기 치안대한테도 말해 봤는데 우리 얘기를 들은 척도 안 하더군. 따라와서 엄호해 줘. 그러면 가니메데에서 빠져나가게 해 주지."

웬델이 씩 웃었다. 그는 앞니 한 개를 붉은색으로 물들이고 그 위에 흰색과 검은색으로 작은 그림을 그려 넣었다.

"말씀대로 하지요, 보스." 웬델이 말했다. 그리곤 총을 들어 세우며 말했다. "부대 정렬! 방금 새 계약을 체결했다, 친구들. 후딱 해치워 버리자고!"

주위에서 갑자기 탄성이 터져 나왔다. 가느다란 여성이 프락스에게 다가오더니 환한 얼굴로 선거라도 출마하는 듯이 그의 손을 붙잡고 열렬히 흔들었다. 프락스는 눈을 끔벅이며 마주 웃어 주었다. 에이모스가 프락스의 어깨에 손을 올렸다.

"봤죠? 내 말대로잖습니까. 자, 그럼 움직입시다."

복도는 영상에서 본 것보다 더 어두웠다. 얼음이 녹아 벽 위로 가느다란 물줄기가 창백한 혈관처럼 흐르고 있었지만, 그 위에 덮인 성에는 생긴 지 얼마 되지 않았다. 그들이 지금까지 지나온 수많은 문과 똑같이 생긴 문이었다. 프락스는 마른 침을 꼴깍 삼켰다. 속이 울렁거렸다. 메이의 이름을 소리쳐 부르고 싶었다. 딸의 목소리를 듣고 싶었다.

"됐습니다." 나오미가 귓전에서 말했다. "잠금장치를 해제했어요. 언제든 준비되면 진입해도 됩니다."

"지금이 제일 좋은 때지." 홀던이 말했다. "열어줘."

굳게 밀폐된 문 주위에서 쉬익 하고 바람 빠지는 소리가 났다. 문이 열렸다.

15
바비

    화성과 UN의 첫 회담이 시작되고 세 시간 동안 진행된 일은 참석자의 이름과 직책을 소개하고 의제를 읽는 것이었다. 바비의 정찰용 강화복보다 더 비싸 보이는 진회색 양복을 입은 땅딸막한 지구인이 14절 D조 1-11항에 대해 지겹도록 웅얼거렸는데, 기존의 무역협정에 따른 생필품 가격으로 비롯된 양측의 적대감이 끼친 영향에 대해 논의하기 위함이었다. 주위를 한 바퀴 둘러본 바비는 길쭉한 오크 탁자에 둘러앉은 참석자들이 자신을 제외하고 전부 발제자의 말에 귀를 기울이고 있는 것을 보고는 그야말로 장대한 하품이 터져 나오려는 것을 억지로 참았다.

    따분해진 바비는 참석자들이 각각 뭘 하는 사람인지 맞추는 놀이를 하기로 했다. 이름과 직함은 별 의미가 없었다. 여기 앉아 있는 모두는 어딘가의 차관이거나 차관보거나 국장이나 책임자였다. 심지어 장군도 몇 명 있었다. 하지만 바비도 이 방에서는 군부 인사야말로 가장 덜 중요한 축에 든다는 정도는 알고 있었다. 진짜 권력을 쥐고 있는 것은 그녀가 알지도 못하는 직함을 달고 있는 조용한 사람들이다. 이 자리에는 그런 조건에 해당하는 사람이 몇 명 있었다. 둥근 얼굴에 폭이 좁은 넥타이를 맨 무슨 차장인지 뭔지 하는 사람도 그중 한 명이었다. 그 옆에는 인자한 할머니처럼 보이는 노부인이 온통 흑갈색과 군청색과 회색의 칙칙한 군복과 양복 사이에서 눈에 확 띄는 밝은 노란색 사리를 걸치고 앉아 있었다. 그녀는 피스타치오를 우물거리며 의뭉스러운 미소를 띠고 있었는데, 바비는 둥글이와 할머니 중에 누가 더 높은 사람인지 고민하느라 한동안 즐거운 시간을 보냈다.

바비는 회의 탁자 위에 가지런히 늘어서 있는 크리스털 물병을 하나 집어 앞에 놓인 컵에 물을 따라 마실까 고민했다. 목이 마른 건 아니었지만 뒤집혀 있는 컵을 돌려 똑바로 세운 다음 물을 붓고 물을 마시는 데 1분, 길면 2분은 소모할 수 있을 것 같았기 때문이다. 탁자 위를 지그시 쳐다보고 있다가 문득 물을 마시는 사람이 아무도 없다는 것을 깨달았다. 어쩌면 다들 누군가 먼저 컵에 손을 대길 기다리고 있는지도 모른다.

"잠시 쉬도록 하지요." 진회색 양복을 입은 남자가 말했다. "10분간 정회했다가 15절에 관해 논의하도록 합시다."

사람들이 일어나 화장실과 흡연실을 향해 뿔뿔이 흩어졌다. 노부인은 재활용 쓰레기통으로 걸어가 핸드백을 뒤집어 피스타치오 껍질을 털었다. 둥글이는 터미널을 꺼내 누군가에게 전화를 걸었다.

"맙소사." 바비는 손바닥으로 눈앞이 얼얼해질 때까지 눈두덩을 세게 문질렀다.

"무슨 문제라도 있나, 중사?" 토르손이 의자에 몸을 기대며 비죽 웃었다. "중력 때문에 힘들다든가?"

"아닙니다." 바비가 대답했다. 그리곤 덧붙였다. "그것도 그렇지만 그보단 너무 지루해서 펜으로 눈알이라도 찌르고 싶군요."

토르손이 고개를 끄덕이며 바비의 손등을 토닥였다. 요즘 그가 자주 써먹는 방식이었다. 딱히 이런 태도에 익숙해졌다거나 덜 거북스러워진 건 아니지만 이쯤 되니 혹시 그가 자신에게 치근덕거리는 건 아닌지 걱정이 되기 시작했다. 그렇게 되면 진심으로 불편한 사이가 될 것이다.

바비는 손을 빼낸 다음 토르손 쪽으로 몸을 기울였다. 두 사람의 시선이 마주쳤다.

"왜 아무도 그 빌어먹을 괴물 놈에 대해서는 입도 뻥긋하지 않는 겁니까?" 바비가 속삭였다. "제가, 아니 '우리'가 여기 와 있는 게 그것 때문 아닙니까?"

"이런 종류의 일이 어떤 식으로 돌아가는지 좀 배워야겠군." 토르손이 몸을 젖혀 거리를 벌리고는 핸드터미널을 만지작거렸다. "정치가들은 원래 느려 터진 법이야. 워낙 많은 게 걸려 있는 데다 판을 엎어버렸다는 원망을 듣고 싶어 하는 사람은 없거든."

토르손이 핸드터미널을 내려놓고 바비에게 한쪽 눈을 찡긋했다. "자기 평생 경력이 걸린 문제니까."

"경력이요…?"

토르손이 고개를 까딱이곤 다시 터미널을 두드렸다.

'경력'이라고?

다음 순간, 바비는 가니메데의 지표면에 누워 별빛으로 가득한 검은 공간을 보고 있었다. 그녀의 부하들은 모두 죽거나 죽어가고 있었다. 통신은 고장 났고 강화복은 얼어붙은 관이 되었다. 그녀는 놈의 얼굴을 봤다. 방사능과 고진공 속에서 아무런 보호복도 없이 움직이는 몸뚱이. 크고 날카로운 발톱 주위로 얼어붙은 핏방울이 흩날린다. 그런데도 아무도 놈에 관해 얘기를 꺼내지 않는 이유가 자기들의 직업 인생이 달려 있기 때문이란 말인가.

염병, 엿이나 처먹으라지.

정치가들이 다시 회의실로 돌아와 착석을 마치자, 바비가 불쑥한 손을 들어 올렸다. 어른들로 가득한 방에 혼자 초등학생 꼬마가 된 마냥 민망했지만, 그녀는 이런 자리에서 질문을 던질 때 갖춰야 할 격식 따위는 알지 못했다. 의제 담당자가 귀찮다는 눈길을 던지더니 그대로 무시했다. 토르손이 테이블 밑으로 손을 뻗어 바비의 다리를 꽉 움켜쥐었다.

바비는 손을 내리지 않았다.

"저기요, 실례합니다?" 바비가 말했다.

회의 탁자 주위에 앉아 있던 참석자들이 한꺼번에 고개를 돌려 그녀를 쌀쌀맞게 쳐다보고는 다시 무심한 태도로 돌아갔다. 토르손이 다리를 쥔 손의 압력을 높였다. 참을 만큼 참았다고 판단한 바비는 남은 한 손으로 토르손의 손목을 움켜쥐었다. 뼈에서 우두둑 소리가 날 때까지 아귀에 힘을 주자 토르손이 놀란 숨을 들이켜며 손을 뗐다. 그가 몸을 돌려 바비를 쏘아보았다. 두 눈은 크게 뜨고 입은 한일자로 굳게 다물려 있다.

노란 사리를 걸친 노부인이 의제를 읽고 있는 진행자의 팔에 손을 올리자 그가 즉시 입을 다물었다. '아하, 저 여자가 보스로군.' 바비는 생각했다.

"여러분." 노부인이 미안하다는 듯이 희미한 미소를 띠며 사람들을 둘러보았다. "저는 드레이퍼 중사가 무슨 말을 하고 싶은지 들어보고 싶군요."

'내 이름을 알고 있어.' 바비는 생각했다. '이거 재밌는데.'

"중사?" 노부인이 말했다.

바비는 어떻게 해야 할지 몰라 의자에서 일어섰다.

"전 왜 아무도 그 괴물 얘기를 하지 않는지 궁금합니다."

노부인의 의뭉스러운 미소가 돌아왔다. 누구도 입을 열지 않았다. 숨소리 하나 나지 않는 적막이 바비의 혈관에 아드레날린을 불어넣었다. 다리가 떨리기 시작했다. 의자에 주저앉고 싶었다. 모두 방금 무슨 일이 있었는지, 그녀가 무슨 말을 했는지 까맣게 잊어버렸으면 좋겠다고 간절히 생각했다.

바비는 얼굴을 구기며 무릎에 힘을 줬다.

"다들 아시다시피." 목소리가 점점 높아졌지만 멈출 수가 없었다. "가니메데에서 정체 모를 괴물이 50명이 넘는 군인들을 학살했습니다. 우리가 이 자리에 모인 것도 그것 때문 아닙니까?"

회의실은 여전히 고요했다. 토르손이 제정신이 나갔느냐고 묻듯이 그녀를 째려봤다. 어쩌면 정말로 그런지도 모른다. 노부인이 노란색 사리 자락의 주름을 펴며 격려하듯이 웃었다.

"제 말은 그러니까…." 바비는 주눅 들지 않았다. "무역협정과 수리권(水利權)과, 동지가 지나고 두 번째 목요일에 누가 누구랑 놀아날 건지 하는 이야기도 '엄청나게' 중요하다는 데에는 의심의 여지가 없지만요!"

바비는 숨을 길게 들이켰다. 지구의 중력 아래서 횡설수설 긴 문장을 늘어놓다 보니 숨이 가쁘게 차올랐다. 사람들의 시선이 따끔하게 느껴졌다. 여기서 멈춘다면 그녀는 특이한 훼방꾼에 지나지 않을 테고, 이들은 금세 그녀의 말을 잊고 하던 일로 돌아갈 것이다. 바비의 군 경력이 절벽 아래로 추락하거나 잿더미로 화하지도 않을 것이다.

하지만 그래도 상관없었다.

"하지만!" 바비가 의사 일정표를 탁자 위로 내동댕이쳤다. 갈색 양복을 입은 사내가 거기 닿기라도 하면 바비의 '그 빌어먹을 괴물'에 감염되기라도 할 듯이 화들짝 놀라 몸을 피했다.

바비가 다시 입을 열기 전에 토르손이 의자에서 스프링처럼 튀어 올랐다.

"잠시 실례하겠습니다, 여러분. 드레이퍼 중사는 일종의 전투 후 스트레스를 앓고 있어 치료가 필요합니다."

토르손이 바비의 팔꿈치를 움켜쥐고 회의실 밖으로 끌어냈다. 등 뒤에서 웅성거리는 소리가 파도처럼 밀려왔다. 토르손은 로비에서 발을 멈추고 회의실 문이 닫히길 기다렸다.

"너." 토르손이 바비를 의자에 억지로 눌러 앉히며 말했다. 평소라면 이 깡마른 정보장교의 힘으로는 그녀를 멋대로 다룰 수 없었을 테지만 지금은 다리에 힘이 풀렸는지 시키는 대로 털썩 주저앉았다.

"너." 그가 거듭 말했다. 그런 다음 핸드터미널에 대고 외쳤다. "지금 당장 여기로 내려오게."

"너!" 토르손이 세 번째로 말하며 바비에게 삿대질을 했다. 그리곤 그녀가 앉아 있는 의자 앞에서 초조하게 서성였다.

몇 분 후에 마르텐스 대령이 회의실 로비로 서둘러 달려왔다. 그는 의자에 옹그리고 앉아 있는 바비와 토르손의 격노한 표정을 보고는 우뚝 멈춰 섰다.

"이게 무슨⋯." 마르텐스 대령이 입을 열자마자 토르손이 쏘아붙였다.

"다 '당신' 잘못이야." 토르손이 마르텐스에게 말했다. 그러곤 고개를 홱 돌려 바비를 노려봤다. "그리고 너. 방금 너는 본인을 회의에 참석시킨 게 끔찍한 실수라는 걸 증명했다. 유일한 증인이라는 입장에서 얻을 수 있었던 모든 장점과 이득이 방금 네 멍청한 연설 때문에 몽땅 날아가 버렸어!"

"바비는⋯." 마르텐스가 다시 변명을 시도하자 토르손이 손가락으로 그의 가슴을 찌르며 말했다. "중사를 원하는 대로 다룰 수 있다며!"

마르텐스는 토르손에게 서글픈 미소를 지어 보였다. "아니, 난 그런 말을 한 적이 없어. 시간만 충분히 주어진다면 그녀를 도울 수 있다고 했지."

"상관없어." 토르손이 손을 휘저으며 말했다. "너희 둘 다 다음 함선을 타고 화성으로 돌아가. 변명은 징계위원회에나 가서 하라고! 이제 그만 내 눈앞에서 썩 사라져 버려."

토르손은 몸을 돌려 그의 좁고 기다란 몸이 겨우 통과할 수 있는 만큼 회의실 문을 빠끔 열고는 그 사이로 사라졌다.

마르텐스가 바비의 옆에 있는 의자에 앉더니 한숨을 길게 내쉬었다.

"어떻게 된 거지?" 그가 물었다.

"제가 방금 제 경력을 망친 겁니까?" 바비가 물었다.

"어쩌면. 기분은 어때?"

"저는….” 바비는 마르텐스에게 전부 털어놓고 싶으면서도 그런 충동을 느낀다는 것에 화가 났다. "바깥 공기를 좀 쐬어야겠습니다.”

마르텐스가 뭐라 말리기도 전에 바비는 벌떡 일어나 엘리베이터로 향했다.

UN 청사는 하나의 도시에 가까웠다. 나가는 길을 찾는 데만도 한 시간은 족히 걸렸을 것이다. 바비는 정부 청사 특유의 활발한 에너지와 부산한 혼돈 속을 유령처럼 배회했다. 사람들은 긴 복도에서 무리 지어 또는 핸드터미널과 격렬한 대화를 나누며 그녀를 지나쳤다. 바비는 화성 의회가 있는 올림피아에 가 본 적이 없었다. 개인적으로 관심이 있는 주제가 생기면 정부 방송을 통해 의회에서 열리는 토론을 잠깐 시청하기도 했지만, 이곳 UN에 비하면 대체로 차분하고 조용한 분위기였다. 이 건물에서 일하는 사람들은 300억 지구인과 수천만 식민지 주민들을 통치했다. 그에 비하면 40억 인구의 화성은 시골처럼 느껴질 정도였다.

화성에서는 지구가 쇠락하고 있다는 설이 널리 퍼져 있었다. 실업수당으로 근근이 살아가는 게으르고 나약한 시민들. 콜로니를 희생시켜 자기 배만 불리는 뚱뚱하고 부패한 정치가들. 그들 자신의 오물에 빠져 죽지 않도록 국민총생산의 30퍼센트를 재활용 시스템에 소모하는 한심한 사회 구조. 화성에서는 실질적으로 실업이라는 것이 존재하지 않았다. 모든 시민이 직접적으로든 간접적으로든 인류 역사상 가장 위대한 공학 프로젝트, 다시 말해 화성의 테라포밍에 관여하고 있기 때문이었다. 그것은 화성인들에게 목적의식을 심어주고 미래에 대한 통일된 비전을 부여했다. 정부가 던져주는 돈과 오락 시설이나 쇼핑몰에 가는 재미로만 살아가는 지구인들과는 현저하게 달랐다.

적어도, 그들이 생각하기에는 그랬다. 하지만 바비는 이제 확신을 잃었다.

복잡한 정부 청사 단지 곳곳에 흩어져 있는 정보 단말기를 하나씩 거쳐 저절로 출구에 이르렀다. 따분하게 서 있던 경비병이 고갯짓으로 인사를 건넸고, 다음 순간 바비는 바깥에 나와 있었다.

바깥이라니. 슈트를 입지도 않았는데.

5초 뒤에 바비는 손톱으로 문을 박박 할퀴고 있었다. 출입구가 아니라 오직 출구로만 사용되는 문이라는 사실을 알면서도 안으로 들어가려고 발광했다. 그녀를 딱하게 여긴 경비병이 친절을 베풀어 문을 밀어 열어주었다. 바비는 허겁지겁 안으로 달려 들어가 호흡곤란으로 헐떡이며 제일 가까이 있는 소파에 주저앉았다.

"처음입니까?" 경비병이 미소 띤 얼굴로 물었다.

바비는 목소리가 나오지 않아 고개를 끄덕였다.

"화성입니까, 루나입니까?"

"화성입니다." 가쁜 숨이 조금 잦아들자 그녀가 대답했다.

"아, 나도 압니다. 돔 때문이죠. 평생 돔에서만 산 사람들은 건물 바깥에 나가면 공황이 옵니다. 벨트인들은 거의 미쳐 버리고요. 진짜로 정신이 나간다니까요. 결국엔 비명을 못 지르게 안정제를 듬뿍 먹인 다음에 고향으로 돌려보내야 하죠."

"그렇군요." 바비는 숨을 고르는 동안 기꺼운 마음으로 경폐가 떠들도록 내버려 두었다. "진짜 장난이 아니네요."

"해가 지면 숙소로 소집되죠?"

"네."

"지구 외 거주자들한테는 다 그렇게 합니다. 광장공포증에 도움이 되죠."

"네."

"제가 문을 조금 열어두겠습니다. 혹시 다시 들어오고 싶을 때를 대비해서요."

경비병은 바비가 당연히 두 번째 시도를 할 것이라고 믿고 있었다. 바비는 즉시 그에게 호감을 느꼈다. 그녀는 눈을 들어 처음으로 경비병을 똑바로 바라보았다. 지구인답게 키는 작지만, 너무 검어서 거의 푸른색으로 보이는 아름다운 피부와 사랑스러운 회색 눈을 갖고 있었다. 그가 한 점의 조롱도 섞이지 않은 순수한 미소를 지어 보였다.

"고맙습니다." 바비가 말했다. "바비 드레이퍼라고 합니다."

"난 척입니다." 그가 대답했다. "처음엔 바닥만 보십시오. 그다음에 천천히 시선을 들어 멀리 지평선을 보고요. 무슨 일이 있어도 하늘을 쳐다보면 안 됩니다."

"이번엔 할 수 있을 것 같군요. 고맙습니다, 척."

그녀의 제복을 본 척이 해병대 구호로 대답을 대신했다. "언제나 충성을, 중사님."

"울라." 바비가 미소와 함께 해병대식 인사로 대답했다. 두 번째 시도에서 바비는 척의 조언에 따라 한참 동안 바닥에서 눈을 떼지 않았다. 그러자 감각의 과부하가 조금씩 가시는 것 같았다. 하지만 아주 조금일 따름이다. 바비의 코끝에서 수백 개의 냄새가 주도권을 다투고 있었다. 정원 돔에서나 맡을 수 있는 흙과 식물 냄새. 제작실에서 나는 뜨거운 금속과 기름 냄새. 전동기에서 나는 오존 냄새. 그 모든 냄새가 한꺼번에, 서로 중첩되고 켜켜이 쌓여 뭐라 형용할 수 없는 이색적인 냄새를 만들어냈다. 소리는 또 어떠한가. 끊임없는 불협화음. 사람들의 말소리, 공사장의 건설 장비들, 전기자동차, 이륙하는 궤도 셔틀, 그 모든 것들이 동시에, 쉴 새 없이 쏟아졌다. 사람들이 정신적 공황에 빠지는 것도 무리가 아니다. 청각과 후각에 입력되는 데이터만으로도 전신이 압도되는 느낌이었다. 거기다 끝없이 펼쳐진 불가능할 정도로 새파란 하늘까지….

바비는 두 눈을 감은 채, 들숨과 날숨을 가쁘게 내쉬고 들이키며 서 있었다. 등 뒤에서 척이 문을 닫는 소리가 들렸다. 이제는 물릴 수 없다. 척에게 들여보내 달라고 애원하는 것은 패배를 시인하는 꼴이다. 척은 UN 해병대에서 제법 오래 복무한 것 같았고, 그녀는 경쟁상대 앞에서 약한 모습을 보이고 싶지 않았다. 젠장, 그것만은 안 된다.

시간이 지날수록 바비의 코와 귀는 집중포화처럼 쉴 없이 터지는 입력 정보에 점차 익숙해졌다. 마침내 눈을 뜨고 콘크리트로 포장된 도로를 내려다보았다. 그리곤 조금씩 시선을 들어 올렸다. 지평선이 시야에 들어왔다. 세심하게 관리되고 있는 초록색 공간 사이로 인도가 길게 뻗어 있었다. 그리고 그 뒤에는 높이가 10미터는 될 법한 회색 벽이 서 있었는데, 일정한 간격으로 감시탑이 세워져 있었다. UN 종합청사는 철통 같은 보안 태세를 갖추고 있었다. 바비는 과연 이곳에서 빠져나갈 수 있을지 궁금했다.

하지만 걱정할 필요가 없었다. 바깥세상으로 이어지는 문에 접근하자, 보안 시스템이 바비의 터미널을 조회해 그녀가 VIP임을 확인했다. 경계초소 위에 설치된 카메라가 그녀의 얼굴을 스캔하고 정보 파일에 저장된 사진과 비교해 신원을 확인했다. 모두 그녀가 문에 도착하기까지 아직 20미터나 남은 상태에서 일어난 일이다. 바비가 문 앞에 다다르자 경비병이 절도 있는 동작으로 경례를 붙이며 혹시 교통편이 필요하냐고 물었다.

"아니, 잠시 산책만 할 겁니다." 그녀가 대답했다.

경비병이 빙그레 웃고는 좋은 하루 되라는 인사말을 건넸다. 바비는 길을 따라 UN 청사를 뒤로하고 걷기 시작했다. 문득 돌아보니 무장을 갖춘 치안요원 둘이 신중한 거리를 유지하며 따라오고 있는 것이 보였다. 바비는 어깨를 으쓱하고는 계속 걸었다. 그녀 같은 VIP가 길을 잃거나 다치기라도 하면 누군가 일자리를 잃게 될 것이다.

일단 UN 부지에서 멀어지자 광장공포증이 덜어지는 것 같았다. 드높은 고층건물들이 강철과 유리로 만들어진 벽처럼 그녀를 둥글게 에워싸, 드디어 시야에서 정신을 혼미하게 만드는 하늘과 건물이 맞닿은 윤곽선이 사라졌다. 소형 전기자동차가 높고 가느다란 소음과 오존 냄새를 뿌리며 도로 위를 씽씽 달렸다.

그리고 사람들, '온 사방'에 사람들이 있었다.

바비는 화성에 있는 암스트롱 스타디움에서 레드 데블스의 경기를 몇 번 본 적이 있다. 암스트롱 스타디움의 수용 인원은 2만 명이었지만 데블스는 별로 성적이 좋은 팀이 아니라서 관중석이 절반쯤 차는 게 고작이었다. 그런데도 그것은 바비가 살아생전 한 자리에서 가장 많은 사람을 봤던 때였다. 화성에는 수십억 명이 살지만 많은 수의 군중이 한 데 모일 수 있는 넓은 공간이 드물다. 무한히 뻗은 듯한 두 개의 도로가 만나는 교차로를 바라보며, 바비는 지금 저 인도 위를 걸어 다니는 사람들이 그녀가 데블스 경기장에서 본 관중보다도 더 많다고 확신했다. 수직으로 서 있는 높은 건물들 안에는 또 얼마나 많은 사람이 있을지 상상해 보려 했지만, 그녀로서는 불가능한 임무였다. 백만 명, 어쩌면 그녀가 지금 보고 있는 건물과 도로에만 수백만 명이 있을지도 몰랐다.

그리고 화성 정부의 선전대로라면 지금 바비가 보고 있는 대부분의 사람이 놀고먹는 실업자들일 것이다. 그녀는 저들이 매일같이 딱히 갈 곳도 없이 방황하고 있다고 상상해 보았다.

과거에 지구 사람들은, 인간이 할 일이 없어지면 아이들을 만든다는 사실을 알게 되었다. 하지만 20세기와 21세기의 짧은 시기 동안 인구는 증가하기보다 반대로 줄어들었다. 점점 더 많은 여성이 고등교육을 받고 일자리를 갖게 되면서 가족의 규모도 작아졌다.

그런 현상에 종지부를 찍은 것은 수십 년에 걸친 심각한 고용 위축이었다.

적어도 바비가 학교에서 배운 바에 따르면 그랬다. 하지만 이곳 지구는, 대지가 직접 식량을 생산하고 공기는 굳이 돌볼 필요도 없는 식물들의 부가생산물이며 발밑에는 자원이 두껍게 묻혀 있는 이곳은, 사람들이 아무것도 하지 않는 것을 선택할 수 있는 유일한 곳이다. 일하고자 하는 사람들이 생산하고 남는 잉여분만으로도 남는 인구를 충분히 먹여 살릴 수 있기 때문이다. 가진 자와 가지지 못한 자의 세상이 아니라, 참여하는 자와 무관심한 자들의 세상이었다.

바비는 도로변에서 커피숍을 발견해 자리 하나를 차지하고 앉았다.

"주문하시겠어요?" 머리를 파란색으로 물들인 젊은 여성이 얼굴 가득 미소를 띠고 말을 걸었다.

"뭐가 맛있습니까?"

"우리 카페는 두유차가 맛있어요. 한 번 드셔 보시겠어요?"

"네. 그걸로 주십시오." 바비는 두유차가 뭔지도 몰랐다. 그렇지만 콩과 우유를 좋아하니 한 번 시도할 가치는 있을 것이다.

파란 머리 여성이 부산스럽게 사라지더니 바 뒤에서 차를 준비하는 또래 남자 직원과 신나게 수다를 떨었다. 바비는 주위를 둘러보았다. 여기에서 일하는 직원들은 전부 비슷한 나잇대로 보였다.

바비는 차를 가져온 여직원에게 말했다. "음, 혹시 뭐 하나 물어봐도 될까요?"

여자가 어깨를 으쓱하고는 괜찮다는 듯이 웃었다.

"여기서 일하는 사람들은 나이가 다 비슷합니까?"

"아." 그녀가 대답했다. "거의 그래요. 대학입학 점수를 따야 하니까요."

"전 이곳 출신이 아니라서요. 무슨 뜻인지 설명 좀 해 주시겠습니까?"

그제야 파란 머리는 바비의 군복과 거기 달린 다양한 휘장을 발견했다.

"오. 와, 화성에서 왔군요? 저도 언젠간 꼭 가 보고 싶어요."

"네, 그렇군요. 그 점수라는 게 뭔지 설명해 주십시오."

"화성에는 대학입학 점수가 없어요?" 그녀가 의아하다는 듯 물었다. "좋아요. 음, 그러니까, 대학에 가고 싶으면 적어도 1년은 직장에 다니면서 노동 점수를 따야 해요. 당신이 일을 좋아한다는 걸 증명해야 하니까요. 대학을 졸업하고도 기본으로 살 사람들한테 강의실을 낭비하면 아깝잖아요."

"기본이요?"

"있잖아요, 기본 보장이요."

"아, 알 것 같군요." 바비가 말했다. "기본 보장이란 일을 하지 않아도 받을 수 있는 돈이지요?"

"돈은 아니에요. 그냥 기본적인 것들이죠. 돈을 벌려면 일을 해야 해요."

"고맙습니다." 바비는 컵을 들어 두유차를 홀짝였다. 파란 머리는 총총걸음으로 다른 테이블로 향했다. 차는 맛있었다. 바비는 솔직히 교육을 위해 자원을 소비하기 전에 쓸모없는 쭉정이들을 가려내려 키질을 한다는 방침이 약간 슬프긴 해도 이해할 수 있다고 생각했다. 핸드터미널에 찻값을 지불하라고 지시하자 터미널이 환율을 적용한 금액을 화면에 띄웠다. 바비는 기본 보장보다 더 풍족한 삶을 살고 싶어 하는 파란 머리 소녀를 위해 후한 팁을 남겼다.

바비는 테라포밍이 끝나면 화성도 지구처럼 될지 궁금했다. 만일 화성인이 생존에 필요한 자원을 얻기 위해 매일같이 투쟁하지 않는다면 그들도 이렇게 될까? 사회에 기여할지 말지 스스로 '선택'할 수 있는 문화가 생겨날까? 150억 명의 노동 시간과 집단 지성이 단순히 사회 체제가 감당 가능한 손실이라는 이유로 낭비되고 있었다. 상상만으로도 안타까웠다. 이런 생활 수준에 도달하기 위해 이제까지 투입된 그 모든 자원과 노력을 생각해 보라. 사회에 기여할 준비가 되어 있는지 증명하기 위해 커피숍에서 일하고, 그렇지 않은 이들은 '기본'으로 남는 평생을 살아가는 사회라니.

그렇지만 한 가지만은 명백했다. 화성군이 1g에서 하던 고된 군사훈련과 체력단련은 쓸데없는 짓이었다. 지상 전투에서 화성군이 지구군에게 승리할 가능성은 전혀 없었다. 전 화성군을 완전무장하여 지구로 떨어뜨린다 해도, 지구는 도시 하나만으로도, 돌멩이와 막대기를 쥔 민간인들만으로도 그들을 물리칠 수 있을 것이다.

연민에 사로잡혀 있던 바비는 불현듯 지금껏 자신이 지고 있는지도 몰랐던 어깨 위의 짐이 얼마나 무거운지 실감했다. 토르손과 그의 헛소리는 별로 중요한 문제가 아니었다. 지구와의 오줌싸기 경쟁도 그녀에게는 관심 밖이었다. 과연 미래에 화성이 제2의 지구가 될 것인가의 문제도 별로 중요하지 않았다.

정말로 중요한 것은 누가 그 망할 것을 가니메데에 풀어놓았는가 하는 것이었다.

바비는 남은 차를 단숨에 꿀꺽 삼킨 다음 생각했다. '교통편이 필요해.'

16
홀던

문 너머에는 홀던이 가니메데에서 수없이 봐 온 다른 복도들과 완벽하게 똑같이 생긴 복도가 이어져 있었다. 내습 처리가 된 얼음 벽과 단열판, 도관과 고무로 덮인 바닥, 지구의 푸른 하늘에서 쏟아지는 햇빛을 모방한 인공태양광 LED까지, 그저 흔히 볼 수 있는 스테이션 구역이었다.

"이 길이 맞는 거야, 나오미?"

"해커가 찾은 영상에서 메이가 간 길이 맞습니다." 나오미가 대답했다.

"알았어." 홀던이 말했다. 그는 한쪽 무릎을 바닥에 대고 새로 결성한 그의 부대에 똑같이 하라고 손짓했다. 대원들이 주위에 대충 둥글게 모여 앉자 홀던이 말했다. "우리의 감시 담당인 나오미가 이곳의 터널 구조에 관한 정보를 갖고 있다. 그렇지만 별로 많진 않아. 악당들이 정확히 어디에 있는지도 몰라. 어쩌면 지금 여기에 있을 수도 있고."

프락스가 이의를 제기하려 했지만, 에이모스가 그의 등에 커다란 손을 얹어 저지했다.

"그리고 후방에는 통로와 길목이 너무 많아. 난 그게 마음에 안 들어."

"동감이요." 핑크워터의 리더인 웬델이 맞장구를 쳤다. "나도 그건 마음에 안 들어."

"그러니까 정확한 목적지를 알게 될 때까지 길목마다 경계병을 두고 간다." 홀던이 말했다. "나오미. 핑크워터 대원들의 핸드터미널을 우리 채널에 연결해. 친구들, 통신선을 열도록. 내가 직접 말을 걸거나 누가 죽을 때가 아니면 무선은 절대로 사용하지 말고."

"알겠습니다." 웬델이 대답하자 팀원들이 입을 모아 복창했다.

"우리가 찾던 것을 발견하면 필요할 경우 경계병을 호출한다. 그렇지 않으면 철수 시에 합류하라."

팀원들이 고개를 위아래로 끄덕였다.

"좋아. 에이모스가 선두에 선다. 웬델, 당신이 후미를 맡아 줘요. 나머지는 1미터 간격으로 전진." 홀던이 웬델의 가슴팍을 두드렸다. "이번 일을 깔끔하게 끝내면 여기서 탈출시켜 줄 뿐만 아니라 OPA 친구들한테 말해서 계좌에 보너스도 넣어 주지."

"뭣 좀 아시네." 싸구려 장갑복을 입은 가느다란 여자가 기관권총에 총알을 장전하며 말했다.

"좋아, 그럼 가 볼까. 에이모스. 나오미의 지도에 의하면 50미터 앞에 가압문이 하나 더 있다고 한다. 그 뒤는 창고 공간이야."

에이모스가 고개를 끄덕이고 무기를 어깨에 멨다. 크고 무거운 탄창이 꽂혀 있는 육중한 자동산탄총이었다. 그는 예비용 탄창을 몇 개 더 갖고 있었고, 입고 있는 화성군 장갑복 벨트에는 수류탄 여러 개가 달려서 에이모스가 걸을 때마다 금속끼리 부딪치는 소리가 났다. 에이모스는 빠른 걸음으로 통로로 진입했다. 홀던은 뒤를 돌아보고 핑크워터 부대가 그가 지시한 간격과 속도를 지키며 뒤따라오는 것을 보고는 안도했다. 배는 곯고 있는지 몰라도 일에서는 분명한 프로였다.

"선장님, 가압문 오른쪽으로 터널이 하나 있습니다." 에이모스가 한쪽 무릎을 세우고 앉아 통로 안쪽을 경계하며 말했다.

지도에는 없는 터널이었다. 다시 말해 지도가 마지막으로 업데이트된 '후'에 만들어진 터널이란 얘기다. 이런 개조 구역이 있다는 것은 생각보다 실제로 알고 있는 정보가 적다는 의미였다. 그리 달가운 일은 아니었다.

"알았다." 홀던은 자동권총을 쥔 가느다란 여자에게 말했다. "당신 이름은?"

"폴라입니다." 그녀가 대답했다.

"폴라, 여기는 당신이 맡아요. 상대방이 먼저 쏘지 않는 한 사격하지 말 것. 하지만 무슨 일이 있어도 누구도 여기를 통과시켜선 안 돼."

"잘 알아들었습니다." 폴라는 측면 통로에 바짝 붙어 서서 무기를 들어 올려 경계 태세를 취했다.

에이모스가 벨트에서 수류탄을 하나 빼 그녀에게 건네주었다.

"만약의 경우를 위해서." 에이모스가 말하자 폴라가 고개를 끄덕이며 벽에 등을 기댔다. 그녀의 몸짓을 해석한 에이모스가 가압문으로 향했다.

"나오미." 홀던이 가압문과 잠금장치를 자세히 뜯어보며 말했다. "어, 223-B-6 가압문이다. 열어."

"알겠습니다." 나오미가 대답했다. 잠시 후 볼트가 움직이는 소리가 났다.

"지도상 다음 교차점까지 10미터." 홀던은 핑크워터 대원 중에서 험악하고 퉁명스러워 보이는 남자를 호명했다. "거기는 당신 책임이요."

사내가 고개를 끄덕였다. 홀던이 에이모스에게 손짓했다. 지구 출신 정비공이 오른손으로 해치 손잡이를 쥐고 왼손가락으로 5부터 거꾸로 카운트다운을 시작했다. 홀던은 돌격소총을 단단히 쥐고 가압문을 정면으로 바라보며 자세를 잡았다.

에이모스의 손가락이 하나 남은 순간 홀던은 숨을 깊이 들이켰고, 잠시 후 에이모스가 문을 홱 잡아채 열자마자 돌진했다.

아무것도 없었다.

그저 또다시 수십 미터의 통로가 수십 년 동안 꺼지지 않고 버텨 온 희미한 LED 조명 아래 펼쳐져 있을 뿐이었다. 벽에는 오랜 세월에 걸쳐 얼고 녹은 성에가 밑으로 흘러내리는 거미집처럼 미세한 패턴을 새겨 놓았다. 섬세한 무늬였지만 거의 광물화되어 돌처럼 딱딱했다. 홀던은 그것을 보며 무덤을 떠올렸다.

에이모스가 전방을 살피며 다음 갈림길과 해치를 향해 전진했다. 홀던은 측면을 경계하며 신중하게 뒤따랐다. 공격이 들어올 수 있는 모든 지점을 경계하는 행동은 지난 1년간 거의 본능으로 자리 잡았다.

경찰 노릇을 한 1년.

나오미는 그가 그런 사람이 아니라고 말했다. 홀던은 해군에 복무하던 시절에도 전투선 관제 갑판이라는 안전한 장소에 틀어박혀 해적을 사냥한 것 외에는 진짜 전투를 구경해본 적도 없었다. 캔터베리 호에서 수년간 토성과 소행성대를 오가며 얼음을 나를 때 술 취한 얼음광부가 지루함을 견디다 못해 벌이는 주먹다짐 외에는 폭력적인 상황을 우려해본 적도 없었다. 그리고 설사 그런 때조차도 그는 늘 중재자의 역할을 맡았고, 문제를 해결할 방도를 찾아내는 인물이었다. 감정이 고조되고 열기가 치솟을 때 사람들을 다독이거나, 우스갯소리로 분위기를 식히거나 그도 아니면 가만히 앉아 누군가 흥분해 울분을 쏟아 내는 야단법석을 구경하고만 있을 따름이었다.

하지만 지금 그가 되어가고 있는 인물은 일단 총부리부터 겨눈 다음 대화를 나눴다. 어쩌면 나오미의 말이 맞는지도 모른다. 에로스 사건 이후 작년 한 해 동안 그가 고철 덩어리로 만든 선박만 몇 대던가? 열 대? 그보다 더 많지 않았나? 홀던은 그들이 모두 나쁜 놈들이고 악당이라고 자위했다. 약탈자 중에서도 제일 질이 떨어지는 무리들. 전쟁의 혼란통과 연합 해군의 철수를 절호의 기회로 활용하는 자들. 탈취한 배의 엔진에서 가장 비싼 부품을 약탈하고 승무원들이 질식해 죽든 말든 눈썹 하나 까딱 않고 마지막 한 방울 남은 공기까지 박박 긁어가는 작자들. 홀던이 그 해적선들을 파괴했기에 다른 수십 대의 죄 없는 선박들이, 수백 명의 목숨이 무사할 수 있었다. 하지만 동시에 그는 자신의 일부가 사라지고 있음을, 간혹 뭔가가 결핍되어있음을 느끼곤 했다.

가령 나오미가 "그런 건 당신이 아니에요." 하고 말할 때마다.

메이가 납치돼 끌려간 비밀 기지를 발견한다면 아무래도 무력 충돌이 발생할 가능성이 컸다. 홀던은 그 사실에 난감함을 느끼길 바랐다. 무엇보다 자신이 그런 이유로 아직 난감해한다는 사실을 증명하고 싶었다.

"선장님? 어이, 괜찮아요?"

에이모스가 그를 물끄러미 쳐다보고 있었다.

"그래." 홀던이 대답했다. "그냥 다른 직업을 가져야겠다는 생각을 하고 있었어."

"전직을 고려하기에 별로 좋은 때는 아닌데요."

"일리 있군." 홀던은 이렇게 대답하고 미리 찍어 놓은 핑크워터 대원에게 말했다. "여기는 당신이 맡아요. 지시 사항은 지금까지와 동일하고. 내가 연락을 취할 때까지 현 위치를 고수하도록."

그가 어깨를 으쓱이며 고개를 끄덕였다. 그리곤 에이모스에게 말했다. "나한테는 수류탄 안 줍니까?"

"어." 에이모스가 말했다. "폴라는 당신보다 예쁘거든." 이번에도 에이모스가 다섯부터 거꾸로 카운트다운을 하고 홀던이 문 안쪽으로 뛰어들었다.

홀던은 지난번과 똑같이 아무 특색도 없는 회색 통로를 맞이할 각오를 하고 있었지만, 이번에 나타난 것은 테이블 몇 개와 먼지 자욱한 기기들이 아무렇게나 흩어져 있는 널따란 공간이었다. 일부가 분해되고 재료통이 비어 있는 커다란 3D 복사기와 간단한 공업용 원격 제어팔 몇 대, 실험실이나 의료실 책상 밑에서 흔히 볼 수 있는 일종의 복합 자동 소모품 캐비닛 등이 보였다. 벽에는 거미줄처럼 얽힌 광물화 흔적이 있었지만, 상자나 기계는 깨끗했다.

한쪽 구석에는 가로가 2미터쯤 되는 유리 상자가 있었다. 한 테이블 위에는 얇은 천, 혹은 방수포가 대충 구겨져 덮여 있고, 반대쪽 벽에는 또 다른 닫힌 해치가 있었다.

홀던이 버려진 기기들을 가리키며 웬델에게 말했다. "네트워크에 접근할 수 있는 포트가 있는지 찾아봐요. 있으면 이걸 꽂고." 그는 나오미가 급하게 만든 네트워크 중계기를 건네주었다.

에이모스가 두 핑크워터 대원들에게 반대쪽 해치를 감시할 것을 지시한 다음, 홀던에게 다가와 총 끝으로 유리 상자를 가리켰다.

"어린애들 몇은 충분히 들어갈 정도로 큰데요." 그가 말했다. "여기다 가둬 놨었을까요?"

"그럴 수도 있지." 홀던이 상자에 다가가며 대답했다. "프락스, 혹시…." 홀던이 말을 삼켰다. 식물학자가 테이블 앞에서 천 무더기를 멀거니 바라보며 서 있었다. 프락스와 테이블을 나란히 인식한 홀던은 문득 그것이 천 무더기처럼 보이지 않는다는 사실을 깨달았다. 그것은 작은 몸뚱이 위에 천을 덮어놓은 것과 비슷했다.

프락스는 그것을 뚫어져라 바라보고 있었다. 손이 튀어 나갔다가 다시 뒤로 물러나기를 반복했다. 그의 몸이 가늘게 떨리고 있었다.

"이건…, 이건…." 프락스는 딱히 누구에게 말을 건다기보다 혼잣말로 중얼거렸다. 손이 다시 앞뒤로 왕복했다.

홀던은 에이모스에게 눈짓을 보냈다. 덩치 큰 정비공이 프락스에게 다가가 그의 팔에 손을 얹었다.

"박사님, 우리가 확인하는 게 어떻겠습니까, 예?"

에이모스가 프락스를 데리고 테이블 뒤로 한 발짝 물러나자 이번에는 홀던이 접근했다. 홀던이 천을 들추는 순간, 프락스가 비명을 지를 준비를 하듯이 숨을 날카롭게 들이켰다. 홀던은 일부러 몸을 숙여 프락스의 시야를 가로막았다.

천 밑에는 어린 소년이 누워 있었다. 여윈 몸에, 검은 머리칼은 헝클어졌고 피부색은 짙었다. 입고 있는 옷은 밝은 색이었다. 노란색 바지와 초록색 셔츠. 셔츠에는 악어와 데이지꽃 만화 그림이 그려져 있었다. 지금 당장은 무엇 때문에 죽었는지 사인을 알기가 힘들었다.

등 뒤에서 동요가 일어났다. 뒤를 돌아보니 프락스가 벌게진 얼굴로 에이모스의 팔을 뿌리치고 이쪽으로 오려고 발버둥을 치고 있었다. 정비공이 프락스의 한쪽 팔을 붙든 채 레슬링과 포옹의 중간쯤 되는 동작으로 그를 저지하고 있다.

"메이가 아닙니다." 홀던이 말했다. "아이는 맞습니다. 하지만 메이는 아니에요. 남자아이고, 네다섯 살쯤 된 것 같습니다."

그 말을 들은 에이모스가 프락스를 놓아주었다. 식물학자가 테이블을 향해 달려들어 단숨에 천을 열어젖히고 짧게 탄식을 뱉었다.

"카토아예요." 프락스가 말했다. "제가 아는 애입니다. 이 애 아버지가…."

"메이가 아닙니다." 홀던이 프락스의 어깨에 손을 얹고 재차 말했다. "그러니 계속 찾아봐야 해요."

프락스가 어깨를 털어 그의 손을 뿌리쳤다.

"하지만 스트릭랜드가 여기 있었어요." 프락스가 말했다. "그 애들의 담당 의사였으니까요. 난 그 사람이 아이들과 같이 있다면 괜찮을 줄…."

홀던은 아무 말도 하지 않았다. 그도 같은 생각을 하고 있었다. 한 애가 죽었다면 전부가 죽었을 수도 있다.

"난 아이들이 살아있을 거라고 생각했어요." 프락스가 말했다. "하지만 카토아가 죽다니. 애를 죽게 내버려 둔 것도 모자라 이런 지저분한 천 쪼가리로 덮어두다니. 바샤, 아…, 바샤에게 뭐라고 하지…"

홀던이 프락스의 팔을 움켜쥐고 그가 상상하는 경찰을 흉내 내 우악스럽게 돌려세웠다.

"저건 메이가 아니에요." 홀던은 테이블 위에 누워 있는 작은 시신을 가리키며 말했다. "딸을 찾고 싶습니까? 그럼 계속 움직여야 합니다."

눈에는 눈물이 가득 고이고 어깨는 소리 없는 흐느낌으로 떨리고 있었지만, 프락스는 고개를 끄덕이며 테이블에서 떨어졌다. 에이모스가 신중한 눈빛으로 식물학자를 살펴보고 있었다. 표정은 읽을 수 없었지만, 그가 무슨 생각을 하고 있는지는 뻔했다. '프락스를 데려온 게 잘한 짓일까.'

방 반대쪽에서 웬델이 휘파람을 불며 손을 흔들었다. 그가 벽에 꽂힌 나오미의 네트워크 접속장치를 가리키며 엄지손가락을 세웠다.

"나오미, 들어갔어?" 홀던이 소년의 시신에 천을 덮으며 말했다.

"예, 들어갔습니다." 나오미가 대답했다. 물밀 듯이 밀려오는 데이터 때문에 정신이 하나도 없는 목소리였다. "이 통신 노드의 트래픽은 암호화되어 있네요. 솜남뷸리스트 호가 암호 해독을 시작했는데, 로시난테 호보다 능력이 떨어져서요. 시간이 좀 걸릴 겁니다."

"계속 시도해 봐." 홀던이 대답하며 에이모스에게 수신호를 보냈다. "하지만 트래픽이 있다는 건 누군가 여기 있다는 뜻이지."

"조금만 기다려 보십시오." 나오미가 말했다. "보안 카메라 영상과 최신 평면도를 보내드릴 수 있을 것 같습니다."

"줄 수 있는 건 다 줘봐. 하지만 기다리지는 않을 거야."

에이모스가 어슬렁어슬렁 다가와 홀던의 헬멧 앞유리를 툭툭 건드렸다. 프락스가 유리 상자 앞에서 마치 그 안에서 뭐가 보이는 듯이 지긋이 노려보고 있었다. 에이모스가 프락스에 대해 한마디 할 줄 알았던 홀던은 막상 에이모스가 한 말에 조금 놀랐다.

"여기 기온 확인하고 계십니까, 선장님?"

"그래." 홀던이 대답했다. "체크할 때마다 늘 '더럽게 추움'이지."

"방금 해치 옆을 측정해 봤는데, 0.5도 정도 높더군요."

홀던은 잠깐 그 말의 의미를 생각해 보았다. HUD로 직접 수치를 확인하고는 손가락으로 허벅지를 두드렸다.

"저 방 때문이군. 난방을 하고 있는 거야."

"그런 것 같습니다." 에이모스가 육중한 자동산탄총을 어깨에서 내려 양손으로 쥐고 안전장치를 풀며 말했다.

홀던은 핑크워터 대원들을 손짓으로 불러 모았다.

"앞쪽에 거주 구역이 있는 것 같다. 에이모스와 내가 먼저 진입하지." 홀던은 웬델을 제외하고 남은 세 명을 가리켰다. "거기 세 명은 후방에서 우리 측면을 엄호한다. 웬델, 당신은 후미를 맡고 사태가 악화되면 퇴로를 확보해 주시오. 프락스…."

홀던은 식물학자를 찾아 주변을 두리번거렸다. 놀랍게도 프락스는 조용히 다음 방으로 이어진 해치를 향해 다가가고 있었다. 에이모스가 준 총이 주머니 밖으로 나와 있다. 그는 손을 내밀어 문을 연 다음, 조심스럽게 그 너머를 향해 걸어나갔다.

"씨발." 에이모스가 험악하게 내뱉었다.

"젠장." 홀던이 말했다. "돌입! 돌입! 돌입!" 그는 황급히 열려 있는 문으로 달려갔다.

해치에 닿기 직전, 프락스의 목소리가 들렸다. "전부 꼼짝 마!" 우렁찬 목소리였지만 떨리고 있었다.

홀던은 문을 박차고 들어갔다. 뒤를 바짝 붙어 따라온 에이모스가 즉각 왼쪽에 위치를 잡았다. 프락스는 문에서 1미터쯤 떨어진 곳에서 크고 검은 권총을 신기할 정도로 창백하고 바들거리는 손에 쥐고 있었다. 방은 조금 전까지 그들이 있던 곳과 비슷했지만, 사람들이 모여 있다는 점만 달랐다. 모두 무기를 갖고 있었다. 홀던은 엄폐물로 사용할 수 있는 것이 있는지 둘러보았다. 방 안 이곳저곳에 흩어진 큼지막한 회색 상자에 다양한 단계로 분해된 과학용 기기가 담겨 있었다. 긴 의자 위에 세워져 있는 누군가의 핸드터미널에서 댄스음악이 흘러나왔다. 한 상자 위에는 반쯤 빈 피자 상자들이 놓여 있고, 몇몇 사람들의 손에는 아직도 피자 조각이 들려 있었다. 홀던은 눈에 보이는 사람들의 숫자를 셌다. 넷, 여덟, 열둘. 모두 놀라 눈을 크게 뜨고 어떻게 해야 할지 몰라 시선이 방황하고 있다.

홀던이 보기에 이들은 그저 이삿짐을 싸다 잠시 점심을 먹으며 쉬고 있는 평범한 사람들 같았다. 한 명도 빠짐없이 옆구리에 총집을 차고 있고, 옆방에 작은 어린애의 시신이 방치되어 있다는 점을 빼면 말이다.

"전부! 꼼짝 말라고!" 프락스가 다시 말했다. 이번에는 목소리가 조금 높아졌다.

"이 사람 말 듣는 게 좋을 거야." 홀던이 소총을 겨눈 채 천천히 방 전체를 훑으며 말했다. 홀던의 말을 강조하려는 듯 에이모스가 가장 가까이 있는 사람에게 다가가 자연스럽게 산탄총 개머리판으로 갈비뼈를 푹 찔렀다. 남자가 젖은 모래 자루처럼 털썩 쓰러졌다. 핑크워터 대원들이 요란한 발소리를 내며 방 안으로 쏟아져 들어와 엄호 자세를 취하는 소리가 들렸다.

"웬델." 홀던이 총부리를 그대로 겨냥한 채 말했다. "나 대신 이 친구들 무기를 압수해 주시오."

"안 돼." 엄격해 보이는 여자가 손에 피자 조각을 든 채 말했다. "그럴 수 없을걸."

"뭐라고?" 홀던이 물었다.

"안 된다고." 여자가 말하며 피자를 한 입 베어 물었다. 그녀가 입을 우물거리며 말했다. "그쪽은 고작 일곱 명이잖아. 우린 이 방에만 열둘이고, 안쪽엔 더 있는 걸. 총소리가 나자마자 달려올 거야. 그러니 당신은 우리 무기를 빼앗아 갈 수 없어."

그녀는 홀던에게 느끼하게 웃어 보이더니 피자를 한입 더 먹었다. 가니메데의 공기 중에 항상 떠도는 얼음 냄새와 그 자신의 땀 냄새 위로 치즈와 페퍼로니 냄새가 느껴졌다. 무안하게도 하필 배 속에서 꼬르륵 소리가 났다. 프락스가 여자에게 총구를 들이댔다. 그의 손이 사시나무처럼 떨리고 있어서 여자는 별로 겁을 먹지도 않는 것 같았다.

에이모스가 '이제 어쩌죠, 대장?'이라고 말하는 듯한 눈빛을 던졌다.

'딸각' 스위치가 켜지듯이 홀던의 뇌가 전술 상황 모드로 돌입했다. 에이모스의 자동산탄총은 왼쪽에 있는 네 명을 거의 단숨에 쓸어버릴 수 있다. 홀던은 정면에 있는 세 명을 해치울 수 있을 것이다. 나머지 넷은 핑크워터 대원들에게 맡기면 된다. 프락스는 아예 셈에 넣지 않는 편이 낫다.

그는 눈 깜짝할 사이에 잠재적 피해를 계산했다. 홀던의 엄지손가락이 거의 자동으로 돌격소총을 전자동 상태로 놓았다.

'그런 건 선장님이 아닙니다.'

'젠장.'

"이럴 필요는 없어." 홀던은 방아쇠를 당기는 대신, 이렇게 말했다. "아무도 죽을 필요 없다고. 우린 어린 여자아이를 찾고 있어. 그 아이를 찾는 걸 도와주면 전부 무사히 걸어나갈 수 있을 거야."

홀던은 여자의 대담하고 거만한 말투가 가면에 불과하다는 사실을 알 수 있었다. 그녀가 가면 뒤에서 팀원들의 안위와, 아는 것을 털어놓으면 나중에 감당해야 할 결과를 저울질하고 있는 것이 보였다. 홀던은 여자에게 웃는 얼굴로 고개를 끄덕였다. '말해 봐요. 우린 분별력 있는 사람들이야.'

다만 그들 모두가 그렇지는 않다는 사실만 빼면.

"메이는 어디 있지?" 프락스가 윽박지르며 총구를 허공에 찔러댔다. 마치 그렇게 하면 둘 사이의 간격이 사라지고 정말로 여자에게 닿기라도 할 듯이.

"메이가 어디 있는지 빨리 말해!"

"나는⋯." 그녀가 대답하려는 순간, 프락스가 먼저 일갈했다. "우리 딸 어디 있냐고!" 그리곤 공이치기를 젖혔다.

마치 슬로우 모션처럼, 홀던은 열한 개의 손이 벨트에 걸린 총집으로 움직이는 것을 보았다.

17
프락스

폭력적인 상황과 그에 대한 사람들의 반응에 대한 프락스의 인식은 주로 영화나 게임에서 본 것으로 이루어져 있었다. 그러므로 공이치기를 당기는 것은 구두점을 찍는 것이나 마찬가지로 전혀 위협적이지 않은 행동이었다. 경찰들은 용의자를 으름장 놓거나 뺨을 때리기도 하지만, 총을 겨냥하며 공이치기를 당기는 것은 그저 이 상황을 진심으로 심각하게 여기고 있다고 시위하는 것에 불과했다. 프락스에게는 그저 화장실에서 어떤 칸을 이용할지, 아니면 튜브에 어떻게 타고 내릴지처럼 딱히 생각 없이 보고 배우며 익히는 사회적인 약속일 따름이었다. 윽박지르고, 협박하고, 그런 다음 총을 겨누고 공이치기를 당기면 사람들은 입을 열게 되어 있다.

"우리 딸 어디 있냐고!" 그는 고함을 질렀다.

그리고 공이치기를 당겼다.

반응은 거의 즉각적이었다. 높고 날카로운, 흡사 고압 밸브가 고장 난 것 같지만 그보다 훨씬 커다란 소리가 터져 나왔다. 프락스는 뒤로 주춤 물러나다 손에서 총을 떨어뜨릴 뻔했다. 그가 실수로 총을 발사하기라도 한 것일까? 아니다. 그의 손가락은 방아쇠에 닿지도 않았다. 코를 확 찌르는 매캐한 냄새가 났다. 피자를 들고 있던 여자가 보이지 않았다. 아니, 그게 아니다. 그녀는 바닥에 쓰러져 있었다. 그녀의 턱에 뭔가 끔찍한 일이 일어난 것 같았다. 여자의 뭉개진 입이 뭔가를 말하려는 듯 움직거렸지만, 프락스는 꺅꺅거리는 새된 소리밖에 듣지 못했다. 자신의 고막이 터졌을지도 모른다는 생각이 들었다. 여자는 길고 가늘게 떨리는 숨을 내쉬더니 다시는 들이키지 않았다. 프락스는 그녀의 손에 들려 있는 총을 멍청히 쳐다봤다. 여자가 언제 총을 빼 들었는지 본 기억이 나지 않았다. 핸드터미널에서는 여전히 흥겨운 댄스음악이 흘러나오고 있고, 그에게 들리는 것이라곤 그 희미한 선율뿐이었다.

"내가 안 쐈어요." 프락스가 말했다. 마치 불완전한 진공 상태에 있는 것처럼, 대기가 희박해 음파가 전달되지 않는 것처럼 자신의 목소리가 잘 들리지 않았다. 하지만 그럴 리는 없다. 숨을 쉬는 것은 전혀 불편하지 않았기 때문이다. 그래서 프락스는 역시 총성 때문에 고막이 터졌다고 생각했다. 주위를 두리번거렸다. 아무도 없었다. 프락스는 방 안에 홀로 남아 있었다. 아니, 그게 아니다. 모두 엄폐물 뒤에 몸을 숨기고 있었다. 퍼뜩 그도 숨어야 한다는 생각이 떠올랐다. 지금은 아무도 총을 쏘고 있지 않았지만 어디로 피해야 할지 알 수가 없었다.

멀리서 홀던의 목소리가 들렸다.

"에이모스?"

"네, 선장님."

"이제 저 사람 총 좀 빼앗아 주겠나?"

"예, 그러겠습니다."

에이모스가 벽 옆에 쌓여 있는 제일 가까운 상자 뒤에서 모습을 드러냈다. 그가 입고 있는 화성군 장갑복 흉갑판에 길고 허연 자국이 가로지르고 있었다. 늑골 바로 밑에는 하얀 동그라미가 두 개나 있다. 에이모스가 절룩거리며 그에게 다가왔다.

"미안합니다, 박사." 그가 말했다. "당신한테 그걸 준 건 내 실수였습니다. 다음번을 기약합시다, 예?"

프락스는 사내의 두꺼운 손바닥을 응시하다 조심스러운 동작으로 그 위에 총을 내려놓았다.

"웬델?" 홀던이 말했다. 그가 어디 있는지는 몰라도 아까보다 더 가까운 곳에서 목소리가 나는 것 같았다. 아니면 프락스의 청력이 돌아오고 있는지도 모른다. 공기 중에 떠돌던 시큼한 냄새가 좀 더 날카롭고 시린 금속성으로 변했다. 그것은 그에게 상한 퇴비를 연상시켰다. 따뜻하고 유기적이지만 불안정한.

"한 명이 사망했습니다." 웬델이 말했다.

"위생병이 필요하겠군." 홀던이 말했다.

"좋은 생각이지만 의미가 없어요." 웬델이 말했다. "일단은 임무부터 완수합시다. 거의 다 잡긴 했는데 두세 명 정도가 다음 방으로 도주했어요. 경보를 울릴 겁니다."

핑크워터 대원 한 명이 일어났다. 왼쪽 팔 밑으로 피가 흐르고 있었다. 다른 한 명은 바닥에 누워 있는데 문자 그대로 머리 반쪽이 날아가고 없었다. 홀던이 나타났다. 그는 오른쪽 팔꿈치를 주무르고 있었는데, 왼쪽 관자놀이에 못 보던 상처가 나 있었다.

"무슨 일이 있었던 거죠?" 프락스가 말했다.

"당신 때문에 총격전이 일어났죠." 홀던이 대답했다. "놈들이 방어선을 구축하기 전에 어서 움직입시다."

프락스는 그제야 시체들을 발견했다. 피자를 먹으며 음악을 듣던 남녀들이었다. 그들은 권총을 갖고 있었지만, 홀던의 부하들은 자동화기와 돌격소총을 갖고 있었고 일부는 군용 보호 장비를 입고 있었다. 그래서 이런 작지 않은 차이가 발생한 것이다.

"에이모스, 시작해." 홀던이 말하자 정비공이 문을 지나 미지의 공간 속으로 사라졌다. 프락스도 따라가려 했지만, 핑크워터 리더가 그의 팔꿈치를 붙잡았다.

"저와 같이 움직이는 게 어떻겠습니까, 박사님." 그가 말했다.

"음, 나는…. 음, 그래요."

문지방을 넘어서자 풍경이 완전히 딴판으로 변했다. 가니메데의 옛 터널임은 틀림없었다. 벽에는 거미줄처럼 얽힌 성에가 딱딱하게 굳어 있고 조명은 구식 LED였으며, 회색 벽은 기후조절 시스템의 오류 탓에 지난 수십 년간 얼음이 수없이 얼고 녹고를 반복한 흔적이 있었다. 하지만 그 문을 통과한 순간, 그는 죽음의 땅에서 산 자들의 땅으로 넘어간 느낌을 받았다. 따뜻한 공기가 밀려왔고, 사람의 살 내음과 신선한 흙, 그리고 희미하지만 톡 쏘는 페놀 소독약 냄새가 났다. 이 너른 공간은 예전에 프락스가 일하던 여리 연구실에서도 흔히 봤던 공동휴게실이 틀림없었다. 반대쪽 벽에 있는 사무실용 문 세 개는 전부 닫혀 있었으나, 정면에 보이는 화물실의 철제문은 위로 말려 올라가 있었다. 에이모스와 홀던이 닫혀 있는 문으로 다가갔다. 에이모스가 금속 문을 하나씩 차례대로 발로 차 열었다. 세 번째 문이 열렸을 때 홀던이 뭐라 소리쳤지만 갑작스러운 권총 소리와 그에 대응하는 에이모스의 산탄총 소리에 묻혀 버렸다.

웬델을 제외하고 두 핑크워터 대원들이 잽싸게 화물실 입구 양쪽 벽에 등을 붙였다. 프락스도 움직이려 했지만, 웬델이 그의 어깨를 지그시 눌렀다. 왼쪽에 섰던 핑크워터 대원이 고개를 안으로 살짝 들이밀었다가 화들짝 뒤로 뺐다. 방금 그가 있던 자리에 기다란 총알 자국이 생겼다.

"어디 한 번 해봐." 홀던이 말했다. 프락스는 순간 홀던이 적들에게 말을 걸고 있다고 생각했다. 홀던의 눈초리는 매서웠고, 일그러진 얼굴에는 깊은 주름이 새겨져 있었다. 그때 나오미가 뭔가를 말했는지 그의 얼굴에 미소가 떠올랐다. 하지만 그의 표정은 여전히 슬프고 지쳐 보였다. "알았어. 방금 일부 평면도를 입수했다. 저길 지나면 열린 공간이 있다는군. 밑으로 약 2미터 깊이로 파여 있는데 10시, 그리고 1시 방향에 출구가 있고 구덩이 같은 구조라 놈들이 거기서 방어를 한다면 우리가 고지에 있는 셈이라고 한다."

"그런 곳에 방어선을 구축하다니 머저리들인가?" 웬델이 말했다.

다시 총성이 울려 퍼지고 화물실 입구에 작은 구멍 세 개가 새로 나타났다. 적들은 신경이 잔뜩 곤두서 있었다.

"그런 것에 별로 개의치 않는 것 같은데…." 홀던이 말했다.

"말을 걸어 보실 겁니까, 선장님?" 에이모스가 말했다. "아니면 목표를 향해 직행합니까?"

그 질문은 프락스가 이해하는 것 이상의 의미를 담고 있는 것 같았다. 그 정도는 프락스도 알 수 있었다. 홀던은 입술을 달싹이며 잠시 망설이나 싶더니 고갯짓으로 입구를 가리켰다.

"빨리 해치워 버리자." 그가 말했다.

홀던과 에이모스가 화물실 입구를 향해 뛰기 시작했다. 프락스와 웬델이 그 뒤에 바짝 붙었다. 건너편 어디선가 누가 큰 소리로 지시를 내리고 있었다. 프락스는 '화물'과 '철수'라는 단어를 들었다. 가슴이 조여들었다. 철수한다니. 메이를 찾기 전에는 누구도 빠져나가게 할 수 없다.

"제가 센 건 일곱입니다." 핑크워터 대원이 말했다. "그보다 더 있을 수도 있습니다만."

"애는 없고?" 에이모스가 물었다.

"보이지 않습니다."

"다시 살펴봐야 할 것 같은데." 에이모스가 말하고는 문밖으로 몸을 내밀었다. 프락스는 빗발치는 총알에 정비공의 머리가 날아갈지도 몰라 숨을 죽였지만, 에이모스는 첫발이 날아오기도 전에 재빨리 몸을 뺐다.

"상황은?" 홀던이 물었다.

"일곱보다 많습니다." 에이모스가 대답했다. "지금 여기를 목진지로 사용하고 있어요. 하지만 저 친구 말이 맞습니다. 놈들은 싸우는 법을 모르거나, 아니면 저 안에 두고 갈 수 없는 게 있는 겁니다."

"다시 말해 아마추어들이 우왕좌왕하고 있거나, 지켜야 할 중요한 게 있다는 소리군." 홀던이 말했다.

주먹만 한 크기의 깡통 하나가 데구루루 굴러들어왔다. 에이모스가 태연하게 수류탄을 집어 들어 다시 문 안쪽으로 던져 넣었다. 눈부신 화염과 함께 프락스가 생전 처음 듣는 엄청나게 커다란 폭음이 터졌다. 이명이 두 배로 심해졌다.

"둘 다일 수도 있죠." 에이모스가 멀고 먼 곳에서 소리쳤다.

저 안쪽 어디선가 뭔가 깨지는 소리가 들렸다. 사람들이 비명을 질러댔다. 프락스는 앞방에서 만난 것과 비슷한 기술자들이 자기편 수류탄 파편에 맞아 산산 조각나는 모습을 상상했다. 핑크워터 대원 하나가 몸을 내밀어 짙은 연기 속을 살폈다. 돌격소총이 요란한 소리를 뱉어내자 그가 재빨리 몸을 물렸다. 손으로 배를 움켜쥔 채였다. 손가락 사이로 피가 꿀렁거리며 쏟아졌다. 웬델이 프락스를 두고 달려가 동료 옆에 무릎을 꿇었다.

"죄송합니다." 핑크워터 대원이 말했다. "제 잘못입니다. 여기 남겨두고 가십시오. 최대한 시간을 끌어보겠습니다."

"홀던 선장." 웬델이 말했다. "뭔가 할 생각이면 빨리하는 게 좋을 겁니다."

안쪽 방에서 들려오는 비명이 점점 더 커졌다. 누군가 인간 같지 않은 포효를 울부짖었다. 프락스는 그들이 가축이라도 기르고 있나 의심했다. 상처 입은 황소가 내지르는 소리와 비슷했기 때문이다. 손으로 귀를 틀어막고 싶었지만, 안간힘을 다해 버텨냈다. 또다시 뭔가 큰 소리가 났다. 홀던이 고개를 끄덕였다.

"에이모스, 가볍게 구워주고 들어가자."

"그거 좋죠, 선장님." 에이모스가 산탄총을 내려놓았다. 수류탄 두 정을 꺼내 분홍색 플라스틱 핀을 잡아 뺀 다음 문 너머로 수류탄을 굴려 넣고 다시 총을 집어 들었다. 연달아 울린 두 번의 폭음은 처음 수류탄이 터졌을 때보다 더 깊고 묵직했지만, 소리 자체가 더 크지는 않았다. 폭음의 잔향이 잦아들기도 전에 에이모스와 홀던, 웬델과 남은 한 명의 핑크워터 대원이 무기를 휘두르며 안으로 돌진했다.

프락스는 그 자리에서 망설였다. 그에게는 무기가 없었다. 적들은 문지방 너머에 있었다. 그는 여기서 기다리며 총상을 입은 대원을 돌볼 수도 있었다. 그렇지만 카토아의 움직이지 않는 작은 몸뚱이가 뇌리를 떠나지 않았다. 죽은 소년은 여기서 겨우 100미터도 떨어지지 않은 곳에 누워 있었다. 그리고 메이는….

프락스는 상체를 수그리고 화물실 안쪽으로 들어갔다. 홀던과 웬델이 그의 오른쪽에, 에이모스와 다른 대원은 왼쪽에 있었다. 네 명 모두 낮게 웅크린 채 언제라도 무기를 발사할 수 있게 경계 중이었다. 뿌연 연기가 눈과 콧구멍을 찔렀고, 공기 재생기가 항의라도 하듯이 가쁜 신음을 내뱉었다.

"허, 이건…." 에이모스가 말했다. "진짜 좆나게 이상한데."

방은 두 개 층으로 구성되어 있었다. 위쪽에는 1.5미터 너비의 통로가 있고, 아래층은 그보다 2미터 아래에 위치했다. 아래층에는 널찍한 통로가 10시 방향으로 뻗어 있고 2층에 있는 문은 1시 방향에 열려 있었다. 발밑에 있는 구덩이는 그야말로 아수라장이었다. 벽과 천장에는 핏자국이 그득하고 바닥에는 시체가 나뒹굴고 있었다. 가느다란 한 줄기 연기가 피어올랐다.

적들은 각종 기기를 엄폐물로 활용했다. 프락스는 원심분리기가 외상에서 서의 분리될 정도로 산산이 박살 나 있는 것을 보았다. 두께가 거의 3센티미터나 되는 얼음, 혹은 유리 조각이 처참한 폐허 속에서 반짝였다. 옆으로 넘어진 커다란 질소통은 계기판을 보니 다행히 잠겨 있었다. 200킬로그램은 거뜬히 넘을 표본보관대는 불가능한 각도로 기울어져 있었는데, 마치 어린애가 장난감을 갖고 놀다가 흥분해서 집어 던져버린 것 같았다.

"대체 뭔 화물을 챙겨간 거야?" 웬델이 경악에 찬 목소리로 중얼거렸다. 10시 방향으로 뻗은 통로에서 높은 비명과 총소리가 들려왔다.

"저건 우리가 아닌데." 홀던이 말했다. "움직여! 어서!"

그들은 구덩이 속으로 내려갔다. 다른 방에서 본 것과 비슷한 유리 상자가 처참하게 박살 나 있었다. 바닥에 흥건히 고인 핏물 때문에 신발이 끈적거렸다. 아직도 총을 쥐고 있는 손목 하나가 방구석에서 뒹굴고 있었다. 프락스는 고개를 돌려 버렸다. 메이가 여기 있다. 다른 곳에 정신을 팔면 안 돼. 토해서도 안 돼.

프락스는 계속 전진했다.

홀던과 에이모스가 앞장서서 전투 소리가 나는 쪽을 향해 나아갔다. 프락스는 그 뒤를 종종걸음으로 따라갔다. 문득 발을 멈추고 웬델과 그의 동료에게 순서를 양보하려 하자 핑크워터 대원이 부드럽게 그의 등을 밀었다. 프락스는 그들이 적들이 뒤에서 습격할 경우를 대비해 후방을 엄호하고 있음을 깨달았다. 그 생각을 했었어야 했는데.

복도는 넓고 길게, 그렇지만 낮게 뻗어 있었다. 완충재로 감싼 보급품 상자 옆에는 공업용 선적 기계들이 황색 표시등을 천천히 깜박이며 멈춰서 있었다. 에이모스와 홀던은 군더더기 없는 동작으로 복도를 따라 내려갔고, 프락스는 숨이 차오르는 것을 느꼈다. 그렇지만 모퉁이를 돌 때마다, 문을 열 때마다, 그는 더 빨리 움직이라고 그들을 채근하고 싶었다. 메이가 여기 있다. 그리고 그들은 그의 딸을 찾아야 했다. 메이가 다치기 전에. 무슨 일이 생기기 전에. 시신이 눈에 띌 때마다 이미 늦었다는 불길한 예감이 배 속을 뻐근하게 강타했다.

그들은 신속하게 움직였다. 너무 빠를 정도였다. 복도 끝에 이르렀을 때 프락스는 4미터 높이에 너비는 최소 7미터는 되어 보이는 에어록 뒤에 누군가 있을지는 생각조차 하지 않았다. 에이모스가 총을 어깨에 걸고 에어록 제어판을 조작했다. 홀던은 천장에 글자라도 쓰여 있는 듯이 고개를 쳐들고 노려보았다. 바닥이 진동하면서 기지 전체가 신음했다.

"방금 그거 이륙하는 소리야?" 홀던이 말했다. "뭐가 이륙한 거야?"

"네." 에이모스가 말했다. "밖에 선착장이 있는 것 같습니다. 하지만 모니터에는 아무것도 비치지 않아요. 뭔지는 몰라도 막차였나 봅니다."

프락스는 누군가 비명을 지르는 소리를 들었다. 그는 한참 후에야 그것이 자신의 목소리임을 깨달았다. 마치 유체이탈이라도 한 것처럼 그는 자신의 몸이 굳게 봉인된 금속 문에 달려들어 주먹으로 쾅쾅 내리치는 것을 보았다. 메이가 저기 있었다. 바로 저기, 가니메데를 떠나는 저 배 안에. 그는 메이가 자신의 심장과 밧줄로 연결된 마냥 딸아이의 존재를 생생하게 느낄 수 있었고, 지금도 매 순간 조금씩 멀어지는 것을 느끼고 있었다.

프락스는 까무룩 정신을 잃었다. 어쩌면 그가 생각한 것보다 더 오래 졸도해 있었는지도 모르겠다. 정신을 차리고 보니 에이모스의 널찍한 어깨 위에 반쯤 접힌 채로 걸쳐져 있었기 때문이다. 에이모스의 장갑복이 배를 파고들었다. 그는 몸을 비틀어 뒤를 돌아보았다. 에어록이 그들 뒤로 점점 작아지고 있었다.

"나 내려놔요." 프락스가 말했다.

"안 됩니다. 선장님이…."

별안간 돌격소총 소리가 실내를 울렸다. 에이모스가 재빨리 프락스를 바닥에 내려놓더니 그를 보호하듯이 감싸고 앉아 총을 들어 올렸다.

"선장님?" 에이모스가 물었다.

프락스는 고개를 들었다. 핑크워터 대원이 죽어 널브러져 있었다. 등에서 피가 분수처럼 뿜어져 나왔다. 웬델은 몸을 낮추고 모퉁이 뒤에 숨어 대응사격을 하고 있었다.

"놈들이 두고 간 패거리가 있는 거지." 홀던이 말했다. "아니면 친구들을 불렀거나."

"쏘지 말아요!" 프락스가 말했다. "메이면 어떡해요! 메이가 같이 있을지도 모르잖습니까!"

"그럴 일은 없을 겁니다, 박사 양반." 에이모스가 말했다. "엎드려 있어요."

홀던이 무언가 소리치고 있었다. 단어들이 너무 빨리 쏟아지고 있어 무슨 말인지 알아들을 수가 없었다. 에이모스한테 말하고 있는지 아니면 웬델인지 나오미인지 혹은 프락스에게 외치고 있는지도 알 수가 없었다. 그들 중 아무도 아닐 수도 있고, 그들 모두일 수도 있다. 적들 넷이 모퉁이를 돌아왔다. 모두 손에는 무기를 쥐고 다른 이들과 똑같은 작업복을 입고 있었다. 한 명은 검고 긴 머리에 염소수염을 달았다. 한 명은 여자인데 버터크림빛 피부를 갖고 있었다. 가운데 두 명은 형제라고 해도 믿을 수 있을 정도로 닮았다. 똑같이 짧게 깎은 갈색 머리와 똑같이 생긴 길쭉한 코.

프락스의 오른쪽에서 산탄총이 두 번 울렸다. 네 명이 한꺼번에 뒤로 쓰러졌다. 꼭 코미디 영화를 보는 것 같았다. 동시에 들려진 여덟 개의 다리. 네 명의 사람들. 방금 프락스가 알지도 못하고, 한 번도 만난 적도 없는 사람들이 쓰러졌다. 그렇게 뒤로 쓰러져 버렸다. 그렇지만 다시는 일어나지 못할 것이다.

"웬델?" 홀던이 말했다. "보고!"

"코델이 죽었습니다." 웬델이 말했다. 별로 슬픈 것 같지는 않았다. 아무런 감정도 실려 있지 않은 목소리였다. "그리고 나는 손목이 부러진 것 같아요. 저들이 어디서 왔는지 아는 사람 있습니까?"

"아니." 홀던이 말했다. "하지만 이게 끝이라고 속단하진 맙시다."

그들은 적들의 흔적을 되짚어 길고 넓은 통로를 따라갔다. 시체들이 널려 있었다. 그들이 죽인 건 아니지만 어쨌든 지금은 다들 죽어 넘어져 있다. 프락스는 울지 않으려고 애쓰길 단념했다. 그래 봤자 아무 의미도 없었다. 그저 다리만 움직일 수 있다면, 한 발짝 한 발짝 앞으로 나아갈 수만 있다면 그것만으로도 충분했다.

몇 분, 아니 몇 시간인지 아니면 몇 주일인지도 모를 시간이 지났다. 실제로 시간이 얼마나 지났는지는 몰라도 프락스에게는 어느 쪽이든 가능해 보였다. 그들은 피범벅이 된 구덩이를 발견했다. 갈가리 찢긴 시체에서는 악취가 났고, 거기서 흘러나온 핏물은 포도 젤리처럼 굳어가고 있었으며, 몸 밖으로 삐져나온 내장들은 인간의 장기 속에 사는 박테리아들을 대기에 노출시키고 있었다. 위쪽 통로에 한 여자가 서 있었다. 이름이 뭐였지? 폴라. 그래 폴라였다.

"왜 위치를 고수하고 있지 않은 거지?" 웬델이 그녀를 보자마자 호통치듯 말했다.

"거스리가 백업을 부탁했습니다. 배를 맞아서 기절하기 직전이라면서요. 아드레날린과 각성제를 주사했습니다."

"잘했어." 웬델이 말했다.

"우치와 코델은요?"

"살아남지 못했다." 웬델이 말했다.

여자는 고개를 끄덕였다. 하지만 프락스는 뭔가가 그녀를 꿰뚫고 지나갔음을 알았다. 여기 있는 모두가 누군가를 잃었다. 프락스의 비극은 그중 하나일 따름이었다. 수백, 수천 개의 비극 중에 하나. 연쇄효과가 막바지에 이르면 백만 개 중 하나가 될지도 모른다. 죽음이란 그토록 대규모로 번지면 아무 의미도 갖지 못한다. 그는 질소통에 몸을 기대고 손바닥에 얼굴을 묻었다. 바로 눈앞에 있었는데, 바로 눈앞에….

"배를 찾아야 해요." 프락스가 말했다.

"일단은 여기서 후퇴해야 합니다." 홀던이 말했다. "우린 실종된 어린아이를 찾으러 왔어요. 그런데 여기 있었던 건 철수 중인 비밀 연구실이었죠. 비밀 선착장도 있었고, 게다가 누군지 몰라도 이들과 싸우는 세 번째 무리도 있었습니다."

"세 번째 무리요?" 폴라가 물었다.

웬델이 대학살의 현장을 손짓으로 가리켰다.

"우리가 한 게 아니야." 그가 말했다.

"우린 그게 뭔지 몰라요. 그러니 알게 될 때까지 일단은 후퇴가 최선입니다." 홀던이 말했다.

"여기서 그만둘 순 없어요." 프락스가 말했다. "전 그만둘 수 없어요. 메이는…."

"죽었을 확률이 높죠." 웬델이 말했다. "따님은 아마 죽었을 겁니다. 죽지 않았다고 해도 가니메데에는 없을 테고요."

"미안하게 됐습니다, 박사." 홀던이 말했다.

"그 죽은 아이." 프락스가 말했다. "카토아 말입니다. 그 애 아버지가 가족들을 데리고 가니메데를 떠난다고 했어요. 가족들을 안전한 곳으로 데려간다고요. 안전한 곳으로 말입니다."

"현명한 판단이군요." 홀던이 말했다.

프락스는 도움을 요청하는 눈빛으로 에이모스를 올려다봤지만, 덩치 큰 사내는 어느 편도 들지 않고 방 안 곳곳의 부서진 잔해들을 둘러보고 있었다.

"카토아는 살아있었어요." 프락스가 말했다. "바샤는 그 애가 죽었다고 했지요. 그래서 가족들을 데리고 여길 떠날 거라고요. 하지만 그가 수송선에 탔을 때 그의 아들은 여기 있었어요. 이 연구실에요. 그때까지 살아있었지요. 그러니까 저한테 메이가 죽었을 거라는 소리는 하지 마십시오."

한동안 아무도 입을 열지 않았다.

"그런 소리는 하지 말아요." 프락스가 말했다.

"선장님?" 에이모스가 말했다.

"잠시만." 홀던이 말했다. "프락스, 당신이 지금 어떤 심정인지 이해한다는 얘기는 하지 않겠습니다. 하지만 나한테도 사랑하는 사람들이 있어요. 당신한테 뭘 어떻게 하라고 명령할 순 없지만, 한 가지만 부탁하겠습니다. '부디' 당신에게, 그리고 메이에게 어떤 전

략이 최선일지 생각해 보십시오."

"선장님." 에이모스가 말했다. "농담이 아닙니다. 와서 이것 좀 보셔야겠습니다."

에이모스는 부서진 유리 상자 앞에 서 있었다. 그의 손에는 산탄총이 잊힌 채 들려 있었다. 홀던이 다가가 에이모스의 시선을 따라 만신창이가 된 유리벽을 쳐다보았다. 프락스도 몸을 일으켜 그들에게 합류했다. 아직 어느 정도 형체가 남아 있는 유리벽은 미세한 섬유질 같은 검은 필라멘트로 뒤덮여 있었다. 고분자 화합물인지 아니면 천연 소재인지는 알 수가 없었다. 일종의 거미줄 같았는데, 흥미로운 구조를 지니고 있었다. 프락스가 손을 내밀어 만져보려는 순간, 홀던이 번개같이 손목을 잡아채더니 눈살이 찌푸려질 정도로 우악스럽게 끌어당겼다.

홀던의 목소리는 낮고 침착했지만, 그것은 외려 그 밑에 깔린 공포와 당혹감을 더욱 적나라하게 드러낼 뿐이었다.

"나오미, 이륙 준비해. 당장 이곳을 떠난다. 지금 당장."

18
아바사랄라

"어떻게 생각하나?" 사무총장이 화면 좌측 상단에서 물었다. 우측 상단에서는 에린라이트가 몸을 앞으로 바짝 기울이고 혹시 그녀가 흥분해서 이성을 잃기라도 하면 언제든 뛰어들 준비를 하고 있었다.

"요약 보고를 받으셨잖습니까." 아바사랄라가 사근사근하게 대답했다.

사무총장이 느긋한 동작으로 손을 둥글게 저었다. 그는 60대 초반으로, 아무리 무겁고 심각한 일에도 별로 개의치 않는 장난꾸러기 같은 매력을 지닌 남자였다. 아바사랄라가 노동자준비기금의 재무 담당에서부터 마하시타-카나타카-고아 공동사업구역의 총독에 이르기까지 경력을 쌓아 올리는 동안, 그는 얼마 전 재개발된 안데스 산맥의 운무림에 있는 열악하기 그지없는 최소경비 감옥에서 정치범으로 수감되어 세월을 보냈다. 맷돌처럼 천천히 돌아가는 권력의 바퀴는 그를 유명인사의 자리에 올려놓았고, 무엇에

든 귀를 기울이는 것처럼 보이는 그의 빼어난 능력은 자율적인 사상과 견해 없이도 그에게 위엄과 무게감을 보태주었다. 만약 정부의 이상적인 얼굴마담으로 사용할 목적으로 유전자부터 양육 단계까지 철저한 계획에 따라 창조된 인간이 있다 할지라도 현 UN 사무총장 에스테반 소렌토-길리스만큼 완벽하지는 못했을 것이다.

"정치용 요약 보고서에는 진짜 중요한 내용은 들어 있지 않잖아." 얼굴마담이 말했다. "자네 생각을 말해보게."

'염병할 보고서 따위 한 글자도 읽어보지 않았을 테니까 그렇겠지.' 아바사랄라는 속으로 생각했다. '뭐, 그렇다고 불만인 건 아니지만.' 그녀는 목청을 가다듬었다.

"말다툼만 하는 수준이지, 진짜 치고받는 건 아닙니다." 아바사랄라가 말했다. "선발선수들은 다들 최고입니다. 마이클 운다웨, 카슨 산티세버린, 코 슈. 자기들이 단순히 선거에서 이긴 원숭이 떼가 아니라는 걸 과시하려고 군부 인사들을 충분히 데리고 왔어요. 하지만 지금까지 조금이라도 흥미로운 이야기를 한 건 그들이 장식용으로 데려온 화성군 병사뿐입니다. 그 외에는 아직 다들 누가 총대를 먼저 메주길 기다리는 중이고요."

"그리고 그⋯." 사무총장이 머뭇거리며 목소리를 낮췄다. "다른 '가설'이라는 건 뭔가?"

"금성에서 활동이 감지되고 있습니다." 아바사랄라가 말했다. "그게 어떤 의미인지는 아직 모릅니다. 지난 열네 시간 동안 북반구에서 원소 철 성분이 급격히 상승했습니다. 일련의 화산 활동도 포착되었고요. 금성에서는 더 이상 지체 구조 운동이 발생하지 않기 때문에 프로토분자의 영향이 아닌가 추측하고 있습니다만 정확히는 알 수 없습니다. 현재 전문가들이 목격된 것과 가장 유사한 에너지를 발생시키는 통계학적 모델을 개발 중입니다. 전반적으로 금성의 활동량은 지난 18개월 동안 연평균 약 3백 퍼센트가 증가한 것으로 추정됩니다."

사무총장이 심각한 표정으로 고개를 끄덕였다. 아바사랄라의 설명을 한마디쯤은 알아들은 것 같은 표정이었다. 에린라이트가 헛기침을 했다.

"금성의 활동 증가와 가니메데 사건을 연관시킬 만한 증거가 있나?" 사무총장이 물었다.

"네." 아바사랄라가 대답했다. "가니메데 공격이 발생한 바로 그 정확한 시각에 에너지 수치가 변칙적으로 급상승했습니다. 다만 아직 그러한 데이터요소는 하나뿐입니다. 우연의 일치일 수도 있지요."

사무총장의 피드에 어떤 여성의 목소리가 끼어들었고, 그가 고개를 끄덕이는 것이 보였다.

"난 그만 가 봐야겠군." 사무총장이 말했다. "잘하고 있네, 아바사랄라. 아주 잘하고 있어."

"사무총장님께서 그렇게 말씀하시면 무슨 뜻인지 잘 모르겠다니까요." 아바사랄라가 미소를 지으며 대꾸했다. "절 해고하실 건가요?"

찰나의 정적이 지나고, 사무총장이 너털웃음을 터트리며 화면 앞에 손가락을 좌우로 흔들었다. 곧이어 초록색의 '연결 종료' 메시지가 그가 있던 자리를 대신했다. 에린라이트가 긴장을 풀고 뒤로 기대앉으며 손바닥으로 관자놀이를 짚었다. 아바사랄라는 찻잔을 집어 들고 카메라를 쳐다보며 할 말이 있으면 해 보라는 듯이 눈썹을 지그시 치켜 올렸다. 차는 아직 미지근해지지도 않았다.

"좋아." 에린라이트가 말했다. "자네가 이겼네."

"드디어 저 인간을 탄핵하나요?"

에린라이트가 소리 내 웃었다. 지금 정확히 어디에 있는지는 알 수 없지만, 등 뒤의 창밖이 어두운 것을 보니 아바사랄라와 같은 반구에 있는 것이 틀림없다. 그들이 같은 밤 시간대에 있다는 사실은 다소의 친밀감과 동질감을 불러일으켰는데, 무엇보다 그녀가 지금 무척 피곤하고 지쳐 있다는 이유가 컸다.

"금성 문제를 해결하는 데 필요한 게 뭐지?" 에린라이트가 물었다.

"해결이라니요?"

"단어를 잘못 선택했군." 그가 말했다. "처음부터 자네는 금성에 주목했잖아. 화성과의 갈등도 원만히 풀려고 했고, 응우옌 제독의 고삐도 단단히 잡아맸지."

"알고 계셨군요?"

"얘기가 계속 제자리걸음인데, 난 자네가 협상 테이블에서 애들이나 돌보는 데 낭비되는 건 원치 않아. 우리한테는 뭔가 확실한 게 필요해. 실은 한 달 전부터 그랬지. 조사에 필요한 게 있으면 뭐든 말해, 크리스젠. 후보 명단에서 금성을 지우든지, 아니면 증거를 가져와. 백지수표를 써 줄 테니."

"맙소사, 드디어 제가 은퇴할 때가 됐나 보군요." 아바사랄라는 웃으면서 대답했다. 하지만 놀랍게도 에린라이트는 그녀의 농담에 진지하게 반응했다.

"그걸 원한다면야. 하지만 금성부터 해결해. 우리 둘한테 그것보다 더 중요한 문제는 없으니까. 난 자네를 믿어."

"확실히 처리하도록 하지요." 아바사랄라가 대답했다. 에린라이트가 고개를 끄덕이고 연결을 끊었다.

아바사랄라는 입술 위에 손가락을 얹은 채 책상 위로 몸을 수그렸다. 무슨 일이 있었다. 뭔가 상황이 '변했다.' 에린라이트가 금성에 관한 자료를 읽고 극도로 불안해졌던가 아니면 누군가 그녀를 화성과의 협상에서 배제하고 싶은 것이다. 에린라이트를 움직여 그녀를 허울뿐인 요직에 앉힐 수 있는 사람. 응우옌 제독한테 그 정도로 힘 있는 후원자가 있던가?

그래, 덕분에 그녀는 원하는 것을 얻었다. 어쨌든 그녀가 해놓은 말이 있으니(그때는 진심이었다) 거절하지는 못했지만, 뒷맛이 묘하게 씁쓸하다. 어쩌면 그녀가 너무 비약적인 해석을 하고 있는지도 모른다. 아바사랄라는 수면이 필요했고, 피곤한 몸은 정신을 강박적으로 만든다. 그녀는 시간을 확인했다. 밤 10시. 이렇게 늦은 시간에는 아르준에게 돌아갈 수도 없다. 내일도 음울한 VIP 숙소에서 아침을 맞고, 묽은 커피를 마시고, 파시위리 자치구 대사가 댄스음악에 대해 떠드는 것을 관심 있는 척 들어줘야 한다.

'될 대로 되라지.' 그녀는 생각했다. '난 술이 필요해.'

디시하리 라운지는 UN이라는 방대하고 복잡한 조직의 모든 취향을 구석구석 만족시키는 곳이었다. 바에는 젊은 수행원과 사무직원들이 밝은 조명 속에서 웃고 떠들며 실제보다 더 중요한 사람인 척 허세를 부리고 있었다. 아무리 잘 봐줘 봤자 비비들의 구애

춤보다 약간 더 고상한 수준이었지만 나름대로 사랑스러운 구석도 있었다. 그날 아침 평화회담에 참석했던 화성 해병, 로버타 드레이퍼도 그중 한 명이었다. 파인트 잔은 그녀의 손안에서 유독 작아 보였고 얼굴에는 흥미롭다는 표정이 떠올라 있었다. 오늘은 아닐지 몰라도 소렌도 저런 젊은이들과 어울려 다니겠지. 아바사랄라의 아들도 사정이 달랐다면 저들과 함께 앉아 있었을 것이다.

술집 중앙에 놓인 테이블에는 터미널이 내장되어 있어 수천 개의 출처에서 암호화된 정보를 끌어올 수 있었다. 차단벽 덕분에 중간급 간부들이 먹고 마시며 일을 할 때도 종업원들이 몰래 엿볼 수가 없다. 그리고 가장 안쪽에는 아바사랄라가 의자에 앉기도 전에 그녀의 신원을 파악할 수 있는 어두운 목제 테이블과 부스가 놓여 있었다. 만일 일정 수준 이하의 직위를 가진 사람이 부스에 너무 가까이 접근하면 완벽한 머리스타일을 갖춘 사려 깊은 젊은 직원이 나타나서 보다 덜 중요한 사람들이 앉는 다른 좌석으로 안내했다.

아바사랄라는 진토닉을 홀짝였다. 머릿속에서는 암시와 함축성의 실마리들이 수없이 엮였다 풀리고 있었다. 응우옌 제독이 에린라이트에게 그 정도의 영향력을 행사했을 리는 없다. 혹시 화성이 그녀를 제외할 것을 요청했을까? 아바사랄라는 그녀가 무례하게 대한 사람이라도 있었는지 곰곰이 생각해 봤지만, 딱히 짐작이 가는 곳이 없었다. 그리고 설사 그렇다 한들, 그녀가 어떻게 할 수 있겠는가?

화성과의 협상에 공식적으로 참여할 수는 없다고 해도 비공식적인 수준에서 정보원들을 활용할 수는 있다. 저도 모르게 큭큭 웃음이 삐쳐 나왔다. 아바사랄라는 술잔을 집어 들고, 다른 사람을 앉혀도 좋다는 표시로 테이블을 가볍게 톡톡 두드린 다음 바를 향해 다가갔다. 배경에서 흐르는 초현대적 기법의 부드러운 아르페지오 음악은 묘하게 마음을 진정시키는 데가 있었다. 공기 중에는 품위 없게 아무렇게나 뿌리기에는 너무 비싼 향수 냄새가 섞여 있었다. 바에 가까이 다가가자 대화가 멈추고 젊은 야심 덩어리들이 눈빛을 교환하는 것이 느껴졌다. '할망구.' 그들의 생각이 들리는 것 같았다. '이 할망구가 여기서 뭘 하는 거야?'

아바사랄라는 드레이퍼의 옆자리에 앉았다. 그녀가 눈을 들어 아바사랄라를 쳐다보았다. 그녀를 알아본 기색이 얼핏 스쳐 지나갔다. 좋은 징조였다. 아바사랄라가 누군지는 정확히 몰라도 무엇인가 짐작하고 있을 터이다. 제법 영리하다는 뜻이다. 통찰력도 있고. 그리고 염병할, 이 여자는 정말 무시무시하게 컸다. 뚱뚱한 것도 아니고, 그냥… '거대했다.'

"한 잔 사도 될까요, 중사?" 아바사랄라가 말을 걸었다.

"벌써 너무 많이 마셨습니다." 드레이퍼가 대답했다. 하지만 잠시 후에 다시 말했다. "예, 그러시죠."

아바사랄라가 한쪽 눈썹을 치켜 올리자 바텐더가 방금까지 화성군 병사가 마시던 술을 잽싸게 한 잔 더 따라 주었다.

"오늘 아주 깊은 인상을 받았습니다." 아바사랄라가 말했다.

"그랬겠죠." 드레이퍼가 대답했다. 그녀는 아바사랄라의 말에 별로 개의치 않는 것 같았다. "토르손이 절 귀환시킨다고 했습니다. 여기서 제가 할 일은 끝났습니다. 어쩌면 완전히 '끝장난' 것일지도 모르고요."

"그럴 만도 하군요. 당신은 그들이 원했던 임무를 벌써 완수했으니까요."

드레이퍼가 그녀를 내려다보았다. 아마도 폴리네시안 혈통이겠군. 아바사랄라가 생각했다. 사모아 계열일지도 모른다. 진화가 인간을 산맥처럼 변화시키는 곳이지. 드레이퍼의 눈시울이 가늘어지더니 뜨거운 기운이 피어올랐다. 노여움이었다.

"난 아무것도 안 했습니다."

"여기 왔잖아요. 그게 그들이 원했던 겁니다."

"그게 뭐가 중요한데요?"

"화성은 그 괴물과 아무 상관도 없다고 나를 설득하고 싶었던 거지요. 화성군 병사가, 다시 말해서 당신이 그것에 대해 아무것도 모른다고 주장하고 싶었던 겁니다. 당신을 여기 데려옴으로써 화성은 당신을 회담장에 내보내는 것을 두려워하지 않는다는 걸 보여준 거예요. 필요한 건 그게 다였지요. 당신은 오늘 거기서 똥구멍에 손가락을 처박고 앉아서 온종일 오프사이드 규칙에 대해 떠들기만 했어도 됐을 겁니다. 전시용이었으니까."

드레이퍼가 한쪽 눈썹을 추켜세웠다.

"그거 마음에 안 드는군요."

"그렇겠지요." 아바사랄라가 말했다. "물론 토르손이 개새끼인 건 맞지만, 그래도 겨우 그런 이유로 정치가들과 일하길 거부한다면 친구가 하나도 안 남을 거예요."

해병대원이 쿡쿡 웃었다. 이내 껄껄 폭소를 터트렸다. 그녀는 아바사랄라가 자신을 지그시 관찰하고 있다는 걸 알고는 다시 점잖은 척으로 돌아왔다.

"당신 친구들을 죽인 그거 말이죠." 아바사랄라는 드레이퍼의 눈을 똑바로 들여다보며 말했다. "그건 우리 게 아닙니다."

드레이퍼가 숨을 날카롭게 들이마셨다. 마치 아바사랄라가 아픈 상처를 건드리기라도 한 것처럼. 가능한 일이다. 왜냐하면 정말로 그랬기 때문이다. 드레이퍼의 턱 근육이 움찔거렸다.

"우리 것도 아니었습니다."

"최소한 그 점에선 결론이 난 것 같군요."

"하지만 그게 다 무슨 소용입니까? 어차피 아무도 아무 짓도 안할 건데요. 아무도 말도 꺼내지 않을 겁니다. 그 사람들은 관심조차 없다고요. 그거 아십니까? 저들은 자기 자리만 보존할 수 있으면, 그리고 힘의 균형이 잘못된 쪽으로 기울어지지만 않으면 뭔 일이 벌어지든 신경도 안 쓸 겁니다. 그게 뭔지, 어디서 왔는지 씨발 아무 '관심'도 없다고요."

두 사람이 앉아 있는 바는 조용하지는 않았지만 조금씩 소음이 잦아들고 있었다. 구애의 춤은 이제 바에서 일어나는 일 중에서 두 번째로 흥미로운 것으로 순위가 떨어졌다.

"나는 관심 있어요." 아바사랄라가 말했다. "실은 방금 그것의 정체를 알아내라는 폭넓은 자유 재량권을 부여받았지요."

엄밀히 말하자면 그것은 사실이 아니었다. 아바사랄라는 해당 사건에 금성이 연루되어 있음을 밝히거나 아니면 후보에서 제외하는 데 사용할 수 있는 막대한 예산을 약속받았다. 하지만 의미는 대충 비슷했고, 실제로 그녀가 원하는 것과 같은 테두리에 속해 있었다.

"정말입니까?" 드레이퍼가 말했다. "그럼 앞으로 어떻게 하실 작정입니까?"

"가장 먼저 당신을 고용할 겁니다. 난 화성군과의 연락책이 필요하거든요. 그리고 그 연락책은 당신이 될 겁니다. 할 수 있겠어요?"

이제는 아무도 떠들고 있지 않았다. 술집이 텅 빈 것 같았다. 소리라곤 감미로운 음악과 드레이퍼의 웃음소리뿐이었다. 다들 왜갑자기 조용한가 궁금했는지 정향과 시나몬 향 향수를 뿌린 나이 많은 사내가 기웃거리며 다가왔다.

"난 화성 해병입니다." 드레이퍼가 말했다. "화성인이라고요. 당신은 UN에서 일하잖습니까. 지구인이고요. 우린 같은 행성 출신도 아닙니다. 그러니 당신은 날 고용할 수 없어요."

"내 이름은 크리스젠 아바사랄라입니다. 내가 누군지 주변에 물어봐요."

그들은 한동안 아무 말도 하지 않았다.

"제 이름은 바비입니다." 드레이퍼가 말했다.

"만나서 반가워요, 바비. 나와 함께 일해 줄래요?"

"생각할 시간을 주시겠습니까?"

"물론이죠." 아바사랄라가 말했다. 그녀는 터미널로 바비에게 개인용 번호를 보냈다. "생각하는 동안 내 밑에서 일하면 되겠군요."

VIP 아파트에 도착한 아바사랄라는 아르준이 지금 듣고 있을 법한 음악을 틀었다. 물론 그가 벌써 잠자리에 들지 않았다면 말이다. 남편에게 전화를 걸고 싶었지만 억지로 참았다. 시간도 너무 늦었고, 감상에 젖어 횡설수설할지도 모를 만큼 술을 너무 많이 마셨다. 핸드터미널에 대고 울며 남편을 얼마나 사랑하는지 고백하는 것은 별로 습관으로 만들고 싶지 않은 행동이다. 아바사랄라는 사리를 벗고 만족스러울 만큼 길게 뜨거운 샤워를 즐겼다. 아바사랄라는 술을 자주 마시지 않는다. 알코올 때문에 정신이 둔해지는 것을 좋아하지 않았다. 하지만 오늘은 오랜만에 긴장을 풀고 단서들 사이에 존재하는 연결고리를 발견하는 데 필요한 정신적 여유를 즐긴 것 같았다.

드레이퍼는 매일 세세하게 보고를 하지는 않을망정 아바사랄라와 화성을 잇는 다리가 되어줄 것이다. 시작이 좋다. 게다가 그녀만 있는 것도 아니다. 데이터부서의 포스터를 끌어들일 수도 있다. 앞으로는 꽤 많은 일을 그를 통해 처리해야 하리라. 우선은 관계를 다지는 것부터 시작해야 할 것이다. 응우옌 제독의 암호통신 업무를 맡고 있다는 이유로 무작정 새로운 단짝친구가 되자고 들이대는 방식은 통하지 않는다. 먼저 사심이 섞이지 않은 컵케이크 몇 개. 그 후에야 미끼를 던진다. 그리고 또 누가 있을까….

핸드터미널에서 긴급 통신 알림이 울렸다. 아바사랄라는 물을 잠그고 목욕 가운을 단단히 여민 다음 허리띠를 두 번 돌려 묶고 수신을 허용했다. 아무리 술에 취했대도 핸드터미널에 알몸을 노출할 나이는 지났다. 연락해 온 것은 중요 감시업무 담당자였다. 터미널에 그다지 어울리지 않는 넓고 긴 구레나룻을 기른 중년 사내의 얼굴이 나타났다.

"아미르! 이 미친개 같으니. 왜 이렇게 늦은 시간까지 일하고 있는 거지?"

"애틀랜타로 옮겼습니다, 미스 아바사랄라." 아미르가 이빨을 드러내며 히죽 웃었다. 그는 아바사랄라를 '미스'라고 부르는 유일한 인물이었다. 두 사람이 마지막으로 연락한 것도 벌써 3년 전이다. "전 방금 점심을 먹었습니다. 그런데 임시 보고서에 미스 아바사랄라 이름이 표시되어 있더군요. 그래서 즉시 연락 드렸습니다. 보좌관한테 먼저 연락했는데 답이 없어서요."

"젊은 친구니까. 아직도 잠을 깊이 자는 버릇이 있어. 그게 단점이지. 보안 설정을 높일 테니 기다려 봐."

친근하게 잡담을 나누는 단계는 끝났다. 아바사랄라는 몸을 기울여 핸드터미널을 두 번 두드려 암호화를 지시했다. 적색 아이콘이 녹색으로 변했다.

"말해 봐." 그녀가 말했다.

"가니메데에서 날아온 소식입니다. 제임스 홀던에 대해 체포 보류 명령을 내려놓으셨지요?"

"그런데?"

"그가 움직이고 있습니다. 현지 과학자 한 명과 접촉한 것이 확인됐습니다. 프락시디케 멩이라는 과학자입니다."

"뭐 하는 사람이지?"

애틀랜타에서 아미르가 물이 흐르듯 자연스럽게 다른 파일을 열었다. "식물학자입니다. 어렸을 때 가족들과 함께 가니메데로 이주해서 줄곧 거기서 자랐습니다. 전문 분야는 분압저광 대두 변종입니다. 아내와는 이혼했고 자녀는 한 명. OPA나 다른 정치세력과의 관련성은 알려진 바 없습니다."

"계속해 봐."

"홀던과 멩, 에이모스가 그들의 선박을 떠났습니다. 무장한 상태고, 소규모 치안대와 접촉했습니다. 핑크워터입니다."

"숫자는?"

"현장분석가의 보고에는 없습니다. 아주 소규모입니다. 제가 알아볼까요?"

"시간 지연은?"

아미르의 짙은 갈색 눈동자가 가물거렸다.

"41분 8초입니다."

"문의를 멈춰. 다른 정보가 들어오면 나중에 내가 함께 보낼 테니."

"현장분석가에 따르면 홀던은 치안대와 협상을 했는데, 시간이 촉박한 상황에서 재계약 협상을 했거나 아니면 만남 자체가 우연히 이뤄진 것이라고 합니다. 어쨌든 양측이 일종의 합의에 이른 건 분명한 것 같습니다. 그런 다음 일행 전체가 현재는 사용되지 않는 통로를 통해 무단 침입을 시도했습니다."

"어디로?"

"폐쇄된 출입문입니다."

"염병, 그게 도대체 무슨 뜻이지? 크기는? 위치는?"

"제가 알아볼까요?"

"가니메데에 가서 그 망할 머저리 현장분석가의 불알을 걷어차 주고 와. 더 명확한 확인보고서도 요청하고."

"알겠습니다, 미스⋯." 아미르가 미소에 가까운 표정을 지으며 말했다. 그러더니 갑자기 미간을 찌푸렸다. "업데이트가 들어오고 있습니다. 잠시만요."

그러니까 OPA가 가니메데에서 일을 벌이고 있단 말이지. 뭔가를 심은 것일 수도 있고 아니면 뭔가를 발견한 것일 수도 있다. 어느 쪽이든 그 정체 모를 문이라는 것이 상황을 더 흥미롭게 만들고 있었다. 아미르가 보고서를 읽고 새 업데이트 내용을 분석하는 동안 아바사랄라는 손등을 긁적거리며 자신의 판단을 재고했다. 아바사랄라는 홀던이 단순한 관찰자로서 가니메데를 방문했다고 생각했다. 선발 정보수집팀 말이다. 어쩌면 그녀의 추측이 틀렸을 수도 있다. 만일 그가 프락시디케 멩이라는 문제의 인물을, 지금껏 전혀 주목받지 않은 식물학자를 만나러 간 것이라면 OPA는 바비 드레이퍼가 목격한 괴물에 대해 제법 많은 것을 알고 있는지도 모른다. 거기다 홀던의 상관이 현존하는 유일한 프로토분자 샘플을 보유하고 있다는 사실까지 더하면 가니메데 붕괴에 대한 서사가 분명한 형태를 갖춰가는 것 같았다.

하지만 이 가설에는 구멍이 있었다. 우선 OPA가 정말로 프로토분자로 장난을 치고 있다면 이를 뒷받침할 만한 전조나 신호가 전혀 존재하지 않았다. 프레드 존슨의 심리 프로파일 또한 이런 식의 테러 공작과는 일치하지 않는다. 프레드 존슨은 전통과 구식을 좋아했고 괴물의 공격은 분명 완전히 새로운 종류의 것이었다.

"총격전이 발생했습니다. 홀던과 그 일행이 무장한 저항세력과 충돌했습니다. 주변에 경계병을 세워놓아서 현장분석가가 접근할 수 없다고 합니다."

"저항세력이라니? 방금 버려진 구역이라고 하지 않았나? 그 망할 자식들이 누구랑 싸우고 있는 건데?"

"정보를 요청할까요?"

"씨발!"

40광분 밖에서 뭔가 중요한 일이 벌어지고 있는데 아바사랄라는 이곳, 자신의 집도 아닌 곳에서 벽에 귀를 대고 엿들으려 하고 있다. 좌절감이 거의 신체적인 통증으로까지 느껴졌다. 온몸이 짜부라지는 느낌이었다.

보내는 데 40분. 돌아오는 데 40분. 그녀가 무슨 말을 하든 어떤 지시를 내리든 시시각각 상황이 급변하는 현장에서 거의 한 시간 반이나 뒤처지게 된다.

"잡아들여." 아바사랄라가 말했다. "홀던, 에이모스, 그들의 핑크워터 동료들, 그리고 의문의 식물학자까지 몽땅 잡아들여. 지금 당장."

아미르가 애틀랜타에서 쭈볏거렸다.

"미스 아바사랄라, 만일 그들이 전투 중이라면⋯."

"그럼 개떼를 들여보내서 싸움을 뜯어말린 다음 데리고 오면 되지. 감시 단계는 지났어. 내 말대로 시행해."

"알겠습니다."

"일이 완료되면 연락하도록."

"네."

아바사랄라는 명령서를 작성해 승인을 거쳐 전송하는 아미르의 얼굴을 지켜보았다. 그의 손가락이 움직일 때마다 눈앞에서 화면이 그려지는 것 같았다. 그녀는 광속보다 더 빨리 움직여 이 빌어먹을 문제를 어서 해치우라고 그를 끊임없이 재촉했다.

"명령을 보냈습니다. 현장분석가에게서 보고가 오면 곧장 알려드리겠습니다."

"나도 기다리고 있을 테니까, 만일 내가 응답하지 않으면 잠에서 깰 때까지 계속 걸어 봐."

아바사랄라는 연결을 끊고 뒤로 기대앉았다. 머릿속에서 벌떼가 윙윙거리는 것 같았다. 제임스 홀던이 또다시 판을 뒤집었다. 그 청년은 아무래도 그쪽에 재주가 있는 모양이었다. 하지만 그가 유명한 이유는 그것뿐만이 아니지. 멩이라는 새로운 인물이 등장한 것 또한 전혀 예상치 못한 일이었다. 그는 이중간첩이나 OPA에 가담하고 싶은 지원자, 그게 아니면 OPA를 함정에 빠뜨리기 위한 미끼일 수도 있다. 아바사랄라는 불을 끄고 잠을 잘까 생각했지만, 도박은 피하는 것이 좋을 것 같았다.

대신에 그녀는 UN 정보부 데이터베이스에 접속했다. 어떤 소식이 됐든 빨라 봤자 1시간 30분 후에나 접할 수 있을 것이다. 그 사이에 그녀는 프락시디케 멩이 누구이며 어째서 이번 사건에서 중요한 역할을 맡고 있는지 알아내고 싶었다.

19
홀던

"나오미, 이륙 준비해. 당장 이곳을 떠난다. 지금 당장."

홀던의 주위에 검은 필라멘트가 온 사방에 흩어져 있다. 검은 거미집이 빙빙 그를 둘러싸고 있는 것처럼 느껴졌다. 홀던은 지금 다시 에로스에 와 있었다. 수천수만 구의 시체들이 인간이 아닌 이질적인 존재로 변하는 것을 보고 있었다. 진즉에 떨쳐버렸다고 생각했건만 에로스는 그를 놓아주지 않았다. 밀러와 홀던은 에로스를 탈출했지만, 그것은 결국 밀러를 데려갔다.

그리고 그것이, 홀던을 잡으러 다시 돌아왔다.

"왜 그래요, 짐?" 나오미가 저 멀리서 까마득한 목소리로 물었다. "짐?"

"이륙 준비하라고!"

"그거예요." 에이모스가 나오미에게 말했다. "에로스에서 봤던 거요."

"제기랄, 놈들이…." 홀던은 공포가 그의 온몸을 지배하기 전에,

말문을 앗아가기 전에 간신히 한마디를 내뱉었다. 심장이 밖으로 뛰쳐나오고 싶은지 늑골을 미친 듯이 두들겨서 HUD로 남은 산소량을 확인해야 했다. 방 안의 공기가 한 점도 남김없이 빨려 나간 것처럼 숨이 턱 막혔다.

시야 가장자리에서 사람의 손처럼 생긴 것이 잽싸게 벽을 타고 올라가며 갈색 점액질 자국을 남겼다. 홀던이 번개 같은 속도로 몸을 돌려 라이플을 겨누자 희멀건 얼음 아래 색이 바랜 핏자국으로 바뀌어 있었다.

에이모스가 걱정스러운 표정으로 다가왔지만, 홀던은 손을 휘저어 그를 물리쳤다. 개머리판을 바닥에 딛고 옆에 쌓여 있는 궤짝에 몸을 기대 호흡을 가다듬었다.

"빨리 빠져나가야 할 것 같습니다." 웬델이 말했다. 그와 폴라는 복부에 상처를 입은 핑크워터 동료를 돌보고 있었다. 부상자는 벌써 호흡곤란을 겪고 있었다. 그가 힘겹게 숨을 내쉬자 왼쪽 콧구멍에 맺혀 있던 피 섞인 붉은 공기 방울이 톡 하고 터졌다.

"짐?" 나오미가 귓전에서 조용한 목소리로 말했다. "짐, 저도 에이모스의 슈트 카메라로 그걸 봤습니다. 그리고 그게 무슨 뜻인지도 압니다. 지금 이륙을 준비 중입니다. 암호화된 트래픽도 끊어졌어요. 제 생각엔 모두 철수한 것 같습니다."

"모두 철수했다고…." 홀던이 중얼거렸다.

핑크워터 대원들이 그를 물끄러미 바라보고 있었다. 그들의 얼굴에 떠오른 불안감은 이제 두려움으로 변했다. 홀던의 공포심이 그 검은 필라멘트가 뭔지도 모르는 그들마저 전염시킨 것이다. 그들은 그가 솔선해 행동을 취해주길 바랐고 홀던 역시 자신이 그래야 한다는 사실을 알고 있었지만, 무엇을 어떻게 해야 할지 짐작조차 가지 않았다. 너무 많은 이미지가 너무 빠른 속도로 머릿속을 번쩍거리며 지나갔다. 마치 재생 속도가 너무 빨라 무슨 내용인지 알아볼 수 없는 비디오 영상과도 같았다. 샤워실에 누워 있는 줄리마오, 그녀를 칭칭 둘러싸고 있는 검고 가는 섬유질, 끔찍한 악몽처럼 뒤틀리고 왜곡된 그녀의 몸, 방사선실 바닥에 널브러진 시체들, 에로스에서 좀비처럼 허우적거리던 감염자들, 그리고 한 방울만 묻어도 사형선고나 다름없는, 좀비들이 입에서 토해 내던 갈색 점액. 에로스에서 새어 나온 호러 영화 같은 화면들, 발가벗은 상체와 알 수 없는 임무라도 받았는지 프로토분자가 널린 복도를 가로질러 뒤에 달린 몸뚱이를 질질 끌고 가던 한쪽 팔⋯.

"선장님." 에이모스가 홀던의 팔을 건드렸다. 그 바람에 소스라치게 놀라 뒤로 펄쩍 물러나다가 하마터면 콰당 넘어질 뻔했다.

홀던은 목구멍으로 올라오는 걸쭉하고 시큼한 덩어리를 삼키며 말했다. "알았어. 좋아. 난 괜찮아. 그만 가지. 나오미, 알렉스에게 연락해. 로시난테 호가 필요해."

나오미는 한동안 대답하지 않았다. "검문은 어쩌⋯."

"망할, 지금 당장이라고 했어, 나오미!" 홀던이 버럭 고함을 질렀다. "염병할 지금 당장! 알렉스한테 지금 당장 연락하라고!"

그녀는 대답하지 않았다. 하지만 총상을 입은 핑크워터 대원이 마지막으로 길고 덜걱이는 숨을 내뱉고는 바닥으로 풀썩 쓰러졌다. 상처를 입은 웬델도 딸려 함께 넘어지고 말았다.

"지금 가야 돼." 홀던이 웬델에게 말했다. 그 말의 진정한 의미는 이랬다. '우린 그를 도울 수 없어. 여기 계속 있다간 우리도 죽을 거야.' 그러나 웬델은 이해하지 못했다. 그는 고개를 끄덕이고 는 한쪽 무릎을 꿇고 동료의 저중량 장갑복을 벗기기 시작했다. 에 이모스가 벨트에서 비상구급함을 꺼내 웬델의 옆에 내려놓았다. 웬델이 상처를 치료하는 동안 폴라는 하얗게 질린 얼굴로 그 모습 을 지켜보았다.

"지금 당장 가야 한다고." 홀던은 에이모스를 붙잡고 잘잘 흔들 고 싶었다. "에이모스, 그만해, 우린 지금 당장 출발해야 해, 에로 스가…."

"선장님." 에이모스가 말했다. "외람된 말이지만, 여긴 에로스 가 아닙니다." 그는 구급함에서 주사기를 꺼내 쓰러져 있는 사내에 게 약을 주입했다. "방사선실도 없고, 끈적이는 점액 덩어리를 토 하는 좀비도 없어요. 부서진 상자와 아주 많은 시체뿐입니다. 그 리고 저 검은 필라멘트하고요. 그게 '뭔지'는 모르지만 어쨌든 여 긴 에로스가 아니에요. 그러니 이 친구를 여기 버리고 가진 않을 겁니다."

홀던은 마음 한구석으로 에이모스가 옳다는 것을 알고 있었다. 그보다 홀던이 아직 자기 자신이라고 믿는 사람이라면, 아직 숨이 붙어 있는 부상자를 절대로 여기 남기고 가지 않을 것이다. 아무리 낯선 사람이라 할지라도, 특히 그를 위해 일하다 상처를 입었다면 더더욱 그렇다. 홀던은 천천히 가슴을 부풀리며 심호흡을 크게 세 번 했다. 프락스가 에이모스의 옆에 앉아 구급함을 들고 있었다.

"나오미." 홀던이 입을 열었다. 방금 그녀를 윽박지른 것을 사 과하려던 참이었다.

"알렉스가 오는 길입니다." 나오미가 말했다. 낮고 딱딱한 목소리였지만 딱히 그를 책망하는 것 같지는 않았다. "하지만 몇 시간은 걸릴 겁니다. 봉쇄를 뚫는 건 쉽진 않겠지만, 방법이 있을 것 같답니다. 어디에 착륙하라고 할까요?"

결정을 내리기도 전에 입에서 대답이 흘러나왔다. "솜남뷸리스트 호가 있는 선착장으로 오라고 해. 그 배는 다른 사람에게 줄 테니까. 도착하면 에어록 밖에서 만나지."

홀던은 주머니에서 솜남뷸리스트 호의 전자키를 꺼내 웬델에게 던졌다. "이걸 쓰면 배에 탈 수 있어. 당신들이 해 준 서비스의 착수금이라고 생각해."

웬델은 고개를 끄덕이며 키를 챙긴 다음 다시 부상자에게로 관심을 돌렸다. 그는 아직 숨을 쉬고 있었다.

"저 친구를 잘 데리고 갈 수 있을까?" 홀던은 1분 전만 해도 자신이 그 대원을 죽게 내버려 두려고 했다는 사실을 상기하지 않으려고 애쓰며 물었다. 자신이 다시 침착한 목소리를 낼 수 있다는 것이 뿌듯했다.

"선택의 여지가 없잖습니까." 에이모스가 대답했다.

"그럼 누가 들고 옮겨야 한단 소리인데." 홀던이 말했다. "아니, 넌 안 돼, 에이모스. 넌 후방을 지켜야 하니까."

"내가 하죠." 웬델이 말했다. "어차피 이 손으로는 총도 제대로 쏠 수 없으니까."

"프락스, 저 친구를 도와주십시오." 홀던이 말했다. "어서 여길 빠져나갑시다."

그들은 부상자를 데리고 움직일 수 있는 최대의 속도로 이동했다. 자신들이 죽인 남녀의 시체를 빠르게 지나갔다. 그보다 더 무서운 것은 그들이 죽이지 않은 시체들과 마주치는 것이었다. 그리고 카토아의 더 이상 움직이지 않는 작은 시신. 프락스의 눈길이 저도 모르게 조그만 몸뚱이로 향했지만, 홀던이 그의 재킷을 붙잡고 끌어당겼다.

"저건 메이가 아닙니다." 홀던이 말했다. "조금이라도 우리 발목을 잡으면 당신도 두고 갈 겁니다."

입술을 떠나자마자 비정한 협박처럼 들렸지만, 빈말은 아니었다. 홀던이 검은 필라멘트를 발견한 순간, 과학자의 어린 딸을 찾는다는 목표는 최우선 순위에서 밀려났다. 그리고 솔직히 말해 과학자를 버리고 간다는 것은 애써 발견한 그의 딸이 프로토분자 괴물로 변해, 태어났을 때는 없던 온몸의 구멍에서 갈색 점액질이 질질 흐르고 눈과 입에서는 검은 섬유질이 꾸물거릴 때 홀던은 결코 그 자리에 있고 싶지 않다는 의미를 내포하고 있었다.

출구를 지키고 있던 나이 많은 핑크워터 대원이 도움을 요청하지도 않았는데 부상자를 도우러 달려 나왔다. 프락스는 말 한마디 없이 부상자를 넘겨주고 폴라의 뒤로 자리를 옮겼다. 폴라는 기관권총으로 앞길을 경계하며 걷고 있었다.

들어올 때는 얼핏 지겹게 느껴졌던 통로들이 이제는 거의 사악하게 보였다. 조금 전까지 거미집을 연상시켰던 얼음벽에 긴 성에가 지금은 살아있는 생물의 혈관처럼 보였다. 그것이 약동하는 것처럼 보이는 것은 홀던의 눈가에 경련을 일으키는 과다한 아드레날린 때문일 것이다.

가니메데의 지표면에는 8렘의 방사선이 작렬하고 있다. 자기권이 있는데도 하루에 8렘이다. 목성이 이처럼 끝없는 에너지를 공급해주는 곳에서 프로토분자는 얼마나 빨리 성장하게 될까? 에로스는 프로토분자에 장악된 뒤에 무시무시한 힘을 얻었다. 관성의 도움도 없이 놀라운 가속도가 붙을 수도 있었다. 보고된 바에 따르면 금성의 대기와 화학적 구성도 그렇게 바뀌었을 것이다. 겨우 1만 명의 인간 숙주와 1천조 톤의 질량으로 말이다.

가니메데는 에로스보다 몇 배는 더 많은 인간과 비교도 안 될 만큼 거대한 질량을 갖고 있다. 이처럼 풍부한 자원을 손에 넣은 고대의 외계 무기는 무엇을 할 수 있게 될 것인가?

에이모스가 마지막 해치를 열어젖혔다. 홀던 일행은 이제 가니메데의 인구밀집 구역에 도착했다. 아직 감염된 사람은 아무도 없는 것 같았다. 이성 없는 좀비들이 비틀거리며 걸어 다니지도 않고, 벽과 바닥에 숙주를 찾아 헤매는 외계 바이러스가 가득한 갈색 토사물이 묻어 있지도 않았다. 프로토젠이 고용한 깡패들이 사람들을 살상구역으로 몰아넣고 있지도 않았다.

'프로토젠은 망했어.'

이제껏 홀던이 존재하는지도 몰랐던, 마음속 깊숙한 곳에서 스멀거리던 무언가가 표면으로 힘차게 밀치고 올라왔다.

프로토젠은 망했어. 프로토젠은 이미 망했다. 홀던 자신이 거기에 일조했다. 그는 에로스 실험을 고안하고 실천한 작자가 밀러의 손에 죽는 것을 두 눈으로 직접 봤다. 포에베는 화성 함대의 핵 폭격을 맞고 가스 덩어리로 화해 토성의 거대한 중력에 휘말려 사라졌다. 에로스는 금성의 산성 및 고압 대기와 충돌했고 이제 그곳은 인간이 만든 어떤 선박도 접근할 수 없다. 그리고 프로토젠이 갖고 있던 유일한 프로토분자 표본을 손에 넣은 것은 바로 홀던 자신이었다.

그렇다면 가니메데에 프로토분자를 가져온 것은 누구인 걸까?

홀던은 그것을 프레드 존슨에게 평화회담에서 협상 무기로 활용하라고 주었다. 외행성 연합은 내행성 간의 짧은 전쟁이 끝난 후 어수선한 정국을 틈타 꽤 많은 이득을 취했다. 하지만 원하는 것을 전부 얻지는 못했다. 가니메데 주위를 돌고 있는 내행성 함대가 그 증거였다.

프레드가 태양계에 유일하게 현존하는 프로토분자를 갖고 있다. 왜냐하면 홀던이 그에게 주었기 때문이다.

"프레드야." 그는 저도 모르게 소리 내어 말했다.

"뭐가 프레드죠?"

"이거. 여기서 일어나고 있는 일. 그가 한 짓이야."

"아닙니다." 나오미가 말했다.

"내행성에 전쟁을 일으키기 위해, 슈퍼 무기를 테스트하기 위해, 뭐 그런 거겠지. 그가 한 짓이야."

"아니라니까요." 나오미가 말했다. "그건 우리가 모를 일입니다."

갑자기 공기가 뿌옇고 탁해지면서 머리카락과 살이 타는 역겨운 냄새가 목에 걸리는 바람에 대답하지 못했다. 에이모스가 손을 들어 멈추라는 신호를 보냈다. 핑크워터 대원들이 전진을 중단하고 방어 자세를 취했다. 에이모스가 갈림길로 접근해 왼쪽 통로 안쪽을 한참 동안 주시했다.

"뭔가 안 좋은 일이 벌어진 것 같습니다." 에이모스가 말했다. "시체가 대여섯 구 보이는데요. 그리고 그보다 더 많은 수가 신나서 축하를 벌이고 있습니다."

"무장했어?" 홀던이 물었다.

"오, 그럼요."

문제를 대화로 해결하는 홀던. 나오미가 좋아했고 그래서 되찾길 바라는 홀던은 항변할 틈도 없었다. 새로운 홀던이 말했다. "지나갈 수 있게 만들어."

에이모스가 꺾인 벽 뒤에서 몸을 내밀어 자동산탄총으로 길게 갈겼다.

"전진." 총소리의 잔향이 희미해지자 홀던이 말했다.

핑크워터 대원들이 다시 부상자를 부축해 통로를 따라 시체들을 건너갔다. 프락스도 뒤에 붙어 고개를 푹 숙인 채 가느다란 팔을 힘차게 흔들었다. 홀던은 통로 중앙에서 불타고 있는 시체 더미를 힐끗 쳐다보았다. 아마도 시신을 태운 것은 일종의 메시지일 것이다. 아직 서로를 잡아먹을 만큼 상황이 나쁘진 않으니까. 그렇지?

모닥불에 타고 있는 것들 외에도 골이 진 금속 바닥에 피 흘리는 시체 몇 구가 누워 있었다. 그것이 에이모스의 작품인지 아닌지는 알 수가 없었다. 예전의 홀던이라면 물어봤을 것이다. 새로운 홀던은 그러지 않았다.

"나오미." 나오미의 목소리가 듣고 싶었다.

"여기 있습니다."

"작은 문제가 있는데."

"설마…." 그녀의 목소리에서 두려움이 느껴졌다.

"아니, 프로토분자가 아니야. 하지만 현지인들도 곤란하긴 마찬가지야. 문을 잠가." 생각도 하기 전에 단어들이 입 밖으로 튀어나왔다. "반응로도 달궈놓고. 우리한테 무슨 일이 생기면 우린 놔두

283

고 알렉스와 접선해. 타이코에는 가지 마."

"짐!" 나오미가 말했다. "저는…."

"타이코에는 가지 마. 프레드 짓이야. 그 사람한테 가면 안 돼."

"아니라니까요." 나오미가 마치 새로 찾은 주문이라도 되는 듯 되뇌었다.

"30분 안에 도착하지 않으면 그냥 출발해. 이건 명령이다, 부선장."

적어도 그녀는 피할 수 있겠지. 홀던은 속으로 생각했다. 가니메데에 무슨 일이 생기더라도 최소한 나오미는 살아남을 수 있을 것이다. 욕조 속에 끔찍한 모습으로 죽어 있는 줄리를 나오미의 얼굴로 상상하자 자신도 모르게 작은 탄식이 흘러나왔다. 에이모스가 돌아보자 홀던은 아무 말 없이 손만 휘저었다.

프레드가 한 짓이야.

그리고 만일 정말로 프레드가 범인이라면, 이건 홀던이 저지른 짓이나 다름없었다.

홀던은 지난 1년간 프레드를 위해 법을 집행했다. 프레드의 위대한 OPA 정부를 위해 해적들을 추격하고 침몰시켰다. 홀던이 지금과 같은 사람이 된 것도 어느 정도는 외행성의 해방과 자치정부라는 프레드의 꿈을 믿었기 때문이다.

그런데 프레드는 비밀리에…, 이런 짓을 계획하다니.

홀던은 프레드가 새로운 태양계 질서를 구축하게 돕느라 자신이 지금껏 미뤄온 것들을 떠올렸다. 그는 아직껏 나오미와 함께 지구에 있는 부모님들을 찾아뵙지 못했다. 나오미가 지구에 갈 수 없기 때문이 아니었다. 가족들을 루나로 불러 만날 수도 있었다. 톰

아버지는 도리질을 쳤겠지. 그분은 원래 여행을 싫어했다. 그러나 나오미가 그에게 얼마나 소중한지 홀던이 설명한다면 그분들 모두가 그녀를 만나러 올 것이라 확신했다.

프락스를 만나고 그가 어린 딸을 되찾기 위해 발버둥 치는 모습을 보면서, 홀던은 그것이 어떤 느낌인지 자신이 간절히 알고 싶어 한다는 사실을 깨달았다. 타인에 대한 그런 지독한 갈망을 경험해보고 싶었다. 부모님들에게 다음 세대를 안겨주고 싶었다. 그들이 자식인 그에게 쏟은 온갖 정성과 노력이 그만한 가치가 있었음을 알려주고, 그가 그것을 다음 세대에게 물려주리라는 것을 보여주고 싶었다. 그의 자식을 보여주었을 때 부모님들의 얼굴에 떠오를 표정을 세상 그 무엇보다도 간절하게 보고 싶었다. 홀던의 아이, 그리고 나오미의 아이.

프레드는 홀던에게서 그 기회를 빼앗아갔다. 처음에는 그를 OPA의 깡패로 활용하며 그의 시간을 낭비했고 지금은 이런 배신감을 안겨주었다. 가니메데에서 탈출하기만 한다면 프레드에게 반드시 그 죗값을 치르게 할 것이다.

에이모스가 다시 정지 신호를 보냈다. 벌써 항구에 도착해 있었다. 홀던은 간신히 상념에서 깨어났다. 어떻게 여기까지 왔는지 기억나지도 않았다.

"깨끗해 보입니다." 에이모스가 말했다.

"나오미." 홀던이 말했다. "배 주변은 어때?"

"여기도 깨끗한 것 같습니다. 하지만 알렉스가…."

날카로운 전자음에 묻혀 그녀의 목소리가 끊어졌다.

"나오미? 나오미?" 황급히 물었지만, 대답이 없었다. 홀던은 에이모스에게 말했다. "뛰어! 최대한 빨리 배에 탄다!"

에이모스와 핑크워터 대원들은 부상당한 몸과 의식을 잃은 동료를 이끌고 전속력으로 선착장을 향해 뛰었다. 홀던은 후미에서 달리며 소총을 어깨에 메고 안전장치를 풀었다.

그들은 항구 구역의 비비 꼬인 통로를 따라 돌진했다. 에이모스가 웅장한 목소리와 산탄총으로 언어 외의 협박을 내지르며 앞길을 막는 행인들을 막무가내로 몰아냈다. 히잡을 두른 나이 든 여인이 폭풍전야의 가냘픈 나무이파리처럼 화들짝 놀라 도망갔다. 스테이션에 프로토분자가 살포되었다면 지금 홀던의 옆을 지나는 이들은 벌써 죽은 목숨이었다. 산티차이와 멜리사와 그들이 도와주고 싶어 하는 가니메데의 주민들도. 가니메데의 사회 생태계가 무너지기 전에 평범한 시민이었던 살인자들과 깡패와 폭도들도. 만일 프로토분자가 살포되었다면 이들은 모두 죽은 것이나 마찬가지였다.

그런데 왜 아직도 멀쩡한 거지?

홀던은 그가 품은 의문을 옆으로 밀쳐놓았다. 그런 것은 나중에 (나중이라는 게 가능하다면) 고민하면 된다. 누군가 에이모스에게 큰소리로 항의하자 에이모스가 천장에 대고 총을 발사했다. 구호선을 사기 쳐 뜯어먹으려는 놈들 말고 진짜 항만치안대가 있더라도 그들을 저지하려 들지는 않을 것이다.

솜남뷸리스트 호의 외부 에어록은 닫혀 있었다.

"나오미, 거기 있어?" 출입카드를 찾아 주머니를 급히 뒤지면서 나오미를 불렀지만, 대답이 없었다. 홀던은 카드를 웬델에게 줬던 것이 기억났다. "웬델, 문을 열어줘."

핑크워터의 리더는 대답하지 않았다.

"웬델…." 홀던은 웬델을 부르려다 웬델이 휘둥그런 눈으로 그의 뒤쪽을 빤히 쳐다보고 있는 것을 보고는 입을 다물었다. 고개를 돌리니 아무 표식도 없는 회색 장갑복을 입은 장정 다섯 명이(모두 지구인이었다) 서 있었다. 전부 대구경 무기를 들었다.

'안 돼.' 하는 말이 머릿속에 떠오르자마자 홀던은 총을 들어 자동 모드로 단숨에 놈들을 쓸어버렸다. 다섯 중 셋이 피를 뿜으며 쓰러졌다. 새로운 홀던이 환호했다. 옛 홀던은 조용했다. 이들이 누구인지는 중요하지 않았다. 스테이션 치안대인지 내행성 군인인지 아니면 조금 전에 전멸한 비밀 기지의 남은 용병인지도 중요하지 않았다. 누구든 그와 동료들이 이 저주받을 위성을 떠나지 못하게 막으려 든다면 모조리 죽여 버릴 것이다.

홀던은 누가 바닥에서 자신의 다리를 쐈는지 보지 못했다. 하지만 1초도 지나지 않아 그는 다시 벌떡 일어나 회색 장갑복 무리를 향해 남은 탄약을 몽땅 쏟아부었다. 다음 순간 대형 해머가 그의 오른쪽 넓적다리를 거세게 내리쳤다. 홀던은 몸이 바닥으로 기우는 와중에 에이모스가 거칠게 포효하며 휘갈기는 자동산탄총으로 나머지 두 무장 요원을 쓰러트리는 것을 보았다.

홀던은 옆으로 몸을 굴려 다친 사람이 없는지 눈동자를 굴리다가, 서 있던 다섯 명이 실은 적 병력의 절반에 불과하다는 사실을 발견했다. 뒤쪽 통로에서 장갑복 다섯이 더 접근하는 것을 보고 핑크워터 대원들이 손을 올리며 무기를 내려놓았다.

에이모스는 그들을 보지 못했다. 그가 빈 탄창을 해제하고 벨트에서 새 탄창을 꺼내 장전한 순간, 한 용병이 그의 머리에 큼지막한 무기를 갖다 대고 방아쇠를 당겼다. 에이모스의 헬멧이 날아갔다. 그의 몸이 물결 모양의 금속 갑판 위로 풀썩 쓰러졌다. 바닥에 핏줄기가 번져 나갔다.

홀던은 돌격소총에 새 탄창을 끼우려 했지만, 손이 말을 듣지 않았다. 장전하기도 전에 한 병사가 순식간에 다가와 소총을 멀리 차 내버렸다.

아직 살아있는 핑크워터 대원들의 머리가 검은 자루 속으로 사라지는 모습이 눈에 들어온 순간, 누군가 홀던의 머리 위에도 검은 자루를 뒤집어씌웠다. 그는 암흑 속으로 던져졌다.

20
바비

화성 대표단은 UN 청사에서 스위트룸을 배정받았다. 방 안의 가구는 진짜 나무로 만들어져 있었다. 벽에 걸린 그림도 인쇄된 것이 아니라 진품이었다. 카펫에서는 새것의 냄새가 났다. 바비는 UN 청사 내에서 모두가 왕처럼 사는 게 아니라면 화성 대표단의 기선을 제압하기 위한 꼼수일 것이라고 생각했다.

바에서 아바사랄라와 만나고 몇 시간 뒤, 토르손이 다음 날 보자는 연락을 해 왔다. 지금 바비는 화성 대표단의 임시 사무실 로비에 있는 체리목과 녹색 벨벳 쿠션으로 구성된 베르제르 스타일 의자에 앉아 있었다. 아마 그녀의 2년 치 봉급과 맞먹는 가격일 것이다. 맞은편에 설치된 벽걸이 스크린에서는 뉴스 채널이 음소거 상태로 방송 중이었다. 무슨 내용인지 알 수 없는, 때로는 섬뜩하기조차 한 이미지들이 흘러나왔다. 파란 방에 있는 책상에 마주 앉아 떠들고 있는 두 개의 머리, 화염에 휩싸인 커다란 건물, 길고 하얀 복도를 걸어가며 활기찬 동작으로 양쪽을 손짓하는 여자,

측면에 심각한 손상을 입고 궤도 스테이션에 정박해 있는 UN 전함, 바비가 모르는 깃발을 배경으로 카메라에 대고 뭐라 말하는 붉은 얼굴의 남자.

뭔가 중요한 의미를 담고 있는 것 같으면서도 동시에 아무 의미도 없는 화면들이었다. 몇 시간 전의 바비였다면 저 화면을 보며 당혹감을 느꼈을 것이다. 어디선가 리모컨이라도 찾아와 저 두서없는 정보에 어떻게든 최소한의 맥락이라도 더하기 위해 소리를 키워야 한다는 강박관념에 시달렸을 것이다.

하지만 지금 바비는 바위 사이를 흐르는 냇물처럼 무의미한 이미지들이 자연스럽게 그녀를 스쳐 지나가도록 내버려 두고 있었다.

김대중호에서 몇 번 본 적이 있지만 실제로 소개받은 적은 없는 젊은 남자가 건너편에서 핸드터미널을 바삐 두드리며 허둥지둥 걸어왔다. 아직 로비를 반도 건너오지 않았는데 벌써 말을 걸었다. "그분이 만나시겠답니다."

바비는 한참 후에야 그 말이 자신을 향한 것임을 깨달았다. 더 이상 얼굴을 직접 맞댈 필요도 없을 정도로 그녀의 주가가 내려간 것이 분명했다. 더 많은 무의미한 데이터들, 더 많은 시냇물이 그녀를 지나 흘러갔다. 바비는 끙 소리를 내며 의자에서 일어났다. 1g에서 몇 시간 동안 걷는 것은 생각보다 훨씬 피곤한 일이었다.

바비는 토르손의 업무실이 스위트룸에서 가장 작은 방인 것을 알고 조금 놀랐다. 토르손이 사무실 크기로 암시되는 권력 순위에 별 관심이 없거나 아니면 실제로 개인 업무실의 크기로 지위가 결정되는 이 대표단에서 제일 바닥이라는 의미일 것이다. 어느 쪽인지도 별로 알고 싶지 않았다. 바비가 들어갔는데도 토르손은 데스크터미널 위에 고개를 숙인 채 아는 체도 하지 않았다. 별로 자존심은 상하지 않았다. 그가 그녀에게 무엇을 가르치고 싶어 이런 식으로 구는지도 관심 없었다. 토르손의 업무실이 작다는 것은 손님용 의자가 작다는 뜻이었고, 다리의 통증만으로도 바비가 신경 쓸거리는 충분했다.

"그땐 내가 너무 과민반응을 한 것 같네." 마침내 토르손이 입을 열었다.

"네?" 바비는 속으로 두유차를 어디서 구할 수 있을지 고민하고 있었다.

토르손이 고개를 들고 바비를 빤히 바라봤다. 그가 평소에 짓는 온화한 미소의 퍼석퍼석 마른 버전을 흉내 내는 표정이었다. "이것만은 말해두지. 자네의 돌발 행동이 화성의 신뢰성에 상처를 입힌 것은 의심의 여지가 없는 사실이야. 하지만 마르텐스가 지적한 바와 같이, 크게 보면 자네가 얼마나 큰 트라우마를 겪고 있는지 잘 이해하지 못한 내 잘못이라고 할 수 있지."

"아." 바비가 말했다. 토르손의 등 뒤에 걸린 액자에는 도시를 배경으로 커다란 금속 구조물이 우뚝 서 있는 사진이 걸려 있었다. 구식 로켓 발사대처럼 생긴 구조물이었는데, 사진 밑에는 '파리'라고 적혀 있었다.

"그래서 자네를 화성으로 돌려보내는 대신에 여기서 참모로 일하게 할 생각이야. 자네가 대표단에 끼친 피해를 벌충할 기회도 주고."

"왜요?" 바비는 방에 들어온 후 처음으로 토르손의 눈을 똑바로 마주치며 물었다. "제가 왜 여기 있는 겁니까?"

희미한 미소가 사라지고 감정이 절제된 찌푸림이 그 자리를 대신했다. "뭐라고?"

"제가 왜 여기 있는 겁니까?" 바비는 징계위원회를 떠올렸다. 만일 토르손이 그녀를 화성으로 돌려보내지 않는다면 가니메데에 다시 배치되기가 어려워질까? 아니, 가니메데에 다시 배치될 수나 있나? 그냥 다 때려치우고 내 돈으로 표를 사 버려? 바비는 해병대를 그만둔다는 상상만으로도 서글퍼졌다. 한동안 느끼지 못했던 강렬한 감정이었다.

"자네가 왜…." 토르손이 말을 하려 했지만, 바비가 가로막았다.

"그 괴물에 관해 이야기하지 못하게 하기 위해서겠죠. 솔직히 말해, 저를 꿰다 놓은 보릿자루처럼 앉혀놓을 거면 그냥 집에 가는 게 낫겠습니다. 그 시간에 다른 일이라도 할 수 있을 테니까요."

"자네." 토르손이 단호한 목소리로 말했다. "자네가 여기 있는 건 내가 시키는 일을 하기 위해서야. 내 말 알아듣겠나, 병사?"

"네, 알겠습니다." 바비가 대답했다. 시냇물이 졸졸 흐른다. 그녀는 바위였다. 이런 것쯤으로는 끄떡도 하지 않는다. "그만 가 보겠습니다."

바비는 몸을 돌려 방을 나갔다. 토르손은 마지막 말을 당부할 틈도 없었다. 스위트룸을 나가는데 마르텐스가 주방에서 커피에 크림을 타고 있는 것이 보였다. 두 사람은 거의 동시에 서로를 발견했다.

"바비." 마르텐스가 말했다. 지난 며칠 동안 그는 그녀에게 유독 살갑게 굴었다. 보통 때라면 연애나 성적 접촉을 위한 술수라고 여겼을 테지만 마르텐스의 경우에는 이른바 '망가진 해병 고치기' 상자에 들어 있는 또 다른 용구에 불과할 것이다.

"네, 대령님." 바비가 대답했다. 그녀는 발을 멈췄다. 문 쪽으로 그녀를 잡아끌고 있는 일종의 정신적 중력이 느껴졌지만, 마르텐스는 이제껏 그녀에게 친절하게 대해 준 죄밖에 없다. 그리고 바비는 다시는 이런 사람을 만나지 못할 것이라는 이상한 예감이 들었다. 바비가 그에게 손을 내밀자 마르텐스가 맞잡았다. 바비가 말했다. "전 이제 그만 둘 겁니다. 더 이상 저한테 시간 낭비하실 필요 없습니다."

그는 서글픈 미소를 지어 보였다. "내가 아무것도 이루지 못했다는 느낌이 드는 것과는 별개로, 이상하게 시간 낭비를 했다는 생각은 안 드는군. 그래도 우린 친구로 헤어지는 거지?"

"저는…." 바비는 목에 걸려 있는 뜨거운 덩어리를 삼켰다. "제가 대령님 경력 같은 것에 누를 끼치지 않았길 빕니다."

"난 그런 걱정 안 해." 마르텐스가 그녀의 등에 대고 말했다. 바비는 벌써 문밖으로 걸어나가고 있었다. 그녀는 돌아보지 않았다.

바비는 복도에서 핸드터미널을 꺼내 아바사랄라가 준 번호로 전화를 걸었다. 신호음이 곧장 음성사서함으로 넘어갔다.

"좋습니다." 바비가 말했다. "말씀하신 제안 받아들이지요."

출근 첫날은 속 시원한 해방감이 느껴지면서도 일면 겁이 났다. 바비는 언제나 새로운 임무를 부여받을 때면 모든 것이 자신의 능력 밖이고, 그녀가 잘못된 옷을 입거나 해서는 안 될 말을 하고 있으며, 또는 마주치는 사람들이 전부 그녀를 시험하고 있다는 느낌을 받곤 했다. 하지만 이런 극도의 불안감도 이 자리가 최소한 한

동안은 그녀가 원하는 대로 완전히 새로운 자기 이미지를 창조할 절호의 기회가 되어 줄 것이라는 들뜬 심정에 비하면 아무것도 아니었다.

아바사랄라의 무관심 속에서 가만히 서서 대기 중일 때조차도 그런 기대감은 누그러들지 않았다.

아바사랄라의 집무실을 보니 화성 대표단이 받은 스위트룸이 기를 죽이기 위한 것이라는 의심이 더욱 확고해졌다. 사무차장보는 겨우 전화 한 통으로 바비를 토르손의 관할에서 UN 연락관으로 옮길 수 있을 정도의 권력을 쥐고 있었지만, 그녀의 집무실에는 퀴퀴한 담배 냄새가 진동하는 싸구려 카펫이 깔려 있었다. 책상은 낡고 흠집투성이였다. 체리목 의자 따위도 없었다. 이 방에서 그나마 정성스러운 보살핌을 받는 게 있다면 꽃다발과 불상이 유일했다.

아바사랄라는 온몸으로 피로감을 발산하고 있었다. 눈 밑에는 그들이 공식적으로 처음 만났을 때는 존재하지 않았고 바비에게 새 일자리를 제안했을 때에는 침침한 조명 때문에 눈에 띄지 않았던 다크서클이 무겁게 내려앉아 있었다. 밝은 푸른색 사리를 입고 커다란 책상 뒤에 앉아 있는 그녀는 어른인 척하는 꼬마처럼 작고 초라해 보였다. 회색 머리칼과 눈가의 잔주름만이 그런 인상을 깨트릴 뿐이다. 바비는 아바사랄라를 까다로운 노파가 아니라 인형들의 티파티에 참석해달라고 떼를 쓰는 어린아이로 상상해 보았다. 웃음을 참느라 뺨에 경련이 일었다.

아바사랄라가 책상 위 터미널을 두드리며 신경질을 냈다. '차는 더 이상 안 돼요, 할머니. 벌써 너무 많이 드신걸요.' 바비는 속으로 중얼거리며 터지려는 웃음을 간신히 억눌렀다. "소렌, 씨발, 내

파일을 또 딴 데로 옮겨놨잖아. 그 빌어먹을 것이 어디 있는 거야?"

바비를 집무실로 데려온 후 줄곧 배경 속에 녹아 있던 젊은 남자가 목청을 가다듬었다. 바비는 하마터면 그 자리에서 펄쩍 뛰어오를 뻔했다. 그는 그녀가 생각했던 것보다 훨씬 가까이 있었다.

"차장보님께서 저한테 파일 몇 개를 옮겨달라고 하셨…."

"그래그래." 아바사랄라가 참을성 없이 말을 가로막았다. 그녀는 이러면 기계가 말을 더 잘 들을 것처럼 아까보다도 더 격렬하게 터미널 화면을 두드리기 시작했다. 다른 언어권 사람들과 이야기를 할 때면 평소보다 더 큰 목소리로 말하는 사람들이 연상됐다.

"좋아, 여기 있군." 아바사랄라가 뾰로통한 목소리로 말했다. "왜 이걸 여기다 갖다 놓은 거지…?"

아바사랄라가 몇 번 더 두드리자 바비의 터미널이 울렸다.

"가니메데 사건 보고서와 내가 추가한 메모야. 읽어봐. 반드시 오늘 내로. 나중에 내가 다소 정중한 심문을 마치고 나면 업데이트가 될 수도 있으니까."

바비는 핸드터미널을 꺼내 방금 받은 문서를 대충 훑어보았다. 수백 페이지나 되는 분량이었다. 제일 먼저 든 생각은 '지금 이걸 오늘 내로 다 읽으라고?'였다. 그리곤 뒤이어 '진짜로 아는 걸 몽땅 나한테 알려주는 건가?'가 강타했다. 바비의 고향 정부가 자신에게 한 짓이 더욱 괘씸하게 느껴졌다.

"별로 오래 걸리진 않을 거야." 바비의 새 상관이 말했다. "아무 내용도 없는 거나 마찬가지니까. 돈만 잔뜩 처먹으면서 뭐든 길게 말하면 아는 게 쥐뿔도 없다는 걸 감출 수 있다고 믿는 컨설턴트들이 토해 놓은 헛소리지."

바비는 고개를 끄덕였다. 자신의 능력 밖이라는 좌절감이 새로운 기회에 대한 흥분감을 갉아먹고 있었다.

"사무차장보님, 드레이퍼 중사는 접속 권한이…." 소렌이 말했다.

"그래그래, 방금 승인했네. 바비? 자네의 접속 권한을 승인했어." 아바사랄라가 소렌을 타박했다. "날 고문이라도 하는 거야? 소렌, 차가 떨어졌잖아."

바비는 무심코라도 소렌을 돌아보지 않으려고 안간힘을 썼다. 굳이 그에게 새로 일을 시작한 지 17분밖에 안 된 외국인 앞에서 무안을 당했다는 사실을 상기시키지 않아도 상황은 충분히 어색하고 불편했다.

"네, 사무차장보님." 소렌이 대답했다. "하지만 제가 묻고 싶은 건 사무차장보님이 중사의 접속 권한을 승인한 데 대해 보안부에 알려야 하지 않느냐는 겁니다. 그쪽에선 그런 정보를 알고 싶어 할 테니까요."

"야옹야옹야옹 야오오오오옹." 아바사랄라가 투덜거렸다. "방금 뭐라고 했나? 내 귀에는 이런 소리밖에 안 들리는데?"

"알겠습니다." 소렌이 대답했다.

바비는 더 이상 참지 못하고 두 사람을 번갈아 쳐다봤다. 소렌은 방금 실질적으로 적이나 다름없는 신참 앞에서 꾸지람을 당했다. 그러나 그의 표정에는 아무 변화도 없었다. 그는 꼭 노망난 할머니를 달래고 있는 것 같았다. 아바사랄라가 이를 딱딱 부딪치며 조바심을 냈다.

"내가 설명을 제대로 못 했나? 내 전달 능력이 그렇게 엉망이야?"

"아닙니다, 사무차장보님." 소렌이 대답했다.

"바비? 내 말 알아들었지?"

"네…. 네, 알아들었습니다."

"다행이군. 그럼 둘 다 빨리 꺼지고 할 일이나 해. 바비, 읽어. 소렌, 차 가져와."

방에서 나가려고 몸을 돌린 바비는 무덤덤한 표정으로 자신을 물끄러미 쳐다보고 있는 소렌을 발견했다. 어떤 면에서 그것은 응당 그럴법한 분개한 표정을 마주친 것보다 더 당황스러웠다.

바비가 소렌의 옆을 지나는데 아바사랄라가 말했다. "소렌, 잠깐만. 이걸 데이터부서의 포스터에게 갖다 줘." 아바사랄라가 소렌에게 메모리 스틱처럼 보이는 것을 건네주었다. "오늘, 퇴근하기 전에."

소렌이 고개를 끄덕이며 미소 띤 얼굴로 검고 얇은 칩을 받아 들었다. "알겠습니다."

바비와 소렌은 아바사랄라의 집무실에서 함께 나왔다. 소렌이 등 뒤로 문을 닫자마자 바비가 길게 휘파람을 불며 웃어 보였다.

"와. 방금 엄청 어색하던데요. 미안하…." 소렌이 태연한 얼굴로 한 손을 들며 그녀의 배려를 사양했다.

"저 정도는 아무것도 아냐." 소렌이 말했다. "사실 오늘은 기분이 좋은 편인걸."

바비가 놀라 멍하니 그를 쳐다보는 사이 소렌은 벌써 몸을 돌려 책상에 메모리 스틱을 끼워 넣었다. 스틱의 한쪽 끝이 반쯤 먹은 쿠키 봉지 밑으로 부드럽게 빨려 들어갔다. 그는 의자에 앉아 헤드셋을 쓴 다음, 데스크터미널 화면으로 전화번호 목록을 훑어보기 시작했다. 바비가 그 자리에 계속 서 있다는 것을 아는지 모르는지 내색도 하지 않았다.

"있잖아요." 바비가 말했다. "난 방금 읽을거리를 잔뜩 받았거든요. 그러니까 당신이 바쁘면 그 데이터 뭐라는 곳에 내가 대신 갖다 줄 수도 있습니다. 그러니까 어, 당신이 너무 바쁘면요."

소렌이 의아한 표정으로 바비를 올려다봤다.

"내가 왜 그런 걸 부탁하는데?"

"글쎄요." 바비가 핸드터미널로 시간을 확인하며 말했다. "여기 시간으로 벌써 18시가 다 된 데다, 난 당신들이 언제 퇴근하는지 몰라서? 그러니까 내 생각엔….."

"걱정 마요. 솔직히 털어놓자면 내 일이라는 게….." 소렌이 집무실 문을 고갯짓으로 까딱했다. "저 여자 비위를 맞춰 주는 거거든. 저년한텐 뭐든 다 긴급 사안이지. 다시 말해서 진짜로 중요한 건 하나도 없는 셈이라고. 무슨 뜻인지 알겠어? 때가 되면 내가 다 알아서 할 거야. 그때까지 저년이 짖어대든 말든."

바비는 엄청난 충격을 받았다. 아니, 경악했다.

"방금 저년이라고 한 겁니까?"

"그럼 뭐라고 부르는데?" 소렌이 산뜻한 미소를 지으며 말했다. 그녀를 놀리는 걸까? 그에게는 이게 다 농담거리에 불과한 걸까? 아바사랄라와 바비와 가니메데를 습격한 괴물까지, 전부 다? 이 조그맣고 건방진 보좌관 자식을 의자에서 낚아 올려 지그재그로 꺾어 부러뜨리고 싶었다. 저도 모르게 손이 부들부들 떨리기 시작했다.

하지만 대신에 바비는 이렇게 말했다. "차장보님은 꽤 중요한 일이라고 여기시는 것 같던데요."

소렌이 그녀를 다시 올려다보았다. "걱정 마요, 바비. 진짜로.

난 내가 무슨 일을 하는지 잘 아니까."

바비는 한참 동안 멀거니 서 있었다.

"알겠습니다." 그녀가 대답했다.

바비는 갑자기 터져 나온 음악 소리에 깜짝 놀라 잠에서 깨어났다. 낯선 침대, 칠흑같이 깜깜한 방에서 벌떡 일어나 앉았다. 눈에 보이는 것이라고는 방 건너편 핸드터미널에서 새어 나오는 어슴푸레한 하얀 불빛뿐이었다. 바비는 아무 의미도 없이 그저 시끄럽기만 한 이 불협화음이 그녀가 침대에 눕기 전에 전화가 오면 울리도록 설정해놓은 소리라는 것을 깨달았다. 누군가 그녀에게 전화를 걸고 있었다. 바비는 누군지 모를 범인에게 세 가지 언어로 욕설을 퍼부으며 터미널을 향해 침대 위를 엉금엉금 기었다.

그러다 갑자기 침대가 끝나는 바람에 그대로 바닥으로 얼굴부터 추락하고 말았다. 아직 잠에서 덜 깨 몽롱한 데다 지구의 무거운 중력에도 적응하지 못한 까닭이었다. 머리를 박지 않은 대신 오른손가락 두 개가 희생됐다.

바비는 아까보다 더 큰 소리로 욕지거리를 구시렁거리며 어둠 속에서 반짝이는 핸드터미널로 다가갔다. 마침내 전화를 받고 말했다. "누가 죽은 게 아니라면 이제 곧 죽게 될 겁니다."

"바비." 전화선 반대쪽 사람이 말했다. 목소리를 알아듣는 데에는 다소 시간이 필요했다. 소렌. 터미널 화면을 보니 0411이라는 숫자가 떠 있다. 술에 취해서 주정을 부리는 건가 아니면 아까 있었던 일을 사과라도 하려는 건가. 어쨌든 지난 24시간 동안 일어난 일 중에 가장 별난 일이 아닌 것만은 분명했다.

소렌이 아직도 뭐라고 계속 떠들고 있었다. 바비는 스피커를 다시 귀에 댔다. "…당신을 최대한 빨리 봐야겠다니까 당장 여기로 내려와."

"다시 한 번 말해줄래요?"

소렌이 마치 어린애에게 설명하듯이 천천히 말했다. "대장이 당장 사무실로 오라고 한다고."

바비는 시간을 확인했다. "지금 당장요?"

"아니." 소렌이 말했다. "내일 출근 시간에. 하지만 당신이 내일 제시간에 출근하는지 알아보라고 새벽 네 시에 전화했지."

분노의 불길이 확 치미는 바람에 단숨에 잠에서 깼다. 바비는 분이 풀릴 때까지 이를 으드득 간 다음, 이윽고 대답했다. "지금 간다고 전해 주시죠."

바비는 어둠 속을 더듬어 벽과 패널을 찾았다. 손가락으로 건드리자 패널에 불이 들어왔다. 두 번째로 건드리자 방에 불이 켜졌다. 아바사랄라는 바비에게 집무실과 가까운 곳에 있는 가구 딸린 아파트를 구해주었다. 세레스의 싸구려 임대 구멍과 비슷한 크기였다. 거실과 침실을 합친 큰 방이 하나, 샤워부스와 화장실이 있는 더 작은 방이 하나, 그리고 부엌인 척하는 그보다도 더 작은 방이 있었다. 한쪽 구석에는 바비의 더플백이 입을 벌린 채 나동그라져 있었다. 물건 몇 개가 밖으로 나와 있긴 했지만, 대부분은 아직도 고스란히 안에 챙겨져 있는 상태였다. 간밤에 바비는 새벽 한 시까지 보고서를 읽다가 대충 양치질만 하고는 침대에 쓰러져 죽은 듯이 잠이 들었다.

잠에서 깨려고 방 안을 한 바퀴 빙 둘러보던 중, 급작스러운 깨달음의 순간이 찾아왔다. 마치 지금까지 선글라스를 끼고 있다는 것도 모르고 있다가 갑자기 안경이 벗겨져 밝은 햇빛을 정면으로 마주하게 된 것과 비슷한 충격이었다. 지금 바비는 새벽 네 시에, 고작 세 시간도 눈을 붙이지 못한 채 태양계에서 가장 높은 권력자 중 한 명의 부름에 침대에서 끌려나갈 판이었다. 그런데 지금 그녀의 머릿속은 새로 받은 숙소가 지저분하며, 같이 일하는 동료를 그가 쓰던 브라스 볼펜으로 찔러죽이고 싶다는 생각뿐이었다. 아, 그리고 바비는 적국이 제안한 일자리를 냉큼 수락한 전직 해병이었다. 왜냐하면 해군 정보부에 있는 어떤 작자가 그녀에게 심술궂게 굴었기 때문이다. 그리고 무엇보다, 바비는 어서 당장 가니메데에 쳐들어가 누군지는 모르지만 어쨌든 누군가를 죽여 버리고 싶었다.

지금의 삶이 과거의 자신과 얼마나 동떨어져 있는지에 대한 급작스럽고도 분명한 깨달음은 겨우 몇 초밖에 지속되지 못했다. 잠시 후 수면 부족에 시달리는 피곤한 뇌가 돌아왔을 때 바비가 기억한 것은 뭔가 중요한 것을 잊고 있다는 불안감뿐이었다.

바비는 어제 입었던 군복을 다시 입은 다음, 입을 물로 헹구고 아파트를 나섰다.

아바사랄라의 소박한 집무실은 빽빽하게 들어찬 사람들로 혼잡했다. 바비는 처음 참석했던 회의에서 봤던 민간인을 최소한 셋이나 발견했다. 그중에서 둥그스름한 얼굴을 가진 남자는 나중에 사다비르 에린라이트라는 것을 알게 되었는데, 그는 아바사랄라의 상관으로서 지구에서 두 번째로 강한 권력을 가진 인물이었다. 바비가 방 안에 들어섰을 때 두 사람은 아주 심각한 대화를 나누고 있었고, 그래서 아바사랄라는 바비가 왔다는 것을 알아채지 못했다.

바비는 군복을 입은 무리를 발견하고 그쪽으로 발길을 향했다가 장군과 제독 휘장을 보고는 재빨리 방향을 틀었다. 결국 그녀는 방 안에서 유일하게 외따로 서 있던 소렌의 옆자리에 종착했다. 그는 바비를 쳐다보지도 않았지만, 몹시 불안정하면서도 강렬하고 비도덕적인 매력을 발산하고 있었다. 소렌은 바비가 술에 충분히 취하기만 한다면 기꺼이 잠자리로 끌고 갈 부류의 남자였다. 그러나 전장(戰場)에서는 아니다. 전장에서는 절대로 이런 인간에게 등을 맡기지 않을 것이다. 아니, 다시 생각해 보니 결코 그만큼 술을 마실 일도 없을 것 같았다.

"드레이퍼!" 아바사랄라가 드디어 그녀를 발견하고 우렁찬 목소리로 불렀다.

"네, 여기 있습니다." 바비가 한 발짝 앞으로 나서며 대답했다. 방 안의 모든 시선이 그녀에게 꽂혔다.

"당신이 내 연락관이지." 아바사랄라가 말했다. 눈 밑의 두덩이가 너무 두텁게 쳐져 이제는 단순히 피곤하다기보다는 아직 진단만 안 받았을 뿐 심각한 병을 앓고 있는 사람 같았다. "그러니 염병, 가서 '연락'을 돌려. 당신네 사람들한테 전화를 걸어."

"무슨 일입니까?"

"가니메데 상황이 진짜 개판 중에 개판이 됐어." 아바사랄라가 말했다. "화성과 지구가 본격적인 전쟁에 돌입했어."

21
프락스

프락스는 바닥에 무릎을 꿇고, 손은 등 뒤에서 케이블 타이로 묶여 있었다. 어깨가 아팠다. 고개를 쳐들어도 아프고 수그려도 아팠다. 에이모스는 바닥에 얼굴을 박은 채 엎드려 있었다. 에이모스의 손목도 뒤로 묶여 있는 것을 보기 전까지는 꼼짝없이 죽은 줄만 알았다. 납치범들이 정비공의 머리에 쏜 비살상용 무기는 흉측한 피멍이 든 혹을 남겼다. 홀던과 일부 핑크워터 용병들 그리고 심지어 나오미도 프락스와 비슷한 자세를 취하고 있었다. 하지만 전원이 다 그런 것은 아니었다.

4년 전에 프락스는 나방 떼의 습격을 받은 적이 있다. 격리 실험이 실패해 돔 내부에 길이가 3센티미터나 되는 회갈색 벌집나방이 빠른 속도로 번진 것이다. 연구진은 열 덫을 만들었다. 내열 섬유에 페로몬을 묻혀 커다란 장파(長波) 인공태양광 조명구 아래 놓아두자, 페로몬에 이끌려 접근한 나방들이 열기에 타 죽었다. 조그만 몸뚱이가 타들어 가는 고약한 냄새가 며칠 동안이나 돔 안을 맴

303

돌았는데, 그것은 지금 납치범들이 총상을 입은 핑크워터 대원에게 사용하고 있는 열 봉합 기구에서 나는 냄새와 똑같았다. 환자가 누워 있는 플라스틱 탁자 위로 희멀건 연기가 하늘하늘 올라왔다.

"난 그냥…." 마취제 때문에 정신이 흐리멍덩한 핑크워터 대원이 중얼거렸다. "먼저 가, 나는 여기 두고…. 괜찮을 거야…."

"출혈점이 하나 더 있습니다." 납치범 중 하나가 말했다. 뼈대가 두껍고 왼쪽 눈 아래 사마귀가 있는 여자였다. 손에 낀 고무장갑이 피로 번들거렸다. "여깁니다."

"알았다. 확인 완료." 드릴을 든 사내가 금속 첨단을 개복된 상처 안쪽에 대고 누르며 대답했다. 전자 기기가 돌아가는 날카로운 소리와 함께 다시 하얀 연기가 피어올랐다.

에이모스가 몸을 뒤척였다. 코는 피범벅이고 얼굴에도 피가 엉겨 붙어 있다. "전 트여나 바요, 선자님." 그는 잔뜩 부어오른 코로 어떻게든 단어를 발음하려고 애썼다. "하이만 이 칭구드은 스테이셔 치앙대가 아잉거 가슴다."

프락스의 머리를 덮고 있던 자루가 벗겨졌을 때, 그는 평범한 법 집행부서와는 전혀 다른 분위기의 방에 끌려와 있었다. 이곳은 연쇄효과가 시작되기 전에 안전감독관이나 선적 사무관들이 사용하던 사무실 같았다. 터미널이 내장된 긴 책상과 천장에서 빛나는 매립형 조명기구, 그리고 갈색과 녹색의 길쭉한 이파리가 거무죽죽하고 흐물거리는 무언가로 변해 버린 죽은 화분이(아마도 산세베리아 트리파치아타일까) 눈에 들어왔다. 회색 장갑복을 입은 군인인지 경찰인지 알 수 없는 그놈들은 대단히 체계적이고 효율적으로 움직였다. 포로들은 발목과 손목을 결박당해 한쪽 벽에 한 줄로 길게 세워졌다. 핸드터미널과 무기, 그 외 개인 소지품은 반대쪽 벽에 한데 모아 두 명의 경계병을 붙였는데 그들의 임무는 단 하나, 아무도 그 물건에 손을 대지 못하게 하는 것이었다. 홀던과 에이모스에게서 벗겨낸 장갑복도 무기 더미 옆에 놓았다. 포로들의 정리가 끝나자, 이번에는 의료팀으로 보이는 사람들이 임무에 착수했다. 가장 심각한 부상자부터 상처를 치료하기 시작했는데 아직 두 번째 환자로 넘어가지도 못했다.

"이놈들이 누군지 짐작 가는 데라도 있어?" 웬델이 작은 소리로 물었다.

"OPA는 아니야." 홀던이 대답했다.

"그거론 범위가 안 주는데." 핑크워터 리더가 말했다. "혹시 내가 알아야 할 만큼 누구를 열 받게 한 적은 없고?"

홀던이 상처 입은 표정으로 두 손이 묶인 채 어깨를 으쓱하는 것과 흡사한 동작을 해 보였다.

"그건 명단이 제법 길지." 그가 말했다.

"여기도 출혈이 있습니다." 여자가 말했다.

"확인했다." 드릴을 든 사내가 말했다. 지잉. 연기. 그런 다음 살 타는 냄새.

"이런 말 하긴 좀 뭐하지만, 홀던 선장, 역시 기회가 있었을 때 당신을 쏴버렸다면 하는 생각이 드는군." 웬델이 말했다.

"이해해." 홀던이 고개를 끄덕이며 대답했다.

군인 넷이 방 안에 들어섰다. 모두 땅딸막한 지구인의 체형을 하고 있었다. 그중에 검은 피부에 머리칼에는 드문드문 새치가 섞여 있고 왠지 지휘관의 풍모를 지닌 한 명이 나지막한 목소리로 뭔가를 격렬하게 말하고 있었다. 그의 시선이 포로들을 훑고 지나갔다. 그들이 무슨 생명 없는 궤짝들이라도 되는 듯이, 눈으로 보면서도 실제로는 아무것도 보지 않는 눈빛이었다. 프락스에게 시선이 닿자, 사내가 고개를 끄덕였다. 프락스를 보고 그런 것은 아니었다.

"상태는 안정됐나?" 그가 의료팀에게 말했다.

"제게 선택권이 있다면 이 사람은 이동시키지 않을 겁니다."

"자네한테 선택권이 없다면?"

"목숨을 유지할 수는 있을 겁니다. 의료시설에 도착할 때까지 고중력을 최소로 유지할 것을 권장합니다."

"실례지만." 홀던이 입을 열었다. "이게 다 무슨 일인지 말해줄 수 있소?"

차라리 벽에 대고 묻는 게 나을 것이다.

"10분 남았다." 검은 피부의 사내가 말했다.

"수송선은요?"

"아직. 보안 시설로 간다."

"끝내주네요." 여자가 비아냥거리며 말했다.

"왜냐하면…." 홀던이 다시 말했다. "우리를 심문할 거면 우선 가니메데에 있는 사람들을 전부 대피시켜야 하거든. 그리고 당신네도 사람으로 살고 싶으면 지금 당장 여길 떠나야 해. 우리가 발견한 연구실에 프로토분자가 있어."

"한 번에 두 명씩 호송한다." 검은 피부의 사내가 말했다.

"알겠습니다." 여자가 대답했다.

"내 말 듣고 있어?" 홀던이 버럭 고함을 질렀다. "이 스테이션에 프로토분자가 있다니까!"

"저 사람들은 우리가 하는 말 같은 거 신경 안 써요, 짐." 나오미가 말했다.

"퍼거슨, 모트." 검은 피부의 사내가 말했다. "보고해."

어디엔가 있는 누군가 보고를 하는 동안 방 안은 고요했다.

"내 딸이 실종됐습니다." 프락스가 말했다. "그 배에 내 딸이 있어요."

그들은 프락스의 말에도 신경 쓰지 않았다. 물론 딱히 기대한 것도 아니었다. 홀던과 그의 동료들을 빼면 프락스의 말에 귀를 기울인 사람은 아무도 없었다. 검은 피부 사내가 갑자기 집중한 표정으로 몸을 앞으로 기울였다. 프락스는 목 뒤의 털이 쭈뼛 곤두서는 것을 느꼈다. 불길한 예감이 들었다.

"다시 말해 봐." 검은 피부의 사내가 말했다. 그리곤 잠시 뒤에, "'우리'가 공격 중이라니, '우리'가 누군데?"

누군가 대답했다. 의료팀과 무기를 지키고 있는 대원들이 무표정한 얼굴로 지휘관을 주시했다.

"알겠다. 알파팀, 새로운 명령이 떨어졌다. 항구로 가서 수송선을 확보한다. 무력 사용을 승인받았다. 반복한다. 무력 사용을 승인받았다. 체르네브 하사, 포로들의 다리를 풀어주도록."

무기를 지키던 경계병 중 하나가 고개를 번쩍 들었다.

"전원 다 말입니까?"

"전원 다. 그리고 부상자용 들것도 필요할 거야."

"무슨 일입니까?" 하사가 물었다. 당황과 우려로 바짝 긴장된 목소리였다.

"무슨 일이냐고? 지금 내가 명령을 내리고 있잖나." 검은 피부의 사내가 빠른 걸음으로 문을 향하며 말했다. "지금 당장 명령을 수행한다!"

발목을 죄고 있던 케이블 타이가 잘려나가는 게 느껴졌다. 프락스는 수백 개의 바늘이 찔러대는 듯한 느닷없는 통증에 찔끔 눈물을 흘리고야 그동안 발목에 감각이 없었다는 것을 깨달았다. 일어나는 것은 아팠다. 멀리서 빈 화물 컨테이너가 높은 곳에서 추락하는 것 같은 텅 소리가 났다. 하사가 에이모스의 다리 결박을 풀어주고 이번에는 나오미에게 이동했다. 병사 하나가 아직도 그들의 무기를 지키고 서 있었다. 의료팀은 배에 총상을 입은 핑크워터 대원의 부상 부위를 달콤한 냄새가 나는 젤로 봉합하고 있었다. 하사가 나오미의 위로 몸을 구부렸다.

프락스가 받은 경고의 기미는 홀던과 에이모스가 주고받은 눈짓이 다였다. 홀던이 일어나더니 너무나도 자연스럽게 화장실이라도 가듯이 문 쪽으로 걸어갔다.

"이봐!" 무기를 지키던 병사가 자기 팔만 한 소총을 들어 올리며 외쳤다. 모든 시선이 그에게 집중되고, 홀던이 순진한 표정으로 고개를 돌린 순간 에이모스가 뒤에서 불쑥 무릎으로 하사의 머리를 찍었다. 프락스가 깜짝 놀라 외마디 비명을 지르자 이번에는 총구가 그를 향했다. 손을 들고 싶어도 아직 등 뒤에 묶여 있다. 웬델이 앞으로 돌진해 여자 의료진의 엉덩이를 발로 걸어차 총구 앞으로 밀어 넣었다.

나오미가 하사의 목울대를 무릎으로 짓눌렀다. 그의 얼굴이 자줏빛으로 변했다. 홀던이 드릴을 가진 남자의 등을 무릎으로 가격하는 것과 동시에 에이모스가 소총을 든 병사에게 몸을 던졌다. 소작 드릴이 바닥에 부딪히자 유리창을 손가락으로 두드리는 것 같은 소리와 함께 불똥이 튀었다. 하사의 나이프를 손에 넣은 폴라가 다른 동료와 등을 맞대고 그의 손목을 묶고 있는 케이블 타이를 열심히 썰었다. 소총수가 휘두른 팔꿈치에 맞은 에이모스가 숨 막히는 소리를 토했다. 홀던이 의료팀 남자를 바닥에 쓰러뜨리고 움직이지 못하게 팔을 무릎으로 고정시켰다. 에이모스가 프락스에게는 보이지 않는 무슨 짓을 하자 소총수가 앓는 소리를 내며 고꾸라졌다.

폴라가 핑크워터 대원의 손목 타이를 잘라 낸 순간 의료팀 여성이 소총을 집어 들었다. 자유의 몸이 된 핑크워터 대원이 쓰러져 있는 하사의 총집에서 재빨리 권총을 빼 들어 여자의 관자놀이에 대고 지그시 눌렀다. 4분의 1초 뒤, 여자가 소총을 조준했다.

모두가 얼어붙었다. 의료팀 여성대원이 미소를 지었다.

"졌군." 그녀가 말하며 총구를 바닥으로 내렸다.

이 모두가 단 10초 만에 일어난 일이었다.

나이프를 넘겨받은 나오미가 빠르고 정확한 동작으로 남은 대원들의 손목을 죄고 있던 케이블 타이를 잘랐다. 그 사이에 홀던은 표식 없는 회색 장갑복의 통신망을 무력화한 다음, 그들의 손목과 발목을 포박했다. 상황이 완벽하게 역전된 셈이었다. 프락스는 감각이 돌아올 때까지 손가락을 주무르며 검은 피부의 사내가 돌아와 그에게 명령을 쏟아 낼지도 모른다는 이상한 상상을 했다. 컨테이너가 추락하는 것 같은 커다란 소음이 또다시 와르르 울려 퍼졌다.

"내 부하들을 잘 돌봐줘서 고맙다는 말을 하고 싶군." 웬델이 두 의료 대원에게 말했다.

여자가 웃음 띤 얼굴로 외설적이고 불쾌한 욕설을 내뱉었다.

"웬델." 홀던이 그들의 소지품이 든 상자를 뒤적거리다 핑크워터 리더에게 카드키를 던졌다. "솜남뷸리스트 호를 가져가. 하지만 지금 당장 떠나는 게 좋을 거야."

"두말하면 잔소리지." 웬델이 말했다. "들것 가져와. 이제 와서 저 친구를 버리고 가진 않을 테니까. 지원부대가 몰려오기 전에 탈출한다."

"알겠습니다." 폴라가 말했다.

웬델이 홀던에게로 고개를 돌렸다.

"만나서 반가웠어, 선장. 다시는 이런 짓 하지 맙시다."

홀던은 고개를 끄덕이고 악수를 하면서도 장갑복을 입는 손길을 멈추지 않았다. 에이모스도 마찬가지였다. 장갑복을 다 입은 에이모스가 군인들이 압수한 무기와 소지품을 각자 주인들에게 나눠주었다. 홀던은 총을 열어 약실을 확인한 다음 검은 피부의 사내가 나갔던 문으로 향했다. 에이모스와 나오미가 그 뒤를 이었고, 프락스는 일행을 따라잡기 위해 종종걸음을 쳐야 했다. 이번에는 그다지 멀지 않은 곳에서 또다시 폭발음이 울렸다. 발밑의 얼음이 요동치는 것 같았지만, 그의 상상일지도 모른다.

"이게 무슨…. 도대체 무슨 일이 벌어지고 있는 거죠?"

"프로토분자가 퍼진 거야." 홀던이 나오미에게 핸드터미널을 던졌다. "감염이 시작된 거지."

"제 생각은 다으미다." 에이모스가 말했다. 그는 인상을 팍 쓰더니 오른손으로 코끝을 붙잡고 세게 잡아당겼다. 손을 놓자 코가 대충 다시 똑발라진 듯 보였다. 에이모스는 양쪽 콧구멍을 킁킁 번갈아 푼 다음 숨을 깊이 들이마셨다. "아, 이제 좀 낫네요."

"알렉스." 나오미가 핸드셋에 대고 말했다. "알렉스, 통신이 아직 살아있다고 말해 줘. 말 좀 해 봐."

그녀의 목소리가 떨리고 있었다.

폭음이 한 번 더 울렸다. 이렇게 커다란 소리를 들어본 건 생전 처음이었다. 지축을 울리는 진동은 더 이상 그의 상상이 아니었다. 프락스는 갸우뚱 넘어지고 말았다. 공기 중에서 쇠를 달구는 것 같은 이상한 냄새가 났다. 스테이션 내의 조명이 깜박거리다가 일제히 꺼졌고, 창백한 푸른색의 비상용 LED가 반짝 켜졌다. 기압 저하를 알리는 사이렌이 희박한 공기 속에서도 들리게 귀에 거슬리는 소리를 울려댔다. 홀던이 거의 떨떠름하게 말했다. "아니면 스테이션을 폭격하고 있는지도 모르겠군."

가니메데 스테이션은 인류가 외행성에 건설한 인류 최초의 영구적 거점 중 하나였다. 그것은 처음부터 장기적인 계획을 발판으로 삼고 있었다. 스테이션 자체의 건설뿐만 아니라, 가니메데가 태양계 변두리라는 미지의 세계로 뻗어 나가기 위한 인류의 원대한 야망의 디딤돌이라는 점에서 그러했다. 멸망의 씨앗은 처음부터 그 본질에 포함되어 있었다. 가니메데는 목성계에서 가장 안전한 스테이션이었다. 한때 그 이름은 신생아와 풍부한 식용 작물이 자라는 돔을 의미했다. 그러나 궤도 거울이 추락하고 그 후 몇 달 사이에 가니메데는 조금씩 허물어지고 있었다.

유압 시스템이 고장 나자 사람들은 기압 저하를 방지하는 가압문을 열어 고정해 두었다. 비상 물자는 바닥난 지 오래지만 보충되지 않았다. 먹을 것과 교환할 수 있거나 암시장에서 값을 받을 수 있는 것은 전부 거래되거나 도둑맞았다. 기반 시설은 기능을 잃었고 필연적으로 붕괴를 앞두고 있었다. 최악 중의 최악을 대비한 어떤 대응책도 지금과 같은 상황을 예측하지는 못했다.

프락스는 니콜라와 처음으로 데이트했던 넓은 공공구역 한복판에 서 있었다. 그들은 작은 제과점에서 디저트를 먹고 커피를 마시고 시시덕거렸었다. 프락스는 아직도 니콜라의 얼굴과 그녀가 그의 손을 잡았을 때 설레던 느낌을 기억한다. 그 제과점이 서 있던 자리의 얼음이 쩍쩍 갈라져 있었다. 광장에서 방사형으로 뻗어 있는 십수 개의 통로에서 방대한 인파가 물밀 듯이 쏟아져 나왔다. 항구로, 또는 얼음판 밑에 숨을 수 있는 깊숙한 지하로, 그게 아니면 어쨌든 안전하다고 믿을 수 있는 곳으로 도망치는 사람들이었다.

프락스가 속속들이 알고 있던 그의 유일한 고향이 눈앞에서 모래 산처럼 무너지고 있었다. 몇 시간 뒤면 무수한 사람이 죽어 있을 것이다. 프락스는 그 사실을 알고 있었고, 그래서 겁에 질렸다. 그러나 메이는 아니다. 메이는 그 배에 타고 있었다. 그러니까 메이는 죽지 않을 것이다. 그는 메이를 구해야 했지만 여기서는 그럴 필요가 없다. 그러니 이런 광경도 참을 수 있었다.

"알렉스 말로는 전투가 장난 아니게 치열하답니다." 무너진 건물과 사람들을 헤치며 뛰고 있는 와중에 나오미가 말했다. "진짜 엄청나대요. 항구까지 올 수 있을지 모르겠답니다."

"다른 선착장이 있잖아요." 프락스가 말했다. "거기로 가면 되지 않을까요."

"그거 괜찮은 생각이네." 홀던이 말했다. "알렉스에게 비밀 기지의 좌표를 보내."

"네, 선장님." 나오미가 대답하는 것과 동시에 에이모스가 어린 학생처럼 손을 번쩍 들고 물었다. "프로토분자가 있는 곳 말입니까?"

"내가 아는 비밀 선착장은 거기밖에 없어." 홀던이 대답했다.

"어, 그렇긴 하죠."

홀던이 프락스를 돌아봤다. 공포와 긴장감 때문에 안색이 거의 잿빛으로 질려 있었다.

"프락스, 당신은 여기 출신이죠. 우리가 입은 장갑복은 진공에서도 버틸 수 있지만, 당신과 나오미는 우주복이 필요합니다. 이 전쟁터를 헤치고 가야 하는데 중간에 기압이 괜찮은 곳만 있을 거라곤 확신할 수 없거든요. 길을 잘못 들어도 다시 돌아갈 여유가 없습니다. 지금부터 당신이 선두에 서야 합니다. 할 수 있겠습니까?"

"네." 프락스가 말했다.

비상용 우주복은 쉽게 찾을 수 있었다. 중고로 팔만한 가치가 없었기 때문에 눈에 잘 띄는 색으로 표시된 비상 스테이션에 가득 쌓여 있었다. 주요 건물이나 통로에 있는 비상보급품은 바닥났지만, 프락스가 메이를 스케이트장에 데려다줄 때 애용하던 인적 드문 복도와 좁은 샛길로 빠지자 간단히 손에 넣을 수 있었다. 우주복은 구조자들이 쉽게 발견할 수 있게 밝은 초록색과 주황색이었는데, 우주복이라기보다 차라리 위장복이라고 하는 편이 더 적절할 것 같았다. 마스크에서는 휘발성 플라스틱 냄새가 났고, 팔다리의 관절 부위는 둥그런 고리를 여럿 이어놓은 것에 불과했다. 난방장치는 제대로 관리되지 않아 너무 오래 사용하면 불이 날 지경이었다. 또다시 뭔가 터지는 소리가 나더니 뒤이어 두 번 연속 폭발음이 들렸다. 소리가 점점 더 가까워지고 있었다.

"핵폭탄이네요." 나오미가 말했다.

"가우스 포일 수도 있고." 홀던이 대꾸했다. 날씨 얘기라도 하는 말투였다.

프락스는 어깨를 으쓱했다.

"어느 쪽이든 통로에 맞기라도 하면 뜨거운 증기 세례를 맞게 될 겁니다." 프락스는 우주선 측면의 봉합선을 닫고 싸구려 녹색 LED로 산소량을 점검했다. 난방 시스템이 노란색으로 깜박이다 초록색으로 변했다. "선장님과 에이모스는 괜찮을지 몰라도 나오미와 저는 대책이 없을걸요."

"끝내주는군." 홀던이 투덜거렸다.

"로시난테 호와 연락이 끊겼습니다." 나오미가 말했다. "아니, 통신망 전체가 끊겼습니다. 솜남뷸리스트 호를 우회해 연결하고 있었거든요. 솜남뷸리스트 호가 이륙했나 봅니다."

'아니면 고철 덩어리가 됐든가.' 모두의 표정이 똑같은 말을 하고 있었지만 아무도 입 밖으로 내지는 않았다.

"이쪽입니다." 프락스가 말했다. "대학 때 사용하던 점검용 터널이 있어요. 마블 아크 콤플렉스를 돌아서 가면 됩니다."

"박사 양반이 제일 잘 알겠죠." 에이모스가 말했다. 코에서 다시 피가 흐르고 있었다. 헬멧 내부의 푸르스름한 조명 때문에 피가 거의 검게 보였다.

이것이 프락스의 마지막 길이 될 것이다. 무슨 일이 있어도, 그는 다시는 여기로 돌아오지 않을 것이다. 왜냐하면 '여기'는 더 이상 존재하지 않을 테니까. 프락스가 이 점검용 터널을 마지막으로 사용한 것은 제이미 루미스와 타나 이브트라흐민이 함께 약을 하자고 그를 불러냈을 때였다. 그가 처음으로 인턴으로 일했던 오래된 물 처리 시설 아래 있는 넓고 야트막한 원형 극장은 금이 가고 갈라져 있었고 저수지는 무너졌다. 물이 아직 통로까지 흘러넘치지는 않았지만, 며칠만 있으면 이곳도 물에 잠길 것이다. 거기서 며칠이 더 지나면 그런 것은 더 이상 중요하지도 않을 것이다.

세상은 비상 LED 속에서 빛나거나 아니면 어둠 속에 묻혀 버렸다. 난방 시스템이 치열하게 저항하다 결국 패배하여 바닥이 걸쭉한 진창으로 변해 있었다. 그들은 장애물에 두 번 부딪쳤다. 하나는 드물게도 아직 작동 중인 가압문이었고, 다른 하나는 천장에서 떨어진 얼음덩어리였다. 그리고 거의 아무도 마주치지 않았다. 다른 사람들은 항구를 향해 달음박질치고 있었지만, 프락스는 항구와 반대 방향으로 일행을 이끌고 있었다. 또다시 길고 구부러진 넓은 복도를 지나 건설용 경사로, 텅 빈 적막한 터널, 그리고….

파란색 철문은 잠겨 있지는 않았지만 안전 모드였다. 제어 장치에 따르면 문 건너편은 진공이었다. 가니메데를 내려친 신의 주먹 중 하나가 이곳까지 뚫고 들어온 것이다. 프락스는 머릿속으로 스테이션의 3D 지도를 막무가내로 뒤적이기 시작했다. 비밀 기지가 '거기' 있고 그가 '여기' 있다면 그들은….

"거기까지 못 가겠네요." 프락스가 말했다.

한동안 적막이 내려앉았다.

"그건 좋은 대답이 아닌데요." 홀던이 말했다. "다른 길을 찾아봐요."

프락스는 심호흡했다. 지금까지 온 길을 되돌아가 한 레벨 아래로 내려간 다음 서쪽으로 간다면 아래층에서부터 접근할 수도 있다. 다만 여기까지 타격을 줄 정도로 강력한 폭탄이라면 아래층도 분명 피해를 입었을 것이다. 오래된 튜브 정거장 밑으로 깊숙이 들어가면 점검용 통로가 있고(물론 정말로 있을지는 미지수지만 항상 만약의 경우라는 게 있으니까), 그것이 올바른 방향으로 이어져 있을지도 모른다. 세 번의 폭발음이 들리고 얼음 바닥이 요동쳤다. 야구 방망이가 홈런을 치는 순간과 유사한 딱 소리와 함께 옆에 있는 벽에 금이 가기 시작했다.

"프락스. 이봐요, 박사 양반." 에이모스가 말했다. "빠르면 빠를수록 좋겠습니다."

우주복을 입고 있으니 문을 열더라도 숨을 못 쉬어 죽지는 않을 것이다. 하지만 파편들이 가득하겠지. 그중 하나와 조금만 세게 부딪치기만 해도 우주복이….

"안 돼요. 우린 거기까지 못 갑니다. 적어도 터널을 통해서는 안 돼요." 프락스가 말했다. "하지만 올라가는 건 가능합니다. 지상으로요."

"지상으로는 어떻게 갑니까?" 홀던이 물었다.

지상으로 이어져 있는 잠기지 않은 출입구를 찾는 데만 20분이 걸렸다. 그러나 프락스는 결국 해냈다. 남자 셋이 겨우 나란히 걸을 수 있는 너비의 돔 외부 자동 점검용 시설이었다. 시설 자체는 이미 부품들이 잔인하게 뜯겨 나간 지 오래였지만 별문제는 없었다. 배터리 덕분에 에어록은 아직 작동하고 있었다. 나오미와 프락스가 명령어를 입력하자 안쪽 문이 닫히고 바깥쪽 문이 돌아가기 시작했다. 바람이 부는 것처럼 기압이 순식간에 빠지더니 이내 아무 느낌도 나지 않았다. 다음 순간 프락스는 가니메데의 지표면에 서 있었다.

그는 지구의 오로라 사진을 본 적이 있다. 하지만 고향 스테이션의 칠흑 같은 하늘에서 그것과 비슷한 것을 볼 수 있으리라곤 상상조차 해 본 적이 없었다. 그러나 지금 여기 그의 머리 위에서 별로 멀지 않은 곳에서 녹색과 파란색과 금빛의 띠가, 파편과 부스러기와 차가운 플라스마 가스가 지평선 가득 일렁이고 있었다. 저 눈부신 백색 섬광은 토치 드라이브의 흔적일 것이다. 다음 순간, 몇 킬로미터 떨어진 곳에서 가우스 포탄이 위성의 표면에 내리박혀 지축을 뒤흔드는 충격에 그들은 그만 균형을 잃고 일제히 넘어지고 말았다. 프락스는 잠시 바닥에 누워 얼음이 녹은 물줄기가 어둠 속으로 세차게 솟아올랐다가 다시 눈송이처럼 흩어져 내리는 모습을 바라보았다. 아름다운 광경이었다. 그의 과학자 뇌는 레일건이 발사한 텅스텐 덩어리가 이 위성에 명중하면 얼마나 많은 에너지가 전달될지 계산하고 있었다. 아마 방사능이 없는 작은 핵폭탄이 떨어진 것과 비슷하겠지. 그는 과연 레일건 포탄이 가니메데의 니켈철 핵에 명중하기 전에 멈출지 궁금해졌다.

"자, 이제…." 프락스의 우주복에 설치된 저질 통신장비에서 홀던의 목소리가 들렸다. 저음부 처리가 특히 형편없어서 마치 만화주인공이 말하는 것 같았다. "어느 쪽으로 갑니까?"

"모르겠네요." 프락스가 바닥에서 일어나며 말했다. 그는 지평선을 가리켰다. "저기 어디쯤일 겁니다."

"그보단 더 자세한 설명이 필요한데요." 홀던이 말했다.

"저도 지상에 올라온 건 처음이라서요." 프락스가 말했다. "돔이라면 몰라도 '바깥'에 나온 건 처음이거든요. 그러니까 제 말은, 그게 어디 있는지는 알아도 거기까지 어떻게 가는지는 모른다는 겁니다."

"알겠습니다." 홀던이 말했다. 그의 머리 위, 멀고 아득한 우주 공간에서 뭔가 아주 거대한 것이 폭발했다. 꼭 옛날 만화에 나오는 것처럼 머리 위 전구에 불이 켜지는 것 같았다. "괜찮아요. 우린 할 수 있습니다. 다 잘 될 겁니다. 에이모스, 넌 저쪽 언덕에 가서 뭐가 보이는지 살펴봐. 프락스 박사님과 나오미는 저쪽을 둘러보고."

"그럴 필요가 없을 것 같습니다, 선장님." 나오미가 말했다.

"왜?" 나오미가 손가락으로 홀던과 프락스의 등 뒤를 가리켰다.

"왜냐하면, 저기 로시난테 호가 오는 중이거든요."

22

홀던

　비밀 선착장은 작은 크레이터의 움푹한 바닥에 있었다. 크레이터의 가장자리에 이르자 밑에 착륙해 있는 로시난테 호가 보였다. 갑자기 온몸의 긴장이 풀리고 머리가 핑그르르 도는 것이 그가 지난 몇 시간 동안 얼마나 겁에 질려 있었는지 알 것 같았다. 하지만 로시난테 호는 그의 집이었다. 홀던의 이성이 지금 그들이 얼마나 위험한 상황에 있는지 아무리 시끄럽게 떠든다 한들 집은 안전한 곳이었다. 홀던은 잠깐 발을 멈추고 숨을 골랐다. 누가 사진이라도 찍는 것처럼 눈부신 하얀색 섬광이 눈을 찔렀다. 고개를 들어보니 높은 궤도에서 하얗게 빛나는 가스 구름이 사라지고 있었다.

　그들의 머리 위에서 사람들이 죽어가고 있었다.

　"와." 프락스가 말했다. "제가 생각했던 것보다 더 크네요."

　"코르벳함이거든요." 에이모스가 말했다. 자부심이 담뿍 담긴 어조였다. "프리깃급 호위함이죠."

　"전 그게 뭔 뜻인지 모르겠는데요." 프락스가 말했다. "제 눈엔

319

그냥 커다란 조각칼 뒤에 커피컵을 거꾸로 붙여놓은 것처럼 보여요."

에이모스가 입을 열었다. "그건 드라이브…."

"그만." 홀던이 대화를 잘랐다. "에어록으로 들어가자."

에이모스가 첫 번째였다. 그는 몸을 앞쪽으로 수그리고 양팔을 벌려 균형을 잡으며 발뒤꿈치로 얼음벽을 타고 내려갔다. 다음은 프랙스 차례였다. 이번만큼은 그도 도움이 필요하지 않았다. 세 번째 타자인 나오미는 평생 시도 때도 없이 중력이 바뀌는 환경에서 갈고 닦은 반사 신경과 균형 감각을 한껏 활용했다. 심지어 그녀의 동작은 거의 우아해 보이기까지 했다.

홀던은 마지막이었다. 그는 중간에 넘어져 나뒹굴 각오를 단단히 하고 꼴사나운 자세로 언덕을 미끄러져 내려갔는데, 놀랍게도 무사히 도착했다.

그들은 크레이터의 바닥에 도착해 로시난테 호를 향해 달려갔다. 바깥쪽 에어록 문이 열리더니 화성군 장갑복을 입은 알렉스가 돌격소총을 들고 모습을 드러냈다. 궤도 무선통신의 잡음이 가실 만큼 배에 가깝게 접근했을 때 홀던이 말했다. "알렉스! 어이! 얼굴을 보니 정말 반가워."

"어서 오십시오, 선장님." 알렉스가 대답했다. 과장스러울 정도로 느릿한 말투였지만 뚜렷한 안도감이 담겨 있었다. "여기가 이렇게 격전지일지는 몰랐습니다. 누구 쫓아온 사람은 없고요?"

에이모스가 경사로를 달려 올라가더니 알렉스를 껴안고 번쩍 들어 올렸다. 알렉스의 발이 공중에서 버둥거렸다.

"젠장, 집에 돌아오니 더럽게 좋군!" 에이모스가 말했다.

프락스와 나오미가 차례대로 그 뒤를 이었다. 나오미가 알렉스의 어깨를 토닥였다. "잘했어. 고마워."

홀던은 트랩 위에서 발을 멈추고 마지막으로 위쪽을 올려다보았다. 하늘은 번쩍이는 섬광과 포탄의 긴 꼬리로 가득했다. 어린 시절 몬태나에서 봤던 무시무시한 소나기구름과 그 안에 숨어 있던 번개가 생각났다.

알렉스가 옆에서 함께 하늘을 올려다보며 말했다. "좀 빡빡하긴 했습니다. 들어가죠."

홀던은 알렉스의 어깨에 팔을 둘렀다. "데리러 와 줘서 고마워."

에어록의 회전이 끝나고, 일행이 우주복과 장갑복을 벗자 홀던이 말했다. "알렉스, 이쪽은 프락스 멩이야. 프락스, 이 친구는 태양계 최고의 조종사 알렉스 카말입니다."

프락스가 알렉스의 손을 붙들고 흔들었다. "메이를 찾는 걸 도와줘서 정말 감사합니다."

알렉스는 무슨 소리냐는 듯이 홀던에게 얼굴을 찡그렸지만, 홀던이 짧게 고개를 젓자 입을 다물었다. "만나서 반갑습니다, 프락스."

"알렉스, 이륙 준비를 해줘. 하지만 내가 부조종사 자리에 앉기 전까진 출발하지 마."

"알겠습니다." 알렉스가 대답하고는 배의 앞쪽으로 향했다.

"전부 옆으로 누워 있네요." 프락스가 내부 에어록 옆에 붙은 창고를 지나며 말했다.

"원래 이렇게 자주 누워있진 않아요." 나오미가 프락스의 손을 잡고 지금은 바닥을 가로지르고 있는 승무원 사다리로 데려가며 말했다. "실은 우리가 지금 서 있는 바닥이 격벽이고요, 오른쪽에 보이는 벽이 갑판이죠."

"저중력에서 자라서 우주선을 타본 적이 거의 없죠?" 에이모스가 말했다. "아이구야, 그러고 보니 이다음 단계는 박사님 같은 사람한텐 좀 고약할 텐데."

"나오미." 홀던이 불렀다. "관제실에 가서 몸을 고정해. 에이모스, 프락스를 승무원 갑판에 데려다주고 엔진실에 가서 로시난테호가 앞으로 험한 길을 버틸 수 있게 준비해 줘."

승무원들이 자기 자리를 찾아가기 직전, 홀던이 프락스의 어깨를 잡고 말했다. "배가 이륙할 때와 항행할 때, 엄청나게 빠르고 심하게 흔들립니다. 고중력 훈련을 받지 않았으면 많이 힘들 거예요."

"제 걱정은 하지 마세요." 프락스가 용감해 보이는 표정을 지으며 말했다.

"당신이 강하다는 건 압니다. 안 그랬다면 가니메데에서 살아남지 못했겠죠. 그러니 뭘 증명하거나 그럴 필요는 없어요. 에이모스가 승무원 갑판으로 데려다줄 겁니다. 문에 이름이 없는 방이면 아무거나 골라도 됩니다. 이제부턴 그게 당신 방입니다. 충격 흡수 소파에 앉아서 안전띠를 맨 다음 왼쪽 패널에 있는 밝은 녹색 버튼을 눌러요. 속도를 올려야 할 때가 되면 소파가 혈관이나 심장이 터지지 않게 약물을 주사해 줄 겁니다."

"내 방이요?" 프락스가 묘한 어조로 물었다.

"긴박한 상황이 지나고 한시름 놓으면 옷이랑 그 외 잡다한 물품들을 챙겨 줄 테니 방에다 두고 쓰면 됩니다."

"내 방이라고요?" 프락스가 다시 물었다.

"그래요, 그래." 홀던이 말했다. "당신 방이요." 프락스는 목구멍으로 치미는 뜨거운 것을 애써 삼키고 있었다. 그제야 홀던은 지난 한 달간 죽도록 고생한 이 식물학자에게 안전하고 편안한 공간이라는 작은 선물이 얼마나 중요한지 깨달았다.

프락스의 눈에 눈물이 고였다.

"자자, 빨리 가서 자리를 잡아 봅시다." 에이모스가 프락스를 승무원 숙소 쪽으로 끌고 갔다.

홀던은 반대쪽으로 향했다. 나오미가 단말기 앞 의자에 앉아 안전띠를 채우고 있는 관제실을 지나 조종실로 갔다. 그는 부조종사석에 앉아 안전띠를 맸다.

"이륙 5분 전." 홀던이 선내 전체 채널로 말했다.

"그러니까…." 알렉스가 이륙 전 최종 점검을 위해 스위치들을 켜고 올리면서 단어를 길게 뺐다. "우리가 지금 메이라는 사람을 찾고 있는 겁니까?"

"프락스의 딸이야."

"이제 그런 일까지 한다고요? 왠지 우리의 임무 범위가 점점 넓어지고 있는 것 같은데요."

홀던은 고개를 끄덕였다. 실종된 어린 소녀를 찾는 것은 그들이 해야 할 일이 아니었다. 그런 것은 밀러의 일이었다. 그리고 홀던은 이 실종된 어린아이가 가니메데에서 발생한 모든 사건의 중심일지도 모른다는 이 이유 모를 확신을 어떻게 설명해야 할지 알 수가 없었다.

"이 실종된 어린아이가 가니메데에서 일어난 모든 사건의 중심일지도 모른다는 생각이 들거든." 홀던이 어깨를 으쓱하며 말했다.

"알겠습니다." 알렉스가 대답했다. 그리곤 패널을 두 번 두드리더니 얼굴을 찌푸렸다. "허, 경고등이 들어오는데요. 화물실 에어록에 '밀폐 불가' 신호가 떴습니다. 오다가 한 방 맞았나 봅니다. 저 위쪽은 진짜로 치열했거든요."

"뭐, 지금 수리를 할 수도 없으니까." 홀던이 말했다. "어쨌든 화물실은 평소에도 보통 진공으로 놔두잖아. 내부 해치만 잘 닫혀 있으면 무시하고 그냥 출발하지."

"예." 알렉스가 대답하고 오버라이드 버튼을 눌렀다.

"이륙 1분 전." 홀던이 선내 방송을 한 다음 다시 알렉스에게 고개를 돌렸다. "궁금한 게 하나 있는데…."

"뭔데요?"

"어떻게 저 전쟁터를 뚫고 온 거야? 나가는 길에도 다시 할 수 있을 것 같아?"

알렉스가 웃음을 터트렸다. "누구한테든 두 번째로 위험한 표적보다 더 위험하게만 보이지 않으면 된다는 아주 간단한 논리죠. 그거랑 적이 도착했을 때 그 자리에 없으면 된다는 것도 포함해서요."

"네 월급을 올려줘야겠어." 홀던이 10초 카운트다운을 시작했다. 1에 도달하자 로시난테 호가 가니메데의 지표면에 네 개의 초고온 분사 기둥을 내뿜으며 비상했다.

"준비만 되면 곧장 돌려서 전속력으로 들어가." 홀던이 말했다. 우주선이 지표면을 박차 오르며 내는 진동 때문에 목소리가 덜덜 떨렸다.

"표면에 너무 가깝지 않습니까?"

"저 밑에 있는 건 신경 쓰지 마." 홀던은 비밀 기지에서 본 검은

색 필라멘트를 떠올리며 말했다. "다 태워 버려."

"알겠습니다." 알렉스가 대답했다. 로시난테 호의 수직 상승이 멈추자 그가 말했다. "그럼 어디 신나게 달려 볼까요."

주스가 혈관 속을 돌고 있는데도 홀던은 일시적으로 의식을 잃었다. 다시 정신을 차렸을 때는 로시난테 호가 좌우로 격렬하게 흔들리고 있었다. 조종실은 날카로운 경고음으로 가득했다.

"워워." 알렉스가 이를 악문 채 숨을 내뱉었다. "얌전하게 굴어야지, 예쁜 아가씨."

"나오미." 홀던은 위협감지 계기판에서 혼란스럽게 깜박이는 적색등을 보며 산소가 부족한 뇌로 그 의미를 해석하려고 애썼다. "누가 우릴 공격하고 있는 거야?"

"전부 다요." 나오미도 홀던만큼이나 정신을 가누지 못하고 있는 것 같았다.

"맞습니다." 알렉스가 말했다. 긴장감 때문인지 특유의 느릿하고 여유 있는 억양이 사라져 있었다. "과장이 아닙니다."

홀던의 디스플레이 화면에 보이는 벌떼 같은 위협 경고가 그제야 이해가 될 것 같았다. 홀던은 두 사람의 말이 옳다는 것을 직접 눈으로 확인했다. 가니메데의 이쪽 반구에 있는 내행성 함대의 절반이 로시난테 호를 향해 최소한 한 발 이상의 미사일을 발사한 것 같았다. 그는 함선의 모든 무기를 자유발사 모드로 변경하는 명령 코드를 처넣고 에이모스에게 선미 국지방어포의 통제권을 넘겼다. "에이모스, 후방 맡아."

알렉스는 그들을 향해 날아오는 미사일을 피하려 전력을 다하고 있었지만, 패배는 결정되어 있었다. 사람이 안에 탄 것은 무슨 짓을 해도 금속과 실리콘을 떨칠 수 없다.

"우리 지금 어디…." 홀던은 입을 열었다가 전방 우현으로 날아오는 미사일을 겨냥하느라 말을 멈췄다. 국지방어포가 우레 같은 소리를 내며 집중포격을 개시했다. 미사일이 영리하게도 번개같이 방향을 바꿔 회피했다. 다만 경로를 급격히 변경하느라 몇 초가 낭비되었다.

"이쪽에 칼리스토가 있습니다." 알렉스가 가니메데 다음으로 큰 목성 위성의 위치를 상기시켰다. "그림자 안으로 들어갑니다."

홀던은 로시난테 호를 공격한 함선들의 벡터를 계산했다. 만일 그들이 추격해온다면 알렉스의 도박도 고작 몇 분을 벌어주는 데 그칠 것이다. 그러나 함선은 그들을 쫓아오는 것 같지 않았다. 로시난테 호를 공격한 열 몇 대의 전함들 가운데 절반이 넘는 숫자가 제법 심각한 손상을 입고 있었고 나머지는 아직 서로에게 포탄을 퍼부어대는 데 정신이 팔려 있었다.

"우리가 잠시 양측 모두의 우선 목표가 됐던 것 같군." 홀던이 말했다. "다행히도 이젠 아니야."

"네, 죄송합니다, 선장님. 어쩌다 그렇게 됐는지 모르겠네요."

"네 탓을 하는 게 아니야." 홀던이 말했다.

로시난테 호가 갑자기 크게 요동치자 에이모스가 전체 회선으로 고함을 질렀다. "감히 어떤 자식이 우리 예쁜이 엉덩이를 건드려?"

위협감지 화면에서 두 개의 미사일 표식이 사라졌다.

"잘했어, 에이모스." 홀던이 말했다. 충돌까지 남은 시간에 30초가 늘어났다.

"아닙니다, 선장님. 힘든 일은 로시난테 호가 다 했죠." 에이모스가 말했다. "전 그저 로시난테한테 원하는 대로 자신을 한껏 표현해 보라고 격려한 것뿐입니다."

"칼리스토에 최대한 가깝게 붙을까 합니다. 주의를 좀 끌어주시면 좋겠는데요." 알렉스가 홀던에게 말했다.

"좋아." 홀던이 말했다. "나오미, 10초쯤 기다렸다가 우리한테 있는 걸 전부 퍼부어. 잠시 놈들을 장님으로 만들어야 해."

"알겠습니다." 나오미가 대답했다. 그녀가 레이저포와 방해전파로 구성된 대규모 공격 프로그램을 준비하는 모습이 눈앞에 선히 보이는 것 같았다.

로시난테 호가 다시 크게 흔들렸다. 그러더니 돌연 칼리스토의 자태가 홀던의 전방 스크린을 가득 메웠다. 알렉스가 거의 자살행위에 가까운 속도로 칼리스토를 향해 돌진하고 있었다. 그는 배의 방향을 뒤집더니 마지막 순간까지 속도를 늦추지 않은 채 근접 궤도로 접근했다.

"3… 2… 1… 지금!" 알렉스가 외쳤다. 로시난테 호가 선미부터 칼리스토를 향해 쏜살같이 강하했다. 얼마나 지상에 가까이 접근했는지 에어록에서 손을 내밀면 땅바닥에서 눈을 퍼 올릴 수도 있을 것 같았다. 그와 동시에 나오미의 전파교란 프로그램이 로시난테 호의 꽁무니를 따라오는 미사일의 추적 시스템을 일시적으로 방해했다.

미사일이 방해전파의 분석과 차단을 거쳐 로시난테 호를 다시 포착했을 무렵, 홀던의 우주선은 칼리스토의 중력을 이용해 위성 주위를 회전하며 완전히 새로운 벡터로 속도에 박차를 가하고 있었다. 두 대의 미사일이 투지를 발휘해 추격을 재개했지만, 나머지는 목표 방위를 잃거나 지상으로 추락했다. 미사일 두 개가 다시 안정적인 진로에 들어설 즈음이 되자 로시난테 호는 한참 거리를 벌린 상태에서 여유 있게 미사일을 추락시킬 수 있었다.

"살았군요." 알렉스가 말했다. 홀던은 조종사의 어조에 담긴 도저히 믿을 수 없다는 뉘앙스에 몹시 당황했다. 그 정도로 아슬아슬한 상황이었나?

"그럴 줄 알았지." 홀던이 말했다. "타이코로 가자. 0.5g로. 나는 선장실에 가 있을게."

정사가 끝나자 나오미가 좁은 침대 위에서 옆으로 돌아누웠다. 검은 머리칼이 땀에 젖어 이마에 달라붙어 있다. 그녀는 아직도 숨을 헐떡이고 있었고, 그건 홀던도 마찬가지였다.

"방금 그건…, 강렬했네요." 그녀가 말했다.

홀던은 고개를 끄덕였지만, 숨이 차서 말을 할 수가 없었다. 그가 조종실 사다리에서 내려왔을 때 나오미는 벌써 의자에서 일어나 그를 기다리고 있었다. 그녀가 그의 어깨를 부여잡고 입술이 찢어질 정도로 격렬하게 키스했다. 그때는 아픈지도 몰랐다. 그들은 선실에 도착하기도 전에 옷가지를 벗어 던지고 있었다. 그 뒤로 있었던 일은 기억이 희미하다. 다만 다리가 뻐근하고 입술이 쓰라렸다.

나오미가 몸을 굴려 침대에서 일어났다.

"화장실 갔다 올게요." 나오미가 로브를 걸치고 문밖으로 나갔다. 홀던은 말할 기운도 없어 그저 고개만 끄덕였다.

홀던은 침대 한가운데 누워 팔다리를 길게 뻗으며 기지개를 켰다. 사실 로시난테 호의 선실은 2인용이 아니었고 침대보다 충격 흡수 소파가 두 배는 더 클 지경이다. 그렇지만 지난 1년 동안 홀던은 나오미의 선실에서 점점 더 많은 밤을 보냈다. 말하자면 이곳은 이제 '그들'의 선실이었다. 그는 다른 곳에서는 잠을 자지도 않았다. 고중력 항행을 할 때는 침대를 같이 나누지 못했지만, 적어도 지금까지는 그럴 때는 잠을 잘 일이 없었다. 아마 앞으로도 그럴 테지.

홀던이 꾸벅꾸벅 졸기 시작했을 즈음 해치가 열리고 나오미가 돌아왔다. 그녀가 홀던의 배에 차고 축축한 수건을 팽개쳤다.

"와, 이건 너무 상쾌하잖아." 홀던이 깜짝 놀라 일어나 앉으며 말했다.

"변소에서 갖고 나왔을 땐 뜨거웠어요."

"그것참." 홀던이 얼굴을 닦으며 말했다. "음란하게 들리네."

나오미가 씩 웃더니 침대에 걸터앉아 그의 갈비뼈를 쿡 찔렀다. "아직도 섹스 생각이 나는 거예요? 그 정도면 충분히 뺀 줄 알았는데?"

"하마터면 죽을 뻔했다는 게 내 회복 시간에 굉장한 영향을 끼쳤거든."

나오미가 로브를 걸친 채 그의 옆으로 올라왔다.

"있잖아요." 나오미가 말했다. "이건 원래 내 생각이었어요. 그리고 전 섹스를 통해 살아있다는 걸 확인하는 걸 좋아하고요."

"왠지 끝에 '그런데'가 붙어 있을 것 같은 예감이 드는데."

"그런데….."

"아, 역시 나오는군."

"우리 얘기를 좀 해야겠어요. 그리고 지금이 제일 적절한 때 같고요."

홀던은 나오미를 바라보며 옆으로 누워 팔꿈치를 세웠다. 그녀
의 얼굴 위로 머리카락 한 가닥이 흘러내렸다. 그는 반대쪽 손으로
그것을 쓸어 올려주었다.

"내가 무슨 짓을 했지?" 홀던이 물었다.

"선장님이 무슨 짓을 해서 그러는 게 아닙니다." 나오미가 말했
다. "그보다는 앞으로 우리가 하려는 일 때문이죠."

홀던은 나오미의 팔에 손을 올리고 그녀가 말을 잇기를 기다렸
다. 로브의 부드러운 천 자락이 그 아래 젖은 피부에 달라붙어 있
었다.

"난 우리가 타이코에 가서 하려는 일이 너무 성급한 행동일까
봐 걱정돼요."

"나오미, 당신은 그 자리에 없었잖아. 당신은 그걸 못 봐서…."

"나도 봤어요, 짐. 에이모스의 슈트 캠으로 봤다고요. 그게 뭔
지는 나도 압니다. 그게 얼마나 선장님을 무섭게 하는지도 알고요.
나도 휙 돌아버릴 정도로 무서워요."

"아니야." 홀던이 말했다. 그의 목소리에 담긴 강렬한 분노는 그
자신에게마저 충격적이었다. "당신은 몰라. 에로스에 없었으니까.
당신은 절대로…."

"여보세요. 나도 거기 있었어요. 최악의 사태를 겪진 않았지만,
적어도 당신만큼은 아니었죠." 나오미가 말했다. 여전히 차분한
목소리였다. "그렇지만 난 당신과 밀러를 챙겨서 의료실로 데려갔
어요. 거기서 당신이 죽을 둥 말 둥 하는 것도 지켜봤고요. 무조건
프레드한테…."

"지금 이 순간에도! 내 말은 바로 지금 '이 순간'에도 가니메데도 그렇게 되고 있을지 몰라."

"아니에요."

"맞아. 어쩌면 우린 지금 자기들이 어떻게 될지 전혀 모르는 수백만의 예비 시체들을 버리고 도망치고 있는지도 몰라. 멜리사와 산티차이? 그 사람들 기억나? 그럼 프로토분자가 그 사람들 몸뚱이를 제일 유용하다고 생각되는 부분만 남기고 멋대로 조각내고 분해하고 뒤섞어버렸다고 상상해 봐. 그 사람들이 일종의 '부품'이 됐다고 상상해 보라고. 가니메데에 프로토분자가 퍼졌다면 그게 바로 그 사람들의 운명일 테니까 말이야."

"짐." 이제 나오미의 목소리에는 경고의 기미가 섞여 있었다. "내가 말하고 싶은 게 바로 이거예요. 선장님의 감정은 '증거'가 될 수 없어요. 선장님은 지금 지난 1년 동안 우리의 친구이자 후원자였던 사람이 수백만 인구가 사는 위성에서 대학살을 저질렀다고 비난하려는 거라고요. 우리가 아는 프레드는 그런 사람이 아닙니다. 그리고 선장님은 그 사람한테 그래선 안 돼요."

홀던은 몸을 일으켜 앉았다. 한편으로는 나오미에게서 물리적으로 떨어지고 싶었고, 다른 한편으로는 그녀가 그에게 공감해주지 않아 부아가 났다.

"다름 아닌 내가, 프레드한테 그걸 줬어. 내가 그 사람에게 줬다고! 그리고 그는 절대로 그걸 사용하지 않겠다고 나한테 맹세했지. 하지만 내가 저 밑에서 본 건 완전히 다른 얘기를 하더군. 프레드가 내 친구라고 했지, 나오미? 하지만 프레드가 이제껏 한 일은 전부 자기의 이상을 실현하기 위한 거였어. 우릴 도와준 것도 정치

게임의 도구였을 뿐이었다고."

"어린애들을 납치해서 인체실험을 하는 것도요?" 나오미가 말했다. "외행성에서 제일 중요한 위성을 위험에 빠트리고 거기 사는 모든 사람을 학살하는 것도 말입니까? 그게 선장님한테 말이 되는 것 같습니까? 그게 선장님이 아는 프레드 존슨이에요?"

"OPA는 가니메데를 내행성보다도 더 간절하게 원하고 있어." 홀던은 검은 필라멘트를 처음 발견했을 때 가장 두려워하던 사실을 시인하고 말았다. "하지만 내행성은 그가 원하는 것을 절대 내주지 않을 테지."

"그만 해요." 나오미가 말했다.

"어쩌면 지구와 화성 양쪽 세력을 다 몰아내고 싶었거나, 아니면 가니메데를 차지하는 대신에 그걸 한쪽에 넘겼는지도 몰라. 그러면 우리가 거기서 봤던 내행성의 병력도 설명되고⋯."

"아니, 거기까지. 그만하라고요." 나오미가 말했다. "그런 헛소리는 정말 도저히 못 들어주겠습니다."

홀던이 다시 입을 열었지만, 나오미가 벌떡 일어나서 손바닥으로 그의 입을 틀어막았다.

"전 선장님이 변하고 있는 이 새로운 짐 홀던이 마음에 들지 않습니다. 대화고 뭐고 총부터 뽑고 보는 짐 홀던 말입니다. OPA 똘마니 짓이 거지 같다는 건 인정하죠. 우리가 소행성대를 보호한다는 명목으로 똑같이 더럽고 비열한 짓을 했다는 것도 인정하고요. 하지만 그래도 선장님은 선장님이잖아요. 전 아직도 당신이 그 껍데기 밑에 웅크리고 숨어서 다시 돌아올 기회를 기다리고 있다는 걸 압니다."

"나오미…." 홀던이 그의 얼굴을 덮고 있는 나오미의 손을 쥐고 떼어 냈다.

"타이코 한복판에서 서부영화를 찍고 싶어서 안달이 나 있는 그 사람이요? 그 사람은 짐 홀던이 아닙니다. 전 이제 그게 누군지도 모르겠어요." 나오미가 얼굴을 찌푸렸다. "아니, 잘못 말했군요. 전 그게 누군지 압니다. 그 사람 이름은 밀러였죠."

홀던에게 가장 끔찍한 부분은 나오미가 시종일관 차분하다는 것이었다. 그녀는 언성을 높이지도 않았고 분통을 터트리지도 않았다. 유일하게 엿볼 수 있는 감정이 있다면 체념에 가까운 안타까움이었고, 그것이야말로 최악이었다.

"선장님이 그 사람같이 된 거라면 전 배에서 내리겠습니다. 더 이상은 당신하고 같이 못 있겠으니까." 나오미가 말했다. "전 빠지겠습니다."

23
아바사랄라

아바사랄라는 창가에 서서 아침 안개가 짙게 깔린 도시를 내려다보고 있었다. 저 멀리 어디선가 수송선이 이륙했다. 수송선은 구름 기둥처럼 보이는 분사 가스를 뿜으며 솟구치더니 금세 자취를 감췄다. 손이 욱신거렸다. 아바사랄라는 지금 그녀의 눈으로 날아들고 있는 광자 중 일부가 수 광분 떨어진 곳에서 일어난 폭발로 인한 것임을 알고 있었다. 가니메데 스테이션. 한때 대기가 없는 위성 중 가장 안전했던 곳. 이제 그곳은 전쟁터가, 폐허가 되었다. 그 죽음의 빛을 구분하는 것은 광활한 대양에서 소금 분자 하나를 끄집어내는 것만큼이나 불가능한 일이었지만, 아바사랄라는 그것이 저기 어딘가에 존재한다는 것을 알고 있었다. 커다란 바위가 들어앉아 있는 것처럼 배 속이 무겁고 답답했다.

"확인을 요청할까요?" 소렌이 말했다. "응우옌 제독은 18시간 이내에 지휘 보고서를 제출해야 합니다. 그걸 입수하고 나면….."

"그가 뭐라고 하는지 알 수 있겠지." 아바사랄라가 통명스럽게 대꾸했다. "그 작자가 뭐라고 할지 내가 지금 알려줄 수도 있어. 화성군이 함대를 위협적으로 배치하여 공격적으로 대응할 수밖에 없었다, 이러쿵저러쿵 염병 지랄 울랄라. 씨발, 대체 전함을 어디서 구한 거야?"

"제독이잖습니까." 소렌이 말했다. "처음부터 그렇게 함대를 구성한 줄 알았는데요."

아바사랄라가 몸을 홱 돌렸다. 젊은이는 피곤해 보였다. 한밤중에 불려 나온 뒤로 줄곧 한숨도 자지 못했다. 그들 모두 그랬다. 소렌의 눈은 충혈되어 있고 안색은 칙칙했다.

"내가 몸소 그 자식 선단을 짜부라트려 놨다고." 아바사랄라가 말했다. "한 꺼풀 한 꺼풀 예쁘게 벗겨내서 접시 물에도 코를 박고 죽을 정도로 하찮게 만들어 놨단 말이지. 그런데도 화성 함대를 박살 낼 화력을 지니고 있어?"

"결과를 보니 그런 것 같습니다." 소렌이 대답했다.

아바사랄라는 욕설을 퍼붓고 싶은 것을 꾹 참았다. 수송선 엔진이 그르렁거리는 소리가 머나먼 거리와 창문을 지나 그녀에게까지 닿았다. 섬광은 벌써 사라지고 없었다. 아바사랄라는 수면 부족과 씨름하며 그 수송선이 목성계나 소행성대에서 정치 게임을 하는 것과 비슷하다고 생각했다. 뭔가 커다란 사건이 벌어졌다. 직접 눈으로 볼 수도 있었다. 그렇지만 소리는 사건이 발발하고 한참 후에나 도달하고, 그때가 되면 이미 늦은 상태다.

그녀의 실수였다. 응우옌 제독은 주전파(主戰派)였다. 문제가 생기면 뭐가 됐든 그저 적당히 총만 갈기면 전부 해결된다고 믿는 사춘기 소년 말이다. 그는 이 모든 일을 슬개골에 튜브를 끼워 넣듯이 조용하고 은밀하게 처리했다. 적어도 지금까지는 그랬다. 그는 아바사랄라의 등잔 밑에서 통솔 부대를 새롭게 구축하고 그녀를 화성과의 협상에서 물러나게 만들었다.

그것은 다시 말해 이 모든 일을 성사시킨 것이 응우옌 제독이 아니라는 의미였다. 그의 뒤를 밀어주고 있는 파벌이나 강력한 후원자가 있다. 아바사랄라는 응우옌 제독이 실은 조연에 불과하다고 생각하지 못했다. 따라서 그를 조종하고 있는 것이 누구든 그녀의 허를 찌르는 데 성공한 셈이다. 그녀는 정체를 알 수 없는 그림자를 상대로 플레이하고 있었다. 이런 게임은 딱 질색이다.

"빛이 필요해." 그녀가 말했다.

"네?"

"응우옌 제독이 어떻게 그 함선들을 손에 넣었는지 알아봐." 아바사랄라가 물었다. "잠 같은 건 나중에 자고 무조건 이것부터 끝내. 내가 원하는 건 완벽한 명세보고서야. 새로 대체된 선박들이 어디서 왔는지, 누가 명령을 내렸는지, 어떤 이유로 허가가 떨어졌는지 등등, 하나도 빠짐없이 전부 알아와."

"망아지도 한 마리 필요하십니까?"

"그것도 씨발 좋겠군." 아바사랄라는 힘없이 의자에 풀썩 기대앉았다. "자넨 아주 잘하고 있어. 언젠간 진짜 직업을 갖게 될 거야."

"그날을 고대하고 있습니다, 사무차장보님."

"그녀는 아직 여기 있나?"

"본인 책상에 앉아 있습니다. 불러올까요?"

"그러는 게 좋겠어."

집무실로 들어온 바비의 손에는 얇은 종이 한 장이 들려 있었다.

아바사랄라는 새삼 이 화성인이 얼마나 이곳에 어울리지 않는지 실감했다. 단순히 바비의 억양이나 화성의 희박한 중력에서 어린 시절을 보냈음을 보여주는 체형 때문은 아니었다. 정치판에서 외모가 빼어난 여성은 눈에 띄기 마련이다. 바비는 다른 모든 이들처럼 한밤중에 자다 말고 억지로 끌려 나온 티가 확연했지만, 그런데도 그 모습이 보기가 좋았다. 이 점이 앞으로 유용하게 쓰이든 그렇지 않든 간에 기억해둘 가치는 있었다.

"그래서 결과는?" 아바사랄라가 물었다.

화성인의 이맛살이 찌푸려졌다.

"상부에 있는 몇 명과 연락이 닿았습니다. 대부분은 제가 누군지도 모르더군요. 가니메데 이야기보다 제가 어쩌다 차장보님 밑에서 일하게 됐는지를 설명하는 데 더 많은 시간을 쓴 것 같습니다."

"좋은 교훈을 배웠군. 화성 관료들은 하나같이 멍청하고 곪아 터졌지. 뭐라고 하던가?"

"길게 설명할까요?"

"짧게."

"UN이 우리 화성을 쐈다는군요."

아바사랄라는 의자에 몸을 기댔다. 등이 아팠다. 무릎도 아팠다. 심장 아래 슬픔과 노여움으로 똘똘 뭉친 응어리가 평소보다도 훨씬 더 뚜렷하게 느껴졌다.

"그랬겠지." 아바사랄라가 말했다. "평화회담은?"

"날아갔습니다." 바비가 말했다. "UN이 회담에 부정직한 태도로 임한 데 대해, 내일 화성에서 성명을 발표할 예정입니다. 정확한 표현에 대해서는 아직 의견이 분분한 상태고요."

"어떤 문제로?"

바비는 고개를 저었다. 무슨 뜻인지 이해할 수가 없었다.

"그 인간들이 어떤 단어를 두고 다투고 있고, 각각 어떤 파벌이 어떤 단어를 사용하고 싶어 하냐는 소리야."

"저는 모릅니다. 그게 중요한가요?"

당연히 중요했다. 'UN이 회담에 부정직한 태도로 임했다'와 'UN이 회담에 부정직한 태도로 임해 왔다'의 차이는 수백 명의 사망을 낳는다. 수천 명일 수도 있다. 아바사랄라는 조바심을 다스리려 했지만 쉽지가 않았다.

"알았어." 아바사랄라가 말했다. "그 밖에 또 할 수 있는 일이 있는지 알아봐."

바비가 종이를 내밀었다. 아바사랄라는 그것을 받았다.

"이건 또 뭐야?" 그녀가 물었다.

"제 사직서입니다." 바비가 대답했다. "서류작업을 완벽하게 해놔야 좋아하실 것 같아서요. 우린 지금 전쟁에 돌입했습니다. 그러니 전 화성으로 소집되어 새로운 임무 배치를 받게 될 겁니다."

"누가 자네를 소집했는데?"

"아무도요. 아직은 명령을 받지 못했습니다. 하지만⋯."

"제발 좀 앉지그래? 자네하고 이러고 얘기하고 있으면, 씨발 목이 빠질 것 같단 말이야."

바비가 의자에 앉았다. 아바사랄라는 심호흡을 했다.

"날 죽이고 싶나?" 아바사랄라가 물었다. 바비가 눈을 끔벅였다. 바비가 입을 열기도 전에 아바사랄라가 손을 들어 조용히 하라는 몸짓을 했다. "난 UN에서 가장 중요한 인물 중 한 명이야. 우린 지금 전쟁 중이지. 그러니 묻겠네. 자네는 날 죽이고 싶나?"

"어…, 아닐 걸요?"

"그래, 아니겠지. 자네는 누가 자네 대원들을 죽였는지 알고 싶고, 정치가들이 해병들의 피로 톱니바퀴에 기름칠하는 걸 그만두길 바라니까. 그런데 씨발, 나도 똑같은 걸 원한다고!"

"하지만 전 현역 화성군인데요." 바비가 말했다. "여기서 차장보님 밑에서 계속 일하게 되면 전 반역죄를 저지르는 셈이 됩니다." 바비의 말투에는 조금의 불평도, 비난의 기미도 묻어 있지 않았다.

"아직 소집 명령을 받은 건 아니지?" 아바사랄라가 말했다. "아마 앞으로도 부를 일이 없을걸. 전시 '접촉'에 한해서는 자네한테도 우리와 거의 똑같은 외교 관례가 적용되거든. 자그마치 1만 페이지 분량에 활자 크기는 9포인트지. 지금 당장 명령서가 날아온다면, 난 자네가 지금 그 의자에서 늙어 죽을 만큼 온갖 확인 문의와 요청 세례를 퍼부을 거야. 그리고 만약에 자네가 화성에 충성을 바치겠답시고 누굴 죽인다면 나야말로 최적이지. 마지막으로 이 염병 머저리 같은 전쟁을 빨리 끝내고 흑막을 밝혀내고 싶다면 지금 당장 자리로 돌아가서 어떤 놈들이 어떤 단어를 갖고 난리를 치고 있는지나 알아봐."

바비는 한참 동안 아무런 대꾸도 하지 않았다.

"물론 수사적인 표현으로 말씀하신 거겠지만…." 마침내 바비가 입을 열었다. "당신을 죽이라는 건 확실히 일리 있는 말씀이군요. 그리고 전 그럴 능력도 되고요."

아바사랄라는 등골이 약간 오싹해졌지만 내색하지는 않았다.

"앞으로는 지나친 과장은 피하도록 하지. 그럼 돌아가서 일해."

"네, 사무차장보님." 바비는 의자에서 일어나 방을 나갔다. 아바사랄라는 뺨을 부풀리며 참고 있던 숨을 푸 하고 내쉬었다. 방금 그녀는 자신의 집무실에서 화성 해병에게 자기를 암살하라고 부추겼다. 젠장, 그녀는 잠이 필요했다. 핸드터미널이 울렸다. 예정에 없던 중요 보고서가 방금 들어왔다. 화면에 새빨간 색의 배너가 떠 있었다. 아바사랄라는 가니메데에서 또 다른 나쁜 소식이 날아온 건 아닌지 걱정하며 배너를 두드렸다.

금성에 관한 소식이었다.

7시간 전까지, 아보가스트 호는 3세대 구축함이었다. 13년 전에 부시 조선소에서 건조되어 이후 군의 과학탐사선으로 개조되었다. 지난 8개월 동안 아보가스트 호는 금성의 주위를 돌고 있었다. 아바사랄라가 받아 보고 있던 실시간 스캔 데이터는 대부분 아보가스트 호가 전송한 것이었다.

지금 아바사랄라가 보고 있는 장면은 우연히 올바른 각도로 향해 있던 두 대의 루나 망원 스테이션과 해당 스테이션들의 광대역 정보 피드, 그리고 열 명이 넘는 목격자들에 의해 포착되었다. 그들이 수집한 데이터세트는 모두 정확하게 일치했다.

"다시 틀어 봐요." 아바사랄라가 말했다.

마이클 우투르베는 30년 전 그녀가 처음 만났을 때는 현장 기술자였다. 지금 그는 특별 과학위원회의 수장이었고 아바사랄라의 대학 동창과 결혼했다. 세월이 흘러 머리칼은 빠지거나 하얗게 셌고 짙은 갈색 피부에는 주름살이 졌지만, 그가 사용하는 싸구려 꽃향기가 나는 향수는 그대로였다.

　마이클은 늘 거의 반사회적에 가까울 정도로 소심하고 의심이 많은 사내였다. 아바사랄라는 그와 우호적인 관계를 유지하려면 너무 꼬치꼬치 캐물어서는 안 된다는 것을 배웠다. 마이클의 작고 어수선한 사무실은 그녀의 집무실과 300미터도 떨어져 있지 않았지만 두 사람이 직접 얼굴을 맞댄 것은 지난 10년 새 다섯 손가락에 꼽을 정도에 불과했고, 그나마 그녀가 너무 애매하거나 복잡한 것을 최대한 빨리 이해해야 할 때로 국한되어 있었다.

　마이클이 핸드터미널을 두 번 두드리자 화면 속 이미지가 첫 부분으로 돌아갔다. 금성의 희멀건 구름 위에 떠 있는 아보가스트 호의 적외선 이미지가 나타났다. 화면 하단에 찍힌 시간값은 1초 단위로 흘러가고 있었다.

　"자세히 설명해 줘요." 아바사랄라가 말했다.

　"음. 그게, 급작스러운 에너지 상승이 발생했습니다. 지난번 가니메데에 문제가 생겼을 때 발생한 것과 똑같은 패턴입니다."

　"죽여주는군. 그럼 이제 참고할 수 있는 데이터요소가 두 개가 됐군요."

　"이번 것은 교전이 발생하기 직전에 나타났습니다. 한 시간 전후로요." 마이클이 말했다.

　그래프의 급증은 홀던이 총격을 벌이던 때와 겹쳤다. 그가 체포되기 전에 일어난 일이었다. 그러나 금성이 어떻게 홀던이 가니메데에서 일으킨 총격 사건에 반응한단 말인가. 바비가 본 괴물이 그 총격전과 관련이라도 있다는 의미일까.

　"그러더니 갑자기 전파량이 급증했습니다. 여기요." 마이클이 화면을 멈췄다. "이곳입니다. 3초에서 7초 사이에 전파량이 폭발적으로 늘었습니다. 놈들이 감시 중이었던 건 틀림없는데, 어디를 봐야 할지도 정확히 알고 있었던 겁니다. 제 생각엔 아보가스트 호의 이 스캔 활동이 놈들의 관심을 끈 것 같습니다."

마이클이 다시 영상을 재생했다. 화질은 아까보다 다소 거칠었지만, 그가 만족스러운 신음을 흘렸다.

"이 부분이 흥미롭더군요." 마치 다른 것들은 그렇지 않다는 듯한 말투였다. "일종의 방사성 펄스입니다. 루나의 가시광선을 제외한 모든 망원 관측 자료에 간섭이 발생했습니다. 1초의 10분의 1밖에 안 되는 아주 짧은 시간에 불과하긴 하지만요. 이후에 급증한 극초단파는 센서 스캐닝에서 정상에 가깝게 나타났습니다."

'실망스럽나 보네.' 아바사랄라의 혀끝에서 말이 아른거렸지만 뒤이어 보게 될 장면에 관한 기대감과 두려움에 입을 다물었다. 572명이 승선 중이던 아보가스트 호가 구름처럼 산산이 흩어졌다. 선체를 구성하던 외부 금속판이 하나씩 순서대로 깔끔하게 떨어져 나왔다. 거대한 대들보와 갑판이 분해되고, 엔진실이 선체에서 빠져나왔다. 아바사랄라의 눈앞에서, 승무원 전원이 완전한 진공에 노출되고 있었다. 그녀가 이 장면을 보고 있는 지금, 사실 그들은 이미 다 죽었을 테지만 아직 저 안에서는 죽지 않았다. 마치 함선의 건조 계획에 관한 시범 영상을 보고 있는 것 같았다. 여기가 승무원 숙소, 엔진 구역은 여기, 드라이브를 보호하기 위한 금속판은 여기 이렇게 붙이고…. 그래서 더욱 섬뜩했다.

"여기가 진짜 흥미로운 부분입니다." 마이클이 영상을 멈추고 말했다. "확대할 테니 직접 보시죠."

아바사랄라는 비명을 지르고 싶었다. '나한테 그런 거 보여주지마! 사람들이 죽는 건 보고 싶지 않아!'

하지만 그가 확대한 이미지는 사람이 아니라 복잡하게 얽힌 도관이었다. 마이클이 프레임별로 계속해서 버튼을 누르자 화면이 점차 부옇게 흐려졌다.

"녹는 건가요?" 그녀가 물었다.

"뭐라고요? 아, 아니요, 그런 게 아닙니다. 좀 더 가까이서 보시죠."

이미지가 단번에 크게 확대되었다. 화면을 흐릿하게 만든 것은 작은 금속 조각들의 그림자였다. 볼트, 너트, 전선 커넥터, 오링. 아바사랄라는 눈을 가늘게 떴다. 구름이라고 생각했던 것도 구름이 아니었다. 마치 자석에 쇳가루가 들러붙듯이 작은 부품들이 한 줄로 길게 달라붙어 있었다.

"아보가스트 호는 파괴된 게 아닙니다." 마이클이 말했다. "해체된 거죠. 대략 15개의 파장이 감지됐는데, 각각 함선의 서로 다른 구성요소에 영향을 끼친 것 같습니다. 나사 하나까지 완전히 해체한 겁니다."

아바사랄라는 가슴 깊이 숨을 들이켰다. 내뱉고 한 번 더, 그런 다음 또 한 번 더. 그녀는 더 이상 자신의 숨소리가 들리지 않을 때까지 계속해서 반복했다. 지금 그녀를 사로잡은 이 공포와 경외감을 점점 더 작게 접어 마침내 가슴 속 깊숙한 곳으로 밀어 넣을 수 있을 때까지 마시고 또 내뱉었다.

"도대체 누가 이런 짓을 하죠?" 이윽고 아바사랄라가 물었다. 물론 이것은 수사적인 질문에 불과했다. 대답이 있을 리가 없다. 인류가 알고 있는 그 어떤 원리나 작용력도 이런 일을 할 수는 없다. 하지만 마이클은 그녀의 말을 잘못 이해했다.

"대학원생들이요." 그가 명랑하게 대답했다. "제가 학생 때 산업디자인 기말고사가 이것과 비슷했죠. 교수가 온갖 기계들을 제시하면 그걸 분해해서 어떤 기능을 가졌는지 알아내는 겁니다. 디자인을 개선하면 추가 점수를 얻을 수도 있고요." 마이클의 목소리가 침울해졌다. "물론 우리는 다시 온전한 모습으로 돌려놔야 했습니다만."

화면 속에서 질서 있게 행렬하던 부품들이 움직임을 멈췄다. 그것들을 지배하던 정체 모를 힘이 떠나자 볼트와 대들보, 커다란 세라믹 판과 작은 못들이 갑자기 어지럽게 회전하기 시작했다. 처음부터 이 마지막 순간까지 걸린 시간은 단 70초였다. 1분이 조금 넘는 시간. 총알 하나도 발사하지 못했다. 물론 공격할 대상도 없었다.

"승무원들은?"

"입고 있던 슈트가 해체되었습니다. 하지만 인체를 해체하진 않았더군요. 사람을 하나의 단일체로 인식했거나 아니면 인간의 신체구조에 대해 이미 알고 있다는 의미로 해석할 수 있겠지요."

"나 말고 또 누가 이걸 봤죠?"

마이클이 눈을 깜박이더니 이내 어깨를 으쓱하고는 다시 깜박였다.

"지금 보신 이거 말씀이십니까, 아니면 이것의 다른 버전까지 말입니까? 고화질로 본 건 우리 두 사람이 유일할 겁니다. 하지만 이건 금성입니다. 금성을 관측하고 있던 사람이라면 누구나 봤을 겁니다. 무슨 격리 실험실 같은 게 아니니까요."

아바사랄라는 눈을 감고 두 손가락으로 콧대를 지그시 눌렀다. 가면이 벗겨지지 않게. 다른 사람의 눈에는 지끈거리는 두통과 씨름하는 것처럼 보이도록 해야 했다. 고통스러워 보이는 편이 낫다. 초조해 보이는 편이 낫다. 마치 다른 누군가에게 일어나는 일처럼, 공포와 두려움이 발작처럼 그녀를 휩쓸고 지나갔다. 눈물이 왈칵 솟구쳐 입술을 깨물며 물기가 사라지길 기다렸다. 아바사랄라는 핸드터미널을 꺼내 위치 추적기를 작동시켰다. 웅우엔 제독은 대화할 만한 거리에 있다 한들 재고할 가치도 없었고, 네틀포드 장군은 세레스 스테이션을 향해 가속 중인 함선 열두 대를 지휘 중이었으며 아직은 완전히 신뢰할 수 있는 인물도 아니었다. 그래, 사우더 제독이 있지.

"사우더 제독에게도 이 영상을 보내 줬나요?"

"오, 아닙니다. 아직 승인을 받지 못했거든요."

아바사랄라가 무표정한 얼굴로 마이클을 빤히 쳐다보았다.

"허락하시는 겁니까?"

"사우더 제독에게 전달하는 건 승인하죠. 지금 당장 보내요."

마이클이 민첩하게 고개를 까딱하더니 양쪽 새끼손가락으로 뭔가를 두드렸다. 아바사랄라는 핸드터미널로 사우더 제독에게 짧은 메시지를 보냈다. "확인하고 연락 바람." 그녀는 후들거리는 다리에 힘을 주며 일어났다.

"이렇게 얼굴을 보니 좋군요." 마이클이 그녀를 쳐다보지도 않은 채 말했다. "언제 식사라도 함께할까요."

"그래요." 아바사랄라는 이렇게 대답하고 자리를 떴다.

여자화장실은 추웠다. 아바사랄라는 손바닥을 세면대에 짚고 허리를 꼿꼿이 세웠다. 그녀는 공포나 경외감이라는 감정에 익숙하지 않았다. 그녀의 삶은 통제와 지배로 점철되어 있었고, 세상이 그녀가 원하는 방향으로 돌아갈 때까지 사람들에게 말하고 집적거리고 괴롭히는 것으로 이뤄져 있었다. 때때로 그녀가 아무런 영향도 끼칠 수 없는 것이 존재한다는 것은 서럽고 억울한 일이었다. 아바사랄라가 어렸을 때 겪었던 벵갈의 지진, 이집트에서 폭풍우 때문에 아르준과 쫄쫄 굶으며 사흘 동안 호텔에 갇혀 있었던 일, 그리고 아들의 죽음. 각각의 사건들은 그녀의 자신만만한 가식과 자존심을 벗겨내고 그 뒤로 몇 주일 동안이나 밤이면 밤마다 침대에 웅크리고 누워 악몽에 시달리며 손가락을 말아 쥐게 했다.

하지만 이것은 그보다도 더 나빴다. 적어도 예전에는 우주란 원래 아무런 의도도 목적도 없는 무심한 존재라고 위안 삼을 수 있었다. 아무리 끔찍한 사건이라도 자연의 힘으로 인한 우연한 현상에 불과했다. 그러나 아보가스트 호의 침몰은 완전히 달랐다. 그것은 의도적이면서도 비인간적이었다. 드디어 인류가 신의 얼굴을 보게 되었건만, 그 안에 연민이라고는 한 방울도 존재하지 않는다고 생각해 보라.

아바사랄라는 덜덜 떨리는 손으로 핸드터미널을 꺼냈다. 신호가 가자마자 아르준이 재깍 받았다. 그의 강인한 턱과 부드러운 눈빛을 보고, 아바사랄라는 남편이 어떤 버전이 됐든 문제의 영상을 봤다는 것을 깨달았다. 그러나 그는 인류 전체의 운명이 아닌, 오로지 그녀만을 생각하고 있었다. 아바사랄라는 미소를 지으려 했지만, 너무 벅찬 일이었다. 뺨 위로 눈물방울이 흘러내렸다. 아르준이 가볍게 한숨을 내쉬며 시선을 내리깔았다.

"당신을 진심으로 사랑해." 아바사랄라가 말했다. "당신을 만난 덕분에 도저히 견딜 수 없었던 것 같은 일들도 견뎌낼 수 있었지."

아르준이 빙그레 웃었다. 주름살이 가득한데도 어쩜 저리 잘생겼는지. 그는 나이가 들면서 젊었을 때보다도 더 미남이 되었다. 밤이 되면 몰래 창가에 올라와 자작시를 낭송해주던, 웃음이 날 정도로 지나치게 정직했던 둥근 얼굴의 소년이 마치 이 순간이 되기만을 기다려 온 것처럼 말이다.

"사랑해. 항상 당신만을 사랑했어. 다음 생에 다시 태어나더라도 다시 당신을 사랑할 거야."

아바사랄라는 한 번 훌쩍인 다음, 손등으로 눈물을 닦고 고개를 끄덕였다.

"이제 됐어." 그녀가 말했다.

"다시 일하러 가는 거야?"

"다시 일하러 가야 해. 오늘은 늦을 거야."

"난 계속 여기 있을 거야. 집에 오면 깨워."

두 사람은 잠시 말없이 서로를 마주 보았다. 이윽고 그녀가 전화를 끊었다. 사우더 제독에게서는 아직 아무 연락도 없었다. 에린라이트도 전화를 걸지 않았다. 아바사랄라의 머릿속에서는 온갖 생각들이 군용 수송선을 공격하는 강아지처럼 부산스럽게 깡충깡충 뛰어다니고 있었다. 그녀는 억지로 한 발을 들어 올려 반대쪽 발 앞에 내려놓았다. 걷는다는 가벼운 신체적 활동이 머리를 맑게 해주었다. 그녀를 집무실로 데려다줄 작은 전기 카트가 화장실 앞에서 대기 중이었지만 무시했다. 사무실에 도착했을 즈음, 아바사랄라는 평정을 되찾은 상태였다.

바비가 책상 앞에서 잔뜩 수그리고 앉아 있었다. 커다란 체구 때문에 책상과 의자가 초등학생용처럼 보였다. 소렌은 자리에 없었지만 상관없었다. 그는 군사훈련을 받은 적도 없으니까.

"자, 자네가 엄청나게 크고 심각한 위험에 처해 있다고 치자고." 아바사랄라가 소렌의 책상에 걸터앉으며 말했다. "예를 들어 어떤 위성에 살고 있는데, 제3자가 거기다 커다란 혜성을 떨어뜨리겠다고 협박하는 거야. 그 정도면 엄청나게 크고 심각한 위험인 거지?"

바비는 어리둥절한 표정으로 그녀를 쳐다봤지만 이내 계속해 보라는 듯이 어깨를 들썩였다.

"그렇죠." 해병이 말했다.

"그런데 왜 하필 그때 이웃집 사람한테 시비를 거는 걸까? 너무 겁을 먹은 나머지 눈에 보이는 게 없어서? 아니면 그 돌덩어리가 날아오는 게 다 그 머저리 때문이라고 생각해서? 그도 저도 아니면 단순히 돌대가리라서?"

"금성과 목성계 전투에 관해 말씀하고 계신 거군요." 바비가 말했다.

"좀 빈약한 비유긴 하지만, 씨발, 그래." 아바사랄라가 말했다. "어쨌든 도대체 왜 그런 걸까?"

바비가 의자 등받이에 몸을 기댔다. 엉덩이 밑에서 플라스틱이 마찰하는 소리가 났다. 바비가 눈매를 가늘게 좁혔다. 그녀는 입을 열었다가 다시 닫더니, 미간을 찌푸렸다.

"자기 세력을 공고히 하는 겁니다." 바비가 말했다. "만약에 제가 가진 자원을 사용해 혜성을 멈추면 그 위협이 사라지자마자 싸움에서 질 테니까요. 제가 약해져 있는 틈을 타서 상대편이 치고 들어오겠지요. 빵! 하지만 반대로 그 자식부터 먼저 손을 봐주면 제가 최후의 승자가 됩니다."

"하지만 둘이 같이 협력한다면….."

"그건 상대방을 믿을 수 있을 때 얘기고요." 바비가 고개를 저으며 말했다.

"백만 톤짜리 얼음덩어리가 떨어지면 우리 둘 다 죽는데? 빌어먹을, 이웃 사람을 믿으면 어디가 덧나기라도 하나?"

"그건 상황에 따라 다릅니다. 그 사람 지구인입니까?" 바비가 말했다. "태양계에는 강력한 군사 세력이 두 개 있고, 거기에 소행성대까지 부상하고 있습니다. 이 셋은 역사적으로 서로 관계도 복잡한 사이고요. 뭐가 됐든 금성에서 진짜 심각한 사태가 발생한다면 다들 자기가 모든 패를 쥐고 있길 바랄 겁니다."

"그리고 만약에 양쪽이, 지구와 화성이 똑같은 계산을 하고 있다면 이후에 있을 전쟁을 준비하는 데 전력을 쏟아부을 거란 소리군."

"예." 바비가 말했다. "그렇게 양쪽이 사이좋게 망하는 거죠."

24
프락스

프락스는 그의 선실에 앉아 있었다. 배에서 잠만 자는 공간치고는 꽤 컸다. 어찌 보면 넓다고도 할 수 있었다. 굳이 비교하자면 가니메데에서 그가 쓰던 침실보다 약간 작았다. 프락스는 젤로 채워진 매트리스에 앉아 있었는데, 가속으로 인한 중력이 그를 아래쪽으로 잡아당기고 있어 팔다리가 평소보다 더 무겁게 느껴졌다. 어쩌면 이런 급작스러운 무게감, 특히 우주 비행으로 인한 불규칙한 중력 변화는 그의 몸이 보내는 피로의 신호일지도 모른다. 침대 속이나 바닥으로 끌려가는 느낌은 뼈가 노곤한 피로감과 너무 비슷해서 잠만 조금 자면 모든 게 다 잘 될 거라는, 전부 다 해결될 거라는 생각이 들었다.

"메이는 죽었을 거야." 프락스는 큰 소리로 말했다. 그런 다음 신체적인 반응을 기다렸다. "메이는 틀림없이 죽었을 거야."

이번에는 울음이 터지지 않았다. 그러니 점차 나아지고 있는 것이 분명했다.

가니메데는 벌써 하루 반나절이나 떨어진 곳에 있어 맨눈으로는 확인할 수가 없었다. 목성은 새끼손가락 손톱만 한 어두운 원반으로 변해 제일 밝은 별보다 약간 밝은 정도인 태양 빛을 반사하고 있었다. 프락스는 머리로는 자신이 태양을 향해, 목성계에서 소행성대 쪽으로 움직이고 있다는 것을 알고 있었다. 일주일 후면 태양의 크기가 두 배로 증가할 테지만, 그래도 별로 눈에 띄지는 않을 것이다. 인간의 모든 경험을 능가하는 수준의 거리와 속도, 강렬함 속에서는 그 무엇도 중요하게 느껴지지 않았다. 프락스는 지구든 가니메데든 혹은 저 검은 공간 속에 있는 어떤 행성이 됐든 신이 산과 바다를 창조한 곳에는 가 본 적이 없었다. 그는 지금 금속과 세라믹으로 구성된 작은 상자 안에 타고 있었고, 이 상자는 영장류 대여섯을 싣고 질량과 에너지를 교환해 수백만 개의 바다보다도 더욱 광활한 진공 속을 날고 있었다. 이보다 더 대단한 일이 도대체 어디에 있겠는가?

"메이는 틀림없이 죽었을 거야." 프락스가 중얼거렸다. 이번에는 문장을 끝마치기도 전에 목이 메었다.

그것은 아마도 갑작스럽게 밀려온 안전하다는 느낌 때문일 것이다. 가니메데에 있을 때 프락스는 두려움에 무감각해져 있었다. 두려움과 영양실조, 매일같이 똑같은 생활과 언제든 움직이는 몸과 아무리 쓸데없이 보이는 일이라도 반복하는 능력. 그는 날마다 사망자 게시판을 확인하고 치안 센터에 줄을 서고, 통로를 배회하며 총알구멍을 셌다.

로시난테 호에 탄 지금은 아니다. 이제는 그런 것을 그만둘 줄 알아야 했다. 타이코 스테이션까지 가는 긴 시간 동안 프락스는 할 일이 아무것도 없었다. 달리 신경을 쏟을 대상도 없었다. 시간이 날 때마다 돌아다니던, 망가지고 죽어가는 스테이션도 없다. 오직 이 선실과 핸드터미널, 그리고 반 치수 큰 점프슈트 한 벌뿐이었다. 그것과 세면도구가 담긴 작은 상자 하나. 그에게 있는 것은 이게 다였다. 그리고 그의 두뇌가 다시 활발히 활동할 수 있게 도와줄 먹을 것과 깨끗한 물도 있었다.

프락스는 서서히 회복하고 있었다. 그는 몸 상태가 조금 나아지고서야 비로소 그동안 몸과 마음이 얼마나 혹사당했는지 깨달았다. 이제야 완벽하게 되돌아왔구나 싶었다가도 잠시 후면 여기서 더 회복될 여지가 남아 있다는 사실에 놀라곤 했다.

그래서 프락스는 저 자신을 탐구했다. 마치 전기 콘센트에 혀를 대어 보듯이 그의 세상 한복판에 뚫린 상처를 헤집었다.

"메이는 틀림없이 죽었을 거야." 프락스는 눈물을 뚝뚝 흘리며 중얼거렸다. "하지만 죽지 않았다면 그 애를 찾아야 해."

그제야 기분이 좀 나아지는 것 같았다. 아니, 적어도 이제야 옳은 것처럼 느껴졌다. 프락스는 몸을 옹송그리고 두 손을 모아 턱을 받쳤다. 조심스럽고 신중하게, 테이블 위에 누워 있는 카토아의 시신을 머릿속에 떠올려 보았다. 그의 마음이 거부반응을 일으키며 다른 것을 생각하려 했지만, 프락스는 강제로 소년의 죽은 모습을 다시 불러와 그 자리에 메이를 대신 눕혔다. 조용하고 공허하게 죽어 있는 메이. 가슴 한복판에서 비탄이 솟구쳤지만, 유체이탈이라도 한 것처럼 그런 저 자신의 모습을 밖에서 관찰했다.

프락스는 대학원 시절에 '피누스 콘토라타'를 연구하기 위해 자료를 수집한 적이 있다. 이 로지폴 소나무는 지구에 서식하는 모든 소나무 중에서 저중력에서 가장 안정적으로 성장하는 종이었다. 그가 할 일은 떨어진 솔방울을 태워 씨앗을 모으는 것이었다. 자연환경에서 로지폴 소나무는 불이 없으면 재생산을 하지 못한다. 솔방울 속 송진은 불이 뜨거울수록 발아를 촉진했고 그것은 때때로 어미 나무가 죽어야 한다는 것을 의미했다. 로지폴 소나무는 더 나은 삶을 위해 시련을 견뎌야 했다. 살기 위해 생존이 어려운 조건을 포용해야 했다.

그는 그 나무를 이해할 수 있었다.

"메이는 죽었어." 프락스가 중얼거렸다. "그 애는 이제 없어."

이런 끔찍한 생각을 해도 고통스럽지 않을 때까지 기다릴 수는 없다. 왜냐하면 고통은 절대로 사라지지 않을 테니까. 그렇다고 한없이 기다리다 고통에 함몰될 수도 없다. 그러니 자신에 상해를 입히는 것이나 마찬가지라도 이것 외에는 다른 방법이 없었다. 그리고 어쨌든 지금까지는 효과가 있는 것 같았다.

프락스의 핸드터미널에서 알림이 울렸다. 타이머로 설정해놓은 두 시간이 끝났다. 프락스는 손등으로 눈물을 문질러 닦고, 크게 심호흡을 한 다음, 자리에서 일어났다. 두 시간씩 하루 두 번이면 칼로리는 풍부해도 자유는 부족한 이 새로운 환경에서 뜨거운 불세례를 맞으며 자신을 다지고 연마하기에 충분할 것이다. 프락스는 공용 화장실에서(우주선에서는 화장실을 변소라고 불렀다) 얼굴을 씻은 다음 주방으로 향했다.

알렉스라는 이름의 조종사가 커피메이커 앞에 서서 벽에 부착된 통신 기기에 대고 뭐라 말하고 있었다. 피부색은 프락스보다 더 짙고, 숱이 줄고 있는 검은 머리칼은 새치가 몇 가닥 섞여 있다. 그

353

는 일부 화성인들에게서 볼 수 있는 느릿한 억양을 갖고 있었다.

"8퍼센트에서 감소 중이야."

통신기에서 활기차지만, 저속한 단어가 흘러나왔다. 에이모스였다.

"다시 말하지만, 제대로 안 닫혔다니까." 알렉스가 말했다.

"내가 두 번이나 가 봤다니까." 에이모스가 말했다. 알렉스가 커피메이커에서 '다치'라는 글자가 적힌 머그잔을 꺼냈다.

"뭐든 삼세번이지."

"알았어. 대기 해."

조종사가 커피를 한 모금 길게 들이키더니 프락스를 발견하고 고개를 까딱였다. 프락스는 어색한 미소를 지어 보였다.

"좀 나아졌습니까?" 알렉스가 물었다.

"예, 그런 것 같네요." 프락스가 대답했다. "실은 잘 모르겠습니다."

알렉스가 테이블에 앉았다. 주방은 군용 시설에 가깝게 설계되어 있었다. 예기치 못한 급격한 기동이나 충격 때문에 가구들이 움직일 경우에 대비해 모든 모서리나 가장자리가 둥글게 마감되어 있다. 배식 제어판에도 생체인식 인터페이스가 설치되어 여차하면 사용을 제한할 수 있었다. 고도의 보안 설비를 갖추고 있지만 실제로 사용하고 있지는 않은 것 같았다. 벽에는 프락스의 손바닥만 한 글씨로 '로시난테'라고 적혀 있었는데, 누가 그 옆에 스프레이를 뿌려 노란색 수선화 그림을 판화처럼 찍어 놓았다. 생뚱맞으면서도 동시에 이 배와 잘 어울린다는 생각이 들었다. 그렇게 생각하니 이 배의 모든 것이 자연스러워 보였다. 승무원들도 그랬다.

"지내기는 괜찮습니까? 뭐 필요한 건 없고요?"

"예, 괜찮습니다." 프락스는 고개를 끄덕이며 대답했다. "고맙습니다."

"자식들이 우리 배를 꽤 심하게 두드려 패서요. 험한 일이라면 겪을 만큼 겪었는데 이번이 제일 심한 것 같습니다." 프락스는 고개를 끄덕이며 배식기에서 음식 팩을 받았다. 식감이 살아 있는 걸쭉한 페이스트로 약간 달콤한 맛이 났고, 밀과 벌꿀, 거기에 구운 건포도 맛이 가미되어 있었다. 프락스가 무심코 의자에 앉자 조종사는 그것을 대화를 계속하고 싶다는 신호로 받아들였다.

"가니메데에서는 얼마나 오래 살았습니까?"

"거의 평생이요." 프락스가 대답했다. "어머니가 저를 임신했을 때 거기로 이주하셨거든요. 지구와 루나에서 일하면서 외행성으로 갈 돈을 모았다고 하더군요. 처음엔 칼리스토에서 짧게 일했고요."

"부모님은 소행성대 출신이었나요?"

"엄밀히 말하자면 아닙니다. 소행성대보다 더 멀리 가면 더 좋은 계약을 맺을 수 있다는 소문을 들었답니다. 말하자면 '자식들에게 더 나은 미래를 주기 위해서'였죠. 제 아버지의 평생소원이었습니다."

알렉스가 커피를 홀짝였다.

"그래서 목성의 위성 이름을 따서 당신 이름을 지은 겁니까, 프락시디케?"

"예." 프락스가 대답했다. "나중에 그게 여자 이름이라는 걸 알고 당황하긴 했지만요. 하지만 전 별로 신경 쓰지 않았습니다. 제 아내는, 이제 전 아내라고 해야죠, 그게 귀엽다고 생각했고요. 어쩌면 애초에 그래서 저한테 관심을 가진 건지도 모르죠. 사실 특이한 이름이잖습니까. 그리고 가니메데에는 식물학 박사들이 발에 돌멩이처럼 차이거든요. 문자 그대로요."

알렉스의 짧은 침묵은 프락스가 마음의 준비를 할 수 있게 해 주었다.

"딸을 잃어버렸다면서요." 알렉스가 말했다. "정말 안 됐습니다."

"메이는 틀림없이 죽었을 겁니다." 프락스는 연습한 대로 말했다.

"저 밑에서 발견한 연구실이랑 관련이 있는 거죠?"

"저는 그렇게 생각합니다. 틀림없어요. 처음 전투가 벌어지기 전에 메이를 데려갔거든요. 메이랑 같은 그룹에 있는 다른 아이들도요."

"같은 그룹이요?"

"메이는 면역질환을 앓고 있었습니다. 마이어스-스켈튼 조기면역노화증이라고 부르는데, 태어날 때부터 갖고 있었지요."

"내 여동생도 골다공증을 앓았죠. 아주 심했어요." 알렉스가 말했다. "혹시 그래서 메이를 데려간 걸까요?"

"전 그렇다고 생각합니다. 그게 아니라면 어린애들을 왜 납치해 갔겠어요?"

"강제노역이나 성 노예로 팔려고요." 알렉스가 차분하게 말했다. "하지만 역시 병이 있는 애들을 노린 건 이해할 수가 없군요. 그 연구실에 프로토분자가 있었다는 건 진짭니까?"

"예." 프락스가 대답했다. 손에서 음식 튜브가 식어가고 있었다. 더 먹어야 한다는 것은 알고 있었지만(마음은 그러고 싶었고 맛도 좋았다) 왠지 속이 뒤집히는 것 같았다. 그도 진즉에 다 염두에 됐던 가설들이었다. 가니메데에서 주린 배를 안고 다른 것에 한눈을 팔

356

고 있었을 때 모두 생각해 본 것들이었다. 하지만 지금, 이 검은 진공 속을 전속력으로 날고 있는 문명 세계의 관 안에 있다 보니 다시 익숙한 생각들이 밀려와 어지러이 충돌했다. 특히 메이와 같은 치료 그룹에 속해 있던 아이들에 관한 것들이 그랬다. 면역노화 질환을 겪고 있는 아이들. 그리고 놈들은 프로토분자를 연구하고 있었다.

"우리 선장님은 에로스에 있었거든요." 알렉스가 말했다.

"상실감이 컸겠군요." 프락스는 뭔가 말을 해야 할 것 같아 이렇게 말했다.

"음, 아니요. 내 말은 거기 살았다는 게 아니라 그 일이 일어났을 때 에로스 스테이션에 있었다고요. 우리 전부 다 그랬죠. 하지만 선장님이 제일 오래 있었어요. 실제로 그걸 눈으로 목격하기도 했고요. 최초 감염 말입니다."

"진짜요?"

"그때 이후로 사람이 완전히 바뀌어 버렸죠. 우린 낡은 얼음 수송선으로 토성과 소행성대 사이를 왔다 갔다 하던 시절부터 같이 있었거든요. 그땐 선장님도 나를 별로 좋아하지 않았던 것 같아요. 그렇지만 지금은 완전히 한 가족이 됐죠. 워낙 많은 일을 겪어서요."

프락스는 음식 튜브를 길게 빨아들였다. 차갑게 식은 페이스트에서는 밀가루 맛이 줄고 꿀과 건포도 맛이 강해졌다. 따뜻했을 때만큼 맛있지는 않았다. 그는 검은 필라멘트를 발견했을 때 홀던의 얼굴에 나타난 경악과 두려움을, 목소리에서 느껴지던 억눌린 공포를 떠올렸다. 이제야 이해할 수 있을 것 같았다.

그런 프락스의 생각에 응답이라도 하듯이 갑자기 홀던이 문가에 나타났다. 그는 겨드랑이에 전자석이 부착된 알루미늄 상자를 끼고 있었다. 가속 중에도 바닥에 고정할 수 있는 개인용 사물함이었다. 예전에 본 적은 있지만 필요했던 적은 한 번도 없었다. 지금까지 프락스에게 중력이란 항상 일정한 것이었기 때문이다.

"선장님." 알렉스가 경례하는 흉내를 내며 말했다. "괜찮은 겁니까?"

"물건 몇 개를 내 방으로 옮기는 것뿐이야." 홀던이 말했다. 그의 꽉 잠긴 목소리가 의미하는 바는 분명했다. 프락스는 문득 자신이 그들의 사적 영역에 너무 깊이 침범하는 건 아닌가 생각했지만, 알렉스와 홀던은 별로 개의치 않는 것 같았다. 홀던이 아무렇지도 않은 듯 다시 복도로 나가자 알렉스가 한숨을 푹 내쉬었다.

"무슨 문제라도 생긴 건가요?" 프락스가 물었다.

"예. 아, 하지만 걱정하지 마십시오. 당신 때문이 아니니까. 꽤 오래전부터 있었던 문제예요."

"저런, 안됐군요." 프락스가 말했다.

"언젠간 이렇게 될 줄 알았지. 어쨌든 뭔가 터져야 해결을 하든 말든 할 테니까요." 알렉스가 말했다. 걱정스러운 기색이 가득한 목소리였다. 프락스는 이 사내가 마음에 들었다. 벽 터미널이 삑삑거리더니 에이모스의 목소리가 들렸다.

"이번엔 또 무슨 일이야?"

알렉스가 터미널을 잡아당기자 벽과 연결된 연접식 이음매가 복잡한 각도로 구부러졌다. 그는 한 손에 커피잔을 쥔 채 반대쪽 손가락으로 화면을 두드렸다. 터미널이 깜박이며 데이터가 실시간으로 그래프와 표로 변환되었다.

"10퍼센트." 알렉스가 말했다. "아니, 12퍼센트군. 상승 중이야. 찾아냈어?"

"금 간 데가 있더라고." 에이모스가 말했다. "그래, 너 우라지게 잘났다. 젠장, 또 다른 건 없어?"

알렉스가 터미널을 두드리는데 홀던이 다시 문 앞에 나타났다. 이번에는 손에 아무것도 들고 있지 않았다.

"좌현 센서 어레이가 맞았어. 전선이 몇 군데 탄 것 같아." 알렉스가 말했다.

"알았어." 에이모스가 말했다. "그럼 못된 꼬마들을 교체하자고."

"아니면 고속 항행 중인 함선 밖으로 기어나가는 것하고는 아무 상관도 없는 일을 하는 건 어때." 홀던이 말했다.

"제가 해결할 수 있습니다, 선장님." 에이모스가 말했다. 조그만 벽면 스피커로 들어도 자존심이 단단히 상한 것 같았다. 홀던이 고개를 저었다.

"한 번 삐끗하기라도 하면 분사 가스에 맞아 분자 단위로 분해될 텐데? 그런 건 타이코에 있는 기술자들한테 맡겨. 알렉스, 그것 말고 또 남은 문제가 있어?"

"항해 시스템 메모리가 새고 있습니다. 네트워크 손상 때문에 생긴 문제 같아요." 조종사가 말했다. "그리고 화물칸도 아직 진공 상태입니다. 원인은 모르겠는데 통신 어레이도 먹통이고요. 핸드 터미널도 연결이 안 됩니다. 아, 그리고 의료 포드 하나에 에러가 났으니 아프지 마십시오."

홀던은 알렉스와 어깨너머로 대화하며 커피메이커로 걸어가 그가 좋아하는 조합을 입력했다. 그의 머그잔에도 '다치'라고 쓰여 있었다. 프락스는 문득 모든 컵에 똑같은 글자가 적혀 있다는 것을 깨달았다. 도대체 '다치'가 무슨 뜻일지 궁금했다.

"화물칸에도 EVA(Extra-Vehicular Activity, 선외 활동)가 필요할까?"

"모르겠습니다." 알렉스가 대답했다. "일단 알아보죠."

홀던은 커피메이커에서 머그잔을 꺼냈다. 그는 작게 만족스러운 한숨을 내쉬며 고양이를 쓰다듬듯이 기기의 금속 몸통을 어루만졌다. 프락스는 충동적으로 헛기침했다.

"음, 실례합니다." 그가 말했다. "홀던 선장님? 궁금한 게 있는데요. 혹시 무선망을 고치거나 좁은광선을 사용할 수 있으면 제가 통신 어레이를 좀 사용해도 될까요?"

"지금은 최대한 조용히 있으려는 중인데요." 홀던이 말했다. "무슨 내용을 내보내고 싶은 겁니까?"

"조사를 좀 하고 싶어서요." 프락스가 대답했다. "우리가 가니메데에서 얻은 데이터요. 메이를 데려간 여자 사진이 있잖습니까. 그리고 스트릭랜드 박사에 관한 자료도 찾을 수 있으면…. 가니메데는 메이가 실종된 뒤부터 시스템이 완전히 닫혀 있었거든요. 공용 데이터베이스와 네트워크에만 접속할 수 있어도…. 거기서부터 시작하려고요."

"그리고 어차피 타이코에 도착할 때까지는 하릴없이 앉아만 있어야 하겠죠." 홀던이 말했다. "좋습니다. 나오미에게 로시난테호의 네트워크에 접속할 수 있는 계정을 주라고 말해 놓겠습니다. OPA 파일에 박사님이 원하는 게 있을지는 모르겠지만 원한다면 그쪽도 확인해보십시오."

"정말입니까?"

"그럼요." 홀던이 말했다. "그쪽도 꽤 쓸 만한 안면인식 데이터베이스를 보유하고 있거든요. OPA 보안망 내에 있긴 한데 우리가 대신 접속 요청을 하면 됩니다."

"그래도 괜찮을까요? 저 때문에 선장님이 OPA와 말썽이 생기는 건 바라지 않는데요."

홀던의 미소는 살갑고 따뜻했다.

"괜찮습니다. 걱정하지 말아요." 그가 말했다. "알렉스, 또 알려 줄 거 없어?"

"화물칸이 제대로 밀폐되지 않았습니다. 하지만 그건 이미 알고 있는 부분이고요. 어쩌면 한 방 호되게 맞은 건지도 모르겠습니다. 구멍이 났을 수도 있습니다. 방금 비디오 피드를 백업했으니까 잠깐만 기다리면⋯."

홀던이 알렉스의 어깨 위로 몸을 기울였다. 프락스는 음식을 한 입 더 먹은 다음 결국 호기심에 굴복했다. 디스플레이 한쪽 구석에 프락스의 손바닥만 한 화면이 화물실을 비추고 있었다. 화물은 대부분 팔레트에 적재되어 있었고, 팔레트는 커다란 화물실 문 옆에 있는 금속판 위에 쌓여 뒀는데, 가속 중력 때문에 짐의 일부가 팔레트에서 삐쳐 나와 있었다. 에셔의 그림처럼 비비 꼬여 있는 다소 초현실적인 형태였다. 알렉스가 화물실 문에 초점을 맞추고 영상을 끌어당겨 확대했다. 두꺼운 금속문 한쪽 구석이 안쪽으로 찌그러져, 반짝이는 반사면이 외측 벽이 손상되었음을 알려주었다. 뻥 뚫린 구멍 너머로 우주에 흩뿌려진 별들이 내다보였다.

"흠, 척 봐도 알겠네요." 알렉스가 말했다.

"뭐에 맞은 거지?" 홀던이 물었다.

"그건 모르겠습니다." 알렉스가 대답했다. "그을린 흔적은 안 보이는데요. 하지만 가우스 포탄이라면 금속판을 저렇게 구부리지 않았을 겁니다. 그냥 구멍을 냈겠죠. 화물칸이 멀쩡한 걸 보니 선체 반대쪽에 구멍이 난 것 같지도 않습니다."

조종사는 화면을 더 크게 확대해 문에 난 구멍을 자세히 들여다보았다. 타거나 그을린 자국은 없지만, 문과 갑판에 가느다란 검은 얼룩이 묻어 있었다. 프락스는 이맛살을 찌푸렸다. 뭔가 말을 하려다 입술만 달싹이며 그만두었다.

홀던이 프락스가 생각하고 있던 것을 말했다.

"알렉스, 저거 손자국이야?"

"그런 것 같습니다, 선장님. 하지만⋯."

"확대해 봐. 갑판을 보라고."

그것은 작았다. 희미했다. 작은 화면으로 본다면 못 보고 지나치기가 쉬웠다. 하지만 분명히 거기 있었다. 다소 뭉개지긴 했지만, 검은색으로 찍힌 손바닥이었다. 프락스는 그것이 한때 붉은색이 아니었을까 하는 강한 의심이 들었다. 그리고 의심의 여지가 없는 맨발 자국. 다섯 개의 발가락. 길게 짓뭉개진 검은 상흔.

알렉스가 화면을 조종해 발자국을 추적했다.

"화물실은 진공 상태지?" 홀던이 물었다.

"하루 반나절 동안 그랬습니다." 알렉스가 대답했다. 편안하고 가족적인 분위기는 사라졌다. 두 사람의 대화는 이제 딱딱하고 사무적으로 돌변했다.

"오른쪽으로 쫓아가." 홀던이 말했다.

"알겠습니다."

"거기서 멈춰. 저게 뭐지?"

형체 하나가 몸을 태아처럼 동글게 말고 손바닥을 격벽에 댄 채 누워 있었다. 고중력 상태에서 바닥에 붙은 듯 미동 하나 없었다. 무연탄처럼 새까맣고 피처럼 새빨갰다. 여성인지 남성인지도 구분할 수 없었다.

"알렉스, 우리 배에 밀항자가 탄 거야?"

"적어도 적하목록에 저런 건 없었습니다. 선장님."

"우리 배를 맨손으로 찢고 침입했다고?"

"겉보기엔 그런 것 같습니다."

"에이모스? 나오미?"

"저도 보고 있습니다." 터미널에서 나오미의 목소리가 들렸고, 뒤이어 에이모스가 나지막이 휘파람을 불었다. 프락스는 비밀 연구실에서 들었던 정체 모를 광폭한 소리를, 그들이 죽지 않았지만 바닥에 쓰러져 있던 경비병들의 시체를, 그리고 깨진 유리 상자와 검은 필라멘트를 떠올렸다. 연구실에서 도주한 실험체가 여기 있었다. 놈은 가니메데의 춥고 삭막한 지상으로 올라왔다가 탈출 기회가 올 때까지 기다렸던 것이리라. 팔에 오싹하게 소름이 돋았다.

"좋아." 홀던이 말했다. "하지만 저거 죽은 거지? 그렇지?"

"아닌 것 같습니다." 나오미가 대답했다.

25
바비

바비의 핸드터미널이 새벽 4시 반에 기상나팔을 불었다. 해병대 시절이었다면, 그리고 같이 툴툴거릴 동료들이 있었다면 '한밤중'이라고 툴툴거릴 시간이었다. 터미널은 그녀가 침대로 사용하는 거실의 침대소파 옆에 놓여 있었는데, 거기 누워 잤더라면 고막이 터질 정도로 볼륨을 최고로 설정해놓은 상태였다. 그러나 바비는 한 시간 전부터 일어나 있었다. 터미널 소리가 좁아터진 욕실 안에서 우물 속 교신 소리처럼 벽에 부딪혀 사방으로 반향을 울렸다. 그 소리를 들으며 바비는 이 집에 가구나 벽에 걸린 장식물이 하나도 없다는 사실을 실감했다.

상관없다. 어차피 손님이 찾아올 일도 없으니까.

기상나팔은 바비가 사소한 장난기를 발휘한 것이었다. 화성군은 나팔과 북이 군대에서 유용한 정보 수단으로 이용되던 시대로부터 수백 년 후에 창설되었고, 그래서 연합군에 비해 그런 것들에 대한 향수가 부족했다. 바비는 군대의 역사에 관한 영상을 보다가 처음으로 이 기상나팔 소리를 들었다. 그녀는 화성군의 기상나팔에 해당하는 것이 얼마나 귀에 거슬리는 소리를 내든(불협화음으로 구성된 전자음이었다) 지구군 꼬맹이들이 기상용으로 사용하는 것에 비하면 약과라고 생각했다.

하지만 바비는 더 이상 화성 해병대가 아니다.

"난 반역자가 아니야." 그녀는 거울 속에 비친 자신의 얼굴을 똑바로 바라보며 말했다. 거울 속 바비는 그다지 납득하지 않은 것 같았다.

요란스러운 트럼펫 소리가 세 번 연속 반복되고 핸드터미널이 한 번 삑 울리더니 별안간 정적이 찾아왔다. 바비는 30분째 칫솔을 들고 있었다. 치약이 피부 위에서 딱딱하게 굳었다. 그녀는 따뜻한 물을 끼얹어 부드럽게 만든 다음 다시 이를 닦기 시작했다.

"난 반역자가 아니야." 바비는 칫솔질하면서 뭉개진 발음으로 중얼거렸다. "반역자가 아니야."

아무리 UN이 제공한 아파트 욕실에서 UN이 지급한 치약으로 이를 닦고 UN이 보급하는 물로 이를 헹군다 한들, 아직 화성군의 보급 칫솔을 부여잡고 잇몸에서 피가 날 때까지 문질러대고 있는 동안에는 반역자가 아니다.

"난 반역자가 아니야." 그녀는 다시금 거울 속 바비에게 어디 반박해 보라는 듯 도전적으로 말했다.

바비는 작은 세면도구 케이스에 칫솔을 넣고 거실에 있는 더플백 안에 세면도구 케이스를 집어넣었다. 그녀가 소유한 모든 물건은 그 가방 안에 있었다. 언젠가 상관이 집으로, 고향으로 소집한다면 잽싸게 움직여야 할 테니까. 바비의 상관은 반드시 그녀를 소집할 것이다. 때가 되면 바비의 터미널에는 MCRN(화성 의회 공화국 해군, Martian Congressional Republic Navy) 총사령관의 회색과 붉은색 테두리가 깜박이는 긴급 호출 신호가 울릴 것이고, 즉시 부대로 복귀하라는 지시가 내려올 것이다. 바비가 아직 그들 중 한 명이라고 말해줄 것이다.

그녀가 반역자가 아님을 증명해 줄 것이다.

바비는 군복의 주름을 펴고 조용해진 핸드터미널을 주머니에 넣은 다음, 문 옆에 붙어 있는 거울 앞에서 머리 모양을 확인했다. 얼마나 세게 잡아당겨 묶었는지 얼굴 가죽이 팽팽하게 느껴질 지경이었다. 거울 속에서는 머리카락 하나도 삐쳐 있지 않았다.

"나는 반역자가 아니야." 바비는 거울에 대고 말했다. 현관 거울 속 바비는 욕실 거울 속 바비보다 그 말을 더 쉽게 받아들이는 것 같았다. "두말하면 잔소리지." 그녀는 등 뒤로 문을 닫았다.

바비는 UN 부지 안이라면 어디든 갈 수 있는 작은 전기 바이크를 타고 오전 5시 3분 전에 아바사랄라의 집무실에 도착했다. 소렌은 벌써 출근해 있었다. 그녀가 몇 시에 오든 소렌은 항상 먼저 와 있었다. 여기서 잠을 자는 건지 아니면 그녀의 알람 시간을 몰래 감시라도 하는 건 아닌지 궁금했다.

"바비." 소렌이 인사를 건넸다. 이제는 얼굴에 띠는 미소가 진짜인 척하는 노력조차 하지 않았다.

바비는 대답도 하기 싫어 고개만 까딱이고 의자에 앉았다. 아바사랄라의 검은 책상이 비어 있는 것으로 보아 아직 출근하지 않은 모양이다. 바비는 데스크터미널 화면에 오늘의 할 일 목록을 불러왔다.

"차장보가 나더러 당신 명단에 사람들을 더 보태래." 소렌이 말했다. 바비가 화성 측 연락담당관으로서 접촉해야 할 사람들의 명단을 말하는 것이다. "가니메데에 대한 화성의 성명서 초안도 빨리 가져오라고 닦달을 하고 있어. 일단 오늘은 그게 네가 해야 할 가장 중요한 일이야."

"왜?" 바비가 말했다. "성명서는 어제 나왔잖아. 우리 둘 다 이미 읽었고."

"바비." 소렌이 이렇게 뻔한 것까지 설명해야 한다니 지겹다는 투로 커다랗게 한숨을 내쉬었다. 그러나 얼굴 가득 떠오른 미소는 실은 그가 꽤 즐기고 있다고 말해주었다. "그게 바로 정치 게임이라는 거야. 화성이 우리의 행동을 비난하는 성명서를 내잖아? 그럼 우리는 가능한 한 온갖 채널을 뒤져서 초안을 찾아내야 해. 만약 그게 어제 공개된 최종안보다 더 강경한 어조를 지니고 있으면 그건 높은 자리에 있는 누군가가 더 부드럽게 다듬으라고 지시했다는 뜻이지. 다시 말해 저쪽도 사태가 이 이상 악화하는 건 바라지 않는단 뜻이란 말이야. 하지만 초안이 실제 성명서보다 더 온건하고 무난하다면 그쪽이 우리 반응을 의도적으로 끌어내려고 일부러 강경한 어조를 사용했다는 뜻인 거지."

"하지만 어차피 너희 쪽이 초안을 손에 넣을 걸 알고 있다면 아무 의미도 없잖아. 당신네가 그들이 바라는 대로 생각하게 일부러 내용을 유출할 수도 있어."

"아하, 이제야 이해하는군." 소렌이 말했다. "너의 적이 네가 어떻게 생각하길 바라는지는 '그들'이 어떤 생각을 하고 있는지에 대한 유용한 정보가 되지. 그러니까 빨리 가서 초안이나 구해와. 알았지? 반드시 오늘 안에!"

'하지만 어차피 아무도 나한테는 말을 안 해줄 텐데. 난 UN에 알랑거리는 배신자야. 내가 아무리 반역자가 아니라 주장해도 어차피 다른 사람들은 다 그렇게 생각하니까.'

"분부대로 하지요."

바비는 새로 수정된 명단을 불러내 그날의 첫 당첨자에게 전화를 걸었다.

"바비!" 집무실에서 아바사랄라가 우렁찬 목소리로 외쳤다. 부하직원의 주의를 상기시킬 전자 수단이 그렇게 많은데도 바비는 아바사랄라가 그런 첨단 도구를 사용하는 것을 한 번도 본 적이 없다. 바비는 귀에서 통신기를 빼고 의자에서 일어났다. 소렌의 이죽거림은 거의 초자연적인 능력에 가까웠다. 실제로 그의 표정은 전혀 변함이 없었기 때문이다.

"사무차장보님?" 바비는 아바사랄라의 집무실에 한 발을 들여놓았다. "방금 저한테 악을 지르신 겁니까?"

"건방지게 굴기는." 데스크터미널에 시선을 못 박은 채 아바사랄라가 대꾸했다. "성명서 초안은 어디 있지? 벌써 점심때가 다 됐는데."

바비는 허리를 곧게 편 다음, 등 뒤에서 두 손을 맞잡았다.

"차장보님, 유감스럽게도, 제게 문제의 성명서 초안을 제공해줄 인물을 아직 아무도 찾지 못했음을 알려드리는 바입니다."

"지금 열중쉬어 자세를 하고 있는 거야?" 마침내 아바사랄라가 터미널에서 시선을 떼고 말했다. "맙소사, 그런다고 내가 자네

를 총살할 것도 아니잖아. 명단에 있는 사람들에게 전부 연락해
봤나?"

"네, 저는⋯." 바비는 말을 멈추고 심호흡을 한 다음, 몇 걸음 더
사무실 안으로 걸어 들어갔다. 그녀는 나지막이 말했다. "다들 저
와 말을 섞으려고도 하지 않습니다."

아바사랄라가 새하얀 눈썹을 추켜세웠다.

"그것참 흥미롭군."

"그런가요?" 바비가 반문했다.

아바사랄라가 바비에게 싱긋 웃어 보였다. 진심에서 우러나온
다정한 미소였다. 아바사랄라가 검은 무쇠 주전자를 들어 작은 찻
잔 두 개에 찻물을 따랐다.

"여기 앉아봐." 그녀가 책상 옆에 있는 의자를 손짓했다. 바비
가 열중쉬어 자세를 유지하고 꼼짝도 하지 않자, 아바사랄라가 말
했다. "제발 좀 쳐 앉아! 이 자세로 자네와 5분만 얘기하면 그 뒤로
한 시간은 족히 목을 가누지도 못할 것 같으니까."

바비는 의자에 앉아, 주저하다가 찻잔을 받아 들었다. 샷글라스
만 한 크기의 작은 찻잔에는 색이 짙고 수상한 냄새가 나는 액체가
담겨 있었다. 바비는 살짝 홀짝였다가 혀를 데고 말았다.

"랍상소우총이라고 중국 푸젠성에서 나는 차야." 아바사랄라가
말했다. "내 남편이 사다 준 건데, 맛이 어떤가?"

"꼭 노숙자 발 고린내 같은데요." 바비가 대답했다.

"염병, 하지만 아르준은 이걸 좋아해. 사실 익숙해지면 나쁘지
않아."

바비는 고개를 끄덕이며 한 모금 더 마셨지만 아무 말도 하지

않았다.

"자, 자네는 화성인이야." 아바사랄라가 말했다. "그런데 불만이 있어서 예쁘고 반짝이는 물건을 많이 가진 반대편 고위인사의 유혹에 넘어가 버렸지. 그 사람들이 보기에 자네는 최악의 배신자야. 왜냐하면 결과적으로 볼 때, 지구에서 자네한테 일어난 일은 전부 자네가 토라져서 그렇게 된 거거든."

"전⋯."

"그 주둥아리 닥치렴, 애야. 어른이 말씀하시는 중이잖니."

바비는 입을 닥치고 맛없는 차를 홀짝였다.

"하지만." 아바사랄라가 말을 이었다. 그녀의 주름진 얼굴에는 여전히 다정한 미소가 어려 있었다. "만약에 내가 상대 팀이라면 잘못된 정보를 누구한테 흘릴까?"

"저요." 바비가 대답했다.

"그래, 자네야. 왜냐하면 자네는 지금 새로운 상사에게 자기 가치를 입증하고 싶어서 안달이 나 있거든. 그리고 그들은 뻔뻔스럽게 자네에게 잘못된 정보를 주고도 자네가 나중에 좆이 되든 말든 상관하지 않겠지. 만약에 내가 화성의 멍청한 첩보원이라면 고향에 있는 자네의 절친한 친구를 포섭해서 자네에게 태산 같은 거짓 정보를 보내게 할 거야."

'절친한 친구들. 하지만 내 친구들은 다 죽었는걸.' 바비는 생각했다.

"하지만 아무도⋯."

"자네와는 말을 섞고 싶지도 않아 한다고? 그건 두 가지를 의미하지. 하나는 그들이 내가 이 게임에서 자네를 어떻게 이용하고 있는지 알아내려고 고민 중이라는 거고, 둘째는 어떻게 잘못된 정보를 투입할지 준비해 둔 작전이 없다는 거야. 왜냐하면 그쪽도 우리만큼이나 혼란스러운 상태니까. 다음 주쯤 되면 누군가 자네한테 접촉해 올 거야. 아마 내 사무실에서 정보를 빼내 달라고 부탁하겠지. 하지만 시작은 그렇더라도 종국에는 자네가 대량의 거짓 정보를 받게 될걸. 자네가 그들의 충직한 스파이가 되어준다면 그보다 더 좋을 순 없지. 반대로 나한테 와서 그쪽에서 뭘 제의했는지 몽땅 분대도 대환영이야. 운이 좋다면 자네가 둘 다 할 수도 있고."

바비는 책상 위에 찻잔을 내려놓았다. 불끈 두 주먹을 쥐었다.

"이게 바로 사람들이 정치가를 싫어하는 이유입니다." 바비가 말했다.

"오, 아니야. 사람들이 정치가를 싫어하는 건 우리한테 권력이 있기 때문이지. 바비, 자네가 이런 방식에 익숙지 않다는 거 알아. 그리고 난 자네의 그런 올곧은 성정을 존중해. 다만 자네에게 모든 사정을 설명할 시간이 없을 뿐이야." 아바사랄라가 말했다. 갑자기 그녀의 얼굴에서 미소가 씻은 듯이 자취를 감췄다. "난 내가 하는 일을 잘 알아. 그러니 만약에 내가 자네에게 불가능한 일을 요구한다면, 자네가 그 일에 실패하는 것이 어떤 방식으로든 우리 목적에 도움이 될 것이기 때문이라는 점을 알아주기 바라."

"'우리'의 목적이라고요?"

"우린 지금 같은 팀이지 않나? '다 같이 망하지 말자' 팀. 아닌가?"

"네." 바비는 제단 위에 조용히 앉아 있는 불상을 바라보며 말했다. 부처가 그녀를 마주 보며 잔잔한 미소로 화답했다. 둥그스름한 얼굴이 '나도 한팀이야'라고 말하고 있는 것 같았다. "맞습니다."

"그럼 씨발 당장 기어나가서 전화나 쳐 걸어. 이번에는 누가 거절하고, 정확히 어떤 어휘를 사용하는지 일일이 기록하고. 내 말 알아듣겠나?"

"네, 잘 알겠습니다, 차장보님."

"좋아." 아바사랄라가 다시 상냥한 웃음을 띠며 말했다. "그럼 빨리 여기서 꺼져."

어쩌면 익숙함이 경멸감을 일으켰는지도 모른다. 그러나 바비는 처음부터 소렌을 별로 좋아하지 않았다. 며칠간 그의 옆자리에 앉아 있다 보니 소렌에 대한 혐오감은 완전히 다른 차원으로 진화했다. 그는 시종일관 바비를 무시했고 그렇지 않을 때는 거들먹거렸다. 늘 전화통에 대고 짜증이 날 정도로 커다란 목소리로 떠들었는데 심지어 옆에서 그녀가 통화 중일 때도 그랬다. 때로는 바비의 책상에 걸터앉아 방문객들과 대화를 나누기도 했다. 그리고 향수를 너무 많이 뿌렸다.

그중에서도 최악은 그가 온종일 쿠키를 먹는다는 것이었다.

소렌의 젓가락처럼 빼빼 마른 몸매를 생각하면 굉장히 신기한 일이긴 했다. 보통 바비는 다른 사람의 식습관에 크게 관심을 두지 않는다. 그러나 소렌이 즐겨 먹는 쿠키는 휴게실 자동판매기에서 알루미늄 포일에 싸여 나왔고, 그가 쿠키에 손을 댈 때마다 바비는 포일이 버석거리는 소리를 들어야 했다. 처음에는 그저 신경에 조금 거슬리는 정도였다. 그렇지만 그 빌어먹을 놈의 부스럭부스럭, 파삭, 우걱우걱 쩝쩝, 그리고 휙으로 이어지는 라디오 극장을 며칠 내내 듣다 보니 바비의 참을성도 한계에 달했다. 바비는 아무

결실도 얻지 못한 전화통화가 끝나자마자 의자를 홱 돌려 그를 쏘아보았다. 소렌은 바비의 이글거리는 눈빛을 무시하고 데스크터미널 화면에만 집중했다.

"소렌." 바비가 말했다. 포일 소리 때문에 실성하기 직전이니 그 좆같은 쿠키를 냅킨이나 접시에 담아 놓고 먹으라고 부탁할 참이었다. 하지만 이름을 부르고 한 박자 쉰 후에 진짜 중요한 용건을 말하려는 순간, 소렌이 손가락 하나를 세우더니 귀에 낀 통신기를 가리켰다.

"지금은 안 돼." 그가 말했다. "그건 별로 좋지 않…."

바비는 소렌이 자신에게 말하는 건지 아니면 통화 중인 상대방에게 말하고 있는지 알 수가 없었다. 그래서 의자에서 일어나 그의 책상으로 다가간 다음 가장자리에 걸터앉았다. 소렌이 매섭게 째려봤지만, 바비는 싱긋 웃으면서 입을 벙긋거렸다. "기다릴게." 그녀의 체중에 눌려 책상이 삐걱거렸다.

소렌이 몸을 돌려 그녀를 등졌다.

"알겠습니다." 그가 말했다. "하지만 지금 얘기하긴 좀 그렇고…. 그렇군요. 아마도…, 알겠습니다, 예. 포스터는 절대…. 그래요, 네, 알겠습니다. 시간 맞춰 가지요."

소렌이 다시 몸을 돌리고 책상을 톡톡 두드려 전화를 끊었다.

"무슨 일이야?"

"난 네 쿠키가 싫어. 포장지 소리 때문에 미칠 것 같다고."

"쿠키?" 소렌의 얼굴에 어안이 벙벙한 기색이 스쳐 지나갔다. 바비는 처음으로 그의 솔직한 표정을 본 것 같다고 생각했다.

"그래, 그러니까 그놈의 것들을…." 바비의 말이 끝나기도 전에 소렌이 쿠키를 집어 들어 책상 옆에 있는 재활용 쓰레기통에 던져 넣었다.

"됐지?"

"흠."

"지금 이럴 시간 없어, 중사."

"좋아." 바비는 자신의 책상으로 돌아갔다.

소렌이 뭔가 할 말이 있는 사람처럼 꾸물거리고 있어서 바비는 일부러 다음 전화를 걸지 않았다. 그녀는 그가 입을 열기를 기다렸다. 어쩌면 쿠키 문제는 그녀가 잘못한 것일지도 모른다. 바비가 지금처럼 극심한 압박감에 시달리고 있지만 않다면, 포일이 버석거리는 소리는 눈치채지도 못했을 것이다. 소렌이 말을 걸면 지나치게 예민하게 굴었다고 사과하고 자기가 새로 쿠키를 사다 주겠다고 말할 작정이었다. 하지만 소렌은 아무 말도 하지 않고 의자에서 일어났다.

"소렌, 나는…." 바비가 입을 열었지만, 소렌은 못 들은 척 책상 서랍을 열어 조그마한 검은색 플라스틱 조각을 꺼냈다. 조금 전 전화로 들은 이름 덕분에 바비는 그것이 며칠 전 아바사랄라가 소렌에게 맡긴 메모리 스틱이라는 것을 알 수 있었다. 드디어 데이터부서에 있다는 포스터가 임무를 수행할 때가 된 모양이었다. 그것은 소렌이 몇 분간 자리를 비울 것이라는 의미였다.

그가 방향을 돌려 엘리베이터 쪽으로 갈 때까지는 그렇게 생각했다.

바비는 지난 며칠간 자질구레한 심부름을 했기 때문에 데이터부서가 그들과 같은 층에 있으며 엘리베이터의 반대쪽에 위치해 있다는 것을 알고 있었다.

"허."

바비는 피곤했다. 죄책감을 느끼는 데 지쳤고, 이제는 대체 무엇 때문에 자신이 죄책감을 느끼고 있는지도 알 수 없었다. 어쨌든 그녀는 소렌이 싫었다. 그러므로 머릿속에 불쑥 떠오른 직감은 바비 자신의 강박관념과 지금 그녀를 에워싼 혼란스러운 세상 때문이었을 것이다.

바비는 의자에서 일어나 소렌의 뒤를 밟았다.

"바보 같은 짓이야." 그녀는 혼잣말로 중얼거렸다. 바쁜 걸음으로 지나가는 수행원에게 고개를 끄덕이며 웃어 주었다. 바비의 신장은 2미터로, 이 행성의 평범한 사람들보다 훨씬 컸다. 그러니 눈에 띄지 않게 주변에 동화될 가능성은 거의 없었다.

소렌이 엘리베이터에 올라탔다. 바비는 문밖에서 기다렸다. 알루미늄과 세라믹 문 너머로 소렌이 누군가에게 1층을 눌러달라고 부탁하는 소리가 들렸다. 외부와 연결된 층으로 가는군. 바비는 '내려감' 버튼을 누르고 다음 엘리베이터를 타고 1층으로 내려갔다.

당연하지만, 그녀가 도착했을 즈음에 이미 그의 모습은 사라지고 없었다.

거구의 화성인 여성이 UN 빌딩 로비를 갈팡질팡 뛰어다닌다면 상당한 주목을 끌게 될 터이므로, 바비는 그 계획을 파기했다. 초조함과 실망, 그리고 낙담의 파도가 밀려왔다.

여기가 사무실 건물이라는 건 잊어버리자. '그런 건 전부 잊어버려. 눈앞에 닥친 상황만을 분석하는 거야. 전술적으로 생각해. 머리를 굴려.'

"머리를 써야 해." 바비가 중얼거렸다. 어느새 옆에 나타나 엘리베이터 버튼을 누르던 붉은 정장의 작달막한 여자가 그녀의 혼잣말을 듣고 물었다. "뭐라고요?"

"머리를 써야 한다고요." 바비가 말했다. "아무 준비도 없이 무작정 쑤시고 다닐 순 없잖습니까." '아무리 미련하고 미친 짓을 할 때라도.'

"어⋯. 그렇군요." 여자가 말하고는 엘리베이터 버튼을 조급하게 연신 눌러댔다. 엘리베이터 패널 옆에 서비스 터미널이 달려 있었다. '목표물을 찾을 수 없을 때는 목표물의 행동 범위를 제한하라. 목표물이 너에게 스스로 접근하게 만들어라. 그거야.' 바비는 버튼을 눌러 로비의 안내 데스크를 호출했다. 자동 시스템이 극도로 현실적이면서도 성적으로 모호한 목소리로 즉각 응답했다. "무엇을 도와드릴까요?"

"소렌 코트왈드를 로비의 안내 데스크로 호출해 주십시오." 바비가 말했다. 반대쪽 회선에 있는 컴퓨터가 "UN 자동 안내 시스템을 이용해주셔서 감사합니다"라고 말한 다음 연결을 끊었다.

소렌은 터미널을 꺼놨거나 아니면 모든 호출을 무시하도록 설정해놓았을지 모른다. 어쩌면 일부러 호출 신호를 보고도 모르는 척 응답하지 않을 수도 있다. 바비는 안내 데스크와 비스듬히 위치한 소파를 발견하고 옆에 놓인 화분을 옮겨 몸을 숨겼다.

2분 후, 소렌이 헐레벌떡 안내 데스크로 뛰어 왔다. 머리가 바람에 날려 어수선하게 헝클어져 있었다. 안내 데스크에서 호출을 받았을 때 벌써 건물 밖에 나가 있었던 게 틀림없다. 그가 안내원에게 말을 걸었다. 바비는 슬그머니 커피와 스낵 가판대가 있는 로비

반대쪽으로 자리를 옮겼다. 안내원이 잠시 데스크터미널을 두드리더니 엘리베이터 옆에 있는 터미널을 가리켰다. 소렌은 얼굴을 찌푸리고 그쪽으로 몇 발짝 내디뎠다가 이내 초조하게 주위를 두리번거리고는 건물 출입구 쪽으로 향했다.

바비는 그의 뒤에 따라붙었다.

일단 건물 밖으로 나가고 나니, 그녀의 신장은 약점인 동시에 장점이 되어 주었다. 주변 사람들보다 적어도 머리 하나 반이 큰 덕분에 바비는 상당히 멀리서도 다급히 걸어가는 소렌의 뒤통수를 아주 쉽게 포착할 수 있었다. 그렇지만 동시에 그가 뒤를 돌아보기라도 한다면 30센티미터 위에서 둥둥 떠다니는 그녀의 얼굴을 한눈에 알아볼 것이다.

그러나 소렌은 뒤를 돌아보지 않았다. 사실 그는 무척 서두르고 있었다. 그는 UN 청사 주변의 번잡한 거리에서 눈에 띄게 초조한 기색으로 사람들을 마구 밀치며 걷고 있었다. 주위를 둘러보거나, 발을 멈추고 반짝반짝 닦인 유리창에 자신을 비춰보거나, 오던 길을 되돌아가지도 않았다. 바비의 호출에 달려왔을 때 다소 불안해 보였다면 지금은 불안하다기보다 예민하고 화가 난 듯이 보였다.

스릴감에 마음이 들떠 올랐다. 온몸의 근육이 유연해지고 관절이 부드럽게 움직이는 것이 느껴졌다. 단순한 예감이 점점 더 확신에 가까워지고 있었다.

소렌은 세 블록을 더 지나 모퉁이를 돌더니 술집으로 들어갔다.

바비는 반 블록 뒤에 서서 잠깐 고민했다. '피트'라는 간판이 달린 술집은 검은 유리로 덮여 있었다. 잠시 몸을 숨기고 누가 미행을 하지는 않은지 두리번거리기에 안성맞춤인 곳이다. 소렌이 드디어 머리를 굴리기 시작한 건지도 모른다.

아닐 수도 있고.

바비는 앞문으로 걸어갔다. 소렌을 미행하다 들켜봤자 손해 볼 일은 없다. 그는 어차피 바비를 싫어했다. 지금 그녀의 행동이 부를 수 있는 가장 심한 힐책이라 봤자, 근무 시간에 근처 술집에 갔다는 것뿐이었다. 누가 그녀를 일러바치겠는가? 소렌? 그녀와 똑같이 몰래 일터에서 빠져나와 낮술을 즐기러 온 소렌이?

만일 소렌이 낮술을 한잔하러 온 거라면 바비는 그에게 다가가 쿠키에 대해 사과하고 한 잔을 더 주문해주면 된다.

바비는 술집 문을 밀고 안으로 들어갔다.

찬란한 오후 햇살에 익숙해져 있던 그녀의 눈이 어두침침한 술집 내부에 적응하기까지는 조금 시간이 걸렸다. 시력이 돌아오자 기다란 대나무 바를 지키고 서 있는 바텐더와 대여섯 개의 부스, 그리고 그와 비슷한 숫자의 손님들이 눈에 띄었다. 소렌은 없었다. 술집에서는 맥주 냄새와 팝콘 탄 냄새가 났다. 단골들은 그녀를 힐긋 쳐다보더니 다시 술로 관심을 돌리며 소곤거렸다.

혹시 소렌이 뒷문으로 슬쩍 빠져나간 건 아닐까? 들킨 것 같지는 않았지만 바비는 특별히 미행 훈련을 받은 적이 없었다. 바텐더에게 안에 들어왔다가 뒷문으로 나간 손님은 없는지, 혹시 그 사람이 어디로 갔는지 아는지 물어보려는 찰나, 바 뒤쪽에 '당구대'라고 적힌 간판과 왼쪽을 가리키고 있는 화살표를 발견했다.

바비는 바의 뒤쪽으로 들어가 왼쪽으로 돌았다. 거기에는 더욱 작은 두 번째 방이 있었다. 그리고 당구대 두세 개와 두 남자도 있었다. 그중 한 명은 소렌이었다.

바비가 들어가자 두 사람이 고개를 들어 그녀를 쳐다보았다.

"안녕." 바비가 말했다. 소렌이 그녀에게 빙긋 웃어 보였다. 그는 항상 웃는다. 소렌에게 미소란 일종의 보호색이자, 위장술이었다. 두 번째 남자는 근육질에 떡 벌어진 체구였는데 이런 허름한 당구장에 어울려 보이려고 지나치게 노력한 복장을 하고 있었다. 그러나 그의 옷차림은 군인처럼 짧게 깎은 머리나 대쪽처럼 꼿꼿한 자세와는 영 어울리지 않았다. 바비는 그가 어디선가 본 얼굴이라는 생각이 들었다. 그가 군복을 입은 모습을 상상해 보았다.

"바비." 소렌이 동행에게 잽싸게 눈짓을 보내고는 다시 고개를 돌렸다. "당구 치려고?" 그는 큐대를 집어 들어 끄트머리에 초크를 문지르기 시작했다. 바비는 당구대에 당구공이 놓여 있지 않다는 사실을 굳이 지적하지 않았다. 소렌의 등 뒤에 '당구공 빌려드림'이라는 문구가 적혀 있다는 것도 언급하지 않았다.

소렌의 동행은 아무 말도 하지 않았지만 뭔가를 주머니에 슬쩍 집어넣었다. 그의 손가락 사이로 검은 플라스틱 조각이 반짝였다.

바비는 싱긋 웃었다. 그제야 이 남자를 어디서 봤는지 기억났다.

"아니." 그녀는 소렌에게 말했다. "내 고향에선 이런 거 잘 안 해."

"당구대 판 때문이겠지." 소렌이 말했다. 그의 웃음기가 약간 솔직해지는 대신 훨씬 냉랭해졌다. 소렌이 큐대 끝에서 초크가루를 후 불어낸 다음 발을 옮겨 그녀의 왼쪽으로 다가섰다.

"초기 콜로니 함선에 싣기엔 너무 무거웠을 테니까."

"그거 일리 있는 말이네." 바비가 대답했다. 그녀는 조금씩 뒤로 움직여 방 입구로 옆구리를 보호했다.

"문제가 될까?" 소렌의 동료가 바비를 노려보며 말했다.

소렌이 대답하기도 전에 바비가 선수를 쳤다. "직접 말씀해 보시지. 당신, 지난 새벽에 가니메데에 난리가 났을 때 아바사랄라의 사무실에 왔었지? 웅우옌 제독 밑에서 일하고 있고, 그렇지? 무슨 소위 어쩌고였던 것 같군."

"너 지금 네 무덤을 파고 있는 거야, 바비." 소렌이 오른손에 가볍게 큐대를 쥐었다.

"그리고 난 아바사랄라가 며칠 전에 데이터부서에 가져다주라고 한 걸 소렌이 당신한테 준 것도 알아. 설마 데이터부서에서 일하고 있는 건 아니지?"

웅우옌 제독의 부하가 그녀를 향해 위협적으로 한 발 내딛자, 소렌이 바비의 좌측 측면으로 접근했다.

바비가 너털웃음을 터트렸다.

"진심이야?" 그녀는 소렌에게 말했다. "그 바보 같은 큐대 좀 그만 만지작거리지 그래? 아니면 안 보이는 곳에 숨기기라도 하든가."

소렌이 자기 손에 들린 큐대를 쳐다보더니 그걸 갖고 있었다는 것도 몰랐다는 듯이 화들짝 놀라 떨어뜨렸다.

"그리고, 너." 바비가 우락부락한 덩치에게 말했다. "네놈이 이 문으로 나가려고 시도하는 것보다 더 내가 간절히 바라는 것도 없을 거다." 바비가 발 앞쪽으로 체중을 실으며 팔꿈치를 약간 구부렸다.

상대는 그녀의 눈을 한참 동안 응시했다. 바비가 히죽 웃었다.

"왜 그래? 계속 그러고 서 있기만 할 거야? 내 거시기가 근질근질하단 말이야."

사내가 양손을 들어 올렸다. 항복과 전투 준비의 중간쯤 되는 어정쩡한 자세였다. 그는 바비에게 시선을 고정한 채 얼굴만 소렌 쪽으로 돌리고 말했다. "이건 네 문제야. 알아서 해결해." 그는 천천히 뒤로 물러나더니 몸을 돌려 방 반대쪽과 이어진 복도로 나가 버렸다. 바비가 있는 곳에서는 어디로 가는지 보이지 않았다. 잠시 후, 문이 닫히는 소리가 들렸다.

"젠장." 바비가 중얼거렸다. "메모리 스틱도 빼앗았으면 노인네 한테 보너스 점수를 받았을 텐데."

소렌이 뒷문으로 슬금슬금 움직이기 시작했다. 바비가 고양이 처럼 잽싼 동작으로 소렌의 앞길을 가로막았다. 그녀는 소렌의 셔츠 앞판을 부여잡고 두 사람의 코가 거의 부딪칠 때까지 그를 잡아당겼다. 정말이지 이렇게 살아있다는 해방감을 느낀 게 얼마 만인가.

"그래서 어쩔 건데." 소렌이 어색한 웃음을 지으며 말했다. "두들겨 패기라도 할 거야?"

"에이, 아니여." 바비가 일부러 마리너 계곡의 과장된 사투리를 섞어 말했다. "할머니한테 이를 거란다. 꼬맹아."

26
홀던

    그것은 화물실 격벽 옆에 몸을 말고 떨고 있었다. 모니터 화면으로 봐서 그런지 작고 지치고 흐릿해 보였다. 홀던은 숨을 마시고 뱉는 데 온 신경을 집중했다. '천천히 길게, 허파가 팽팽하게 부풀어 오를 때까지 들이마셨다가 다시 길고 천천히 내쉰다. 잠깐 멈췄다가 다시 반복. 부하들 앞에서 이성을 잃으면 안 돼.'

    "어." 한참 후에 알렉스가 말했다. "저기 선장님의 골칫거리가 있네요."

    농을 던지려고 한 말이었다. 농담이었다. 평소라면 홀던도 알렉스의 그 느릿한 말투와 너무나도 당연한 사실 사이의 괴리감에 웃음을 터뜨렸을 것이다. 알렉스는 항상 그렇게 밋밋한 말투로 주변을 웃길 수 있는 사내였다.

    그러나 지금, 홀던은 그를 목 졸라 죽이지 않기 위해 주먹을 쥐어야 했다.

    에이모스가 말했다. "올라가겠습니다." 그리고 동시에 나오미도 말했다. "저 지금 내려갑니다."

"알렉스." 홀던이 있지도 않은 침착함을 짜내어 말했다. "화물실 에어록 상태는 어떻지?"

알렉스가 터미널을 톡톡 두드려 보고는 말했다. "제대로 닫혀 있습니다. 선장님. 완전한 밀폐 상태입니다."

그것은 좋은 소식이었다. 홀던은 프로토분자를 두려워하는 만큼이나 그것이 마법의 가루가 아니라는 것도 알고 있었다. 프로토분자는 질량을 갖고 있고 그래서 공간을 차지했다. 에어록을 통해 산소 분자 하나도 빠져나갈 수 없다면 바이러스가 선내에 침투할 수도 없다. 그렇지만….

"알렉스, 선내 산소량을 높여." 홀던이 말했다. "배가 폭발하지만 않을 정도로 최대로 높여."

프로토분자는 혐기성이다. 만에 하나 그것이 선내로 들어올 경우를 대비해, 홀던은 최대한 적대적인 환경을 만들고 싶었다.

"그리고 조종실로 가." 홀던이 말을 이었다. "그런 다음 조종실을 완전히 밀폐해. 로시난테 호가 오염되면 네가 반응로를 수동으로 작동시킬 수 있어야 하니까."

알렉스가 얼굴을 찌푸리며 머리를 긁었다. "그건 너무 극단적인…."

홀던이 그의 팔뚝을 무시무시한 힘으로 거머쥐었다. 알렉스의 눈이 휘둥그레지더니 항복하듯 두 손을 들었다. 옆에서는 식물학자가 어리둥절한 표정으로 두 눈을 깜박이고 있었다. 이런 건 승무원들을 안심시키기에 그리 좋은 방법이 아니었다. 다른 상황이었더라면 홀던도 이런 것까지 세심하게 신경 썼을 것이다.

"알렉스." 홀던이 말했다. 조종사의 팔을 움켜쥐고 있는 손이 덜덜 떨리는데 도무지 멈추지 않는다. "만약에 로시난테 호가 그 빌어먹을 것에 오염되기라도 하면 네가 우리 배를 날려버릴 거라고 믿어도 되겠지? 응? 왜냐하면, 지금 내가 너를 믿지 못하면 여기서 당장 네 직위를 해제하고 선실에 가둬버릴 거거든."

홀던의 말에 대한 알렉스의 반응은 사뭇 놀라웠다. 알렉스는 화를 내거나 신경질을 부리는 대신 홀던의 팔을 가볍게 잡았다. 표정은 심각했지만, 눈빛은 따뜻했다.

"조종실에 가서 문을 밀폐하고 자폭할 준비를 하겠습니다. 알겠어요, 선장님." 그가 말했다. "작전 중지 명령은 어떻게 하실 겁니까?"

"나나 나오미가 직접 지시할게." 홀던이 남몰래 안도의 한숨을 내쉬며 말했다. 다행스럽게도 그는 '상황이 잘못돼서 우리가 다 죽으면 너도 배랑 같이 죽는 게 좋을 거'라고 말할 필요가 없었다. 홀던이 알렉스의 팔을 놓자 조종사가 한 발 뒤로 물러났다. 그의 가무잡잡하고 넙데데한 얼굴이 걱정으로 일그러져 있었다. 만일 누군가 지금 홀던의 정신세계를 장악한 공포에 대해 일말의 연민을 표출했다간 홀던은 감정을 주체하지 못하고 무너져버릴지도 모른다. 그래서 그는 이렇게 말했다. "지금 당장, 알렉스! 어서 가!"

알렉스는 고개를 한 번 끄덕이더니 뭔가 말하고 싶은 듯 뜸을 들이다가 이내 몸을 돌려 승무원 사다리를 타고 조종실로 갔다. 잠시 후 나오미가 같은 사다리를 타고 내려왔고, 뒤이어 에이모스가 아래 갑판에서 올라왔다.

먼저 입을 연 것은 나오미였다. "계획이 뭡니까?" 홀던은 그 목소리 깊숙한 곳에 감춰진 두려움을 읽을 수 있을 정도로 나오미와 오랜 시간을 함께했다.

홀던은 다시 크게 두 번 심호흡했다. "에이모스와 내가 화물실 밖으로 몰아낼 거야. 그러니까 화물실 문을 열 준비를 해 둬."

"알겠습니다." 나오미가 관제 갑판으로 향했다.

에이모스가 생각에 잠겨 그를 쳐다보고 있었다.

"저걸 어떻게 '몰아낼' 작정이십니까, 선장님?"

"일단 총으로 벌집을 만든 다음에 남은 부스러기는 화염방사기로 지져버릴까 해. 그러니까 단단히 챙겨 입고 가자고."

에이모스가 고개를 끄덕였다. "젠장, 이제야 저 우라질 것을 좀 잊었나 싶었더니만."

홀던은 폐소공포증을 갖고 있지 않았다.

장기간의 우주 비행을 직업으로 택한 사람이라면 누구나 마찬가지다. 심리검사와 시뮬레이션을 통과한다고 해도 한 번 우주에 나갔다 오면 좁고 밀폐된 공간에서 오랫동안 버틸 수 있는 사람과, 발작을 일으켜 결국 안정제에 취해 집으로 돌아가야 하는 사람들로 나뉘기 마련이다.

군 복무 시절, 홀던은 문자 그대로 몸을 구부려 발을 긁을 공간도 없는 작은 정찰선에서 며칠을 보냈다. 그는 선체의 외각과 내각 사이를 누볐다. 한 번은 루나에서 토성까지 초고속 비행을 하느라 자그마치 21일간 충격 흡수 소파에 앉아 있었던 적도 있다. 그는 한 번도 중력에 짜부라지거나 산 채로 화염에 휩싸이는 꿈을 꾼 적이 없었다.

근 15년을 거의 우주에서 살았건만 홀던은 생전 처음으로 자기가 탄 배가 너무 작다는 느낌을 받았다. 좁고 갑갑하고, 시시각각 사방이 죄어드는 것 같았다. 덫에 걸린 짐승처럼 꼼짝없이 궁지에 몰렸다는 기분이 들었다.

지금 홀던이 있는 곳에서 12미터도 떨어지지 않은 곳에, 프로토분자에 감염된 누군가가 그의 화물칸에 웅크리고 있다. 그리고 그에게는 도망칠 곳이 없었다.

장갑복을 입는다고 해서 궁지에 몰린 쥐가 된 심정이 사그라지지도 않았다.

가장 안쪽에 입는 것은 이른바 '전신 콘돔'이다. 케블라와 고무, 충격 흡수 젤 등 여러 겹으로 구성된 두꺼운 보디슈트로 부상이나 생체 데이터를 추적하는 센서 네트워크가 설치되어 있다. 그런 다음 그 위에는 자가복구층이 있어 찢어지거나 총알 자국이 나도 자동으로 틈새를 밀봉하는 조금 헐렁한 여압복을 입는다. 마지막으로 여러 부위의 방탄장갑판으로 구성된 전신 장갑은 고속 소총의 탄환을 튕겨 내거나 레이저의 에너지를 흡수해 상쇄시킬 수도 있었다.

그러나 홀던은 수의(壽衣)를 입은 것 같은 기분이었다.

이처럼 겹겹의 방어구로 이뤄져 있긴 해도 홀던의 장갑복은 해병대 특수 수색대 '포스리콘'이 입는 정찰용 강화복에 비하면 아무것도 아니었다. 해군들은 그것을 걸어 다니는 관이라고 불렀다. 그런 별명이 붙은 이유는 강화복에 손상을 입힐 정도로 강력한 무기라면 그 안에 든 인간은 이미 곤죽이 되고, 따라서 굳이 기계를 열어서 확인할 필요도 없기 때문이다. 관도 필요 없다. 통째로 무덤에 넣어버리면 그만이니까. 물론 과장이긴 해도, 기계의 도움이 없으면 움직일 수도 없는 그런 강화복을 입고 화물실로 들어간다는 상상을 하니 죽을 만치 무서워졌다. 만약에 배터리가 다 되기라도 하면 어쩌지?

물론 그렇게 강력한 강화복이라면 괴물을 함선 밖으로 내던지는 데에도 유용하긴 할 것이다.

"그거 거꾸로인데요." 에이모스가 홀던의 허벅지를 가리키며 물었다. 에이모스 말이 맞았다. 홀던은 상념에 너무 깊이 빠진 나머지 허벅지 보호구를 거꾸로 채웠다. "미안, 계속 딴생각이 나서."

"무서워서 지릴 거 같죠." 에이모스가 고개를 끄덕이며 말했다.

"그렇게까지는…."

"선장님 얘기를 하는 게 아닙니다." 에이모스가 말했다. "저요. 제가 화물실에 들어가는 게 무서워서 지릴 거 같다고요. 그런데 전 에로스 사람들이 흐물거리는 살덩어리로 변하는 걸 직접 본 장본인도 아니란 말입니다. 그러니까 이해합니다, 짐. 저도 이해한다고요."

홀던의 기억에 에이모스가 그를 이름으로 부른 것은 처음이었다. 홀던은 고개를 끄덕이고 정강이 보호구를 올바르게 채웠다.

"그래." 홀던이 말했다. "심지어 난 알렉스에게 내 성에 찰 만큼 무서워하지 않는다고 고래고래 소리를 지르기까지 했지."

에이모스는 장갑복 착용을 마치고 그가 즐겨 쓰는 자동산탄총을 로커에서 꺼냈다.

"씨발, 진짜요?"

"그래. 알렉스가 농담했는데 내가 순간 돌아버려서 해고해 버리겠다고 협박도 했어."

"그게 가능하긴 합니까?" 에이모스가 물었다. "우리 중에 조종
사는 알렉스밖에 없는데요."

"당연히 불가능하지. 알렉스는 물론이고 너나 나오미도 이 배에
서 쫓아낼 수는 없어. 우린 계약제 선원이 아니잖아. 계약이고 뭐
고 그런 것 없이 우리가 전부란 말이야."

"나오미가 떠날까 봐 무서운 거죠?" 에이모스가 말했다. 가벼
운 말투였지만 거기 담긴 의미가 홀던의 머리를 망치처럼 후려쳤
다. 갑자기 공기가 사라진 것 같아 한동안 숨을 쉬는 데에만 집중
해야 했다.

"아니." 홀던이 말했다. "내 말은… 그래. 물론 무서워. 하지만
지금 내가 무서운 건 그게 아니야."

홀던은 돌격소총을 들고 한참 쳐다보다 다시 로커에 넣었다. 대
신에 육중한 무반동 권총을 꺼냈다. 탄약에 자체추진기가 내장되
어 있어 반동이 없으므로 무중력에서 발사하더라도 뒤로 날아갈
일은 없을 것이다.

"네가 죽는 걸 봤어." 홀던이 에이모스를 쳐다보지도 않고 말
했다.

"네?"

"네가 죽는 걸 봤다고, 에이모스. 그 납치범 자식들한테 잡혀갔
을 때 말이야. 한 놈이 네 뒤통수에 대고 총을 쐈지. 넌 통나무처럼
바닥에 쓰러졌고, 사방에 피가 튀었어."

"그랬죠. 하지만…."

"지금은 그게 비살상 무기라는 걸 알아. 놈들이 우릴 산채로 원

했다는 것도 알고, 그 피가 네가 앞으로 넘어져서 코가 깨지는 바람에 난 거라는 것도 알지. '지금'은 다 알아. 하지만 그땐, 그땐 정말로 네가 머리에 총을 맞아 죽은 줄 알았어."

에이모스가 산탄총에 탄창을 밀어 넣자 찰칵하는 소리가 들렸다. 그는 아무 말도 하지 않았다.

"전부 다, 언제 부서질지 몰라." 홀던이 팔을 벌려 에이모스와 배를 손짓했다. "우리가 만든 이 작은 가족 말이야. 한 번만 삐끗해도 영원히 잃게 될 거야."

이제 에이모스는 인상을 쓰고 있었다. "나오미 때문에 이러는 겁니까?"

"아니라니까! 내 말은, 그것도 그렇지만 그게 전부가 아니야. 네가 죽었다고 생각했을 때, 에이모스, 난 정신이 나가는 줄 알았어. 지금도 그래. 저 자식을 우리 배에서 쫓아내는 데에만 집중해야 한다는 걸 알면서도 머릿속은 온통 너희들을 잃으면 어쩌지 하는 생각뿐이야."

에이모스가 고개를 끄덕이며 어깨 위로 산탄총을 들쳐 메더니 로커 옆에 있는 벤치에 풀썩 앉았다.

"알겠습니다. 그래서 뭘 어떻게 하고 싶은 건데요?"

"내가 원하는 건…." 홀던이 권총에 탄창을 삽입하며 말했다. "저 망할 놈의 괴물 자식을 내 배에서 쫓아내는 거야. 하지만 제발 그러다가 죽지 않겠다고 약속해줘. 그럼 아주 큰 도움이 될 테니까."

"선장님." 에이모스가 히죽 웃으며 말했다. "저 새끼가 절 죽이려면 일단 다른 사람들부터 다 죽여야 할 겁니다. 전 최후의 최후까지 혼자라도 살아남을 놈이거든요. 이것만은 믿으셔도 됩니다."

하지만 홀던의 불안감은 쉽게 가시지 않았다. 전에도 그랬던 것처럼 가슴 속 깊은 곳에 들어 앉아 꼼짝도 하지 않았다. 그렇지만 적어도, 그는 더 이상 혼자가 아니었다.

"그럼 그 새끼를 처치하러 가 볼까."

화물실 에어록이 열리길 기다리는 시간은 영원히 끝나지 않을 것 같았다. 안쪽 문이 닫히고, 내부 공기가 방출되고, 외부 문이 회전하여 멈출 때까지, 홀던은 안달복달하면서 무기를 열 번도 더 넘게 점검했다. 반면에 커다란 산탄총을 팔에 얹고 있는 에이모스는 아주 느긋해 보였다. 그나마 좋은 점이 하나 있다면 화물실이 진공 상태이기 때문에 에어록의 소음이 들리지 않아 괴물이 그들의 존재를 눈치채지 못할 것이라는 점이었다.

마침내 장갑복 외부의 소리가 완전히 사라졌다. 이제 홀던의 귀에 들리는 것은 헬멧 안에서 울리는 자신의 숨소리가 유일했다. 외부 에어록 문 옆에서 노란 등이 깜박이며 문 반대쪽에 공기가 없음을 경고했다.

"알렉스." 홀던이 에어록 터미널에 유선을 꽂으며 말했다. 함선 전체의 무선통신이 차단된 상태였다. "지금 들어간다. 엔진 꺼."

"알겠습니다." 알렉스가 대답했다. 중력이 완전히 사라졌다. 홀던은 바닥에 발꿈치를 굴러 자석 부츠를 작동시켰다.

로시난테 호의 화물실은 작고 갑갑했다. 천장은 높지만 폭이 좁았다. 우현의 외부 선각과 엔진실 사이의 공간을 활용해 만든 곳이었다. 대칭을 이루고 있는 좌현의 공간은 물탱크로 사용되고 있었다. 로시난테 호는 전투선이다. 그래서 화물실은 설계 시 최후에 결정되는 공간이었다.

단점이라면 이곳이 추진 항행 시에는 바닥에 문이 있는 중력 우물로 변한다는 것이었다. 화물실 공간을 차지하고 있는 온갖 상자와 짐들은 격벽에 여러 겹으로 붙어 있었고, 때로는 전자석 받침대에 쌓여 있기도 했다. 추진 중력이 언제든 7미터 아래에 있는 화물실 문으로 사람을 내동댕이칠 수 있다는 점을 고려하면 효율적인 전투를 하기에는 거의 불가능한 장소였다.

반면에 무중력 상에서의 화물실은 엄폐물이 많은 기다란 복도와 같았다.

앞장서 진입한 것은 홀던이었다. 그는 자석 부츠를 신고 격벽을 타고 걸으며 국지방어포 예비 탄약이 담겨 있는 큼지막한 금속 상자 뒤에 몸을 숨겼다. 뒤를 엄호하는 에이모스는 2미터쯤 떨어진 다른 궤짝 뒤에 자리를 잡았다.

아래쪽을 내려다보자, 괴물이 잠들어 있었다.

놈은 화물실과 엔진실 구역을 분리하는 격벽 옆에 몸을 웅크린 채 꼼짝도 하지 않았다.

"나오미, 열어." 홀던이 말했다. 그는 상자 모서리에 걸려 있는 연결 케이블을 흔들어 느슨하게 풀었다.

"문을 엽니다." 나오미가 말했다. 헬멧 안 스피커에서 울리는 그녀의 목소리는 가늘고 흐릿했다. 바닥에 있는 화물실 문이 소리 없이 열리자 무수한 별들이 빛나는 몇 제곱미터 넓이의 검고 네모난 공간이 나타났다. 괴물은 문이 열렸다는 사실을 깨닫지 못했거나 아니면 신경 쓰지 않았다.

"저거 가끔 동면하는 거 맞죠?" 에이모스가 물었다. 그의 슈트와 에어록을 잇고 있는 케이블은 최첨단 탯줄 같았다. "줄리가 감염되었을 때 그랬잖습니까. 에로스 호텔 방에서 몇 주일간 동면 상태로 있었잖아요."

"그럴지도." 홀던이 대답했다. "어떻게 처리할까? 마음 같아서는 그냥 내려가서 놈을 붙잡아 문밖으로 던져버리고 싶은데, 저걸 만진다는 생각만으로도 거부감이 든단 말이야."

"그렇죠. 그리고 그렇게 하면 장갑복도 버려야 하고요."

홀던은 문득 어렸을 적 밖에서 놀다가 집에 들어갈 때면 타마라 엄마가 뒷문에서 더러워진 옷을 전부 벗게 했던 기억이 떠올랐다. 아마 이것도 그때와 비슷할 것이다. 다만 옷을 벗을 때 상당히 춥다는 점만이 다를 뿐이다.

"기다란 막대기라도 하나 있으면 좋겠군." 홀던은 쓸 만한 도구가 없는지 화물칸에 쌓여져 있는 상자들을 둘러보았다.

"어…, 선장님?" 에이모스가 말했다. "저게 우릴 쳐다보고 있는데요."

홀던은 고개를 돌렸다. 에이모스의 말이 옳았다. 놈은 전과 똑같은 자리에 꼼짝도 하지 않고 누워 있었지만, 반쯤 돌아간 머리가 그들을 주목하고 있었다. 놈의 눈동자가 새파란 불꽃처럼 형형하게 빛났다.

"어, 그래." 홀던이 말했다. "동면 중이 아닌 건 확실하군."

"몇 발 쏴서 격벽에서 떨어지게 한 다음에 알렉스가 시동을 걸면 뒷문으로 떨어뜨릴 수 있지 않을까요. 그럼 분사구에 곧바로 구워버릴 수도 있습니다."

"한 번 생각해 보…." 홀던의 말이 채 끝나기도 전에 에이모스의 산탄총이 연달아 불꽃을 뿜으며 화물실 안을 환히 밝혔다. 괴물의 몸이 착탄 충격에 연거푸 문 쪽으로 떠밀렸다.

"알렉스, 지금⋯." 에이모스가 말했다.

너무 빨라서 눈에 보이지도 않았다. 놈이 한쪽 팔을 격벽 쪽으로 휘두르자 순간적으로 팔이 늘어난 듯 보이더니 강철판이 우두둑 찌그러졌다. 놈이 번개 같은 속도로 천장까지 도약했다가 홀던이 숨어 있는 상자를 강타했다. 자석 부츠는 아무 쓸모도 없었다. 충격에 공중으로 날아간 홀던은 화물칸이 빙빙 도는 것 같다고 생각했다. 그가 몸을 숨기고 있던 상자도 그와 같은 속도로 무중력 속을 회전하고 있었다. 홀던의 몸이 격벽과 충돌한 다음 순간, 바로 그 자리에 상자가 뒤이어 날아들었다. 전자석 팔레트가 그의 다리를 깔아뭉개며 격벽에 찰싹 달라붙었다.

무릎이 잘못된 방향으로 꺾였는지 지독한 고통이 엄습하면서 시야가 벌겋게 물들었다.

에이모스가 점점 더 가까이 다가오는 괴물에게 마구잡이로 연사했다. 하지만 놈은 간지럽지도 않다는 듯이 손등으로 에이모스를 후려쳤다. 에이모스가 허공으로 날아가 화물실 에어록 내부 문이 움푹 찌그러질 정도로 거세게 부딪쳤다. 내부 문의 이상을 감지한 순간, 에어록 바깥쪽 문이 저절로 꽝 닫혔다. 홀던은 몸부림을 쳐 봤지만 다리는 상자 밑에 깔렸고 전자석은 10g에서 250킬로그램이나 되는 질량을 벽 쪽으로 잡아당기고 있었다. 한동안은 옴짝달싹도 못 할 것 같았다. 전자석을 끄는 제어판은 그의 손끝에서 10센티미터 떨어진 곳에서 주황색으로 빛나고 있었다.

괴물이 몸을 돌려 그를 보았다. 머리에 비해 지나치게 큼지막한 파란 눈이 묘하게 어린애처럼 순진해 보였다. 놈이 흉측한 손을 뻗었다. 홀던은 탄창이 빌 때까지 방아쇠를 당겼다.

무반동 권총의 로켓 탄환이 괴물의 몸에 명중해 작은 불꽃과 연기를 발하며 폭발했다. 놈의 팔다리 안으로 총알이 파고들며 살점을 갈고 뜯어냈다. 검은 필라멘트가 피가 튀기는 궤적을 그리듯이 공중으로 확 퍼졌다. 놈이 마지막 로켓에 밀려 격벽에 쿵 부딪히더니 바닥에 열려 있는 문을 향해 미끄러지기 시작했다. 검고 붉은 몸뚱이가 별과 암흑으로 가득한 진공 속으로 비틀거리며 떨어지자 홀던은 기대감으로 부풀었다. 하지만 다음 순간 기다란 팔이 불쑥 솟아올라 가까운 궤짝의 모서리를 움켜쥐었다. 홀던은 놈의 악력이 얼마나 강한지 알고 있었다. 놈은 무슨 짓을 해도 손을 놓지 않을 것이다.

"선장님!" 에이모스가 그의 귀에서 고함을 지르고 있었다. "선장님, 괜찮습니까?"

"그래, 에이모스. 작은 문제가 생겼다."

그가 대답하는 사이, 괴물이 몸을 끌어올려 궤짝 위에 조용히 쪼그리고 앉았다. 마치 돌로 변해버린 가고일처럼 보였다.

"에어록을 오버라이드 해서 그쪽으로 가겠습니다." 에이모스가 말했다. "안쪽 문이 맛이 갔어요. 공기를 좀 잃겠지만 심각할 정도는 아닐 겁니다."

"알았어. 하지만 서둘러야 할 거야." 홀던이 말했다. "난 지금 꼼짝도 못 할 처지야. 와서 이 자석판 좀 떼어 줘."

잠시 후 에어록이 공기를 뿜어내며 열렸다. 에이모스가 화물실로 들어오려는 순간, 궤짝에 앉아 있던 괴물이 갑자기 뛰어내려 묵직한 플라스틱 컨테이너를 한 손으로 집어 들더니 다른 한 손으로 격벽을 붙들고 에이모스를 향해 컨테이너를 힘껏 투척했다. 컨테이너가 격벽에 얼마나 세게 부딪혔는지 홀던이 슈트 너머로도 그 충격을 고스란히 느낄 수 있을 정도였다. 다행히도 그것은 에이모스의 머리를 아슬아슬하게 비껴갔고, 정비공은 욕설을 뇌까리며 다급히 뒤로 물러났다. 에어록이 닫혔다.

"미안합니다." 에이모스가 말했다. "놀라서 당황했어요. 다시 엽니다."

"안 돼!" 홀던이 꽥 소리쳤다. "그 빌어먹을 문 좀 그만 열었다 닫아. 난 이제 망할 놈의 궤짝 두 개에 깔려 있어. 그리고 계속 그러다간 그놈의 문이 내 케이블을 잘라 먹을 거야. 교신도 안 되는 상태에서 여기 갇혀 있고 싶진 않아."

에어록 문이 닫히자 괴물은 다시 엔진실 옆 격벽에 몸을 둥글게 말고 기댔다. 홀던의 충격으로 생긴 녀석의 상처가 벌름거리는 것이 보였다.

"저도 지금 보고 있는데요, 선장님." 알렉스가 말했다. "살짝 세게 밟으면 놈을 문 밑으로 떨어뜨릴 수 있을 것 같습니다."

"안 돼!" 나오미와 에이모스가 거의 동시에 외쳤다.

"안 돼." 나오미가 말했다. "선장님이 어디 깔렸는지 좀 봐. 지금 가속하면 온몸의 뼈가 산산조각이 날 걸. 만약에 선장님이 저 자식이랑 같이 떨어지지 않으면 말이야."

"그래, 나오미 말이 맞아." 에이모스가 말했다. "그러다가 선장님이 죽을 수도 있어. 그 방법은 논외야."

동료들이 그를 어떻게 구해야 할지 다투는 소리를 들으면서, 홀던은 괴물이 격벽에 몸을 붙이고 다시 스르르 잠드는 모습을 지켜보았다.

"흠." 홀던이 동료들의 언쟁에 끼어들었다. "그렇게 하면 추진력 때문에 내가 가루가 되긴 할 테지만 그렇다고 반드시 그 방안을 배제해야 하는 건 아니지."

무선 회선에 등장한 새로운 목소리는 마치 다른 세계에서 들려오는 것 같았다. 처음에 홀던은 그것이 식물학자의 목소리인지도 몰랐다.

"허." 프락스가 말했다. "이거 흥미로운데."

27
프락스

전 태양계가 에로스의 죽음을 지켜보았다. 에로스 스테이션은 과학 데이터를 쏟아 내는 실험 도구로 바뀌었고, 그곳에서 발생한 모든 변화와 죽음과 변이는 포착되고 기록되어 태양계 전역으로 방송되었다. 화성과 지구 정부는 최선을 다해 막으려 했지만, 그것들은 몇 주일, 몇 달 동안 계속해서 유출되고 퍼졌다. 그것이 세상에 끼친 영향은 영상 그 자체보다도 사람들의 인식에서 기인했다. 어떤 이들에게 그것은 뉴스였고, 어떤 이들에게는 증거였다. 프락스는 별로 인정하고 싶지 않지만, 생각보다 많은 사람이 그것을 퇴폐적인 오락거리로 소비했다. 버스비 버클리식 스너프 필름처럼 말이다.

프락스도 그것을 봤다. 그에게 그것은 풀 수 없는 수수께끼였다. 프로토분자에 일반적인 생물학 이론을 적용해 보고 싶다는 열정이 샘솟았지만, 대부분 헛수고로 끝났다. 하나하나 개별적으로 들여다보면 뭔가 발견할 수 있을 것도 같았다. 앵무조개 껍데기처럼 아주 익숙한 나선 곡선이 있었고, 감염된 신체가 변이할 때 나타나는 열 신호는 특정한 출혈 열병과 비슷한 패턴을 보였다. 그러나 그걸로는 아무 결론도 얻을 수가 없었다.

어디서 누군가 분명히 필요한 지원을 받으며 에로스와 관련된 연구를 하고 있을 테지만 콩은 그를 기다려주지 않았다. 그래서 프락스는 자기 일로 돌아갔다. 삶은 아무 일도 없었던 것처럼 계속되었다. 그것은 그가 집착하거나 매달릴 만한 주제가 아니라 언젠가 다른 누군가가 해결할 유명한 난제일 뿐이었다.

프락스는 관제실에서 둥둥 떠다니며 아무도 사용하지 않는 스테이션을 통해 보안 카메라 피드를 보고 있었다. 그 생명체가 홀던 선장에게 손을 뻗자 홀던은 쏘고, 쏘고, 또 쐈다. 정체 모를 생명체의 등에서 검은 실 같은 물질이 뿜어져 나왔다. 그것은 눈에 익은 장면이었다. 에로스 영상의 상징과도 같은 것이었다.

괴물이 비틀거리며 쓰러지기 시작했다. 변이를 거쳤는데도 형태상으로는 인간과 많이 다르지 않았다. 머리가 하나, 팔과 다리가 각각 한 쌍씩. 기계화된 부위도 없고 손이나 흉곽이 다른 기능을 할 수 있게 심하게 변형되지도 않았다.

관제 스테이션에 앉아 있던 나오미가 숨을 헉 들이켰다. 통신 채널이 아니라 실제로 함께 숨 쉬고 있는 공기를 통해 그런 소리를 듣는다는 건 무척 이상한 기분이었다. 거북할 정도로 친밀하게 느껴진다고나 할까. 하지만 뭔가 그보다 더 중요한 것이 있었다. 머리가 솜으로 채워진 것처럼 부하고 근질거리는 기분이 들었다. 프락스는 이 느낌을 알았다. 그것은 그가 저도 모르게 뭔가를 생각하고 있다는 뜻이었다.

"난 지금 꼼짝도 못 할 처지야. 와서 이 자석판 좀 떼어 줘."

괴물은 화물실 반대편에 있었다. 에이모스가 안에 들어서자, 놈은 한 손을 버팀대로 이용해 다른 한 손으로 커다란 컨테이너를 집어 던졌다. 저화질 화면에서도 거대한 승모근과 삼각근이 꿈틀대는 것이 보였다. 놈의 근육이 섬뜩할 정도로 두툼하게 부풀었지만, 딱히 변형되거나 위치가 변화하지는 않았다. 다시 말해 프로토분자의 활동이 사뭇 억제되어 있다는 뜻이다. 이 생물의 정체가 무엇이든, 에로스의 프로토분자와는 달랐다. 여지없이 같은 기술에서 비롯된 것은 분명했지만 다른 방식으로 응용되고 통제되고 있었다. 머릿속에서 솜이 째깍거리며 활발하게 활동하기 시작했다.

"그 빌어먹을 문 좀 그만 열었다 닫아. 난 이제 망할 놈의 궤짝 두 개에 깔려 있어."

괴물이 처음 발견됐을 때 누워 있던 격벽 쪽으로 어슬렁어슬렁 돌아갔다. 둥글게 웅크리고 눕자 몸에 난 상처가 벌름거리며 맥동하는 게 보였다. 놈은 그곳에 '자리를 잡은' 것이 아니다. 엔진 가동이 중단된 이상, 몸을 고정해줄 중력이 없기 때문이다. 만일 놈이 그 자리를 유독 편안하게 느낀다면 분명 그럴 만한 이유가 있을 것이다.

"안 돼!" 나오미가 외쳤다. 손가락이 컨트롤 옆에 있는 손잡이를 와락 움켜쥐고, 얼굴은 새하얗게 질려 있다. "선장님이 어디 깔렸는지 좀 봐. 지금 가속하면 온몸의 뼈가 산산조각이 날 걸. 만약에 선장님이 저 자식이랑 같이 떨어지지 않으면 말이야."

"그래, 나오미 말이 맞아." 에이모스가 말했다. "그러다가 선장님이 죽을 수도 있어. 그 방법은 논외야."

"흠. 그렇게 하면 추진력 때문에 내가 가루가 되긴 할 테지만 그렇다고 반드시 그 방안을 배제해야 하는 건 아니지."

격벽 옆에서 놈이 꼼지락거렸다. 눈에 크게 띨 정도는 아니지만, 어쨌든 움직였다. 프락스는 영상을 최대한 크게 확대했다. 기다란 손톱이 붙은 건장한 손이(손톱만 길게 자라났을 뿐, 손가락 네 개와 엄지손가락 하나의 구조는 그대로 유지되고 있었다) 괴물의 몸을 지탱하고 있고, 반대쪽 손은 격벽을 파헤치고 있었다. 벽의 첫 번째 층을 채우고 있는 섬유와 단열재가 길게 찢겨 나왔다. 단열층이 바닥나자 이번에는 그 아래 있는 강철판을 공격하기 시작했다. 진공 속으로 날리는 작은 금속 부스러기가 작은 별들처럼 반짝이며 빛을 반사했다. 왜 저런 짓을 하는 거지? 우주선을 파괴할 거면 저것보다도 더 효과적인 방법이 수없이 많은데. 아니면 어디론가 가기 위해 격벽에 구멍을 뚫고 있는 걸까, 일종의 신호를 따라서….

뭉글뭉글한 솜 덩어리가 사라지고 씨앗에서 뿌리가 돋는 새로운 이미지가 둥둥 떠올랐다. 저도 모르게 입술이 호선을 그렸다. '허, 이거 흥미로운데.'

"뭐가요, 박사 양반?" 에이모스가 말했다. 프락스는 자신도 모르게 소리 내어 말했다는 것을 깨달았다.

"음…." 프락스가 말했다. 그는 자기 생각을 표현할 단어들을 신중하게 골랐다. "놈은 방사능이 감지되는 쪽으로 이동하려는 겁니다. 내 말은…, 에로스에 퍼졌던 프로토분자는 방사능 에너지를 먹고 성장했잖아요. 그러니까 이번 녀석도 똑같이…."

"이번 녀석?" 알렉스가 물었다. "이번 녀석이라뇨?"

"우리가 보고 있는 버전이요. 이 프로토분자는 변이를 대부분 억제하도록 조작한 버전이 틀림없습니다. 숙주가 신체적으로 거의 변형되지 않았거든요. 유전자적인 제약을 받고 있지만, 방사능이 필요한 건 똑같은 거죠."

"왜요?" 에이모스가 물었다. 그는 프락스를 닦달하고 싶은 심정을 애써 억누르고 있었다. "왜 놈이 방사능을 원한다고 생각하는 겁니까?"

"왜냐하면 우리가 드라이브를 껐으니까요. 반응로가 대기 모드라 코어에 접근하려는 겁니다."

잠시 정적이 흐르더니 알렉스가 외설적인 말을 내뱉었다.

"그렇군." 홀던이 말했다. "그럼 선택의 여지가 없군. 알렉스, 저 자식이 격벽에 구멍을 뚫기 전에 처치해야 돼. 새로운 계획을 생각해 낼 시간이 없어."

"선장님." 알렉스가 말했다. "짐….."

"놈이 떨어지자마자 달려가겠습니다." 에이모스가 말했다. "하지만 만약의 경우를 대비해서, 음…, 그동안 함께 일해서 영광이었습니다."

프락스는 그들의 관심을 끌려고 손을 흔들었지만, 그저 그의 몸이 관제실 공중에서 천천히 원을 그리며 돌 뿐이었다.

"기다려요! 저한테 새로운 계획이 있어요!" 프락스가 말했다. "놈이 방사능이 감지되는 쪽으로 가고 있다니까요. 식물이 물을 향해 뿌리를 뻗는 것처럼요."

나오미가 고개를 돌려 그를 바라보았다. 그녀가 빙글빙글 돌고 있는 것처럼 보였다. 프락스의 뇌는 나오미가 나선형을 그리며 그와 점점 멀어지고 있다는 착각을 심어주었다. 프락스는 눈을 질끈 감았다.

"자세히 설명해봐요." 홀던이 말했다. "최대한 빨리. 우리가 어떻게 하면 됩니까?"

"방사능이 발산되는 위치를 바꾸면 됩니다." 프락스가 말했다. "방사성원소를 방사능이 차단되지 않는 용기에 넣어서 준비하는 데 얼마나 걸릴까요?"

"경우에 따라 다르죠." 에이모스가 대답했다. "방사능이 얼마나 필요한데요?"

"지금 반응로에서 감지되는 것보다 많이요." 프락스가 말했다.

"미끼를 쓰자는 거군요." 나오미가 그를 잡아 손잡이 쪽으로 끌어내리며 말했다. "더 맛있는 먹이를 미끼로 써서 그걸로 문밖으로 유인하자는 겁니다."

"바로 그겁니다. 제가 방금 그렇게 말하지 않았나요?" 프락스가 물었다.

"정확히 그렇게 설명하지는 않았죠." 나오미가 말했다.

화면 속에서 괴물은 벽을 파내며 금속 부스러기를 안개처럼 내뿜고 있었다. 화질이 별로 좋지 않아 확신할 수는 없었지만, 왠지 벽을 긁고 있는 손의 형태가 조금씩 변화하는 것 같았다. 프락스는 프로토분자의 형질 조작이 자가 치유 능력에 어떤 영향을 끼쳤을지 궁금해졌다. 치유와 재생성 과정은 유전자 제어 프로그램에 빈틈이 생길 기회를 제공한다. 인간의 암도 실은 세포의 복제 과정에서 이상이 생기는 것에 불과하니까. 어쩌면 한 번 변화가 시작되면 멈추지 않을지도 모른다.

"어쨌든 제 생각엔 서두르는 게 좋을 것 같습니다." 프락스가 말했다.

✳

작전은 단순했다. 침입자가 사라지고 화물실 문이 닫히자마자 에이모스가 화물실로 들어가 선장을 가능한 한 빨리 자유의 몸으로 만든다. 나오미는 관제실에서 괴물이 방사능 미끼를 따라 밖으로 나가자마자 화물실 문을 닫는다. 알렉스는 홀던 선장이 죽지 않을 만큼만 엔진을 돌린다. 그리고 나머지 한 명이 주 에어록을 통해 밖으로 나가 놈을 유인할 미끼, 얇은 납 포일 케이스로 둘러싼 500그램의 실린더를 우주 공간으로 집어 던진다. 프락스는 펑퍼짐한 우주복 장갑을 낀 손에 실린더를 쥔 채 에어록 안을 떠다니고 있었다. 후회와 불안감이 그의 마음속을 배회했다.

"에이모스가 이 역할을 맡는 게 좋지 않을까요. 전 평생 한 번도 우주 공간에 나가 본 적이 없는데요." 프락스가 말했다.

"미안합니다, 박사. 난 90킬로그램짜리 선장을 벽에서 떼어 내야 해요." 에이모스가 말했다.

"기계장치 같은 걸 사용할 수는 없나요? 실험실용 조작팔이라든가…."

"프락스." 나오미가 말했다. 그의 이름을 발음하는 부드러운 목소리에는 수천 개의 "잔말 말고 빨리 나가지 못해?"가 육중하게 실려 있었다. 프락스는 한 번 더 우주복이 빈틈없이 잘 밀폐되어 있는지 점검했다. 계기판을 확인해 봐도 아무 이상도 없는 듯 보였다. 우주복은 그가 가니메데에서 탈출할 때 입었던 것보다 훨씬 좋았다. 선수에 있는 승무원용 에어록에서 배 뒤편에 있는 화물실 문까지는 약 25미터 거리였다. 사실 실제로 거기까지 갈 필요도 없었다. 프락스는 통신 케이블이 에어록 플러그에 잘 꽂혀 있는지 가볍게 잡아당겨 보았다.

흥미로운 의문점은 또 있었다. 방해전파를 내보내는 것은 이 생물이 지닌 선천적인 능력인가? 프락스는 생물학적으로 어떻게 그런 것이 가능한지 고심했다. 저 괴물이 배에서 떠나고 나면 통신 장애도 저절로 사라질까? 놈이 분사구의 화염 기둥에 맞아 완전히 타버리고 나면?

"프락스." 나오미가 말했다. "지금이 좋겠어요."

"알겠습니다." 프락스가 대답했다. "나갑니다."

바깥쪽 에어록 문이 회전해 열렸다. 가장 먼저 든 충동은 커다란 방에 들어가듯이 저 어둠 속으로 걸어 나가고 싶다는 것이었다. 그리고 두 번째로 든 생각은 바닥에 납작 엎드려 인간적으로 가능한 한 선체에 찰싹 달라붙고 싶다는 것이었다. 프락스는 한 손에 미끼를 든 채 발바닥에 힘을 주어 공중으로 몸을 띄웠다.

그를 둘러싼 검은 공간은 가히 압도적이었다. 로시난테 호는 망망대해에 떠다니는 금속과 페인트 덩어리에 불과했다. 아니, 이것은 망망대해와는 비교도 안 될 정도로 끝없이 아득했다. 상하좌우 온갖 방향에서 별들이 그를 휘감고 있었다. 가장 가까이 있는 별도 수백 평생이 넘게 떨어져 있으리라. 그리고 그 뒤에도, 그 뒤에도, 또 그 뒤에도 무한대로 펼쳐져 있겠지. 넓고 넓은 하늘을 올려다보는 작은 소행성이나 달이 된 듯한 감각이 갑자기 휙 뒤집히면서 프락스는 이제 세상의 꼭대기에서 바닥 없는 심연을 내려다보고 있었다. 그것은 마치 꽃병과 두 개의 얼굴로 보이는 착시 그림에서 그 두 개가 지각의 속도로 끊임없이 번갈아 나타나는 것과 비슷했다. 프락스는 혀 뒤쪽에서 욕지기가 올라오는 것을 느끼면서도 활짝 웃으며 두 팔을 크게 벌려 아무것도 없는 무(無)의 공간을 껴안았다. 그는 우주 유영의 희열감에 관한 글을 읽은 적이 있지만, 그것을 실제 경험하는 것은 상상했던 것과는 전혀 달랐다. 프락스는 무한한 별빛을 들이키고 있는 신의 눈동자였다. 그는 이 무한한 세계 속에서 티끌 중의 티끌 중의 티끌에 불과했다. 자석 부츠 밑에 붙은 선체는 프락스에 비하면 엄청나게 크고 강력했지만, 그 또한 이 심연의 얼굴 앞에서는 하찮은 존재일 따름이었다. 슈트에 내장된 스피커가 우주와 함께 탄생한 방사선의 방해로 지지직거리며 기괴한 목소리를 뱉어냈다.

"어, 박사?" 에이모스가 말했다. "뭐가 잘못되기라도 했습니까?"

프락스는 정비공의 얼굴을 찾아 주위를 두리번거렸다. 그러나 그가 마주한 것은 우윳빛 별무리 세상뿐이었다. 별들이 너무 많아 사방이 휘황찬란했다. 반대로 로시난테 호는 EVA에서 나오는 빛을 제외하면 검고 어두웠으며, 후미에서는 화물실에서 새어 나온 공기가 만들어낸 흐릿한 흰색 성운이 날리고 있었다.

"아니, 아무 문제도 없어요." 프락스가 대답했다.

프락스는 앞으로 걸어가려 했지만, 슈트가 꼼짝도 하지 않았다. 다리에 힘을 주어 왼쪽 발을 들어 올리려 했으나 발가락이 1센티미터쯤 까딱이다 멈췄다. 공포와 당혹감이 피어올랐다. 자석 부츠가 고장 난 게 틀림없다. 이대로라면 괴물이 격벽을 뚫고 반응로를 습격할 때까지 한 발짝도 움직이지 못할 것이다.

"어, 문제가 생겼는데요." 프락스가 말했다. "발을 움직일 수가 없어요."

"슬라이드 설정을 뭐로 했는데요?" 나오미가 물었다.

"아, 그렇군요." 프락스는 자석 부츠를 그의 다릿심에 맞춰 설정했다. "이제 괜찮습니다. 신경 쓰지 마세요."

사실 프락스는 자석 부츠를 신고 걸어본 것이 처음이었다. 그것은 묘한 느낌이었다. 발을 들면 공중에서 허우적거리다가도 선체 가까이 대면 보이지 않는 힘으로 금속판에 철썩 달라붙었다. 그는 허공으로 떠올랐다가 밑으로 끌려가는 어색한 동작을 반복하며 한 발짝씩 전진했다. 화물실 문은 보이지 않았지만 어디 있는지는 알고 있었다. 지금처럼 선미를 향해 갈 때는 드라이브의 왼쪽, 배의 오른쪽에 있었다. '아니, 우현이라고 해야지. 배는 우현이라고 부르는 거야.'

프락스는 선체가 끝나는 저 까만 금속의 가장자리 너머에서 괴물이 격벽에 구멍을 뚫고 있고 우주선의 심장에 닿기 위해 그 살점을 파헤치고 있다는 것을 알고 있었다. 만일 놈이 여기서 일어나는 일을 알게 된다면, 그러니까 기본적인 사고를 할 수 있는 인지능력을 갖추고 있다면 화물실에서 뛰쳐나와 그에게 달려들겠지. 놈은 진공 상태에서도 죽지 않는다. 프락스는 자석 부츠를 신은 어색한 동작으로 놈을 피해 도망가는 자신의 모습을 상상해 보았다. 그리곤 가늘게 떨리는 한숨을 길게 내쉬며 미끼가 든 통을 머리 위로 들어 올렸다. "됐습니다." 프락스가 말했다. "위치에 도착했습니다."

"그럼 당장 시작합시다." 홀던이 말했다. 그의 목소리는 통증 때문에 무겁게 잠겨 있었지만, 최대한 쾌활하게 말하려고 노력 중이었다.

"예." 프락스가 대답했다.

그는 작은 타이머를 누르고 몸을 밑으로 최대한 움츠렸다가 다음 순간 온몸의 근육을 활짝 펴며 작은 실린더를 무한한 공간 속으로 던져 넣었다. 그것은 화물실에서 새어 나오는 빛무리 속에서 반짝이며 날아가다 곧 자취를 감추었다. 갑자기 속이 메슥거렸다. 던지기 전에 납 포일을 벗겼어야 했는데, 깜박 잊어버린 것 같았다.

"놈이 움직인다." 홀던이 말했다. "냄새를 맡았어. 나간다."

프락스의 눈앞에 놈이 나타났다. 먼저 검고 긴 손가락이 불거져 나오더니 뒤이어 검은 몸뚱이가 마치 심연 속에서 탄생하듯 서서히 함선 밖으로 모습을 드러냈다. 놈의 눈이 새파란 색으로 형형하게 빛났다. 잔뜩 겁에 질린 자신의 숨소리가 프락스의 귓전을 메웠다. 프락스는 고대 지구의 평원에 살던 동물처럼, 숨을 죽이고 꼼짝도 하지 않아야 한다는 본능적인 충동을 느꼈다. 진공 상태에 있으므로 설사 비명을 지른들 놈이 듣지 못한다는 사실을 머리로는 알면서도 말이다.

놈이 자세를 바꿨다. 섬뜩할 정도로 밝게 빛나는 눈이 닫혔다가, 열렸다가, 다시 닫히더니 다음 순간 높이 도약하며 선체에서 뛰어내렸다. 놈의 몸뚱이에 별빛이 가렸다.

"됐습니다." 프락스는 자신의 목소리가 너무 차분한 데 대해 내심 놀라며 말했다. "배는 이제 안전해요. 화물실 문을 닫아도 됩니다."

"확인 완료." 나오미가 말했다. "문을 밀폐합니다."

"지금 올라갑니다, 선장님." 에이모스가 말했다.

"난 지금 기절하는 중이야, 에이모스." 홀던이 말했다. 하지만 그의 목소리에는 웃음기가 서려 있어서 프락스는 농담이 틀림없다고 생각했다.

컴컴한 암흑 속에서 반짝이던 별 하나가 꺼졌다가 다시 살아났다. 그런 다음 또 하나. 프락스는 깜박이는 별들의 자취를 따라갔다. 별 하나가 또다시 빛을 잃었다가 되찾았다.

"엔진 준비 중." 알렉스가 말했다. "다들 준비되면 말해주십시오."

프락스는 조용히 기다렸다. 다음 별이 아직 꺼지지 않았다. 지금쯤이면 그림자에 가려져야 하는데. 그가 잘못 판단한 걸까? 괴물이 원을 그리며 이동하고 있는 건 아닐까? 진공 속에서 그런 움직임을 할 수 있다면, 알렉스가 반응로를 다시 작동시킨 걸 감지한 건 아닐까?

프락스는 주 에어록을 돌아보았다.

로시난테 호는 하찮은 존재였다. 별들의 바다 위를 떠다니는 작은 이쑤시개나 마찬가지였다. 에어록까지 돌아가는 길이 한없이 멀게 느껴졌다. 프락스는 한 발을 들어 옮겼다. 다음은 반대쪽 발. 두 발을 한꺼번에 떼지 않으면서도 최대한 달리는 것과 비슷한 동작을 취하려고 노력했다. 자석 부츠는 그가 두 발을 동시에 바닥에서 떼는 것을 허용하지 않는다. 한쪽 발이 안전하게 고정되었다는 신호가 가기 전에는 다른 쪽 발을 놓아주지 않는다. 등 뒤가 근질거렸다. 뒤를 돌아보고 싶지만 참아야 한다. 어차피 아무것도 없을 테고, 설령 뭐가 있더라도 돌아 봐봤자 아무 도움도 되지 않을 것이다. 프락스의 통신 케이블이 뒤에서 둥그렇게 휘어졌다. 그는 케이블을 잡아당겨 다시 팽팽하게 조절했다.

에어록에서 비치는 작은 녹색과 황색등이 꿈결처럼 아득하게 그에게 손짓하고 있었다. 프락스가 낸 작은 신음은 갑자기 터져 나온 홀던의 욕지거리와 충돌해 그만 묻혀 버렸다.

"왜 그래? 무슨 일이야?" 나오미가 다급하게 물었다.

"선장님의 상태가 별로 안 좋습니다." 에이모스가 말했다. "어디 세게 삐거나 접질린 것 같은데요."

"내 무릎에서 애라도 나오는 것 같아." 홀던이 말했다. "걱정하지 마. 곧 괜찮아질 거야."

"이제 슬슬 달려도 됩니까?" 알렉스가 물었다.

"아직 안 돼." 나오미가 말했다. "화물실 문은 닫았지만, 전방 에어록이 아직 안 닫혔어."

"거의 다 왔습니다." 프락스가 말했다. '날 두고 가지 말아요. 제발 저놈이랑 같이 어둠 속에 두지 말아요.'

"알겠습니다." 알렉스가 말했다. "이 얼어 죽을 곳에서 빠져나갈 준비가 되면 알려 주십시오."

우주선 안쪽에서 에이모스가 작은 소리를 냈다. 프락스는 에어록에 닿자 슈트의 온 관절이 신음할 정도로 힘차게 바닥을 박차고 안으로 날아 들어갔다. 그는 슈트와 이어진 탯줄을 잡아끌었다. 반대쪽 격벽까지 단숨에 날아가 문이 회전할 때까지 제어 패널을 연신 눌러댔다. 마침내 바깥쪽 에어록 문이 완전히 닫혔다. 침침한 조명 아래에서 프락스는 천천히 몸을 돌리며 세 방향을 감시했다. 바깥쪽 에어록 문은 닫혔다. 그의 뒤를 쫓아와 문을 찢어발긴 것은 없었다. 번득이는 푸른 눈이 나타나 열린 틈을 엿보지도 않았다. 희미한 펌프 소리와 함께 공기가 주입되기 시작할 즈음에야 프락스는 비로소 안도감을 느끼며 벽에 가볍게 몸을 기댔다.

"들어왔습니다." 프락스가 말했다. "에어록에 들어 왔어요."

"선장님은 진정됐어?" 나오미가 물었다.

"평소에도 그런 적이 있긴 합니까?" 에이모스가 대답했다.

"난 괜찮아. 무릎이 아프군. 빨리 여기서 빠져나가지."

"에이모스?" 나오미가 말했다. "네가 아직 화물실에 있는 거로 나오는데, 뭐 문제라도 있는 거야?"

"어쩌면요." 에이모스가 말했다. "그 자식이 두고 간 게 있거든요."

"만지지 마!" 갑자기 홀던이 일갈했다. "분자 하나 남기지 않고 모조리 절단용 토치로 지져버려."

"그건 별로 좋은 생각 같지가 않은데요. 봐서 아는데, 이건 절단용 토치를 별로 좋아하지 않거든요."

프락스는 벽에 손을 짚고 일어나 에어록 바닥에 가볍게 붙어 있을 수 있게 자석 부츠의 설정을 조절했다. 안쪽 에어록 문이 이제 슈트를 벗어도 안전하며 선내에 들어가도 좋다는 신호음을 울렸다. 프락스는 알림을 무시하고 벽 패널을 작동시켜 화물실의 카메라 영상을 띄웠다. 홀던이 화물실 에어록 근처에서 둥둥 떠다니고 있었다. 에이모스는 벽 사다리에 매달려 격벽에 붙박여 있는 뭔가 작고 반짝이는 것을 살펴보고 있었다.

"에이모스, 그게 뭐야?" 나오미가 물었다.

"음, 먼저 이 역겨운 것부터 긁어내야 할 것 같은데요." 에이모스가 말했다. "그렇지만 겉으로 보기엔 평범한 소이탄 같습니다. 크진 않아도 2제곱미터 정도는 충분히 날려버리겠는데요."

잠시 침묵이 흘렀다. 프락스는 헬멧의 봉인을 해제하고 머리에서 벗은 다음, 가슴 깊이 선내 공기를 들이마셨다. 화면을 외부 카메라로 전환했다. 화물실에서 비치는 어슴푸레한 빛 속에 갑자기 괴물의 모습이 드러났다. 놈은 선미 쪽에서 부유하며 서서히 사위 밖

410

으로 멀어져가고 있었다. 가슴에는 방사능을 발하는 실린더를 꼭 껴안고 있다.

"폭탄?" 홀던이 말했다. "그 자식이 폭탄을 남겨놨다고?"

"좆나 이상하죠." 에이모스가 대답했다.

"에이모스. 빨리 에어록으로 들어와." 홀던이 말했다. "알렉스. 그 새끼를 태워버리기 전에 해야 할 일이 또 뭐가 있지? 프락스는 잘 들어왔어?"

"에어록에 들어갔습니까?" 알렉스가 물었다. "잘 닫았어요?"

"응. 해치워 버려."

"분부대로 합지요." 알렉스가 말했다. "가속도에 대비하십시오."

희열과 공포, 그리고 안도에서 기인한 생화학적 호르몬의 파도가 프락스의 반응 시간을 늦췄고, 그래서 엔진이 불을 뿜은 찰나 다리가 바닥 위를 미끄러졌다. 프락스는 벽에 부딪혀 넘어지며 에어록 내부 문에 머리를 세게 찧었다. 그렇지만 괜찮았다. 기분이 끝내주게 좋았으니까. 프락스는 괴물을 로시난테 호에서 몰아냈다. 놈은 그의 눈앞에서 로시난테 호의 빛나는 꼬리 화염에 숯덩이가 되고 있었다.

다음 순간, 진노한 신이 로시난테 호의 옆구리를 걷어찼다. 심연 속에 내동댕이쳐진 우주선이 균형을 잃고 빙글빙글 돌기 시작했고, 프락스의 자석 부츠도 그 충격을 이겨내지 못해 그를 공중으로 내던졌다. 바깥쪽 에어록 문이 그를 향해 돌진했고 곧이어 어둠이 찾아왔다.

〈2권 계속〉

옮긴이 **박슬라**

연세대학교에서 영문학과 심리학을 전공했으며, 현재 전문 번역가로 활동하고 있다. 옮긴 책으로 《아머》, 잭 리처 시리즈 《61시간》, 《사라진 내일》, 애거서 크리스티 전집 시리즈 《구름 속의 죽음》, 《3막의 비극》 등의 소설과, 《부자 아빠의 투자 가이드》, 《인비저블》, 《디지털 평판이 부를 결정한다》, 《홀로 분투하는 사장을 위한 안내서》, 《스틱!》 등 다수가 있다.

칼리반의 전쟁 ❶

초판 1쇄 인쇄	2017년 4월 10일
초판 1쇄 발행	2017년 4월 15일
지은이	제임스 S. A. 코리
옮긴이	박슬라
펴낸이	박은주
기획	김창규, 최세진
디자인	김선예, 장혜지
마케팅	박동준, 정준호
발행처	아작
등록	2015년 9월 9일(제300-2015-140호)
주소	03174 서울시 종로구 사직로 8길 24 1618호
	(내수동, 경희궁의 아침 2단지 오피스텔)
대표전화	02.324.3945 　**팩스** 02.324.3947
이메일	decomma@gmail.com
홈페이지	www.arzak.co.kr
ISBN	979-11-87206-46-0 04840
	979-11-87206-14-9 04840 (세트)

책 값은 표지 뒤쪽에 있습니다.

아작은 디자인콤마의 문학 브랜드입니다.

이 도서의 국립중앙도서관 출판예정도서목록(CIP)은 서지정보유통지원시스템 홈페이지 (http://seoji.nl.go.kr)와 국가자료공동목록시스템(http://www.nl.go.kr/kolisnet)에서 이용하실 수 있습니다. (CIP제어번호: CIP2017007312)